Cynthia Harrod-Eagles

Mord im Park

Kriminalroman

Deut
Susanne

Deutscher Taschenbuch Verlag

Von Cynthia Harrod-Eagles
sind im Deutschen Taschenbuch Verlag erschienen:
Lügen, verdammte Lügen (21007)
Der Tote auf der Schaukel (21077)

Deutsche Erstausgabe
Februar 2009
Deutscher Taschenbuch Verlag GmbH & Co. KG,
München
www.dtv.de

Titel der englischen Originalausgabe:
›Dear Departed‹
(Little, Brown Book Group, London)

Umschlagkonzept: Balk & Brumshagen
Umschlaggestaltung: Kathrin Hörmann unter Verwendung
zweier Umschlagfotos von plainpicture/Erickson (oben)
und Corbis/Cory Sorensen
Satz: Fotosatz Reinhard Amann, Aichstetten
Gesetzt aus der Stempel Garamond 10/12
Druck und Bindung: Druckerei C. H. Beck, Nördlingen
Gedruckt auf säurefreiem, chlorfrei gebleichtem Papier
Printed in Germany · ISBN 978-3-423-21122-2

In liebevoller Erinnerung an Geoffrey Knighton –
Held, Soldat wider Willen, Lehrer, Autor,
Kritiker und Freund.

»Er hat im Leben alles gegeben.«

I

Trostpreis für den Trottel

Nichts lässt das Adrenalin so durch den Körper eines Polizisten schießen wie das Klopfen an eine fremde Tür. Slider stand auf dem Hotelflur, lauschte dem Rauschen der Klimaanlage und dem Pochen seines Herzens und fragte sich, ob er gleich sterben würde.

Sein Mund war so trocken, dass er einen Moment innehalten musste, um Speichel zu sammeln. Die kugelsichere Weste unter seinem Hemd fühlte sich heiß und unangenehm an, und die Haut unter dem Klebeband, mit dem das Mikro befestigt war, juckte. Er hatte sich das Jackett eines beleibteren Kollegen leihen müssen, um seine Schutzkleidung zu verbergen. Er sah darin übergewichtig und dämlich aus, und genau so fühlte er sich auch.

Vor ihm befand sich eine gewöhnliche Hoteltür, hinter der Tür aber ein außergewöhnlicher Mann, der sehr wahrscheinlich bewaffnet war und seine Bereitschaft zum Töten schon zur Genüge unter Beweis gestellt hatte. Trevor Bates, alias »die Nadel«, sollte endlich zur Rechenschaft gezogen werden. Er war der Gegenstand fortlaufender Ermittlungen diverser Dezernate von Scotland Yard gewesen, ganz zu schweigen – weil jeder darüber schwieg – von MI5 und MI6.

Slider und Bates waren sich während der Ermittlungen zu einem Mordfall begegnet, den »die Nadel« allerdings nicht begangen hatte, wie sich enttäuschenderweise herausstellte. Slider war jedoch hinter einiges andere gekommen, was Bates getan hatte, einschließlich des zweifelsfreien Mordes an einer Prostituierten, die Bates gefoltert und anschließend entsorgt hatte. Weil irgendwelche hohe Tiere beteiligt waren, hatte man Slider vor Bates gewarnt, aber derlei Rückschläge waren im Leben eines Polizisten üblich. Früher oder später, hatte er sich gesagt, würde »die Nadel« ihr Fett schon abkriegen. Dann war Slider vor zwei Tagen vom Oberboss des Bezirks, Commander Wetherspoon, in dessen Büro zitiert worden.

»Ah, Slider«, hatte Wetherspoon gesagt und den Kopf zurückgelegt, um ihn von oben herab mustern zu können, »jemand will mit Ihnen sprechen. Chief Superintendent Ormerod vom Verbindungsteam für Schwerverbrechen.«

Ormerod war ein großgewachsener und ernster Mann, der über Slider aufragte. Er war mindestens zweimal so dick wie er und mindestens zehnmal so klug. Er sah gut aus, hatte autoritäre Gesichtszüge und Augen wie Stahlfallen. Eine Aura der Macht umhüllte ihn. Dieser Mann stand hoch oben auf dem Gipfel der Polizeiarbeit, einem Ort harter Deals hinter geschlossenen Türen, anonymer Flure, markiger Telefonate, der Einsätze mit Kodenamen und Besprechungen mit hochrangigen Ministern, bei denen sich die Minister ziemlich kleinlaut gaben. Dieser Ort unterschied sich von Sliders Platz auf der Straße wie der Kabinettssaal in der Downing Street von der Kasse im Supermarkt. Allein der Geruch von Ormerods Aftershave ließ Slider schier in Ohnmacht fallen, und wenn Ormerod lächelte, war das noch beängstigender, als in sein versteinertes Gesicht zu sehen.

Ormerod hatte gelächelt. »Ah, Inspector Slider. Bill, nicht wahr? Sehr erfreut, Sie kennenzulernen. Ich will keine Zeit verschwenden. Es geht um Trevor Bates. Sie haben gute Arbeit geleistet. Tut mir leid, dass Sie sich da zurückhalten mussten, aber es stand viel auf dem Spiel.«

»Ich verstehe, Sir«, hatte Slider gesagt, da das anscheinend erwartet wurde.

»Inzwischen sind wir an dem Punkt, da wir bereit sind, ihn zu verhaften. Wir möchten, dass Sie sich der Sache annehmen.«

»Ich, Sir?«, hatte sich Slider nicht verkneifen können, obwohl er sich dadurch wie ein Trottel anhörte.

»Dachte, Sie würden gern dabei sein«, hatte Ormerod erwidert. »Als eine Art Dank für Ihre harte Arbeit.«

»Ein Trostpreis sozusagen«, hatte Wetherspoon eingeworfen, und zu Sliders Freude hatte Ormerod dem Commander mit einem einzigen Blick das Maul gestopft. Jeder, der Wetherspoon das Maul stopfen konnte, war wirklich ein Superheld.

»Außerdem«, hatte Ormerod hinzugefügt, »glauben wir, dass Sie uns nützlich sein könnten.«

Ormerod hatte zu Erklärungen ausgeholt. Bates sei ein hochkarätiger Krimineller und so gewitzt und durchtrieben wie eine Wagenladung Füchse. Es sei unmöglich, ihn in seinem Haus zu verhaften, das besser gesichert sei als Fort Knox, und woanders ebenfalls, so wie er es einschätze. Bates sei meistens bewaffnet und in der Regel von ebenfalls bewaffneten Leibwächtern umgeben.

Übermorgen jedoch werde er an einer Konferenz in einem Hotel in Birmingham teilnehmen, wo er auch übernachten werde, und es sei unwahrscheinlich, dass er an so einem Ort bewaffnet sein werde, vor allem, da sie sich in den letzten Wochen zurückgezogen hätten, um ihm ein Gefühl der Sicherheit zu vermitteln. Er würde nicht mit Ärger rechnen, und obwohl er einen »Assistenten«, sprich Leibwächter, dabeihabe, würde er vermutlich keine allzu umfangreichen Vorsichtsmaßnahmen ergreifen.

»Trotzdem können wir ihn nicht in der Öffentlichkeit schnappen. Möglicherweise verliert sein Schläger nämlich die Nerven und ballert um sich«, hatte Ormerod ergänzt. »Wir müssen ihn am Abend in seinem Zimmer verhaften. Allerdings wollen wir keine Schießerei provozieren, indem wir die Tür eintreten. Wir brauchen jemanden, der ihn ablenkt. Und da kommen Sie ins Spiel. Er kennt Sie, Sie hatten bereits mit ihm zu tun, und er hat keine Angst vor Ihnen.«

Im Klartext hatte Ormerod damit sagen wollen, hielt Bates Slider für einen jämmerlichen Knallkopf, den er bereits einmal übertölpelt hatte. Daher war es einigermaßen wahrscheinlich, dass er ihm die Tür öffnen würde. Andererseits war Bates gewieft und stark und hatte eine ungesunde Vorliebe für Folter, für Messer und Nadeln. Und für Knarren. Die Worte »Schaf« und »Schlachtbank« waren Slider durch den Kopf geschossen und hatten nach einer Verbindung gesucht.

Und so betrachtete Slider die anonyme Hoteltür jetzt mit einiger Beklommenheit. Falls Bates überhaupt öffnete, dann vielleicht nur, um auf Slider zu schießen, und er wollte nicht sterben. Sein Puls raste, als er die Hand hob und scharf anklopfte. Das gesamte Team war hinter ihm, rief er sich ins Gedächtnis. Sie hatten beobachtet, wie Bates in sein Zimmer gegangen und der »Assistent« im Nebenzimmer verschwunden war. Außer Sichtweite hörten sie alles mit, was über Sliders Mikro kam, bereit für sein Signal. Er hoffte, dass das Mikro noch funktionierte, hoffte, dass die anderen von seinem laut pochenden Herzschlag nicht taub geworden waren.

Er klopfte erneut. »Wer ist da?«, antwortete Bates gereizt. Slider erkannte die Stimme mit einem Schauder.

Er schluckte. »Detective Inspector Slider, Sir, vom Revier Shepherd's Bush. Könnte ich wohl kurz mit Ihnen sprechen?«

»*Was?*«, kam es ungläubig von drinnen. »Slider, haben Sie gesagt?« Bates' Stimme klang, als stünde er direkt hinter der Tür, und Slider nahm an, dass er durch den Türspion überprüft wurde. Er hielt seinen Polizeiausweis hoch. »Ich kenne Sie«, sagte Bates. »Was machen Sie hier? Was zum Teufel wollen Sie?«

»Ich möchte kurz mit Ihnen sprechen«, wiederholte Slider stur, ganz der korrekte Polizist. »Ich möchte Ihnen ein paar Fragen stellen.«

Es klickte und rasselte, und Sliders Magen verkrampfte sich, als die Tür aufgerissen wurde. Er erwartete einen heißen Blitz und das Brennen einer Kugel oder ein Messer in seinem Bauch. Die Weste war ein Trost, aber sie bedeckte nicht alles.

Doch er starb nicht. Bates stand da, schlank, seltsam anziehend mit seiner bleichen, durchscheinenden Haut, den klaren grauen Augen und dem zurückgekämmten, schulterlangen, fuchsroten Haar. Er trug noch seinen Anzug – dreiteilig, exquisit geschnitten –, hatte jedoch die Krawatte abgenommen und den obersten Hemdknopf geöffnet.

»Was zum Teufel?«, sagte er und musterte Slider von Kopf bis Fuß mit amüsierter Verachtung. »Sie haben mir schon mal Fragen wegen irgendeiner jämmerlichen Trivialität gestellt. War es eine Lederjacke?«

»Diesmal ist es ein wenig ernster, Sir, muss ich leider sagen.« Slider blieb in seiner Rolle. »Kann ich hereinkommen? Ich glaube nicht, dass Sie hier draußen auf dem Flur diskutieren wollen, wenn es um eine Privatangelegenheit geht.«

»Ich habe nicht vor, mit Ihnen über irgendwelche Privatangelegenheiten zu diskutieren, wo auch immer«, erwiderte er. »Was zum Teufel machen Sie hier überhaupt? Wissen Ihre Vorgesetzten, dass Sie mich belästigen?«

»Ich muss mir keine Erlaubnis einholen, wenn ich einen Fall verfolge.« Slider hoffte, Bates würde daraus schließen, dass der Inspector auf eigene Faust unterwegs wäre. Bates hatte ihm die Tür nicht vor der Nase zugeknallt, war anscheinend beeindruckt, dass ihm dieser idiotische Bulle absurderweise bis nach Birmingham gefolgt war. Ormerod hatte ihn richtig eingeschätzt: Arroganz war sein Verderben. Slider nutzte die Gelegenheit, an Bates vorbei in das Zimmer zu treten, und bemerkte zu seiner großen Erleichterung, dass sich sonst niemand darin befand. Der Schläger war nach wie vor im Nebenzimmer, zu dem linker Hand eine Tür führte. Ein Mucks von Bates, und der Kerl würde hereinstürmen, wahrscheinlich mit gezogener Knarre. Slider war noch nicht aus dem Schneider.

»Ich habe Ihnen nicht gestattet, hereinzukommen.« Bates klang verärgert.

»Es wird nicht lange dauern, Sir«, beruhigte ihn Slider. Seine Stimme zitterte leicht, doch das war vermutlich egal. Für Bates war es wahrscheinlich selbstverständlich, dass ein mächtiger Mann wie er den Inspector nervös machte. »Und es ist ziemlich wichtig.«

»Noch mehr verlorene Kleidungsstücke? Oder ist es diesmal ein verlorener Hund?«, höhnte Bates, trat aber zur Seite und ließ die Tür mit einem leisen Klicken hinter sich zufallen. Slider räusperte sich – das vereinbarte Signal. Fast geschafft. Nur noch ein paar Sekunden. Das Team würde auf die beiden Türen zukriechen, ausgestattet mit dem Generalschlüssel.

Slider wandte sich an Bates, der der Tür den Rücken zukehrte. Der Triumph schoss durch seine Adern, zusammen mit dem Adrenalin eine heftige Mischung. Er fühlte sich benommen und siegessicher, und gleichzeitig wusste er, wie gefährlich das war.

»Es ist ein bisschen interessanter als das.« Der veränderte Ton ließ die harten grauen Augen wachsam aufmerken. Slider sah, wie sich die Nasenflügel blähten, als würde Bates wie ein Tier die Gefahr wittern. »Es geht um eine gewisse Prostituierte namens Susie Mabbot. An die werden Sie sich bestimmt erinnern, trotz all der Abwechslung, die Sie hatten.«

»Ich kenne keine Prostituierten. Wie können Sie es wagen, so etwas zu behaupten?« Bates kam drohend auf ihn zu. Slider trat einen Schritt zurück, um ihn zu ermutigen.

»Sie kannten die arme Susie, zumindest ihren Körper. Dann haben Sie sich eines Tages gehen lassen und sie umgebracht. Haben sie mit Nadeln gespickt, sich an ihr vergangen, ihr das Genick gebrochen und sie in die Themse geworfen.«

»Sie sind ja verrückt!«, rief Bates. Draußen wurde die Schlüsselkarte in das magnetische Schloss gesteckt. Ein schwaches, aber unverkennbares Klicken war zu hören. Mit weit aufgerissenen Augen erkannte Bates die Falle. »Norman!«, brüllte er, und seine kleine, aber knallharte Faust schoss auf Sliders Gesicht zu.

Hätte er in den vergangenen Minuten nicht mehrere Fluchtimpulse zu unterdrücken gehabt, die ihm einiges an Adrenalin beschert hatten, es hätte ihn mit Sicherheit umgehauen. Rasch zog er seinen Kopf zur Seite, verrenkte sich dabei den Hals, aber die Faust schoss an seinem Kopf vorbei, streifte lediglich sein linkes Ohr. Gleichzeitig duckte sich Slider und warf sich auf Bates, der durch den verfehlten Boxhieb aus dem Gleichgewicht gebracht war. Rückwärts stolpernd ging er mit Slider zu Boden. In diesem Moment stürmte das Team durch beide Türen herein.

Aus dem Nebenzimmer waren lauter Krach und Gebrüll zu hören. Der Leibwächter leistete heftig Widerstand. Einen Moment lang setzte sich auch Bates zur Wehr, schien dann aber plötzlich die Sinnlosigkeit zu begreifen, oder vielleicht die Würdelosigkeit, und blieb still liegen. »Das werden Sie bereuen«, zischte er Slider an. »Ich werde dafür sorgen, dass Sie das bereuen, Sie jämmerlicher Trottel. Sie wissen nicht, auf was Sie sich da einlassen. Das geht weit über Ihren Horizont. Sie sind ein Niemand!«

»Wenigstens bin ich kein Mörder«, erwiderte Slider. Er wusste, dass er den Mann nicht provozieren sollte, aber er konnte nicht anders. Die Faust hatte ihm eine Schürfwunde am Ohr zugefügt, und sein Nacken tat weh.

»Sie können mir überhaupt nichts beweisen«, triumphierte Bates.

»O doch, das kann ich«, entgegnete Slider munter. »Die arme Susie wurde angeschwemmt. Wir haben sie gefunden.«

Bleicher hätte Bates nicht mehr werden können, aber seine Augen weiteten sich leicht. »Sie haben sie gefunden?«

»Jawoll. Wir haben die Leiche, haben das Sperma, haben die DNA. Sie sind dran, Kumpel.«

Im Leben eines Polizisten, dachte Slider später, gibt es selten einen so schönen Moment, wie wenn man einen arroganten, niederträchtigen, selbstzufriedenen Kriminellen zusammenbrechen sieht, weil er erkennt, dass er überführt ist. Er erhob sich, und als sich Bates aufrappelte, stimmte er seine Siegeshymne an.

»Trevor Bates, ich verhafte Sie wegen des Mordes an Susan Mabbot. Sie haben das Recht zu schweigen. Jede Äußerung ...«

Bates hörte nicht zu. Er starrte Slider an, als wolle er sich dessen Bild ins Gedächtnis einbrennen. »Dafür krieg ich Sie dran«, knurrte er.

»... kann vor Gericht gegen Sie verwendet werden«, beendete Slider seinen Satz. Und plötzlich wurde er sehr müde, denn das Adrenalin begann sich bei diesem Teil des Verfahrens zu langweilen und verzog sich zum nächsten Einsatzort.

Einem unumstößlichen Gesetz zufolge, das der bedeutende Philosophieprofessor Sod einst aufstellte, wacht man an seinem freien Tag stets früh auf. Um sechs Uhr klingelte der Wecker in Sliders Kopf. Er kam in seiner üblichen, heftigen Art zu sich, mit einem Grunzen. Nur selten gelang ihm ein kontrollierter Wiedereintritt: In der Regel erlangte er sein Bewusstsein wie ein Mann, der aus einem fahrenden Auto geworfen wird.

Joanna war nicht da. Er lauschte einen Moment, wälzte sich dann aus dem Bett und tappte in die Küche. Joanna stand an der Spüle und trank Wasser, blickte abwesend hinaus in das schmale Rechteck mit sprödem Gras und Brombeergestrüpp, das sie einen Garten nannte. Seit ihr die Schwangerschaft anzusehen war, lief sie nicht mehr nackt herum. In einem Anfall von Sittsamkeit hatte sie sich angewöhnt, als Ersatz für einen Morgenmantel ein lockeres weißes Musselinkleid zu tragen. Da es fast, wenn auch nicht ganz, durchsichtig war, wirkte es viel erotischer, als hätte sie nichts an, doch das hatte Slider ihr verschwiegen. Er hoffte nur, dass sie in diesem Aufzug nicht die Tür öffnete, solange er weg war. Der Postbote sah nicht so aus, als würde sein Herz das überstehen.

Slider legte ihr von hinten den Arm um den Bauch und ließ sein Kinn auf ihrer Schulter ruhen. »Alles in Ordnung?«, murmelte er.

»Hm«, bestätigte sie.

»Konntest du nicht schlafen?«

»Seit halb fünf nicht mehr. Aber wieso bist du schon auf? Wir wollten doch ausschlafen und kuscheln.«

»Das dürfte schwierig werden, wenn du in der Küche stehst«, neckte er sie. »Sollen wir wieder ins Bett gehen?«

Er spürte ihr Zögern und wusste, was kommen würde.

»Ich hab Hunger.«

»Du hast ständig Hunger. Das sind bloß deine Hormone.«

»Meine Hormone und ich gehen überall zusammen hin. Warum frühstücken wir drei nicht? Es ist ein wundervoller Morgen, viel zu schade, um ihn im Bett zu vergeuden.«

Er machte sich von ihr los. »Schwangere Frauen fühlen sich doch angeblich noch erotischer?«, beschwerte er sich.

»Der Motor braucht Brennstoff«, erklärte sie.

Joanna briet Speck und Tomaten und röstete Toast, während Slider seine Rasur hinter sich brachte, dann setzten sie sich zu einem ausgedehnten Frühstück.

»Gebratene Tomaten wurden definitiv an einem Sonntag erschaffen«, stellte Slider fest. Joanna vertrat die Theorie, dass Gott seine besten Schöpfungen am siebten Tag der Woche gelungen waren, an dem er Muße hatte. Die Liste der Gaumenfreuden war lang: getoasteter Käse, Himbeeren, der Geruch von Kaffee.

»Das haben wir schon so lange nicht mehr gemacht«, sagte sie glücklich. »Ich kann mich nicht mal erinnern, wann du deinen letzten freien Tag hattest.«

Slider wusste erst seit Mai, dass Joanna schwanger war. Sie hatte ihre Stelle im Orchester in Amsterdam aufgegeben, war dauerhaft nach Hause zurückgekehrt und suchte Arbeit für die nächsten paar Monate. Das Baby sollte im November kommen, und sie könnte bis Ende September arbeiten – falls sie Engagements bekam. Bisher hatte sie noch kein Glück gehabt. Doch das gab ihr die Möglichkeit, nach einer Wohnung zu suchen. Joannas winzige Wohnung verfügte über ein Schlafzimmer, ein Wohnzimmer, eine kleine Küche und ein Bad, in dem man nur einzeln genug Luft bekam – ausreichend für sie beide, aber zu eng mit einem Baby.

Altmodisch wie er war, wollte er unbedingt heiraten, bevor das Baby geboren wurde. Und bevor sie heirateten, mussten sie die frohe Botschaft ihren Familien verkünden, woran seine Arbeit ihn bisher gehindert hatte. Aber nun, nachdem die Schlussbesprechung stattgefunden und er die Berichte über den Fall Bates geschrieben hatte, hatte er zwei Tage frei. Den morgigen Tag würden Joanna und er mit seinem Vater verbringen – seinem einzigen Verwandten –, und heute wollten sie nach Eastborn zu Joannas Eltern. Slider hatte sie noch gar nicht kennengelernt und war nervös.

»Und wenn sie mich nun nicht mögen?«, fragte er.

Joanna kapierte sofort. »Sie werden dich mögen. Warum denn auch nicht?«

»Wegen Verführung ihrer Tochter, zum einen. Dich zu schwängern, bevor ich dich heirate.«

»Meine Schwester Alison wurde nur sechs Monate nach der Hochzeit geboren.«

»Wirklich?«

»Mum wurde eines Abends weich, als Sophie und ich sie an ihrem Geburtstag zu einem Drink einluden, und gestand. Als sie am nächsten Tag wieder daran dachte, war sie ein wenig schockiert. Sie beschwor uns, kein Wort darüber zu verlieren, also erwähn es nicht. Anscheinend wissen die anderen nichts davon.«

»Außer Alison, vermutlich.«

»Da bin ich mir nicht so sicher. Vielleicht hat sie zwei und zwei nie zusammengezählt. Unbequeme Tatsachen konnte sie schon immer gut verdrängen.«

Slider griff nach der Marmelade. »Klär mich noch mal auf. Ich kann sie nicht auseinanderhalten.«

»Spielt keine Rolle. Du wirst sie nicht alle kennenlernen.«

»Du kennst mich. Ich hab gern meine Hausaufgaben gemacht.«

»Na gut. Alison ist die Älteste, dann kommen die drei Jungs, Peter, Tim und George.«

»Die in Australien sind?«

»Nein, nur Tim und George. Sie sind alle zusammen ausgewandert, aber Peter ist zurückgekommen.«

»Ach ja, jetzt erinnere ich mich.«

»Dann Louisa und Bobby, dann ich, dann die Zwillinge, die gestorben sind, dann Sophie.«

»Wirklich, ein ganzer Stall voll. Muss nett gewesen sein, mit so vielen Menschen um einen herum aufzuwachsen.«

»Du hast bestimmt viel mehr Aufmerksamkeit bekommen«, meinte Joanna.

»Aber es gibt keine Verstärkung, wenn man ein Einzelkind ist. Keine Rückendeckung. Als Mum starb, waren da nur noch mein Dad und ich, und wenn er stirbt...«

Sie drückte seine Hand. »Dann hast du immer noch eine Frau, eine Exfrau und mindestens drei Kinder.«

Ein Lächeln huschte über sein Gesicht. »Mindestens? Was willst du mir damit sagen?«

Sie machte eine unbestimmte Miene. »Na ja, ich dachte nur, wenn du schon so viel Geld für eine Heirat blechen musst, solltest du auch den entsprechenden Gegenwert bekommen.«

Er musterte sie und überlegte, ob sie nicht doch wieder ins Bett gehen sollten, als das Telefon klingelte. Joanna begegnete seinem Blick. »O nein«, sagte sie und sah ihn fragend und zweifelnd an.

Er hatte sofort ein ungutes Gefühl. »Das darf nicht wahr sein. Bitte nicht. Nicht an meinem freien Tag.« Aber er wusste, dass sie kein Erbarmen kannten, wenn es notwendig war. Ein Detective Inspector hatte rund um die Uhr zur Verfügung zu stehen, und da den höheren Dienstgraden keine Überstunden bezahlt wurden, litt das Budget weniger, wenn man sie anrief als jemanden, der etwas kostete.

Er stand auf, schlurfte in den schmalen Flur (viel zu schmal für einen Kinderwagen, dachte er abwesend) und hob das Telefon ab. Nicholls war dran, einer der uniformierten Sergeants vom Polizeirevier Shepherd's Bush. »Bist du auf und angezogen?«

»Wehe, es ist nichts Wichtiges«, knurrte Slider.

»Tut mir leid, Bill. Ich weiß, dass du heute frei hast, und ich finde es furchtbar, dir das anzutun, aber wir haben einen Mord.«

»Großer Gott!«

»Wurde über den Notruf gemeldet. Weiblich, erstochen im Paddenswick Park. Sieht so aus, als hätte der Parkmörder wieder zugeschlagen.«

»Warum kann Carvers Haufen das nicht übernehmen?«

»Die stecken knietief in dieser Sache mit dem Drogen- und Prostituiertenring. Der Boss sagt, das ist deiner. Tut mir leid, Kumpel.«

»Verdammte Inzucht, können die Leute nicht mal zwei Minuten lang aufhören, sich gegenseitig umzubringen?« Aus den Augenwinkeln sah er, dass Joanna in den Flur gekommen war. Ihre Haltung sprach Bände. »Na gut, bin schon unterwegs.«

Slider ging ins Schlafzimmer. Joanna kam ihm zuvor.

»Ich hab's schon mitbekommen.«

»Entschuldige«, sagte er.

»Ich weiß. Kann man nichts machen.«

Joanna war verärgert, und er konnte es ihr noch nicht einmal verdenken. »Kannst du es deinen Eltern erklären?«

»Mach dir deswegen keine Sorgen.«

»Fährst du trotzdem?«

»Hat keinen Zweck. Ich sag ab«, erwiderte sie kurz angebunden und schob sich an ihm vorbei durch die Tür.

Slider rief seinen Stellvertreter Detective Sergeant Atherton an. Er erreichte ihn auf dem Handy am Tatort.

»Du brauchst dich nicht zu beeilen. Porson hat alles unter Kontrolle.«

»Was zum Teufel macht der denn da?«

»Er war im Büro, als ich Viertel vor acht kam. Ich glaube nicht, dass er zu Hause gewesen ist.«

Porson, ihr Detective Superintendent, war seit kurzem verwitwet. Vermutlich, dachte Slider, kommt er zu Hause ohne seine Frau nur schwer zurecht.

»Der Anruf kam gegen Viertel nach acht«, fuhr Atherton fort. »Er schnappte sich das Team und fuhr hierher. Er hat bereits ein paar zusätzliche Leute für die Zeugenaussagen angefordert, und die Spurensicherung ist unterwegs.«

»Wofür braucht er mich dann noch?«, fragte Slider aufgebracht.

»Vermutlich aus großer Liebe zu dir«, erwiderte Atherton. »Muss Schluss machen – er winkt mir.«

Also weg mit der Kordhose und dem Chambray-Hemd, her mit dem Werktagsanzug. Verdammt und zugenäht, dachte Slider. Jeder Mord bedeutete intensive Arbeit und viele Arbeitsstunden, aber ein Serienmörder konnte einen für Monate blockieren. Wenn es der Parkmörder war, ließ sich nicht abschätzen, wann Slider wieder einen freien Tag haben würde.

Der Verkehr hatte sich bereits gestaut, als Slider das Haus verließ, und er hatte ausreichend Zeit zum Nachdenken, während er die Bath Road entlangkroch. Der Parkmörder hatte schon zwei Mal zugeschlagen, wie die Zeitungen das gerne nannten, aber nicht in Sliders Revier. Das erste Mal in Gunnersberry Park, das zweite Mal erst vor einem Monat in Acton Park. Es sah so aus, obwohl die Anhaltspunkte dafür zugegebenermaßen mager waren, als würde er sich ostwärts bewegen, was Raum für zwei weitere mögliche Vorfälle in Shepherd's Bush schaffen würde, bevor er Holland Park erreichen und damit das Problem nach Notting Hill verschieben würde. Slider überlegte, was sich tun ließe, um diesen Tag herbeizuzaubern. Allein beim Gedanken an einen Serienmörder wurde ihm ganz flau. Die Vorstellung, dass ein Mensch so egozentrisch sein konnte, jemand anderen zum Zweck der Eigenwerbung zu töten, war tief deprimierend.

Das gehört alles zum modernen Promikult, dachte er, als er auf eine Ampel zukroch, die nur alle fünf Minuten für dreißig Sekunden auf Grün schaltete. Ins Fernsehen zu kommen, in der Zeitung zu stehen war der ultimative Ehrgeiz einer breiten Schicht der vollkommen Verblödeten. Und die Presse war da keine große Hilfe. Der aktuelle Hirnamputierte hatte zwei Menschen getötet und besaß bereits einen Spitznamen in den Medien. Kein Wunder, dass er so schnell wieder gemordet hatte. Jetzt hatte er ein Publikum, das er befriedigen musste. Er war ein Künstler.

Um ein Promi zu sein, brauchte man natürlich ein Markenzeichen, und das des Parkmörders war, am helllichten Tag an einem öffentlichen Ort mit vielen Passanten zu morden – Menschen, die ihre Hunde ausführten, zur Arbeit gingen, joggten, Rollerblades fuhren, mit dem Fahrrad unterwegs waren. Die Zeitungen staunten (was der Mörder vermutlich als Bewunderung verstand), wie er es geschafft hatte, nicht gesehen zu werden. Der Paddenswick Park zwischen der Goldhawk Road im Norden und der King Street im Süden passte zu seiner Vorgehensweise. Er diente nicht nur als Abkürzung, sondern wurde von den Anwohnern auch für den Frühsport und den Hundeauslauf genutzt. Der morgendliche Stoßverkehr war die bevorzugte Tatzeit des PMs, wie der Parkmörder auch genannt wurde. Vielleicht nur aus dem einen Grund, sinnierte Slider, dass die Polizei den Tatort nämlich nur mühsam erreichte.

Als er schließlich ankam, hatte er alle Abgründe ausgelotet. Neben der absoluten Sinnlosigkeit eines jeden Mordes kamen in diesem Fall noch die Probleme der Zusammenarbeit mit dem Dezernat in Ealing hinzu – wie die sich freuen würden, ihm die Tatsache mitteilen zu müssen, dass sie nichts erreicht hatten! –, ganz zu schweigen von dem unvermeidlichen Medienrummel. Es sah ganz so aus, als würde es einen Wettlauf geben, ob er es schaffte, Joanna zu heiraten, bevor er in Pension ging.

Der Park und ein großer Teil der Paddenswick Road, die an der Ostseite entlangführte, waren abgesperrt. Atherton stand bei den Polizeifahrzeugen hinter dem blauweißen Absperrband; er kam herüber und hielt das Band hoch, damit Slider durchfahren konnte. Es standen bereits mehrere Streifenwagen da, die Autos von Atherton und dem Team und der weiße Minivan der Spurensicherung. In der Nähe der Eingangstore innerhalb des Parks sah Slider all die Leute, die bei Eintreffen der Polizei vor Ort gewesen waren und nun verhört wurden.

Obwohl Slider sich gegenüber den Medien meist bedeckt hielt, erkannten ihn einige Reporter und riefen ihm von ihrem Platz hinter der Absperrung aus Fragen zu. Natürlich wollten sie nur wissen, ob es der Parkmörder war. Ein Nicken, und sie würden losflitzen, ihre Textbausteine zusammenbasteln, und jede Zeitung, jedes Boulevardblatt würde dieselbe Schlagzeile hinausschreien: PARKMÖRDER SCHLÄGT WIEDER ZU. Slider beachtete sie nicht.

»Wie toll, ein Star zu sein«, bemerkte Atherton.

»Ich oder er?«, fragte Slider misstrauisch.

»Ich, natürlich«, erwiderte Atherton. Er war elegant gekleidet, wie immer, und sein glattes blondes Haar, das er derzeit kurz geschnitten trug, hatte genau diesen feinen Hauch modischer Stacheligkeit, der Atherton für Frauen noch gefährlicher machte. Für diese Art Finesse durfte man gut und gerne 40 Pfund hinblättern. Slider, der seit Jahren zu demselben unscheinbaren Friseur ging und inzwischen fürstliche neun Pfund bezahlte, fühlte sich neben Atherton schäbig und zerzaust. Bei seiner Größe und Figur wirkte Atherton gelegentlich eher wie ein Dressman als wie ein Polizeibeamter. Gleichzeitig sah er um die Augen herum so aus, als hätte er viel zu wenig Schlaf bekommen.

»Hast du gestern Abend wieder einen draufgemacht?«, meinte Slider. »Lass mich raten, mit der neuen Polizistin, oder? Collins?«

»Yvonne. Sie ist neu und kennt niemanden«, erklärte Atherton würdevoll. »Ich hab nur Freundschaft geschlossen.«

»Eine wilde Nacht des Freundschaftschließens kann einen wirklich fertig machen«, stimmte Slider zu.

»Sind wir aber grantig heute Morgen«, bemerkte Atherton. »Zu dumm, dass du heute freigehabt hättest. McLaren ist losgezogen, um Kaffee und Schinkensandwiches zu besorgen«, fügte er schmeichlerisch hinzu.

»Ich hab schon gefrühstückt. Und ich weiß immer noch nicht, was ich hier soll, wenn Porson die Sache leitet.«

»Sieht so aus, als würdest du das gleich erfahren.« Atherton machte eine Kopfbewegung.

Slider drehte sich um und sah, wie Detective Superintendent Fred »Der Schleimer« Porson einen Blick auf die kleine Gruppe Uniformierter und Zeugen warf. Porson war groß und knochig und überragte die Masse der Menschheit wie ein Dolmen. Seine Glatze schimmerte in der Sonne. Es schockierte Slider nach wie vor, den kahlen Schädel seines Vorgesetzten zu sehen. Er hatte sich seinen Spitznamen durch jahrelanges Tragen einer absolut unecht wirkenden Perücke erworben, sie aber an dem Tag abgelegt, an dem seine Frau gestorben war. Slider sah sich zu der unwahrscheinlichen Schlussfolgerung gezwungen, dass Betty Porson (die eine recht elegante kleine Person gewesen war) ihren Mann dazu ermutigt hatte, den Fusseltiger zu tragen. Der Spitzname war zu lange in Gebrauch gewesen, um nun einfach auszusterben; jetzt konnte er nur noch ironisch angewandt werden.

Slider mochte Porson. Er war ein guter Polizist und ein loyaler Vorgesetzter, und wenn er auch mit Sprache umging wie ein Mann in Boxhandschuhen, der ein Stück Zwirn einzufädeln versucht, dann nahm man das gerne in Kauf. Besser als von einem grünschnäbeligen Karrierehengst mit einem Abschluss in Angewandter Schwachköpfigkeit herumkommandiert zu werden.

»Tut mir leid wegen Ihres freien Tages«, sagte Porson knapp. »Ich hab die Sache für Sie angepfiffen, aber jetzt müssen Sie übernehmen. Ich muss zu einer Zukunftsstrategiekonferenz in Hammersmith.« Sein Ton verriet, was er von derlei Konferenzen hielt. Heutzutage schienen sich die höheren Dienstgrade nur noch auf irgendwelchen Konferenzen herumzutreiben – daher vielleicht das Bedürfnis des alten Schleimers, Schießpulver zu riechen. »Gallon war der erste Uniformierte vor Ort – er wird Ihnen die entsprechenden Einzelheiten mitteilen. Es werden Aussagen von allen aufgenommen, die noch hier waren, als wir eintrafen, und die Spurensicherung ist gerade gekommen. In Ordnung?«

»Ja, Sir«, erwiderte Slider. »Aber…«

Porson hob seine große knochige Hand, um Sliders Einwand zuvorzukommen. »Ein Wort noch in Ihre Lauscher«, sagte er und drehte sich ein wenig zur Seite. Slider tat es ihm nach, und Porson fuhr mit gesenkter Stimme fort: »Schauen Sie, es könnte der Parkmörder gewesen sein oder auch nicht. Es könnte sein, dem ersten Anschein nach zu urteilen, aber ich will es von allen Seiten beleuchtet haben. Die SCG musste den größten Teil ihres Personals dem Drogendezernat zur Verfügung stellen, daher fehlen Peter Judson zwei Männer und ein Zirkushund.

Die stecken bis zum Nabel drin.« Die Serious Crime Group, das Dezernat für Schwerverbrechen, hatte den ersten Zugriff auf alle Morde. »Daher bleibt der Fall vermutlich bei uns, zumindest vorläufig. Wenn wir ihn aufklären können, bringt uns das eine Menge Punkte.«

»Wenn es ein Serienmord ist, wäre da auch Ealing zu bedenken«, wandte Slider ein.

Porson sah ihn triumphierend an. »Das ist ja das Schöne daran. Die sind mit der Sache bisher kein Stück weitergekommen. Wir kriegen die Informationen von denen, und dann klären *wir* den Fall auf, verstehen Sie? Und wer steht dann gut da?« Irgendwie war Slider seine Skepsis wohl anzusehen, denn Porson senkte seine Stimme noch mehr. Er kroch ihm praktisch ins Ohr. »Hören Sie zu«, sagte er, »ich will hier keine Scheiße erzählen. Tatsache ist, dass ich für eine Beförderung vorgesehen bin. Ich hab nicht mehr lange. Wenn ich einen Rang höher aus dem Amt scheide, macht das einen großen Unterschied bei meiner Pension.« Mit wässrigen, rot geränderten Augen sah er Slider an, ohne mit der Wimper zu zucken. »Ich habe dieser Arbeit mein ganzes Leben gewidmet. Ich glaube, ich habe es verdient.« Das fand Slider auch, doch es stand ihm nicht zu, etwas dazu zu sagen. »Aber Sie wissen genauso gut wie ich, welche Geschmacksrichtung die Großmuftis heutzutage bevorzugen«, fuhr Porson fort. »Wir sind nicht mehr jung und sexy. Dinosaurier nennen sie uns, Bullen wie Sie und mich. Doch einen hochkarätigen Fall zu lösen, das ist eine unbestreitbare Tatsache. Die können sie nicht ignorieren.«

Eines sagte Porson nicht, und das fiel Slider auf: »Tun Sie es für mich, und ich setz mich für Sie ein.« Er war seiner Mannschaft gegenüber immer loyal gewesen und ging einfach davon aus, dass sie das wusste. Dafür bewunderte Slider ihn. Also verabschiedete er sich klaglos von seiner Freizeit. »Ich werde mein Bestes tun, Sir.«

»Das weiß ich. Das weiß ich doch.« Porson war so bewegt, dass er kurz davor war, Slider auf die Schulter zu klopfen. Im letzten Moment aber wandelte er die Geste ab und versuchte sich an seiner nicht vorhandenen Perücke zu kratzen. Dann rieb er sich heftig die Nase und räusperte sich mit derart dröhnender Stimme, dass er einen Sperling in zehn Schritt Entfernung hätte betäuben können.

Slider beschloss, sich den emotionalen Augenblick zunutze zu machen. »Besteht eine Möglichkeit, dass Sie uns einen Ersatz für Anderson besorgen können, Sir?«, fragte er. Die National Crime Squad hatte sich DC Anderson für längere Zeit geschnappt, was Sliders Mannschaft um einen Mann reduzierte.

»Mal sehen, was ich tun kann«, antwortete Porson, »aber verlassen Sie sich nicht darauf. Sie wissen, wie es um die Rekrutierung steht.«

Slider kehrte zu Atherton zurück. »Also gut, erzähl mir, was Sache ist. Wo ist denn der *corpus*?«

»Im Gebüsch«, erwiderte Atherton.

Zur Paddenswick Road hin war der Park von einer niedrigen Mauer mit spitzem Eisengitter begrenzt, das Ganze knapp drei Meter hoch. Durch ein eisernes Tor kam man auf einen breiten asphaltierten Pfad, der zwanzig Meter lang geradeaus zu einer Gabelung führte. Ein Weg verlief in Richtung Nord-Süd, der andere in Richtung Ost-West. Eine in einem großen Bogen angelegte Route um das Nordende des Parks war bei Läufern sehr beliebt. Der gesamte Park war hübsch gestaltet, überwiegend Rasen mit wenigen großen Bäumen und einer oder zwei Blumenrabatten neben den Wegen, die jetzt mit den bei Gärtnern so beliebten Sommerblumen, mit strahlend roten Geranien und vielfarbigen Stiefmütterchen bepflanzt und an den Rändern von blauen und weißen Lobelien und Steinkraut begrenzt waren.

Alles war offen, durchaus kein Gelände, das Mörder anzog, bis auf einen überwucherten Gebüschstreifen aus Rhododendren, Goldblatt, Winterschneeball und anderen Büschen, dazu ein paar spindeldürre Birken und Ebereschen. Das Gebüsch verlief von Norden nach Süden, auf der einen Seite begrenzt vom Zaun und auf der anderen von dem Pfad, der bis zum Tor gegenüber der U-Bahn-Station führte. Und hier, so schien es, zwischen den rußigen Blättern, hatte der Mörder gelauert und zugegriffen.

Police Constable Gallon brachte Slider, wie angekündigt, aufs Laufende.

»Ein Mann, der seinen Hund ausführte, hat die Leiche gefunden, Sir, kurz nach acht Uhr. Ein Mr Chapman, Vorname Michael, wohnhaft in der Atwood Road?« Gallon war noch so jung, dass er seine Sätze noch mit einem Fragezeichen beendete, aber in diesem Fall wollte er wissen, ob Slider wusste, wo das war. Slider nickte.

»Also, er hatte seinen Hund an einer dieser Leinen, die nachgeben, und der Hund verschwand dort zwischen den Büschen. Chapman bemerkte das erst, als der Hund zu bellen begann und ein großes Theater machte. Er versucht ihn zurückzuzerren, aber das funktioniert nicht. Er überlegt, ob sich die Leine vielleicht in den Büschen verfangen hat, und geht rein, und da ist sie.«

»Kam der Notruf von ihm?«

»Nein, Sir. Chapman kommt aus den Büschen und hält den Ersten an, den er sieht, einen Mann namens David Hatherley, der auf dem Weg zur Arbeit ist, und tätigt den Notruf von dessen Handy aus. Der Anruf wurde um 8.20 Uhr zwanzig registriert.«

»In Ordnung. Dann schauen wir uns die Sache mal an«, sagte Slider.

Hier, an diesem kurzen Stück des Weges vor der Gabelung, wuchsen die Büsche sehr dicht und bildeten eine durchgehende grüne Blätterwand. »Da ging Chapman hinein«, erklärte Atherton. »Und vermutlich hat der Mörder dort auch das Opfer hineingezerrt.«

Im Rindenmulch, der unter den Büschen verteilt worden war, um das Unkraut zurückzuhalten, waren Schleifspuren zu sehen. Wie Straßenbahnschienen verschwanden zwei tiefe parallele Furchen im Gebüsch. Einige der Rindenstücke waren auf dem Pfad verstreut.

»Man sollte meinen, dass an den Büschen mehr Schaden entstanden wäre«, nörgelte Slider. »Nur ein paar Blätter auf dem Boden, aber keinerlei abgebrochene Zweige oder Äste.«

»Wahrscheinlich haben sie sich bloß gebogen und sind dann zurückgeschnellt«, meinte Atherton. »Von der anderen Seite haben wir besseren Zugang. Dort ist auch die Spurensicherung entlanggegangen.«

Sie gingen bis zur Weggabelung und dann links die Nord-Süd-Verbindung hinunter. Auf dieser Seite wucherte das Gestrüpp nicht so üppig, und nach etwa sechs Metern öffnete sich eine Lücke zwischen den Büschen. Der Tatortkoordinator Bob Bailey erwartete sie schon. Er war ein hochgewachsener, schlanker Mann mit blondem Haar und einem drahtigen Schnauzbart. Slider stellte sich immer vor, dass er Baileys Frau schrecklich kratzen musste. Die Tatortbeamten waren alle Zivilisten, die der Polizeidirektion Hammersmith angehörten. Bei ihren vielen Ermittlungen hatten Slider und Bailey immer wieder Kontakt gehabt und verstanden sich recht gut.

»Der Arzt war da und ist schon wieder weg, Sir«, begrüßte ihn Bailey. »Hat um 8.29 Uhr den Tod festgestellt.«

»Dr. Prawhala? Das ging aber schnell.«

»Na ja, er wohnt ja auch um die Ecke«, erklärte Bailey. »Wir sind mit den Fotos und den Vermessungen fast fertig. Dann können Sie hingehen und sich umschauen.«

Der Trend ging dahin, selbst die leitenden Ermittlungsbeamten vom Tatort fernzuhalten. Es wurde an einer 3-D-Laservideokamera gearbeitet, die eine digitale Version des Tatorts herstellen würde, sodass man am Computer Einblick nehmen konnte, ohne am Ort des Geschehens gewesen zu sein. Aber Slider musste mit eigenen Augen sehen, was Sache war. Das war keine Selbstüberschätzung oder die Suche nach einem Kick, es entsprach einfach seiner Art. Mit den eigenen Sinnen zu erfassen war so wichtig, und er wusste, dass eine virtuelle Welt das nicht bieten konnte. Bailey kannte Sliders Vorlieben, und da Slider sowohl höflich als auch vorsichtig war, nahm Bailey sie hin. Ihm blieb auch gar nichts anderes übrig, denn Slider stand, was den Rang betraf, weit über ihm. Dennoch gab es so etwas wie Entgegenkommen und Widerwille gleichzeitig.

»Die Rinde hat die Spuren verwischt«, stellte Slider fest. »Es gibt keine Fußabdrücke.«

»Nein, Sir. Und Blutspritzer werden schwer zu entdecken sein. Da gibt es nur braune Rinde und dunkelgrüne Blätter. Es können schon jede Menge Leute mit ihren Hunden hiergewesen sein. Ich hasse Tatorte im Freien.«

»Wenigstens regnet es nicht«, tröstete ihn Slider. »Gut, sagen Sie mir Bescheid, wann ich hingehen kann. Ich werde inzwischen mit den Zeugen reden.«

Michael Chapman hatte der Geschichte, die Gallon erzählt hatte, nicht viel hinzuzufügen. Sein Hund, ein kleiner, munter wirkender Terrier, lag auf dem Weg, das Kinn auf den Pfoten, total gelangweilt. Chapman war offensichtlich nach wie vor verstört. Er war Ende 50, schätzte Slider, gut gekleidet und ordentlich frisiert. Sein Gesicht wirkte abgespannt, was vermutlich nicht nur an dem Schock lag. Frührentner, ohne es zu wollen, vielleicht?

»Ja, ich komme fast jeden Morgen mit Buster hierher«,

beantwortete er Sliders Frage. »Später machen wir zwei oder drei längere Spaziergänge, aber im Allgemeinen gehen wir als Erstes in den Park. Ich wohne nicht weit von hier, verstehen Sie, daher ist das praktisch.«

»Wenn Sie den Park regelmäßig besuchen, haben Sie das Mädchen dann schon mal gesehen?«

»Ich bin mir nicht sicher«, erwiderte er zögernd. »Wäre möglich. Ich kann es wirklich nicht genau sagen. Hier sind morgens so viele Leute, Jogger und so. Eigentlich nehme ich von denen nie Notiz. Außerdem hab ich sie mir da drinnen auch nicht so richtig angesehen.« Er machte eine Kopfbewegung in Richtung der Büsche. »Jedenfalls nicht ihr Gesicht.« Ihm kam ein Gedanke, und seine Augen weiteten sich erschrocken. »Sie wollen doch hoffentlich nicht, dass ich noch mal hingehe und nachschaue?«

»Nein, Sir«, beruhigte ihn Slider. »Sie sind genau dort entlanggegangen?«

»Ja, richtig. Zwischen den beiden Goldblattbüschen.«

»Haben Sie die Spuren auf dem Boden bemerkt?«

»Äh, nein. Ich habe eigentlich gar nichts bemerkt, außer dass Buster sich die Seele aus dem Leib gebellt hat und nicht herauskommen wollte.«

»Haben Sie die Frau angefasst? Um zu sehen, ob sie noch am Leben ist?«

»Nein!«, sagte er nachdrücklich und machte dann eine sorgenvolle Miene. »Hätte ich das tun sollen? Ich war mir eigentlich gleich sicher, dass sie tot sein musste. Ich wollte nicht näher rangehen. Ich wollte einfach nur Buster zurückholen.«

»Hat Buster an der Leiche geschnuppert?«

»Ich glaube nicht. Als ich da hinzukam, sprang er auf und bellte, beschnupperte sie aber nicht. Sie lag auf dem Rücken, und ihre Augen waren offen, und da war all das … all das Blut … auf ihrem … auf ihrem T-Shirt.« Er schluckte schwer, kniff die Augen zusammen, als wollte er das Bild mit Gewalt loswerden. »Ich zerrte Buster zurück auf den Weg, und dann sah ich, dass dieser Herr mit seinem Handy telefonierte, und bat ihn, die Polizei anzurufen.«

David Hatherley, der Handybesitzer, war ein ganz anderer Typ als der schockierte, aber geduldige Chapman. Er war ein hochgewachsener, energischer, teuer gekleideter Geschäftsmann, verärgert darüber, wegen stümperhafter Bürokratie von seiner Arbeit abgehalten zu werden. Als Slider näher kam, musterte er ihn kritisch und fauchte dann hitzig: »Hören Sie, wie lange muss ich hier noch rumstehen? Manche von uns haben zu arbeiten, wissen Sie.«

»Ja, das weiß ich, Sir. Wir tun unsere Arbeit genau in diesem Moment«, sagte Slider.

Hatherleys Nasenflügel blähten sich wütend auf. »Also, ich kann Ihnen nicht helfen. Ich weiß nichts von der Sache. Ich kam gerade vorbei, als dieser Idiot mir mein Handy wegnehmen wollte und dann was von toten Leichen zu erzählen begann. Ich musste ein sehr wichtiges Businessgespräch unterbrechen, um die Notrufnummer zu wählen.«

»Das zeugt von viel Gemeinsinn, Sir«, besänftigte ihn Slider.

Hatherley schien Ironie zu wittern. »Kann ich jetzt gehen?«, schnaubte er. »Ihr Kollege hat sich jede verdammte Einzelheit von mir notiert, Adresse, Telefonnummer, bis hin zu meiner Schuhgröße. Ihnen scheint nicht klar zu sein, dass ich mit jeder Minute, die ich hier herumstehe, Geld verliere.«

Slider hatte genau diese Minuten dazu genutzt, Hatherleys Kleidung, sein Gesicht und seine Hände, seine Art zu mustern. Er konnte nichts Auffälliges feststellen. »Ja, Sie können gehen. Vielen Dank für Ihre Hilfe, Mr

Hatherley. Könnte sein, dass wir uns noch mal mit Ihnen in Verbindung setzen.«

Als Hatherley gegangen war, sagte Atherton: »Der kann nicht unser Mann sein, nicht in einem Armani-Anzug.«

»Nein«, bestätigte Slider. »Ich denke, er kam nur im falschen Augenblick vorbei. Dasselbe gilt für Chapman. Aber beide waren am Tatort, also sollten wir uns besser Fingerabdrücke und Speichelprobe von ihnen besorgen, um sichergehen zu können.«

»Was ist mit dem Hund?«, fragte Atherton munter. »Brauchen wir dessen DNA auch?«

»Wie schön, dass du das unterhaltsam findest«, knurrte Slider.

Der Fotograf kam auf sie zu. Der alte Sid war in Pension gegangen – nicht zu früh angesichts der Tatsache, dass ihm die Menschen mit jedem Tatort, den er für die Nachwelt festgehalten hatte, verhasster geworden waren. Der neue Mann hieß David Archer, war jung, enthusiastisch, gab sich Slider und dem größten Teil des Teams gegenüber scheu und beflissen wie ein schüchterner Neffe. Er wirkte eher zart, war aber gut aussehend, fast hübsch. Allerdings schien er nicht besonders robust zu sein, um mit den Dingen fertig zu werden, die er fotografieren musste. Er schwärmte leidenschaftlich für seine Ausrüstung und die moderne digitale Technologie, sodass Slider vermutete, Archer ließe den Gegenstand seiner Arbeit gar nicht an sich heran.

»Ich soll Ihnen von Bob ausrichten, dass Sie den Tatort jetzt ansehen können, Sir«, sagte er zu Slider.

»Fertig mit Ihrer Arbeit?«

»Ja, ich gehe zum Wagen und schau mir das Material an, aber ich bleibe hier, falls es noch was zu tun gibt, wenn die Forensiker eintreffen.«

»Tun Sie mir einen Gefallen«, bat Slider. »Machen Sie

mit Ihrer Videokamera einen langsamen Schwenk über die Menge. Nehmen Sie all diese Zuschauer auf. Aber ganz unauffällig. Bleiben Sie so weit hinten wie möglich, und zoomen Sie sich heran. Ich brauche die Gesichter von allen, die hier herumstehen.«

»Ja, Sir.« Archer war zu höflich, um nachzuhaken, aber die Frage stand ihm ins Gesicht geschrieben.

Slider hatte Mitleid mit ihm. »Es würde mich nicht wundern, wenn der Mörder an den Ort des Geschehens zurückgekehrt wäre. Es könnte sein, dass er sehen will, wer sie gefunden hat, wie die Leute reagiert haben, ob wir ratlos sind. Das ist der Teil, der am meisten Spaß macht. Er könnte hier sein und genussvoll zuschauen, wie wir hinter ihm herlaufen.«

»Ich krieg das, was Sie wollen, Sir, keine Bange«, sagte Archer. »Soll ich auch Standbilder machen, damit Sie sie in Ruhe betrachten können?«

»Gute Idee. Danke.«

»Der Mörder würde ja wohl nicht blutverschmiert hier rumhängen?«, meinte Atherton, nachdem Archer gegangen war.

»Nein, er hat vermutlich Kleidung getragen, die er weggeworfen hat, bevor er zurückkam.«

»Vielleicht wohnt er sogar in der Nähe«, spann Atherton den Gedanken fort. »Er ist nach Hause gegangen, hat sich umgezogen und ist zurückgekommen.«

»Du kannst dich ja gut in ihn hineinversetzen«, schimpfte Slider. Sie kehrten zurück zu der Lücke im Gestrüpp, zogen die weißen Schutzanzüge über und gingen dann, angeführt von Bailey, über die sicherheitshalber ausgelegten Bretter zum Tatort im Gebüsch.

Die Rhododendren waren gewaltige Exemplare, manche drei Meter hoch oder mehr. Ihre Blätter wuchsen dort, wo das Licht sie erreichte, daher zeigten sie auf der Rückseite kahle Stämme und Äste. Was vom Pfad aus wie dichte Vegetation aussah, war in Wirklichkeit wie eine Reihe von Aushöhlungen. Die dicke Schicht Rindenmulch sorgte für einen gleichmäßig dunkelbraunen Boden. Nur hier und dort lag etwas Abfall. Vom Wind hereingeweht? Das war wenig wahrscheinlich, inmitten all des Gestrüpps. Eher schon von spielenden Kinder zurückgelassen – oder von jemandem, der sich hier versteckt hatte, auf der Lauer lag. Slider entdeckte eine Zigarettenpackung (B&H), ein abgerissenes Stück einer Chipspackung (Walker's) und zwei Schokoriegelverpackungen (ein Picnic und ein Double Decker).

»Die brauchen wir«, sagte er zu Bailey. »Zigarettenkippen sind wahrscheinlich auch da.«

»Stimmt«, bestätigte Bailey. »Hier sind eine ganze Menge verstreut.«

»Nehmen Sie alle mit«, bat Slider. Raucher warfen ihre Kippen automatisch weg, sobald sie fertiggeraucht hatten. Offenbar wussten sie nicht, dass der darauf hinterlassene Speichel zur DNA-Analyse verwendet werden konnte, oder sie dachten nicht daran.

»Gott sei Dank rauchen Mörder immer«, sagte Atherton.

An einer offenen Stelle, umgeben vom braunen Mulch, lag die Leiche. Eine junge Frau, zum Joggen bekleidet mit knielangen Lycra-Shorts, einem ärmellosen weißen Hemd, Laufschuhen und kurzen weißen Socken. Sie war schlank, sah durchtrainiert aus, hatte leicht gebräunte Haut und kurzes, zerzaustes blondes Haar, das Slider einen unangenehmen Stich versetzte, weil es ihn an Joanna erinnerte. Hier und dort fiel Sonnenlicht durch die Blätter und ließ das Haar schimmern wie Münzen.

Sie lag auf dem Rücken, den einen Arm seitlich ausgestreckt, den anderen neben dem Körper. Ihr Gesicht war sehr hübsch, herzförmig mit einer kurzen geraden Nase und vollen, ein wenig geöffneten Lippen, die einen Blick auf ebenmäßige weiße Zähne zuließen. Ihre Haut war glatt, ihre Hände gepflegt, die Nägel kurz und unlackiert. Sie hatte kleine goldene Ohrringe in den Ohren, und an einer dünnen Goldkette um ihren Hals hing ein goldenes Medaillon – ein heiliger Christophorus, wie er annahm. Um ihre Taille war eine Art Werkzeuggürtel aus elastischem Gewebe geschlungen, an dem rechts eine Plastikwasserflasche hing, links ein Discman und eine kleine Reißverschlussgeldbörse in der Mitte. Die Ohrstöpsel hingen um ihren Hals, die Schnur lose, aus dem Discman herausgezogen. Er bemerkte, dass das Gerät ausgeschaltet war.

Die Wärme des Tages ließ einen angenehmen, holzigen Geruch von der Rinde aufsteigen, und überall im Park zwitscherten die Vögel. Die Blätter einer Birke bewegten sich sanft im Wind. Man hätte meinen können, die Frau würde sich dort ausruhen und in das Stück klaren blauen Himmel hinaufschauen, wäre ihr T-Shirt nicht mit Blut befleckt und verschmiert gewesen.

»Diverse Einstiche«, brach Atherton das Schweigen. »Deutet das nicht auf einen ›Blutrausch‹ hin?« Dieser Begriff hielt sich in den Polizeiberichten und Medien hartnäckig, ein Klischee, dem man anscheinend nicht entkommen konnte. Atherton griff absichtlich darauf zurück. Er wusste, dass Slider es nicht ausstehen konnte.

Unmittelbar neben der Leiche war der Rindenmulch aufgescharrt, wenn auch nicht so stark, wie Slider erwartet hätte. Er hockte sich neben das Opfer und konnte den frischen Duft von Shampoo und Körperlotion wahrnehmen, und darunter den unangenehmen Geruch von Blut. Die Unterarme und die Handflächen waren voller blutiger Schnitte. Direkt neben und unter der Leiche gab es eindeutige Spuren von Blut, doch es war nicht zu erkennen, wie viel Blut geflossen war oder ob es ein Spritzmuster gab.

»Gibt es sonst noch irgendwo Blut?«, fragte er Bailey.

»Bisher nicht, aber ohne genauere Untersuchung lässt sich das unmöglich feststellen«, erwiderte Bailey. »Ich kann nur sagen, dass es so aussieht, als wäre der Mord hier an dieser Stelle verübt worden.«

»Was ist das für ein grauer Fleck auf dem T-Shirt? Das Graubraune da?«, fragte Atherton, über Sliders Schulter gebeugt.

»Ich glaube, das ist ein Fußabdruck – oder zumindest einen Zehenabdruck«, meinte Slider. »Er hat sie mit dem Fuß umgedreht. Sie lag mit dem Gesicht nach unten, und er hat sie umgedreht. Der Fleck könnte von einem Schuh stammen.«

»Wahrscheinlich wollte er sich vergewissern, dass sie tot ist.«

»Vielleicht bekommen wir davon einen Teilabdruck der Sohle«, sagte Slider.

»Möglich, Sir«, bestätigte Bailey. »Wir haben ein Foto gemacht.«

Slider erhob sich und sah zur Nordseite des Gebüsches. »Ich verstehe nicht, wieso er sie hierher gezerrt hat. Von dort, wo wir hergekommen sind, wäre es doch viel leichter gewesen.«

Auch bei den beiden vorangegangenen Übergriffen hatte der Parkmörder sein Opfer versteckt, einmal in einem Gebüsch und einmal in einem Rosengarten, und sich davongemacht, ohne dass jemand etwas gesehen oder gehört hätte. Offenbar hatte es sehr schnell gehen müssen, möglicherweise ein Grund dafür, dass er seine Opfer weder beraubt noch sich an ihnen vergangen hatte. Es schien ihm um nichts anderes als den Mord zu gehen.

Atherton überlegte. »Die Büsche bieten auf dieser Seite besseren Schutz. Wenn er ihr auf der offeneren Seite aufgelauert hätte, dann hätte ihn vielleicht jemand gesehen.«

»Mag sein«, sagte Slider. Er sah sich um, prägte sich die

Szenerie ein. Dann warf er noch einen Blick auf die Leiche. Sie war gejoggt, hatte Musik gehört, vielleicht über den vor ihr liegenden Tag nachgedacht. Er betrachtete ihr hübsches Gesicht, aus dem alles Lebendige gewichen war, ihr weiches, zerzaustes Haar, ihren Körper auf der Erde, immer noch warm und geschmeidig, und jetzt eine bloße Hülle. Er stellte sich vor, wie der Mörder sie mit dem Fuß umgedreht hatte, überlegte, wie sich das angefühlt haben musste, schwer und weich. Früher, als Kind, hatte er mit toten Kaninchen zu tun gehabt. Er kannte diese Schlaffheit. Eine dumpfe Wut erfüllte ihn, wahrscheinlich, weil ihn die Tote flüchtig an Joanna erinnerte und er sich ihretwegen verletzlich fühlte. Aber die Wut betraf auch und vor allem dieses Mädchen. Als sie an diesem Morgen aufgestanden war und sich angezogen hatte, hatte sie keinen Gedanken daran verschwendet, dass sie an diesem Tag sterben könnte.

Es gab einfach auf der Welt keine Sicherheit. Menschen begingen abscheuliche, grauenhafte Taten. Das Leben, stark und beständig, konnte einen bis in alle Poren erfüllen, wenn man jung war. Und genauso konnte einem das Leben genommen werden, durch ein Loch entschlüpfen, sich auflösen wie Nebel. Die solide Realität, in der man sich bewegte, war in der Tat nicht mehr als eine dünne Eisschicht, durch die man jederzeit in das schwarze Wasser des Vergessens gleiten konnte.

Alles, was dieses Mädchen besessen hatte, war ihr von einem selbstgefälligen Menschen genommen worden. Slider konnte nichts anderes tun, als den Mörder zu finden und darauf zu hoffen, dass er bestraft wurde. Jetzt war er froh, dass Porson ihm den Fall übertragen hatte. Er würde den Mörder finden. Wirklich deprimierend war nur, dass der Mörder, selbst wenn er in die Enge getrieben, erwischt, beschuldigt, angeklagt, vor Gericht gestellt und verurteilt wurde, die Ungeheuerlichkeit seiner Tat vermutlich niemals begreifen würde. Was war mit dieser Gesellschaft geschehen, dass sie Menschen hervorbrachte, die töteten, nur damit ihr Name in die Zeitung kam?

Slider konzentrierte sich wieder auf den Tatort. »Ich frage mich, warum der Fußspur kein Blut anhaftet. Man sollte doch meinen, dass der Mörder, so wie er zugestochen hat, in Blut getreten wäre, noch dazu, wo er kaum etwas sehen konnte.«

»Er hat einfach Glück gehabt, nehme ich an«, meinte Atherton. »Unser erstes Problem wird sein, sie zu identifizieren.«

»Ja«, stimmte Slider zu. »Die Leute gehen nicht mit Pass und Führerschein in der Tasche zum Joggen.«

»Die Leute gehen nicht mit Taschen zum Joggen«, sagte Atherton.

II

Musik für Kenner und Könner

Im Einsatzraum war es ruhig, da die meisten Beamten noch am Tatort waren und bei der Suche nach Blut, blutbefleckter Kleidung und einer Mordwaffe halfen. Rasche Erfolge waren von entscheidender Bedeutung. Die Polizei stand ständig unter Druck, ein abgesperrtes Gebiet wieder freizugeben.

Slider war in seinem Büro und legte gerade die Akte des Falls an, als die hinreißende DC Kathleen Swilley hereinkam, wegen ihres Machismos bei Einsätzen auch Norma genannt. Sie war eine Kampfsportexpertin, konnte aus fünf Schritt Entfernung einer Fliege die Augenbrauen wegputzen und einen Mann mit nicht mehr als Zeigefinger und Daumen in die Knie zwingen. Oder sogar ganz ohne, dachte Slider.

»Bisher nichts, Chef«, berichtete sie. »Bei allen im Park wurde eine vorläufige Vernehmung durchgeführt, und jetzt fangen sie mit den Schaulustigen an. Und ich habe eine Anfrage an das Verkehrsdezernat wegen geparkter Autos oder Radarkontrollen an diesem Morgen rausgeschickt. Die Spurensicherung überprüft den Boden noch immer. Die Leiche ist inzwischen abtransportiert worden.«

»Sind das die Sachen der Toten?«

»Ja. Helfen uns aber nicht, sie zu identifizieren.« Sie legte sie auf den Schreibtisch und sah sie zusammen mit ihm durch. Die kleine Geldbörse vom Gürtel des Opfers enthielt nur ein Papiertaschentuch und zwei Türschlüssel – einen Sicherheitsschlüssel der Marke Yale und einen einfachen Bartschlüssel – an einem Ring mit einem dieser biegsamen Metallfische als Anhänger. Das und ihr goldenes Medaillon waren die einzigen persönlichen Gegenstände, die ihnen zur Verfügung standen.

»Wir haben ein paar gute Abdrücke vom Discman nehmen können«, sagte Swilley. »Wahrscheinlich die des Opfers. Wir warten auf den vollständigen Satz zum Vergleichen. Ich hab sie durch die Kartei laufen lassen, aber es gibt keine Vorstrafen.«

Das Medaillon stellte doch nicht den heiligen Christophorus dar, sondern den heiligen Antonius. »Eine ungewöhnliche Wahl«, bemerkte Slider. »Damit könnte sich ihre Identität bestätigen lassen, sobald wir diese haben.«

»Das Gleiche gilt für die Schlüssel«, sagte Swilley. »Und wofür ist ein Medaillon des heiligen Antonius gut, Chef?«

»Er ist der Schutzheilige der Armen und Leidenden, glaube ich«, erwiderte Slider. »Und der verlorengegangenen Dinge. Und der Reisenden.«

»Ich dachte, das wäre der heilige Christophorus?«

»Nicht nur der. Manche glauben sogar, den heiligen Christophorus hätte es gar nicht gegeben.«

»Was Sie alles wissen«, staunte Swilley.

Slider seufzte. »Ich weiß dagegen nicht, wie wir unser Opfer identifizieren sollen, ohne mit einem Fahndungsfoto durch die Nachbarschaft zu trotten. Und das tue ich äußerst ungern, wenn das einzige Foto, das ich habe, von der Leiche stammt.«

»Es ist ja noch früh. Vielleicht wird sie als vermisst gemeldet«, meinte Swilley. »In allen Mittagsnachrichten wird über den Mord berichtet werden. Wenn jemand nicht zur Arbeit erschienen ist …«

Während Slider über diese dürftige Möglichkeit nachdachte, kam Atherton herein, zurück vom Tatort. »Bisher keine Kleidung, kein Messer«, berichtete er. »In dem Teil des Gebüschs lagen acht Kippen, aber die meisten davon nicht frisch.«

»Er könnte das Gebiet vorher inspiziert haben«, sagte Slider. »Bewahrt sie alle auf. Wir warten ab, was wir sonst noch finden, bevor wir sie auf DNA testen lassen.« Man musste stets das Budget im Auge behalten.

Atherton fuhr mit seinem Bericht fort: »Mackay und McLaren müssten gleich mit dem ersten Stapel Aussagen zur Durchsicht hier sein, und außerdem sind die Fotos da. Hollis hängt sie an der Tafel auf, zusammen mit den Unterlagen, die wir von Ealing bekommen haben.« Er sah auf Sliders Schreibtisch. »Ist das ihr Discman?«

Slider lächelte schwach. »Meiner wird es kaum sein, nicht wahr? Ich bin ein Dinosaurier, wusstest du das nicht?«

Atherton blinzelte, ging aber nicht darauf ein. »Was hat sie gehört?«, fragte er.

»Sie hat gar nichts gehört, falls du dich erinnerst. Er war ausgeschaltet und die Ohrstöpsel rausgezogen.«

»Das ist wahrscheinlich während eines Kampfes passiert«, wandte Norma ein.

»Ja, aber mir kommt es seltsam vor...«, setzte Slider an, doch Atherton unterbrach ihn. Er hatte nach dem Beutel mit den Beweismitteln gegriffen, der auch die CD enthielt.

»Ach, nun seht euch das mal an! Das ist keine kommerzielle CD – das ist eine Demoscheibe. Könnte was sein. Könnte uns einen Hinweis darauf geben, wer sie ist.«

»Wieso das?«, fragte Swilley.

Atherton nutzte jede Gelegenheit, sie zu beeindrucken. Seit er seinen neuen Haarschnitt hatte, zeigte er wieder Interesse an Swilley, obwohl sie inzwischen mit dem Mann verheiratet war, mit dem sie jahrelang zusammengelebt hatte. Atherton, der nicht dazu neigte, sich ein einmal gefälltes Urteil durch Logik verderben zu lassen, bestand darauf, dass dieser Ehemann nicht existierte – obwohl Slider bei der Hochzeit gewesen war. Atherton behauptete, niemand würde wirklich einen Mann namens Tony Allnutt heiraten. Und selbst wenn es ihn gab, würde Norma ihre Torheit inzwischen sicher längst bereuen und wäre für Athertons Weltgewandtheit und seinen nicht zu verballhornenden Nachnamen bereit.

»Wenn eine Band eine Demo-CD macht«, erklärte er, »geht die nicht in den Verkauf, sondern wird an die für Künstler zuständige Abteilung von Schallplattenfirmen sowie an Promoter und Konzertveranstalter und so weiter geschickt, was das Feld sowieso einschränkt. Aber das hier ist noch besser. Seht ihr, der Aufkleber ist nicht gedruckt, sondern von Hand geschrieben, und es sind nur der Name der Band, das Studio und das Aufnahmedatum notiert. Was darauf schließen lässt, dass es eine Master-CD ist oder eine Kopie für die Band – etwas, was nur wenigen Leuten zur Verfügung steht. Das würde bedeuten, dass unser Opfer in enger Verbindung mit der Band stand oder möglicherweise mit dem Aufnahmeteam.«

»Welches Datum steht da?«, fragte Slider.

»Das von Montag«, antwortete Atherton. »Was es noch wahrscheinlicher macht, dass sie zur Band gehörte. Vermutlich ist es eine Aufnahme, die sie vor der endgültigen Mischung absegnen lassen wollten. Nach der Mischung dauert es zwei Wochen, bis die Kopien zum Versenden fertig sind. Es könnte also das Original sein oder eine Kopie von nur einem halben Dutzend.«

»Tja, das sind gute Nachrichten«, meinte Slider. Die Sache mit der Identifizierung schnell in den Griff zu bekommen wäre ein großer Vorteil. »Ich dachte schon, wir müssten in ganz West-London Haustürbefragungen durchführen.«

»Welche Band ist es?«, fragte Swilley und versuchte dabei Atherton über die Schulter zu blicken.

»›Baroque Solid‹«, antwortete Atherton und reichte ihr die CD.

Sie rümpfte die Nase. »Nie davon gehört.«

Doch Slider ging ein Licht auf. »Ich habe Joanna über die Band reden hören. Ich glaube, sie wurden letzte Woche in der Zeitung erwähnt, kann das sein?«

»Ja, aber nur im Feuilleton«, bestätigte Atherton. »Sie sind neu und ein Renner, und sie machen Fusion Music – Klassik trifft Jazz. Ich hab sie bei einem Foyerkonzert im Nationaltheater gehört – Satie und Stockhausen und ein wenig Bartók. Ich fand sie ziemlich gut, allerdings ist es eine ungewöhnliche Musikrichtung, und ohne die richtige PR kann so was einen schnellen Tod sterben. Letzte Woche aber haben sie ein Konzert im Purcell Room gegeben und gute Kritiken bekommen, demnach sieht es so aus, als wären sie auf dem richtigen Weg.«

»Fusion Music? Das klingt ja grässlich«, schnaubte Swilley.

»Man muss sich erst daran gewöhnen. Ich nehme an, du magst lieber Abba und Fleetwood Mac«, sagte Atherton betont freundlich.

Slider mischte sich hastig ein. »Wie bekommen wir Kontakt zu diesen Leuten?«

»Die Band hat bestimmt eine Website. Schauen wir mal nach.«

Sie gingen in den Einsatzraum, wo in einer Ecke ein Computer stand. Der Bildschirmschoner zeigte einen Goldfisch, der durch ein endloses Bauklotzlabyrinth wanderte und in den Sackgassen mit einem seltsam fließenden Rucken nach rechts und links sah. Slider klickte auf den Button der Suchmaschine, gab den Namen der Band ein und während sich die Seite aufbaute, blies ihm Atherton vor lauter Eifer schon seinen Atem ins Genick.

»Sie gehört wahrscheinlich zu den Musikern«, sagte er. »Ich meine mich zu erinnern, dass da eine Hübsche dabei war.«

Dem war jedoch nicht so, was Slider lächerlicherweise erleichterte, als wäre es sonst eine Bedrohung für Joanna gewesen. Auf der Website gab es Fotos der acht Bandmitglieder von »Baroque Solid«, und obwohl die vier Frauen im richtigen Alter waren, ähnelte keine dem Opfer auch nur im Entferntesten.

»Und was jetzt?«, fragte Slider. Atherton kannte sich in der Musikwelt wesentlich besser aus als er, trotz Joanna.

»Wir statten ihnen einen Besuch ab. Das Opfer muss eine enge Verbindung mit der Band haben. Am Ende der Seite steht eine Schneckenpostadresse. Das ist nur die Straße runter, in Barons Court.«

»Du brauchst gar nicht erst zu betteln. Du hast den Job.« Slider gab ihm die CD.

»Alle hassen Streber«, sagte Swilley kühl, als Atherton sich davonmachte.

Joanna kam kurz vor sechs ins Büro und brachte zwei Marmeladen-Donuts von der guten Bäckerei in der Shepherd's Bush Road mit.

»Sühneopfer«, verkündete sie.

»Sühneopfer für was?«

»Ich glaube, ich war heute Morgen nicht sehr freundlich.«

»Du warst enttäuscht«, entschuldigte er sie.

»Du auch.«

»Inzwischen bin ich daran gewöhnt.«

»Tja, ich sollte mich wohl besser auch daran gewöhnen, falls ich die Frau eines Polizisten werden will. Mit Betonung auf ›falls‹.«

»O Jo, es tut mir so leid ...«

»War nur ein Witz«, beruhigte sie ihn. »Für Polizistenfrauen. Und wenn wir schon von Polizistenfrauen sprechen, wo ist Jim?«

»Hast du für ihn auch Donuts mitgebracht?«, fragte Slider unschuldig.

»Ganz und gar nicht«, erwiderte sie grimmig. »Ich habe heute mit Sue gesprochen.«

»Er kann doch nichts dafür, dass sie ihre Meinung zu der Heirat geändert hat«, sagte Slider.

»Ach nein?« Sue Caversham, Joannas Freundin und Kollegin, war Athertons Lebensgefährtin gewesen und hatte viel durchmachen müssen, bis er sich an die befremdliche Idee der Monogamie gewöhnt hatte. Zeit seines Lebens ein Jagdhund, fiel es ihm schwer, das Jagen aufzugeben. Am selben Abend, an dem Slider erfuhr, dass Joanna schwanger war, und um ihre Hand anhielt, hatte Atherton Sue einen Antrag gemacht. Größer hätte die Überraschung nicht sein können – dachte Slider zumindest, bis Sue einen Monat später ihre Meinung änderte. Sie könne Atherton doch nicht heiraten. Es hatte einen heftigen Streit gegeben, und sie hatten sich getrennt.

»Sie hatte einfach Angst, dass das Chamäleon seine Farbe noch einmal ändern würde«, fuhr Joanna fort. »Hätte er sie nur ein wenig beruhigt, wäre alles im Lot gewesen. Was aber macht er? Er brüllt sie an und rennt los, um andere Frauen anzumachen wie ein James Bond, der Amphetamin intus hat.«

Die Tür zwischen Sliders Büro und dem Einsatzraum stand wie gewöhnlich offen, und er fand, hier sei nicht der richtige Ort für eine derartige Diskussion. Behutsam wechselte er das Thema. »Sieht so aus, als hätte das Opfer etwas mit der Band zu tun, über die wir neulich gesprochen haben, ›Baroque Solid‹.«

Joanna ließ sich ablenken. »O nein, sag bloß nicht, dass einer von denen ermordet wurde! Sie haben so viel Talent.«

Wäre es dann noch schlimmer?, fragte sich Slider. Von

außen betrachtet, vielleicht – weil Talent eine Seltenheit war. Aber aus der Perspektive jedes Einzelnen – jedes Leben ist kostbar. »Nein, sie gehörte nicht zu den Musikern. Wir haben uns die Website angeschaut, die Fotos von ihnen. Aber sie muss auf irgendeine Weise in enger Verbindung zu ihnen gestanden haben.« Ein Gedanke schoss ihm durch den Kopf. Die Welt der klassischen Musik war klein, und jeder schien jeden zu kennen. »Könntest du dir vielleicht das Fahndungsfoto anschauen, um zu sehen, ob du sie erkennst? Es würde uns eine Menge Zeit ersparen, wenn du uns einen Namen nennen könntest.«

»Ihr wisst nicht, wer sie ist?«, fragte Joanna, überlegte kurz, bevor sie begiff. »Ach so, sie war joggen und hatte keine Handtasche oder sonst was dabei. Na gut, ich schau es mir an.« Sie streckte die Hand aus, doch dann kam ihr ein Gedanke, und sie zögerte. »Sie ist ... sie ist doch nicht ...?«

»Nein«, erwiderte er, »sie ist nicht entstellt oder so, nur ...«

»Nur tot«, ergänzte Joanna trocken. Sie nahm das Foto, betrachtete es eingehend und reichte es zurück. »Nein, ich kenne sie nicht. Armes Mädchen, so jung und hübsch. Wie monströs, so etwas zu tun.«

Monströs, dachte Slider. Ja, das war ein gutes Wort dafür.

»Na gut«, sagte Joanna, »dann will ich dich nicht länger stören. Ich nehme an, es wird spät?«

»Ich fürchte, ja«, antwortete Slider. »Die Obduktion ist um sieben, und ich möchte dabei sein.«

»Was du auch immer für schöne Dinge vorhast!«

Er kam um den Schreibtisch herum, wollte sie zum Abschied küssen und hinausbegleiten. »Hast du ordentlich zu Mittag gegessen?«

»Ja, Mama. Ich hab mir beim Pizza Express eine leckere Pasta mit Tomatensauce und einen Salat gegönnt, zwischen zwei Besuchen bei Wohnungsmaklern. Ich wette, du hast noch nichts gegessen.«

»Jetzt hab ich ja zwei Donuts«, meinte Slider.

Sie sah ihn mitfühlend an. »Ich werde nach Hause fahren und einen Auflauf machen. Der kann ewig in der Röhre bleiben. Wann immer du dann kommst ...«

»Ich versuche nicht allzu spät zu kommen.«

Der Mord schaffte es in die 18-Uhr-Nachrichten der BBC, allerdings hatte sich an diesem Tag so viel anderes ereignet, dass er nur einen kurzen Bericht wert war. Slider und Hollis sahen sich die Nachrichten in Ron Carvers Büro an – Carver war glücklicherweise schon heimgegangen. Zwischen Sliders und Carvers Mannschaft hatte es schon immer Rivalitäten gegeben, obwohl Slider sich nach Kräften bemühte, das zu unterbinden. Aber DI Carver hatte den Groll in sich schon mit auf die Welt gebracht und war nicht glücklich, wenn er eine angebliche Kränkung nicht kultivieren konnte. Tatsache war, dass er stets von allem das Beste bekam, er hatte mehr Personal zur Verfügung, bekam mehr Überstunden bewilligt, wurde überall berücksichtigt. Sogar einen Fernseher hatte er. Die Obermuftis hatten eines Tages entschieden, dass das Dezernat einen Fernseher brauchte, der selbstverständlich in Carvers Büro aufgestellt wurde; und als Slider ebenfalls einen beantragt hatte, wurde ihm mitgeteilt, man brauche keine zwei – ein Fernseher für alle reiche vollkommen aus. Natürlich, Carver war Freimaurer, das wussten alle. Atherton meinte, diese Behauptung basiere nur auf Sliders Paranoia. »*Du* wärst auch paranoid, wenn alle gegen dich intrigieren würden«, entgegnete Slider dann immer.

Der Mord kam als vierte Meldung, nach der Ölkrise, den Nahost-Friedensverhandlungen und dem Besuch des Premierministers in Washington.

»Eine junge Frau wurde heute Morgen in einem Park

im Westen von London erstochen. Allem Anschein nach fiel sie einem Angriff des sogenannten Parkmörders zum Opfer«, sagte der Studiosprecher.

Es folgte eine kurze Zusammenfassung der vorherigen Fälle mit Aufnahmen der beiden anderen betroffenen Parks und ein kurzer Kameraschwenk über die morgendliche Szenerie im Paddenswick Park: Die blauweißen Absperrbänder, die Polizeibeamten, die Leute der Spurensicherung auf Händen und Knien, die den Rindenmulch am Rand des Gebüschs untersuchten. Und dann ging es auch schon mit dem nächsten Thema weiter, mit dem Aufstand in einem Asylbewerberlager.

»Kurz und nichtssagend«, bemerkte Slider.

»In den Lokalnachrichten kommt wahrscheinlich ein bisschen mehr«, meinte Hollis, und sie lehnten sich wartend zurück.

Die Lokalnachrichten brachten den Mord als Aufmacher.

»Geht doch nichts über einen Mord auf eigenem Territorium«, sagte Hollis. »Einheimischer Junge vollbringt gute Tat. Oder einheimisches Mädchen gibt gute Leiche ab.«

Der Bericht war mit fast dem gleichen Filmmaterial unterlegt wie in den Hauptnachrichten. Die Aufnahmen waren aber aus einer anderen Perspektive gemacht worden. »Gute Verwendung der Rundfunkgebühren«, sagte Slider. »Man schickt zwei komplette Teams aus verschiedenen Abteilungen desselben Senders hin.«

»Jeder weiß doch, dass Lokalfernsehen eine Arbeitsbeschaffungsmaßnahme ist«, brummte Hollis. »Sehen Sie sich bloß mal diese Moderatorin an. Wer würde die denn sonst einstellen?«

Die Lokalnachrichten ließen ihren Bericht ebenfalls unter der Schlagzeile »Parkmörder schlägt wieder zu« laufen und ergänzten ihn mit vor Ort eingefangenen Meinungen der Leute auf der Straße. Es handelte sich um

Anwohner, die von sich gaben, wie schockierend so ein Mord sei und dass man sich nicht mehr auf die Straße wagen könne. Eine junge Frau meinte, sie würde nie wieder durch den Paddenswick Park gehen, und eine andere sagte, sie sei immer durch den Park gegangen und sehe keine Veranlassung, das nun zu ändern.

Schließlich sprach der Reporter, der wie fünfzehn aussah, mit großer Geste in die Kamera: »Die Polizei bittet alle, die etwas Ungewöhnliches gesehen haben, sich zu melden. Alle, die heute Morgen zwischen Viertel vor sieben und Viertel nach acht im Park waren, sollen zur Polizei kommen und ihre Personalien angeben.« Dann gab er zurück ins Studio.

»Haben Sie das veranlasst?«, fragte Hollis alarmiert, wobei seine blassgrünen Augen ein wenig hervortraten.

»Ich nicht«, antwortete Slider. »Aber jemand muss es wohl getan haben.« Mehr brauchte er nicht zu sagen. Die Pressestelle war im Polizeipräsidium von Hammersmith untergebracht, in nächster Nähe des obersten Chefs also. Sie bekam ihre Anweisungen direkt von dort, und niemand kam auf die Idee, den Männern an vorderster Front mitzuteilen, was beschlossen worden war.

»Die Telefone müssen besetzt werden«, bemerkte Hollis.

»Und ich muss zu einer Obduktion«, stöhnte Slider.

»Ich kümmere mich darum, Chef«, beruhigte Hollis ihn freundlich. »Mehr als zwei werden wir vermutlich nicht brauchen. Ich glaube nicht, dass heute Abend viele Anrufe kommen.«

»Sie meinen, weil die BBC nicht groß berichtet hat?«

Hollis sah ihn seiner Unwissenheit wegen mitleidig an. »Nein, Chef. Heute Abend läuft ein Fußballspiel. Ein Qualifikationsspiel für die Weltmeisterschaft. England gegen Ostmoldawien. Niemand wird sich die Chance entgehen lassen, uns vielleicht siegen zu sehen.«

Das Büro von »Baroque Solid« lag in der Gunterstone Road, in einer Erdgeschosswohnung in einem dieser großen dreistöckigen Reihenhäuser plus Souterrain, die es überall in Hammersmith und Nord Kensington gibt. Über der Klingel war ein Aufkleber mit der Aufschrift BAROQUE SOLID – MUSIC FUSION angebracht. Erst beim dritten Versuch reagierte jemand auf Athertons Klingeln. Es war halb sieben.

Eine junge Frau in Jeans, schwarzem T-Shirt und einem lockeren, offenen Chambray-Hemd öffnete die Tür.

»Ist das hier das Büro von ›Baroque Solid‹?«, fragte Atherton, als er hinter ihr Räume erblickte, die eher nach einer Privatwohnung und weniger nach einem Büro aussahen.

»Na ja, das stimmt schon«, erwiderte sie, als wäre das recht zweifelhaft. Er zeigte ihr seinen Dienstausweis, und sie entspannte sich ein wenig – für Atherton eine ungewöhnliche Reaktion. Die meisten Menschen wurden nervös, wenn sie merkten, dass ihr Besucher ein Polizist war. »Joni und Tab und ich wohnen hier, aber es ist auch das Hauptquartier der Band«, erklärte die Frau. »Zumindest momentan. So lange, bis wir richtig, richtig berühmt sind.« Und sie lachte, um nicht überheblich zu wirken. »Möchten Sie nicht reinkommen?«

Sie führte ihn in das große Zimmer links vom Eingang. Auf den nackten Dielenbrettern am vorderen Ende mit dem Erkerfenster standen auf einer Art Gummimatte einfache Stühle und Notenständer im Halbkreis, und seitlich an der Wand befand sich eine beeindruckende Soundanlage. Außerdem war der Raum mit einem Schreibtisch, einem Aktenschrank, einer Computerkonsole und einem mit Papieren bedeckten Tisch vollgestellt.

»Das ist das schlagende Herz des Ganzen«, sagte sie mit einer ironischen Handbewegung. »Wir fangen wirklich gerade erst an. Hatten unser erstes richtiges Konzert letzte Woche, an der South Bank.«

»Ja, ich weiß. Im Purcell Room.«

»Ach, Sie waren da?«, fragte sie in einer Mischung aus Überraschung und Freude.

»Nein, aber ich habe die Kritiken gelesen. Und ich habe Sie schon davor gehört, bei einem Foyerkonzert.«

»Haben Sie es mit Musik?«

Das war ein Ausdruck, den Atherton nicht leiden konnte, nahm es jedoch gnädig hin, weil er von ihr kam. Als sie ihm die Tür geöffnet hatte, war sie ihm mit ihrem glatten braunen Haar und dem ungeschminkten Gesicht recht unscheinbar vorgekommen. Aber jetzt, bei näherem Hinsehen, fand er sie zumindest so attraktiv, dass er schwach zu werden drohte. Das Haar zum Beispiel – einfach zurückgebürstet und auf Schulterlänge geschnitten – war ein seidiger Wasserfall. Mit »braun« konnte die sagenhafte Komplexität der natürlichen Farbtöne nicht annähernd zum Ausdruck gebracht werden, die von schimmerndem Kastanienbraun über Bernstein und Karamell, durchschossen von Tinte, bis hin zu purem, feurigem Kupfer reichten. Ihre haselnussbraunen Augen waren groß und ausdrucksvoll, und Make-up, dachte er, hätte ihre Leuchtkraft nur verringert. Sie hatte einen breiten, vollen Mund, und wenn sie lächelte, zeigte sie so schöne Zähne, dass er sie küssen wollte. Und wenn er die Zähne einer Frau erotisch fand, dann konnte das nur heißen, dass es schlecht um ihn stand, aber so war es nun mal. Er konnte seinen Blick nicht von ihr wenden.

»Ich liebe Musik«, antwortete er mit einiger Verspätung. »Aber ich fürchte, das ist nicht der Grund, warum ich hier bin.«

»O je, ich hoffe, wir stecken nicht in Schwierigkeiten«, sagte sie. »Tut mir leid, ich habe Ihren Namen nicht mitgekriegt.«

»Atherton. Detective Sergeant Atherton, Shepherd's Bush.« Und zu seiner eigenen Überraschung fügte er hinzu: »Jim«, und streckte ihr seine Hand entgegen.

Sie ergriff sie. Ihre Hand war warm und trocken und kräftig. Eine Hand, die zu einigem in der Lage war. Er überlegte, ob sie wohl Geige spielte. »Ich heiße Marion«, sagte sie. »Marion Davies.«

Ein seltsam altmodischer Name, Marion. Ob ihre Eltern wohl schon älter waren? Die Schlichtheit gefiel ihm. Plötzlich schien ihm der Name der Inbegriff von Weiblichkeit zu sein.

»Ich spiele die zweite Geige«, fuhr sie fort.

Sofort kam ihm Sue in den Sinn; es war eine dieser blitzschnellen, unkontrollierbaren Assoziationen. Sue lauerte sowieso ständig in seinen Gedanken, obwohl er es strikt durchhielt, sie nicht vor sich zu sehen.

»Sie haben gar keinen Fleck«, sagte er zu Marion Davies und sah auf ihren Hals.

Weil er in Gedanken bei Sue war, hatte er eine viel zu persönliche Bemerkung fallen lassen. Marion errötete, und ihre Haut war so zart und klar, dass er tatsächlich sehen konnte, wie ihr Herz das Blut auf Touren brachte wie ein BMW-Fahrer seinen Wagen auf der M1. »Ich hab Glück gehabt. Aber ich habe auch immer eine Kinnstütze benutzt«, sagte sie.

Er riss sich zusammen. »Der Grund, warum ich hier bin, ist eine Ihrer Demo-CDs, an die wir durch ungewöhnliche Umstände gekommen sind, und ich wollte Sie fragen, ob Sie vielleicht eine Ahnung haben, wer eine davon gehabt haben könnte.« Er reichte ihr den Beutel mit der CD. Sie nahm ihn entgegen, machte eine leicht verwirrte Miene.

»Ungewöhnliche Umstände«, wiederholte sie. Und dann: »Ich kann mir nicht vorstellen, wie sie in Ihre Hände geraten ist. Wir haben sie noch nicht verschickt.

Ich meine, das ist nicht mal eine fertige Aufnahme. Wir müssen am Freitag noch mal ins Studio, für die Mischung.«

»Das hatte ich gehofft«, sagte Atherton. »Also, wie viele Kopien davon gibt es, und wer hat sie?«

»Na ja, nur wir von der Band. Wir acht. Allerdings weiß ich nicht, ob sie für die Leute vom Studio auch noch welche gemacht haben. Das ist ein kleines unabhängiges Studio in Goldhawk Mews«, fügte sie hinzu und sah ihn an.

»Ja. Ich weiß.« Man hätte sich dort sicher gerne Goldhawk Studio genannt, aber da der Name bereits vergeben war, musste es das Mews-Studio sein, was eher so klang, als miaute eine Katze.

»Da gibt es Mike, Mike Ardeel. Ihm gehört das Studio. Und Tony und Phil, die Toningenieure.«

»Und das sind alle? Sonst fällt Ihnen niemand ein, der eine Kopie haben könnte?«

»Nein«, erwiderte sie, und dann: »Oh, natürlich hatte Chattie eine.«

»Chattie?«

»Charlotte.« Sie lächelte. »Klingt süß, oder? Ich find's toll! Chattie Cornfeld. Sie ist unsere PR-Frau und ... na ja, sie macht alles Mögliche für uns.«

»Können Sie sie mir beschreiben?«

»Sie ist doch nicht etwa in Schwierigkeiten?«, fragte Marion mit besorgtem Blick, als würde sie an so etwas wie eine Geschwindigkeitsüberschreitung oder einen Strafzettel denken. Atherton schwieg gleichmütig und wartete auf ihre Antwort. »Also«, sagte Marion, »sie ist etwa so groß wie ich, hat kurzes blondes Haar – ist sehr hübsch.« Sie schaute ihn fragend an, um zu sehen, ob das reichte.

»Trägt sie ein goldenes Medaillon um den Hals?«

Jetzt, verspätet, fing sie wirklich an, sich Sorgen zu machen. »Ja, eins mit dem heiligen Antonius. Das hat sie letztes Jahr aus der Toskana mitgebracht. Sie liebt es sehr. Warum? Was ist passiert?« Sie blickte auf die CD in dem durchsichtigen Beutel mit den Beweismitteln. »Was hat das zu bedeuten?«

Atherton erwiderte nur: »Ich werde Sie bitten, sich ein Foto anzuschauen und mir zu sagen, ob Sie meinen, dass es sich bei der Frau um sie handelt.«

Seine freundliche Art ließ sie die Wahrheit vermuten. »O mein Gott, was ist passiert? Ist ihr etwas zugestoßen?«

Atherton schwieg erneut, hielt ihr bloß das Fahndungsfoto hin. Sie schaute kurz darauf und nickte dann. Er sah, wie sich ihre Kehle bewegte, als sie zu schlucken versuchte. »Sie ist tot, nicht wahr?«, sagte sie mit gepresster Stimme.

»Es tut mir leid.« Atherton musste sich zurückhalten, sie nicht an seine Brust zu ziehen. Sie mochte sich zwar seltsam ausdrücken, aber sie war einfach süß.

»Was ist passiert? War es ein Unfall?«

»Nein«, antwortete er. »Es tut mir leid. Es war kein Unfall.«

Ihre Augen weiteten sich. »Sie meinen doch nicht – dass sie *ermordet* wurde?«

»Doch, ich fürchte schon.«

Sie war bleich geworden, und ihre Lippen bewegten sich ein paar Mal lautlos. »Aber wer hat das getan? Wer würde so etwas tun?«, brachte sie schließlich heraus.

»Bislang sieht es so aus, als wäre sie ein zufälliges Opfer.«

»O Gott«, sagte sie und schwankte ein wenig. Atherton griff nach ihrem Ellbogen und führte sie zu einem Stuhl. »Wann?«, fragte sie.

»Heute früh. Beim Joggen.«

»O Gott«, sagte sie wieder. »Ich kann es nicht fassen. Doch nicht Chattie.«

Normalerweise wurde Atherton in solchen Situationen

unruhig, diesmal aber wartete er geduldig, gestattete ihr, mit dem Schock und der unfassbaren Neuigkeit fertig zu werden. »Es tut mir leid«, sagte er nach einer Weile, »aber ich muss Ihnen ein paar Fragen über sie stellen. Da sie beim Joggen war, als es passierte, gab es abgesehen von dieser CD keine Möglichkeit, sie zu identifizieren. Verstehen Sie? Das ist der Grund, warum ich zu Ihnen gekommen bin. Sie kannten sie offensichtlich recht gut.«

Sie nahm die Schultern zurück, um ihre Pflicht zu tun, aber der Schreck stand ihr ins Gesicht geschrieben. »Na ja. Sie hatte praktisch von Anfang an mit der Band zu tun.«

»Ist sie Musikerin?«

»Nein, nein. Sie hat zwar Musik studiert, aber sie spielt nicht mit. Sie hat diese richtig coole Firma namens ›Solutions‹. Sie übernimmt alle möglichen Beratungsdienste für kleine Firmen, erledigt Dinge, für die diese Leute keine Zeit haben oder auch nicht die entsprechenden Kenntnisse. Für uns macht sie zum Beispiel PR und Werbung, und sie berät uns bei allem, selbst in Rentenangelegenheiten oder bei der Steuererklärung. Sie weiß *alles*, ehrlich. Sie ist so clever. Und sie macht die ganzen IT-Sachen. Sie hat unsere Website entworfen, und sie hat den Typen aufgetrieben, der sie dann eingerichtet hat.« Sie wurde munterer, verdrängte die Tatsache des Todes, um sich zu schützen. Der Mensch kann die harte Realität nur in Maßen ertragen. Ohne es zu merken, sprach sie noch immer in der Gegenwart von Chattie. »Sie ist wirklich brillant in solchen Dingen. Ich meine, Worte, das ist wirklich ihres. Sie ist diejenige, die auf unseren Namen gekommen ist, Baroque Solid. Der ist doch cool, oder? So haben Jazz-Fans früher, in den 50ern oder so, echten Cool Jazz genannt, ›solid‹. Also ist das doch ein toller Name, finden Sie nicht?«

Atherton spürte schon seit einiger Zeit in sich den

Wunsch aufsteigen, dieses göttliche Wesen möge ein ähnliches Sprachtalent wie die liebe Verstorbene besitzen. »War sie denn bei den Studioaufnahmen am Montag dabei?«, fragte er.

»Das hätte sie sich nie entgehen lassen. Die Idee kam von ihr. Sie hat die Organisation übernommen und das Studio gemietet und alles. Sie wollte die ganze PR dafür machen und hatte bereits eine Liste von Leuten aufgestellt, denen die Demo-CD geschickt werden sollte. Ich hab ihr gestern Abend die Kopie für die Band vorbeigebracht, damit sie sich die Aufnahme vor der Mischung am Freitag anhören konnte. Das hätte nicht ohne sie laufen können. Sie war immer unsere beste Kritikerin.« Die Realität setzte wieder ein und gab ihr eins hinter die Ohren. Ihre Lippen zitterten. »Aber jetzt wird sie nicht mehr dabei sein, nicht wahr? Ich kann nicht glauben, dass sie tot ist. Ich war doch gestern noch bei ihr.«

»Sie waren gestern bei ihr?«, fragte Atherton. »Um welche Zeit war das?«

»Also, ich hab die Kopien der CD gegen 18 Uhr im Studio abgeholt und eine direkt zu ihr nach Hause gebracht, weil sie am nächsten wohnt. Dann hab ich die für die Jungs und Trish abgeliefert und die für Joni und Tab und mich mit hierhergebracht.«

»Sie haben sie tatsächlich gesehen, als Sie die CD abgaben?«

»O ja. Sie war gerade nach Hause gekommen. Sie stand noch in der Diele in ihrem Kostüm und sah ihre Post durch. Als ich klingelte, hatte sie nicht mal ihren Aktenkoffer abgestellt. Wir haben ein bisschen geplaudert, aber sie schien in Eile zu sein, und sie sagte, sie wolle ausgehen und müsse sich noch umziehen. Also sagte ich nur: Dann bis Freitag, und das war's.«

»Und wann sind Sie dort weggegangen?«

»Halb sieben vielleicht. Ich war nicht lange da.«

»Und später haben Sie sie nicht mehr gesehen? Oder mit ihr gesprochen.«

»Äh, nein.« In ihren Augen standen jetzt Tränen.

»Wissen Sie, wohin sie an dem Abend wollte?«

»Nein, sie hat nichts gesagt, und ich habe nicht gefragt. Sie wirkte ein wenig ... na ja, abwesend.«

»Ich nehme an, dass das gar keine Rolle spielt«, sagte Atherton. Er hatte aus Gewohnheit gefragt. Wenn die Ermordete ein Zufallsopfer war, spielte es keine Rolle, wo sie gewesen war oder mit wem. »Sie haben uns wirklich sehr geholfen, sie zu identifizieren. Das erspart uns eine Menge Zeit. Und könnten Sie mir nun auch noch ihre Adresse geben?«

»O ja, natürlich.« Sie klang ziemlich verzweifelt, riss sich aber zusammen. »Ich habe eine ihrer Rechnungen hier. Sie hatte ihr Büro bei sich zu Hause.«

Oben über der Rechnung stand als Briefkopf in großer, schwerer, erhabener Schrift der Name SOLUTIONS in Versalien. Darunter stand in Kapitälchen ORGANISATIONSBERATUNG FÜR KLEINE FIRMEN UND SELBSTSTÄNDIGE. Und darunter, in noch kleinerer Schrift und kursiv, *PR und IT-Lösungen und vieles mehr*.

Das Haus war in der Wingate Road, höchstens zwei Minuten vom Park entfernt.

Marion Davies begleitete Atherton zur Tür. »Nur noch eine Frage«, meinte er abschließend.

»Ja?« Sie sah ihn mit großen, tränenfeuchten Augen an.

»Haben Sie heute Abend schon etwas vor?«

III

Vorsicht vorm falschen Dampfer

Slider hatte schon immer gefunden, dass Freddie Cameron, der forensische Pathologe, in der Leichenhalle eines modernen Stahl-, Glas- und Betonkrankenhauses fehl am Platz war. Er hatte so etwas derart Altmodisches und Vornehmes an sich, trug teure Anzüge, Fliege und auf Hochglanz gewienerte Schuhe (mit Beginn der königlichen Regatta-Woche ersetzte er stets die schwarzen durch braune Schuhe). Ihn brachte man in Verbindung mit viktorianischer Architektur und soliden Werten. Er war Marmor, kein Acryl; Leder, kein Plastik; gediegenes Mahagoni, kein billiges Furnier.

Außerdem sah er ernsthaft überarbeitet aus. Seine Augen waren gerötet und hatten dunkle Ringe.

»Hast du durchgemacht?«, fragte Slider höflich.

»Das kannst du wohl sagen. Hannah hat gestern Nacht ihr Baby gekriegt – oder eher heute Früh –, und da Andy im Ausland ist, waren Martha und ich die ganze Zeit bei ihr. Ein quälendes Erlebnis, das kannst du mir glauben.«

»Warum hat Andy denn keinen Urlaub bekommen?« Freddies Schwiegersohn arbeitete als gut verdienender Ingenieur auf einer Ölbohrplattform.

»Das Baby kam drei Wochen zu früh. Inzwischen ist er auf dem Weg hierher, aber er war in einem gottverlassenen Kaff in Kasachstan und braucht 24 Stunden, bis er zu Hause ist.« Cameron seufzte erschöpft. »Ich bin in dem Alter, wo ich meinen Schlaf brauche. Um fair zu sein,

Martha forderte mich irgendwann auf, nach Haus zu gehen und es ihr zu überlassen, aber das brachte ich nicht fertig.«

»Natürlich nicht.« Slider wusste, dass Hannah Freddies Lieblingstochter war.

Cameron fing seinen Blick auf. »Zwischendurch sah es mal ein bisschen kritisch aus«, sagte er, und die Lakonie in seiner Bemerkung passte zu seiner Art der Untertreibung.

»Aber es geht ihr gut?«

»Beiden geht es gut. Noch ein Junge. Sie wollen ihn Seth nennen, den kleinen Lümmel. Wär's ein Mädchen geworden, hätte es Daisy heißen sollen. Wo nehmen sie bloß solche Namen her? Ich habe Martha um halb sieben heute Morgen dortgelassen, bin nach Hause gerast, habe geduscht und mich rasiert. Seit halb neun arbeite ich hier meine Liste ab. Sie scheint gar nicht kürzer zu werden. Ich könnte gut ohne zusätzliche Arbeit von dir auskommen, vielen herzlichen Dank.«

»Entschuldige. Ich finde es auch nicht besonders spaßig«, versicherte ihm Slider. »Sehr freundlich von dir, mich noch einzuschieben.«

»Ach, lieber hab ich's hinter mir. Möchte ja nicht wie ein Proktologe meine Arbeit von hinten beginnen.«

»Ist das deine Letzte?«

»Ja, Gott sei Dank. Mit ein bisschen Glück kann ich um neun zu Hause sein. Gerade mal ein Zwölf-Stunden-Tag? Da kann ich ja nur lachen.«

Die Pathologieassistenten kamen mit einer Rollbahre herein, und Cameron empfing die Parkleiche mit der Miene eines Langstreckenpassagiers, dem auf einem Flug das vierte, immer gleiche Menü vorgesetzt wird. »Was hast du nur mit Parks, alter Junge?«, fragte er Slider. »Eine Art symbiotische Beziehung?«

»Ich könnte gut darauf verzichten«, erwiderte Slider. »Und ich hasse Serienmörder.«

»Der Parkmörder hat wahrscheinlich gelesen, wie gut du im Fall Baxter gearbeitet hast«, sagte Cameron. »Tief in ihrem Inneren wollen sie alle geschnappt werden, weißt du. Unterbewusste Sehnsucht nach väterlicher Züchtigung.«

»Bist du auch noch ausgebildeter Psychiater?«, fragte Slider kühl.

»Ich? Nein. Ich war schon immer ein Leichenfledderer. Habt ihr die schon identifiziert?«

»Atherton ist gerade dabei.«

»Gut. Würde mir absolut nicht gefallen, wenn ein so hübsches junges Ding wie sie hier nicht abgeholt wird.« Er blickte kurz auf das Gesicht. »Wenn man bedenkt, was dazu gehört, ein solches Kunstwerk zu schaffen, macht es mich stinkwütend, dass jemand es so mir nichts, dir nichts zerstören kann. Ich glaube, deshalb bin ich forensischer Pathologe geworden.«

»Du hast mir erzählt, es hätte daran gelegen, dass Tote einen nicht verklagen können«, widersprach Slider.

»Das auch«, gab Freddie zu. »Na, dann schauen wir mal, was wir hier haben.«

Das vom Fernsehen geschaffene Bild des einsamen Pathologen, der vor sich hinschuftet, ist reine Fantasie. Angefangen von Camerons Assistenten über seine Studenten, die Pathologiehelfer, die Identifizierungsbeamten, den Fotografen, den Beweismittelbeamten, den Ermittlungsleiter und seinen Assistenten bis hin zum alten Onkel Tom Cobbley war immer eine ganze Menschentraube um den Obduktionstisch versammelt. Durch die neuen Tische, die die auslaufende Flüssigkeit ständig absogen, roch es kaum noch. Aus alter Gewohnheit jedoch verteilte Freddie trotzdem seine Pastillen. Bei so vielen Zuschauern hätte der Pfefferminzgeruch glatt ein Pferd umwerfen können.

Cameron drückte mit dem Fuß auf den Aufnahmeschalter des Rekorders unter dem Tisch, wann immer er seine Kommentare murmelte; dazwischen pfiff er leise vor sich hin, eine Angewohnheit, die er früh entwickelt hatte, um sich von dieser bedrückenden Arbeit abzulenken. Aus der Sammlung der »Songs für swingende Leichenfledderer« hatte er heute »April in Paris« gewählt.

»Objekt ist weiblich, circa 28 oder 29 Jahre alt, Größe 1,74 Meter, gut genährt, wirkt durchtrainiert und muskulös, keine sichtbaren Anzeichen von Krankheiten oder Drogenabhängigkeit.«

McLaren, zuständig für die Beweismittel, übernahm die Kleidung, nachdem sie der Toten ausgezogen und untersucht worden war, und tütete sie ein. Cameron überprüfte das T-Shirt, beugte sich über die Einstichwunden und fragte schließlich Slider: »Sag mal, kam dir an unserer Freundin hier irgendwas merkwürdig vor?«

»Ich fand, dass weniger Blut da war, als ich erwartet hätte«, erwiderte Slider zögernd.

»Gebt dem Mann eine Kokosnuss. Für einen Angriff im Blutrausch …« – schon wieder dieser Ausdruck, dachte Slider resigniert – »… ist da nicht viel Schaden angerichtet worden. Eine, zwei, drei, vier, fünf Stichverletzungen vorne und eine im Rücken, aber alle bis auf diese eine ziemlich oberflächlich. Siehst du, hier und hier ist die Klinge kaum eingedrungen. Es gibt eine einzige tiefe Wunde, die da im Rücken. An dem Fließmuster auf der Haut und dem T-Shirt kannst du erkennen, dass das meiste Blut von hier stammte.«

»Vielleicht war er nicht nahe genug herangekommen«, meinte Slider, verwarf den Gedanken aber sofort wieder. Der Parkmörder musste schnell handeln. Sein Opfer musste innerhalb von Sekunden gepackt, überwältigt und getötet werden. Einen Eiertanz und leichte Verletzungen konnte er sich nicht leisten. Da schrie sich das Opfer dann die Seele aus dem Leib und machte Passanten aufmerksam.

»Noch was«, sagte Cameron. »Schau mal, wie das Blut

aus der Rückenwunde gelaufen ist. Sieh dir das Fließmuster an. Was sagt dir das?«

Slider sah jetzt, dass das Blut seitlich ausgelaufen war, über die Rippen des Opfers nach vorne. »Sie lag am Boden.«

»Genau.«

»Also hat er sie erst niedergeschlagen und zugestochen, als sie auf dem Bauch lag?«

»Feige«, bestätigte Cameron.

Nachdem die Wunden fotografiert worden waren, entnahm Cameron eine Blutprobe aus der Oberschenkelarterie und machte sich dann an seine heikle Metzgerarbeit, öffnete den Körper vom Kinn bis zum Schambein. Slider fand eine Ausrede, den Kopf beim ersten Schnitt des Skalpells abzuwenden. Von der liebevollen Behaglichkeit am Morgen zu Hause hin zu Hässlichkeit und Dummheit eines Mordes war einfach ein viel zu großer Schritt. Dieser junge Körper mit dem schönen Gesicht hatte bis noch vor wenigen Stunden ein hoffnungsvolles Leben beherbergt, das Slider nicht verstümmelt sehen wollte, wenngleich der Körper jetzt gar nicht mehr benötigt wurde. Nachdem der erste Schnitt ausgeführt worden war, setzten Erfahrung und Professionalität jedoch wieder ein. Einmal aufgeschnitten, war eine Leiche kein Individuum mehr. Slider fühlte sich stets besser, nachdem der erste Schnitt gemacht worden war.

»Siehst du«, sagte Cameron, »nicht mal diese tiefe Wunde berührt irgendwelche wichtigen Organe. Ich hätte das nicht für eine tödliche Verletzung gehalten.«

»Du meinst, sie ist verblutet? Oder am Schock gestorben?«

Cameron schüttelte zweifelnd den Kopf. »Sie ist nicht verblutet. Und Schock? Es sei denn, sie hatte einen Herzfehler…«

Er entnahm das Herz, legte es auf einen extra Tisch und

schnitt es vorsichtig auf. »Ein nettes, sauberes, gesundes Herz – genau das, worauf man bei einer jungen Joggerin hofft. Keine Anzeichen von Krankheit. Keine Infarktbildung. Dann schauen wir uns mal das Gehirn an.«

Diesen Teil konnte Slider am wenigsten leiden. Er summte im Kopf vor sich hin, während Cameron die elektrische Säge ansetzte, und atmete flach, um den Gestank versengter Knochen nicht zu riechen. Cameron hob die Schädeldecke ab, unterband die Blutzufuhr und nahm dann das Gehirn heraus, das er wie einen großen, bleichen Brotlaib aufschnitt. »Auch hier keine Anzeichen. Ich werde mir unter dem Mikroskop einen Feinschnitt ansehen, aber es sieht alles ganz nett und normal aus. Eine Erkrankung des Herzens oder einen Schlaganfall können wir wohl ausschließen.«

»Und woran ist sie dann gestorben?«

Cameron warf ihm einen freimütigen, wenn auch düsteren Blick zu. »Sag du's mir, Kumpel.«

»Nur, wenn du mir dein Gehalt überweist.«

»Vergiss es.« Freddie grinste. Ein forensischer Pathologe verdiente drei Mal so viel wie ein Detective Inspector. »Na gut, schauen wir mal. Sie hat sich nicht allzu sehr gewehrt. Keine abgebrochenen Fingernägel, weder Haut noch Blut darunter – sie hat ihren Angreifer nicht gekratzt. Ach – und sieh mal hier. Sandra, hätten Sie was dagegen, mir mal kurz Ihren Körper zu leihen?«

Seine Assistentin, an derlei Demonstrationen gewöhnt, trat vom Tisch zurück und wartete. Cameron stellte sich hinter sie, legte seinen linken Arm um ihre Schultern und seine Rechte vor ihren Mund, ohne diesen tatsächlich zu berühren. »Ich packe mein Opfer von hinten, halte ihr den Mund zu, um sie am Schreien zu hindern. Benutze wahrscheinlich meine rechte Hand, um an ihren Oberarm zu kommen. Und ich zerre sie an Arm und Kinn nach hinten –«

»In die Büsche, genau«, beendete Slider den Satz.

»Aber«, fuhr Cameron fort, »weder im Gesicht noch an den Armen sind blaue Flecken. Keinerlei Blutergüsse, nirgendwo am Körper.«

»Also, das ist – seltsam«, sagte Slider.

»Da ist noch mehr. Danke, Sandra.« Freddie ließ sie los. »Ich bringe sie zu Boden, ohne Spuren zu hinterlassen. Tja, das könnte hinhauen, wenn ich sie aus dem Gleichgewicht gebracht oder sie einfach umgeworfen habe. Ich steche ihr in den Rücken – die erste Wunde, tief, aber nicht tief genug, um sie außer Gefecht zu setzen. Doch sie kriecht nicht auf Händen und Knien von mir weg oder versucht aufzustehen, sie liegt einfach da.«

»Zu stark unter Schock, zu verängstigt, um sich zu bewegen?«

»Vielleicht«, gestand Freddie ihm zu, ohne wirklich überzeugt zu sein.

»Danach hat er sie mit dem Fuß umgedreht, oder zumindest mit Hilfe seines Fußes, und von vorne auf sie eingestochen.«

»Nicht besonders heftig«, ergänzte Freddie. »Eher zurückhaltend, meinst du nicht?«

»Anders als der Parkmörder bei seinen bisherigen Auftritten.«

»Und wann hat sie die Schnitte an den Armen und Händen abgekriegt?«, fragte Cameron. Sandra wollte etwas sagen, aber er brachte sie mit einem Blick zum Schweigen.

Slider dachte nach. »Ich weiß nicht.«

»Ich will dir sagen, wann sie die abgekriegt hat.« Cameron machte eine dramatische Pause. »Nach Eintritt des Todes. Die Schnitte an den Armen und Händen sind Verletzungen, die ihr nach dem Tod zugefügt wurden.«

»Bist du dir sicher?«, fragte Slider – eine dumme Bemerkung, die seiner Überraschung zuzuschreiben war.

»Natürlich. Sie sind nicht mal sehr überzeugend – an der falschen Stelle und im falschen Winkel. Ich hab genug Abwehrverletzungen gesehen, um das zu erkennen. Also, was wir hier haben, alter Knabe, ist ...?« Er hielt inne.

»Eine abgekartete Sache«, ergänzte Slider.

»Exactement«, bestätigte Freddie. »Es sollte nur wie ein Überfall im Blutrausch aussehen.«

»Jemand hat sie ermordet und wollte es so aussehen lassen wie die Tat des Parkmörders?«

»So ungefähr. Entweder war der Täter nicht sehr helle oder nicht besonders vertraut mit unseren Methoden, wenn er glaubte, wir ließen uns damit für mehr als ein paar Stunden zum Narren halten.«

»Ich wusste von Anfang an, dass da was nicht stimmte«, grollte Slider. »Die Spuren auf dem Boden. Da waren zwei lange Furchen, die in die Büsche führten, aber wenn sie gezogen wurde, solange sie noch auf den Füßen war, hätten viel eindeutigere Schleifspuren und Vertiefungen im Boden zu sehen sein müssen, überall dort, wo sie versucht hätte, Halt zu finden und Widerstand zu leisten. Diese Furchen sahen aus wie die Absatzspuren einer in die Büsche gezogenen Leiche.«

»Nachträglich erzeugt, glaubst du, um einer unglaubwürdigen Geschichte ...«

»... mehr Glaubwürdigkeit zu verleihen«, beendete Slider. »Aber wenn sie nicht erstochen wurde und nicht verblutet ist, woran ist sie dann gestorben?«

»Tja, es wäre möglich, dass sie vor Angst gestorben ist, doch das ist nicht sehr wahrscheinlich. Bei einer alten, gebrechlichen Person könnte man das vermuten, aber ein gesunder, junger Mensch hängt im Allgemeinen mehr am Leben. Ich glaube, wir müssen uns auf einen vergnüglichen Gang durch die Toxikologie begeben«, schloss Cameron mit einem Seufzer. »Sie kommt mir ein bisschen zyanotisch vor – meinen Sie nicht, Sandra? Und die Lunge ist zu dunkel und zeigt Stauungen. Ich glaube, sie könnte an einem Atemwegskollaps gestorben sein, ausgelöst durch die Überdosis eines Beruhigungsmittels.«

»Du meinst – er hat sie vergiftet und dann, als sie tot war, auf sie eingestochen, um uns zu täuschen?«

»Nein, nur die Abwehrverletzungen waren post mortem. Die Hauptwunde im Rücken war sicherlich prae mortem. Die Wunden vorne haben so wenig geblutet, dass sie fast *syn* mortem sein könnten, wenn so ein Ausdruck zulässig wäre. Der Mörder könnte natürlich geglaubt haben, dass sie zu dem Zeitpunkt bereits tot *war*. Sie war vermutlich schon bewusstlos und hat kaum noch geatmet.«

Slider schüttelte den Kopf über das Szenario, das sich da vor ihm ausbreitete. »Und welches Gift wurde verwendet?«

»Ah, das kann ich dir nicht sagen«, erwiderte Freddie. »Ich schicke eine Blutprobe an das Toxikologielabor, aber du weißt ja, wie die sind.«

»Ja, vier bis sechs Wochen, um ein Ergebnis zu bekommen. Du musst mir schon etwas Genaueres sagen, Freddie.«

»Nun ja, es gibt Antidepressiva. Viele der trizyklischen und tetrazyklischen Mittel haben eine anticholinerge Wirkung auf den Hirnstamm, was zu Atemnot führen kann, aber das Problem ist, dass es dafür einer sehr hohen Dosis bedarf. Die Sedativa, die Benzodiazepine taugen da schon eher als Missetäter, und sie hinterlassen nichts, was bei der Obduktion besonders auffällt – obwohl man bei einer starken Überdosis mit Krämpfen rechnen könnte, und bei ihr gibt es keine Anzeichen für Krämpfe. Und dann«, fügte er ein wenig zögernd hinzu, »gibt es noch die Barbiturate, die allerdings für Laien schwerer erhältlich sind. Eine hohe Dosis dieser schnell oder ultraschnell wirkenden Barbiturate wie Thiopental oder Hexobarbital würde zu rascher Bewusstlosigkeit und Eintritt des Todes innerhalb von zehn bis fünfzehn Minuten führen.«

Slider fing Camerons Blick auf und sah darin die Erinnerung an einen alten Fall von vor einigen Jahren, den Fall Anne-Marie Austin, bei dem ein solches Mittel eingesetzt worden war. Slider hatte damals eine schlimme Zeit durchlebt, und der Fall hatte bei ihm fast zu einem Nervenzusammenbruch geführt, wie Cameron sehr wohl wusste. Zuerst wieder eine Leiche im Park, jetzt wieder ein Tod durch schnell wirkende Barbiturate? War er gezwungen, seine Vergangenheit in einer Polizeiversion von ›Und täglich grüßt das Murmeltier‹ zu durchleben? Das Gute daran wäre, Joanna erneut kennenzulernen, das Schlechte jedoch, dass er dann immer noch mit Irene verheiratet wäre. Daher konzentrierte er sich lieber rasch wieder auf das vorliegende Problem.

»Aber«, sagte er, »wenn man jemanden vergiften will, dann macht man das doch in privater, häuslicher Umgebung. Warum sollte man es am helllichten Tag in einem öffentlichen Park tun, wo man aller Wahrscheinlichkeit nach gestört wird? Und wie bringt man jemanden, der im Park joggt, überhaupt dazu, das Gift zu nehmen?«

»Das herauszufinden«, sagte Cameron, »überlasse ich frohen Herzens dir.«

Slider rief Joanna an, um ihr mitzuteilen, dass er auf dem Heimweg sei.

»Was hältst du von James?«, fragte sie, sobald sie seine Stimme hörte.

Es war ihm zugutezuhalten, dass er sofort kapierte. »Machen das alle Frauen?«

»Was?«

»Ständig über Babynamen nachdenken.«

»Ich mach das nicht ständig. Außerdem solltest du das

doch kennen.« Slider hatte zwei Kinder von seiner Exfrau Irene.

»Zu lange her«, sagte er. »Kann mich nicht erinnern.«

»Also? Was hältst du von James?«

»Könnte doch sein, dass es kein Junge wird.«

»Natürlich wird es ein Junge. Beim ersten Mal – da will man doch eine Teekanne *mit* Tülle, oder?«

»Wenn du das sagst. Aber James Slider klingt nach einem schlecht sitzenden Gebiss.«

Sie seufzte. »Stimmt.«

»Freddie Camerons neuer Enkel heißt Seth.«

»Große Güte«, rief Joanna. »Seth Slider ist ja noch schlimmer.«

»Das war auch kein Vorschlag.«

»Alles mit einem ›S‹ drin wird strikt abgelehnt. Wann bist du zu Hause?«

»Bevor du psychosoziale Systemanalyse sagen kannst.«

Wenigstens war er nicht in den abendlichen Stoßverkehr geraten. Das Verkehrsaufkommen auf der Uxbridge Road war gerade noch erträglich, es waren vor allem Leute, die den Abend außer Haus verbringen wollten, von Ampel zu Ampel trödelten, unterwegs zum Pub, zum Restaurant, um Freunde zu besuchen, sich was zum Abendessen zu holen. Das wahre Leben. Keiner von denen hatte den Tag damit verbracht, über eine Leiche nachzugrübeln.

Atherton rief an, um ihm die Identifizierung mitzuteilen, als Slider an der Ampel der East Acton Lane stand. »Konnte deine Zeugin dir die nächsten Angehörigen nennen?«, fragte er.

»Nein, die kannte sie nicht. Aber sie ist sich sicher, dass die Verstorbene nicht verheiratet war und nicht mit jemandem zusammenwohnte, und ich habe die Festnetznummer angerufen und hatte einen Anrufbeantworter dran. Ich habe es auch unter der Handynummer versucht, aber das Handy war ausgeschaltet.«

»Merkwürdig, dass sie das Handy nicht dabeihatte«, sagte Slider. »Diese jungen Geschäftsleute können sich doch für gewöhnlich keinen Schritt mehr ohne bewegen.«

»Vielleicht war ihr nach ein bisschen Ruhe und Frieden«, meinte Atherton. »Oder der Mörder hat es mitgehen lassen. Wie war die Obduktion?«

»Ganz gut«, erwiderte Slider und erzählte Atherton von Camerons Befunden.

»Oh«, meinte Atherton, »das ist – interessant.«

»Fällt dir nichts Besseres ein?«

»Ich versuch's. Das gibt der ganzen Sache einen völlig neuen Anstrich. Wenn sie kein Zufallsopfer war, müssen wir die ganze Wer-hat-sie-zuletzt-gesehen- und Welche-Feinde-hatte-sie-Prozedur in Gang setzen.«

»Hast du dazu etwas von deiner Marion Davies erfahren?«

»Ich habe nicht gefragt, da ich nicht wusste, dass es nötig war. Sie sagte, sie habe die Frau gestern gegen 18 Uhr gesehen, und da sei es ihr noch gut gegangen. Sie habe sich gerade zum Ausgehen fertig gemacht.«

»Mit wem?«

»Wie gesagt, danach hab ich nicht gefragt. Aber ich werde sie wiedersehen, dann kann ich sie ja fragen.«

»Wiedersehen? Weswegen?«

»Weswegen?«, wiederholte Atherton spöttisch. »Sie hat so was Bestimmtes, deswegen.«

»Oh«, machte Slider. Die Ampel sprang um, und er fuhr weiter und bog nach links in die Stanley Gardens, was ihn vielleicht davon abhielt, etwas zu sagen, was er später bereuen könnte.

»Jedenfalls hab ich die Adresse des Opfers«, fuhr Atherton fort. »Willst du dir das Haus heute Abend noch ansehen?«

»Nein. Wenn sie allein lebte, dann reicht es morgen

auch noch. Stell aber jemanden vor die Tür. Die Medien halten nach wie vor am Parkmörder fest. Der wahre Mörder wird glauben, damit durchzukommen. Und ich bin weniger als fünf Minuten von zu Hause entfernt.«

»Du Glücklicher.«

Slider fand, dass Atherton etwas wehmütig klang. »Joanna hat einen Auflauf gemacht. Magst du zu uns –«, bot er an.

»Nein, vielen Dank. Ich bin verabredet«, unterbrach ihn Atherton leichthin.

»Na gut. Lass dich nicht aufhalten.«

Er beendete das Gespräch und war eigentlich froh, dass Atherton abgelehnt hatte, da er momentan nicht gerade zu Joannas Lieblingspersonen gehörte. Außerdem wollte Slider an diesem Abend wirklich mit ihr allein sein, um den Frieden und ihre tröstende Gesellschaft und all das zu genießen, was da auf dem Herd vor sich hinbrutzelte. Und dazu eine Flasche guten, kräftigen Roten. Er fragte sich, mit wem Atherton wohl verabredet war, aber als er um die letzte Ecke bog, bewegte ihn das nicht mehr allzu sehr. Ob Osten oder Westen, daheim ist es am besten, dachte er, wobei es nicht um den Ort an sich ging, sondern um die Menschen. Es gibt keinen richtigen Ort, nur uns. Und eine Flasche Saint Joseph.

Als Slider am nächsten Morgen eintraf, war Porson bereits da, als wäre er nie zu Hause gewesen. Er stapfte in seinem Büro herum wie ein Mann, der etwas sucht, wogegen er treten kann. Konferenzen mit den Obermuftis in Hammersmith wirkten sich jedesmal ganz grauenhaft auf Porsons Blutdruck aus. Im grellen Neonlicht wirkte sein Kopf seltsam knubbelig, wie ein Sack voller Knöchel. Wollte sich da seine Frustration Platz verschaffen?

»Sie sind aber gestern Abend sehr pünktlich abgehauen«, fauchte er Slider an.

»Ich war bei der Obduktion. Cameron hatte sie noch auf seine Liste genommen.«

»Oh, das hätten Sie mich wissen lassen können.«

»Ich habe eine Nachricht auf Ihrer Voicemail hinterlassen, Sir.«

»Oh«, sagte Porson wieder. »Das dämliche Ding vergesse ich dauernd. Was ist eigentlich aus dem guten alten Zettel auf dem Schreibtisch geworden?«

Bevor ihm noch mehr zu nörgeln einfiel, berichtete Slider von den Erkenntnissen des Vortages. Und während Porson zuhörte, wurde er allmählich ruhiger.

»Nicht schlecht für den Anfang«, grummelte er, als Slider geendet hatte. »Gut mitgedacht von Atherton, sich die Identifizierung auf diesem Wege zu beschaffen. Ein cleveres Bürschchen.« Das war bei der Polizeiarbeit nicht immer ein Kompliment, aber diesmal war es ehrlich gemeint.

»Ja, Sir. Ich nehme an, dass wir die Identifizierung vorläufig noch für uns behalten?«

»Jedenfalls so lange, bis wir die nächsten Angehörigen benachrichtigen können.«

»Außerdem«, fügte Slider hinzu, »können wir dem Täter auf diese Weise vorgaukeln, dass wir ihm das Parkmörder-Szenario abkaufen.«

Porson runzelte die Stirn. »Ja, das ist schon ziemlich schräg, nicht wahr, was Cameron da sagt?«

»Natürlich«, meinte Slider, »wissen wir nicht, ob er sie mittels eines Barbiturats töten oder ob er sie nur betäuben wollte, um sie leichter erstechen zu können.«

Porson überlegte. »Spielt aber keine große Rolle, oder? Derjenige, der ihr das Mittel gegeben hat, war der Mörder, so oder so. Sind Sie davon überzeugt, dass es nicht der Parkmörder war?«

»Die Vorgehensweise entspricht ihm nicht«, erwiderte Slider. »Soweit wir das nach zwei Fällen sagen können.«

»Stimmt. Er könnte sein Muster verändert haben, nehme ich an.«

»Das halte ich für unwahrscheinlich. Die Stichwunden sind größtenteils oberflächlich und nicht mit voller Kraft ausgeführt worden.«

»Also kein Blutrausch.«

»Nein, Sir. Ein langsamer und überlegter Angriff.«

»Tja.« Porson griff nach einem Plastiklineal und bog es zwischen seinen großen Händen. »Das ist auf ihre Weise eine gute Nachricht.«

»Ja, Sir. Ich hasse Serienmorde.«

»Das tun wir alle, Junge, das tun wir alle. Aber was ich damit meinte, war, dass ich gestern in Hammersmith die Chance hatte, mit Mr Palfreyman über die Sache zu sprechen.« Palfreyman war der Leiter des Beratungsteams, ein Halbgott mit der Macht, zu entscheiden, wer in welchem Mordfall zu ermitteln hatte. »Wie wir wissen, hat das Dezernat für Schwerverbrechen die meisten Männer abgeben müssen und kämpft gegen einen gewaltigen Arbeitsrückstand an. Klar, dass es den Fall nicht übernehmen würde. Andererseits war Palfreyman nicht sehr glücklich darüber, uns den Dampfer allein steuern zu lassen, daher kam er auf die Idee, ein Sonderkommando zu bilden, mit einigen von uns und ein paar der Jungs und Mädels aus Ealing. Er selbst will die Regie übernehmen.«

Bei dieser Vorstellung weiteten sich Sliders Augen vor Entsetzen. Porson war mehr als beeindruckt von dem Gedanken und bog das Lineal so stark, dass es ihm aus der Hand schnappte. Wie ein wild gewordenes Rotorblatt wirbelte es durch den Raum, prallte gegen die Wand und fiel klappernd zu Boden. Porson zuckte noch nicht einmal mit der Wimper.

»Ja«, sagte er, »es ist also überhaupt nicht schlecht, wenn wir ihm zügigst mitteilen, dass es *nicht* der Parkmörder war, verstehen Sie.«

Slider verstand. Das Sonderkommando war eine Schnapsidee, und nachdem sie auf Palfreymans Mist gewachsen war und ihn vermutlich zu Ruhm und Ehren führen sollte, würde er sie nicht so ohne weiteres aufgeben.

»Ich bin sehr froh, dass er es nicht war«, sagte Slider nachdrücklich.

»Ich auch. Der Parkmörder ist ein ausgeflippter, irrer Haudegen. Der schleicht nicht mit Betäubungsmitteln herum und zündet sich erst mal eine Kippe an, während er darauf wartet, dass sich sein Opfer zu einem Schläfchen hinlegt. So ein alter Hase verbiegt sich nicht mehr. Sie können also davon ausgehen, dass wir die Sache bei uns behalten, Slider. Ich werde Mr Palfreyman persönlich Bescheid geben.«

»Ja, Sir«, sagte Slider. Und: »Danke.«

Porson hob die Brauen, und seine tief eingesunkenen Augen fingen an, Feuer zu sprühen. »Ich weiß nicht, wofür Sie mir danken. Sie wissen noch nicht, wie der Fall sich entwickeln wird. Es könnte zäh werden, und Sie müssen jetzt, unter aller Augen, die Kastanien ratzfatz aus dem Feuer holen.«

»Aller Augen« bedeutete Mr Palfreymans Augen, dachte Slider. Tja, dass man seine Arbeit ganz oben nicht unbedingt schätzte, davon war er sein ganzes Berufsleben lang bedroht gewesen. »Damit kann ich leben, Sir«, sagte er. »Übrigens, hatten Sie Gelegenheit, um Verstärkung für uns zu bitten?«

»Ja, hatte ich. Sie schicken heute Morgen jemanden herüber, der bei einer Fortbildung war und demzufolge abkömmlich ist.«

»Einer Fortbildung?«

»Irgendein Programm zur Aufbereitung von Befragungen«, sagte Porson tonlos.

»Oh«, sagte Slider nur.

»Es ist nur eine Person«, fuhr Porson fort, »aber das ist besser als nichts.«

»Jawohl, Sir.« Slider hoffte, dass er recht behalten würde. Irgendein junger Möchtegern, der direkt nach der Ausbildung in einen politisch-strategischen Job eingestiegen war, könnte sich eher als Belastung erweisen.

»Wir haben also ein völlig neues Spiel vor uns, Jungs und Mädels«, verkündete Slider seiner Truppe, die derart gekrümmt über ihren Schreibtischen hing, dass einem Chiropraktiker die Tränen gekommen wären. Hollis hatte die relevanten Informationen über den Parkmörder, die jetzt irrelevant geworden waren, von der Tafel genommen. Atherton schrieb seinen Bericht über alles, was er von Marion Davies erfahren hatte. Swilley unterhielt sich in der Ecke leise mit einem neuen Beamten, der ihr zum ersten Mal begegnete und strahlte, als könnte er sein Glück gar nicht fassen. McLaren wappnete sich gegen die Unbilden des Tages und löffelte Mayo direkt aus dem Glas, während er sich gleichzeitig Pommes aus der Mikrowelle in den Mund stopfte. Slider wünschte, er könnte die Mikrowelle abschaffen, aber ihre Benutzung war vermutlich durch die Genfer Konvention garantiert, ganz zu schweigen vom EU-Einstellungsgesetz.

»Das bedeutet«, fuhr er fort, »zurück in die Salzminen. Wir müssen alles über die Verstorbene herausfinden. Wer hegte einen Groll gegen sie, wer hatte einen Grund dafür, sie zu ermorden?«

»Sie könnte immer noch ein Zufallsopfer sein, oder?«, wandte Mackay ein.

»Könnte«, erwiderte Slider fairerweise, »aber ich halte das für unwahrscheinlich.«

»Nur, ich finde, das ist 'ne komische Art, jemanden abzumurksen, den man kennt«, sagte Mackay beharrlich. »Ich meine, wenn man sie vergiften will, dann tut man ihr daheim was ins Essen oder in den Tee, oder? Wo man sicher sein kann, dass sie tot ist, und hinterher aufräumen kann, ohne gestört zu werden.«

McLaren schluckte hastig einen Riesenbissen hinunter, mit dem er jede Boa constrictor hätte in den Schatten stellen können. »Ja, da geb ich Andy recht, Chef. Mir kommt der Täter am ehesten wie ein Trittbrettfahrer vor, der nicht genug Mumm hatte, sie zu schnappen und zu erstechen. Darum hat er sie erst betäubt.« Er blickte sich defensiv um. »Also, mir kommt das logisch vor. Das ergibt Sinn.«

»Nur für dich und einen Schwachsinnigen«, schnaubte Swilley, die ihren enttäuschten Verehrer weggeschickt und sich der Gruppe wieder angeschlossen hatte. »Ehrlich, Maurice, wenn Hirn Geld wäre, müsstest du für jede Tasse Tee eine Hypothek aufnehmen. Wie kann ein völlig Fremder mit einem Riesenmesser in der Hand sie dazu bringen, Betäubungsmittel zu schlucken, während sie beim Joggen ist, und dann im Gebüsch rumhängen, bis sie schläfrig wird?«

»Tja, wer auch immer es getan hat, er muss dieses Problem irgendwie bewältigt haben«, sagte Mackay.

»Ja, wieso sollte sie das freiwillig für irgendjemanden getan haben?«, warf McLaren grollend ein.

»Chef, wissen wir, wie das Mittel verabreicht wurde?« Mit Hollis' Frage kam ein Hauch von Vernunft ins Spiel.

»Doc Cameron sagt, um am schnellsten zu wirken, hätte das Gift gespritzt werden müssen. Als ich ging, untersuchte er gerade die Haut mit einer Lupe. Falls es oral verabreicht wird, tritt die Wirkung schneller ein, wenn das Mittel in flüssiger und nicht in fester Form zugeführt wird. Vielleicht wissen wir mehr, wenn der Mageninhalt untersucht wurde.«

»Gott, ich hoffe nicht«, murmelte Atherton.

»Vielleicht hat der Mörder etwas in ihre Wasserflasche getan«, meinte Mackay.

»Um das zu tun, müsste er Zugang zu ihrem Haus gehabt haben«, sagte Slider. »Aber wir lassen den Inhalt trotzdem untersuchen.«

»Wie rasch würde die Wirkung eintreten?«, fragte Swilley.

»Das wissen wir erst, wenn wir erfahren, was es war und wie es verabreicht wurde. Aber damit die Methode funktioniert, müsste es recht schnell wirken. Jedenfalls, ob es nun ein Mord durch jemanden war, der einen Groll gegen sie hegte ...«

»Oder ob wir die Theorie dieser Trottel verfolgen«, warf Swilley leise ein.

»... oder ob sie ein Zufallsopfer war«, fuhr Slider fort, »die Arbeit ist größtenteils dieselbe. Wir suchen weiter nach einer Waffe, nach Blutspuren, nach blutiger Kleidung. Wir besorgen uns ihre Telefonrechnungen und überprüfen alle Nummern, die sie angerufen hat, überprüfen, ob irgendwas Widersprüchliches oder Ungewöhnliches dabei ist. Wir befragen die Nachbarn über das Kommen und Gehen oder ob dort irgendwelche Leute herumlungerten. Wir verfolgen alles aus den Aussagen, die wir bereits haben. Wir beginnen mit Haustürbefragungen in ihrer Straße, bei jedem, der Einblick in den Park hat, in den Läden an der Paddenswick Road und auch in den Straßen auf der anderen Seite des Parks.«

»Was ist mit dem ›Wellington‹, Chef?«, fragte Mackay.

Er meinte das Pub, das vor Jahren unter dem Namen »George and Two Dragons« bekannt gewesen war, weil es von einem kleinen Mann namens George Benson geführt wurde, der sowohl unter dem Pantoffel seiner Frau als auch seiner Schwiegermutter stand. Es lag an der Paddenswick Road, gegenüber den Parkgittern, nur wenige Meter vom Parktor entfernt.

»Ja, richtig. Jemand sollte dort am besten heute noch nachfragen.«

»Das könnte ich machen. Ich kenne den Wirt ganz gut«, bot sich Mackay an.

»In Ordnung.«

»Und abends sind da andere Gäste als um die Mittagszeit«, fügte Mackay rasch hinzu.

»Stimmt«, sagte Slider. »Na gut, Sie können auch den Abendbesuch übernehmen. Aber besser nicht allein.« McLaren wurde plötzlich munter, richtete sich auf und bemühte sich, verlässlich zu wirken. »Sehen Sie zu, dass Sie einen der Uniformierten dazunehmen. Natürlich in Zivil.« Slider dachte nach. »Nicht Renker, der sieht immer wie ein Polizist aus, auch wenn er splitterfasernackt ist. Williams hat zu viel zu tun. Fragen Sie mal D'Arblay. Das ist ein netter, vertrauenerweckender Junge. Dem öffnen sich die Leute.«

»Mach ich, Chef.«

Swilley meldete sich zu Wort. »Da gibt es eine U-Bahn-Station, Boss. Dorthin könnte der Mörder geflüchtet sein. Jemand sollte am Morgen zu der Zeit, zu der der Mord passiert ist, dort postiert werden. Und vielleicht ein paar Flugblätter verteilen.«

»Gute Idee. Das können Sie in die Wege leiten«, sagte Slider. »Also, gibt es noch irgendwas aus den bisherigen Aussagen, was verfolgt werden muss?« Alle schüttelten den Kopf. »Und hat sich aus den Anrufen gestern Abend etwas ergeben?«

»Nur Wichtigtuer und Verrückte, wie üblich«, antwortete Hollis. »Angeblich waren in der Nacht auf Mittwoch am Himmel über dem Park seltsame Lichter zu sehen.«

»Am Himmel über dem Park sind jede Nacht seltsame Lichter zu sehen«, bemerkte Slider trocken. »Er liegt in der Einflugschneise von Heathrow.«

Die Wingate Road, in der das Opfer gewohnt hatte, ging direkt von der Hauptstraße ab, war aber überraschenderweise eine kleine Oase der Ruhe. Die Straße war kurz, und am Ende gab es ein Pub, eine nette, kleine, altmodisch wirkende Kneipe namens »The Anchor«. Sowohl das Pub als auch die Häuser ließen darauf schließen, dass die Straße luxussaniert worden war. Alles befand sich im Zustand gepflegter Mittelschichtrenovierung, und die geparkten Autos waren mehr oder weniger neu.

Die Reihenhäuser stammten aus den 1850er Jahren, waren älter als die der angrenzenden Straßen: zwei Stockwerke plus Halbsouterrain, quadratische Vorderfronten mit Stuckarbeiten, die Dachschräge hinter einer Brüstung verborgen. Das Alter war nur an den schönen Proportionen der hohen Schiebefenster zu erkennen, jedes unterteilt in neun kleine Scheiben. Irgendwann waren alle Anwohner von dem gemeinsamen Drang erfasst worden, den Stuck in langweiligen Pastellfarben zu streichen. Die Wirkung war sehr reizend und erinnerte an eine Tüte Bonbons.

»Da ist es«, sagte Atherton und zeigte auf ein Haus in blassem Hyazinthblau. »Super! Da ist ein Parkplatz. Ob wohl eins von den Autos ihr gehört?«

»Hast du das denn nicht, wie heißt sie noch – Marion Davies gefragt? Du warst doch lange genug dort.«

»Das hätte sie sowieso nicht gewusst«, erwiderte Atherton. »Frauen hören nie auf, mich in Erstaunen zu versetzen. Wenn man an die Stunden denkt, die sie damit verbringen, über Shopping und Friseure zu quatschen, und dann wissen sie nicht mal, was die andere für ein Auto fährt.«

Slider parkte den Wagen, zog zwei Paar Einweghandschuhe aus der Schachtel im Handschuhfach und stieg aus.

»Hast du den Schlüssel?«, fragte Atherton.

»Ja, mein Lieber«, antwortete Slider geduldig.

Die langgestreckte Diele im Haus war kühl und gedämpft beleuchtet, eine Wohltat nach der Hitze des Tages. Es roch ein wenig nach Möbelpolitur und wunderbar sauber. Die Treppe führte direkt nach oben. Der glänzende, geschwungene Handlauf war in 150 Jahren von vielen Händen poliert worden und hatte eine satte Patina erhalten. Obwohl das Haus von außen klein wirkte, war es innen langgestreckt. Es hatte hohe Decken, über drei Meter hoch, schätzte Slider. Ein schönes Haus, mit angenehmen Proportionen und den für das Zeitalter charakteristischen Details: Scheuerleisten, getäfelte Türen, Messingklinken, Kranzleisten und Deckenrosetten sowie stattliche Kamine.

»Sieht so aus, als hätte sie mit ihrer Firma ganz anständig verdient«, bemerkte Atherton.

»Vielleicht hatte sie auch einfach nur einen guten Geschmack«, entgegnete Slider. Die Einrichtung war nicht teuer, doch die Art, wie alles aufeinander abgestimmt war, zeigte Wirkung. Die Dielen waren abgeschliffen und versiegelt worden, hier und da lagen ein paar Teppiche und Läufer, die Möbel waren modern, die Wände und Vorhänge schlicht, nirgends stand Nippes herum.

Im Erdgeschoss gab es zwei Zimmer. Nach vorne zur Straße, mit einem Erkerfester, lag das Wohnzimmer. Das Sofa und die beiden Sessel waren mit mattweißem, grobem Stoff bezogen und um einen schweren Glascouchtisch gruppiert. Entlang der Wand standen Stereoanlage, Fernseher und Video und eine Reihe von Bücherregalen. An den Wänden hingen zwei gerahmte Poster, das eine war ein Filmplakat für ›Casablanca‹. »Das muss einiges wert sein«, meinte Atherton. Das andere warb für ein Konzert der Londoner Symphoniker in der Festival Hall im Jahr 1950. Boult und Curzon, bemerkte Slider. Dekoratives beschränkte sich auf einige hohe Pflanzen in großen Bodentöpfen, die Blätter auf Hochglanz poliert. Für Sliders Geschmack war der große Raum ein wenig zu kahl, doch er war zweifellos stilvoll.

Das hintere Zimmer war etwas kleiner, quadratisch und als Büro eingerichtet, mit der üblichen Ausstattung. Auch hier war alles ordentlich, aufgeräumt und sauber. Auf dem Schreibtisch lagen ein großer Terminkalender und ein rotes Adressbuch, die Slider mitzunehmen gedachte, daneben ein kleiner Stapel ungeöffnete Post. Laut Stempel stammten die Briefe vom Vortag, waren daher vermutlich eingetroffen, bevor sie zu ihrem morgendlichen Lauf aufbrach. Sie hatte die Post vom Boden aufgehoben und hierhergelegt, um sie nach ihrer Rückkehr durchzuschauen. Nur, dass sie nie zurückkam.

»Hier drinnen muss alles durchgesehen werden.« Sliders ausholende Bewegung schloss die Aktenschränke und Ablagekörbe mit ein. »Wir müssen erfahren, welche Art Geschäfte sie machte und mit wem.«

Dieses Stockwerk des Hauses lag im Hochparterre, und die Treppe am Ende des Flurs führte hinab in das Halbsouterrain, mit einem Absatz auf halber Höhe, auf dem eine Tür zur Toilette, eine zweite zum Garten führte. Das Souterrain bestand aus einem einzigen langen, großen Raum mit dem ursprünglichen Steinboden, der der Küche und einem Essbereich Platz bot.

»Tolle Küche«, lobte Atherton. »All der Schiefer und der schwarze Granit müssen eine Menge gekostet haben. Hier hat sie nicht geknausert.«

Sie gingen wieder in den Flur hinauf, wollten sich rasch im oberen Stock umschauen, bevor sie sich ernsthaft an die Durchsuchung machten, aber als sie sich der Haustür näherten, tauchte ein Schatten hinter dem Glas auf, und die Klingel ertönte.

»Was jetzt?«, fragte Atherton.

Slider war vor ihm, also öffnete er die Tür. Draußen

stand, mit einem gewinnenden Grinsen im Gesicht, eine sehr schöne junge, schwarze Frau in einem flaschengrünen Hosenanzug, das Haar zu Cornrows geflochten, mit grünen Perlen an den Enden der Zöpfchen.

»Hallo, Chef«, zwitscherte sie. »Ich soll mich bei Ihnen melden.«

IV

Unten hui, oben pfui

Slider starrte sie an wie jemand, dem man gerade einen großen Fisch an die Birne geknallt hat.

»Hart?«, fragte er.

»Hollis dachte, Sie würden vielleicht Hilfe brauchen. Überrascht, mich zu sehen?«

»Überrascht stimmt nicht mal im Ansatz«, erwiderte Slider. »Sagen Sie bloß, Sie sind die Verstärkung, die Mr Porson für uns ergattert hat?«

DC Tony Hart nickte. Slider trat zurück, um sie hereinzulassen. Hinter sich hörte er Atherton leise pfeifen.

»Was bin ich froh, hier zu sein«, fuhr Hart fort. »Ich hab's dick, die Alibischwarze, Alibifrau bei diesen Sondereinsatzkommandos zu sein. Ich meine, das ist doch alles Schwachsinn, oder? Ich hab zu Mr Wetherspoon gesagt, ich will zurück an die Front, aber er sagte, ich wär zu wertvoll, bei der Polizeiarbeit verschlissen zu werden.« Sie riss die Augen weit auf. »Ich meine, ehrlich, Chef, können Sie das glauben?«

»Ich glaube jeden Tag vor dem Frühstück an sechs noch weitaus schlimmere Dinge«, erwiderte Slider.

»Ich war jetzt drei Monate bei dieser Fortbildung, zusammen mit einer Bande blöder Wichser, die in ihrem Leben noch nie auf der Straße waren. Der totale Schwachsinn. Ehrlich, keiner von denen hatte auch nur 'nen blassen Schimmer, worum es eigentlich geht.«

»Also, ich bin froh, Sie bei uns zu haben, Hart«, verkündete Slider und überging, was sie gesagt hatte. Von allen Teams in allen Dezernaten der gesamten Hauptstadt, dachte er, muss ausgerechnet sie bei uns landen. Als sie das letzte Mal bei ihnen gewesen war, hatte sie eine leidenschaftliche Affäre mit Atherton gehabt. Joanna war jedoch der Meinung gewesen, Hart hätte sich nur auf Atherton gestürzt, weil sie es eigentlich auf ihn, Slider, abgesehen hätte – ein zutiefst beunruhigender Gedanke. Wie dem auch sei, solche Komplikationen konnte er nicht brauchen, vor allem nicht angesichts des momentan überreizten Zustandes, in dem sich Atherton befand. Hart war eine viel zu scharfe Puppe.

Hart wandte sich an Atherton und sagte leichthin: »Wie geht's, wie steht's, Jim? Schicke Tolle. Cool, oder was?«

»Ermutigen Sie ihn lieber nicht«, riet Slider freundlich. »Er ist wieder zu haben.«

»Ich kann schon auf mich aufpassen«, meinte Hart.

»Hat Hollis Sie in den Fall so weit eingewiesen?«

»In etwa. Das Opfer wurde betäubt und im Park niedergestochen, um es so aussehen zu lassen, als hätte der Parkmörder wieder zugeschlagen. Und was machen wir hier?«

»Schauen uns im Haus um. Am wichtigsten wäre jetzt, ein Foto des Opfers zu finden, das wir für die Öffentlichkeit verwenden können, und alle Informationen über die nächsten Angehörigen. Später kommt ein volles Team für die komplette Durchsuchung. Natürlich brauchen Sie nichts außer Acht zu lassen, das interessant wirkt oder ungewöhnlich oder Sie anspringt und beißt. Besser, Sie kommen mit mir nach oben und schauen sich die Schlafzimmer an. Atherton, du kannst mit dem Büro anfangen.«

Oben im ersten Stock gab es zwei Schlafzimmer und ein großes Bad, das, bedachte man das Alter des Hauses, ursprünglich ein weiteres Schlafzimmer gewesen sein musste. Auch hier waren die Böden abgeschliffen und versiegelt, und ihre Schritte hallten.

»Bisschen arg kühl«, bemerkte Hart. »Ich selber hab's lieber kuschelig.«

Slider vermutete, dass es im Winter ungemütlich war, obwohl es im Moment angenehm kühl war. Das Bad war im Retrostil eingerichtet, mit einer frei stehenden, klauenfüßigen Wanne, hoch liegenden Wasserkästen und einem altmodischen Säulenwaschbecken. Seltsam, sich auf diese Weise für das Kulturerbe einzusetzen. Von allen Räumen war das Badezimmer doch sicherlich der Ort, an dem man nüchterne Modernität haben wollte.

Das hintere der beiden Schlafzimmer war das kleinere. Es war unmöbliert und wurde als Abstellraum benutzt. Es standen mehrere Umzugskartons herum, nach wie vor zugeklebt und vermutlich seit dem Umzug nie angerührt. Zusätzlich gab es noch eine Reihe gewöhnlicher Pappkartons mit allem Möglichen darin – Kleidung, Schuhen, Brettspielen und Puzzles, Sportausrüstung, Wandschmuck, Kochutensilien sowie Puppen und Stofftieren.

»Sieht aus, als hätte sie alles mitgebracht, als sie von zu Hause ausgezogen ist«, meinte Hart. »Sehen Sie mal, hier sind Ballettschuhe. Die können ihr höchstens gepasst haben, als sie fünf war. Und hier sind an die tausend Porzellanpferdchen. Solches Zeug bunkert man im Haus von Mum und Dad, bis die sauer werden und es rausschmeißen.«

Ja, dachte Slider, sie hat recht. Aber sie würden einen guten Einblick bekommen. »Wir haben verdammt viel durchzuschauen«, sagte er.

»Ach, ich weiß nicht, Chef«, tröstete ihn Hart. »Wenn sie's nie ausgepackt hat, dann hat's vermutlich nichts mit ihrem jetzigen Leben zu tun. Ich frag mich nur, warum sie's überhaupt mitgebracht hat.«

»Vielleicht haben sich ihre Eltern scheiden lassen, und das gemeinsame Haus wurde verkauft«, gab Slider zu bedenken.

Hart grinste. »Ja, aber die meisten von uns bringen ihre Mütter dazu, den ganzen Scheiß mit in ihr neues Haus zu schleppen. Im ganzen Land gibt's Leute, deren Schränke voll sind mit dem Plunder ihrer erwachsenen Kinder, während die Jungen damit angeben, in umgebauten Lagerhäusern ohne Stauraum zu hausen, ganz minimalistisch.«

Der größere, nach vorne gelegene Raum war offensichtlich ihr Schlafzimmer. Ein breites Bett, ordentlich gemacht, eine ansehnliche Reihe eingebauter Schränke, eine Eichenkommode, wahrscheinlich aus der Zeit Jakobs I., unter dem Fenster, ein wunderschöner Sekretär, vermutlich Regency.

Hart schaute in die Schränke. »Nicht übel!«, entfuhr es ihr. »Supersachen hier drin, erste Sahne! Gucci und Karen Miller. Sogar Manolo-Schuhe. Oh, und sehen Sie sich dieses pinkfarbene Wildlederhemd an! Viv Westwood. Ich fang an zu sabbern, Boss.«

»Passen Sie auf, dass Sie keine DNA auf das Zeug bringen«, warnte Slider. »Sie war in allem sehr ordentlich, was?«

»Kommt mir wie eine Anzeige für Einbauschlafzimmer vor«, bestätigte Hart. »Oder eine von diesen Vorher-nachher-Einrichtungen – Sie wissen schon –, wo sie den schlampigsten Raum auswählen und einen dazu bringen, das ganze Zeug wegzuschmeißen. So sieht es dann aus, wenn sie die Leute wieder reinlassen. Ich hab immer gedacht, die sollten dann mal 'ne Woche später wiederkommen. Niemand verwahrt seine Kleidung so. Was war sie, eine Außerirdische von einem anderen Planeten?«

Slider trat an den Sekretär. »Der interessiert uns. Hier wird sie ihre persönlichen Unterlagen aufbewahrt haben.«

»Und da ist ein Foto«, sagte Hart. Es war gerahmt und stand oben auf dem Sekretär, neben einer schlanken Vase mit einer einzelnen Rose, deren Blütenblätter abzufallen begannen.

Slider nahm das Foto und drehte es dem Licht zu. Das Mädchen auf dem Foto zeigte ein strahlendes Lächeln. Den Platz in dem Rahmen teilte sich das Gesicht mit einem sehr schönen kastanienbraunen Pferd.

Hart kam näher und betrachtete das Foto ebenfalls. »Hübsch. Nettes Gesicht.«

»Das Mädchen sieht wirklich nicht schlecht aus.«

Hart warf ihm einen schiefen Blick zu. »Ballett und Pferde. Für irgendjemanden war sie die kleine Prinzessin, was? Können wir es brauchen?«

»Wir könnten das Pferd rausschneiden«, meinte Slider, »aber sie war Ende zwanzig, und hier sieht sie nicht älter als siebzehn oder achtzehn aus.« Er blickte sich um. »Seltsam, dass es das einzige Foto ist. Die meisten Leute haben jede Menge herumstehen.«

»Das einzige, das sie aufgestellt hat«, verbesserte Hart.

Oben im Sekretär befanden sich ganze Stapel Dokumente und Briefe. »Das müssen wir alles mit ins Büro nehmen und durchsehen«, sagte Slider.

In der Schublade lagen neben unbedeutendem Kleinkram etliche Fotolaborumschläge, die Massen von Fotos enthielten. Slider und Hart blätterten sie durch und breiteten einige Fotos auf dem Bett aus. Es gab Urlaubsfotos und Schnappschüsse von Partys, Ausflügen, Picknicks, Hochzeiten und Taufen. Junge, gut aussehende Gesichter auf allen Bildern, lachend, Grimassen schneidend, trinkend, feiernd. Aber es gab kein Familienfoto – alle Personen waren jung. Chattie selbst war nur selten zu sehen – sie schien diejenige gewesen zu sein, die fotografiert hatte –, aber wenn, dann hatte sie meist ein Champagnerglas in der Hand und den Arm um einen jungen Mann gelegt, und sie lachte immer. Die ebenmäßigen, gut gepflegten Zähne blitzten, die Augen waren vor Lachen zu Schlitzen verengt, und alle schienen sie anzusehen, sich um sie zu versammeln, als sei sie der Mittelpunkt der Gruppe.

»Eindeutig eine Prinzessin«, stellte Hart fest und klang ein wenig abwertend.

Slider jedoch war von dem Gesicht fasziniert. »Ich hätte sie gerne gekannt.«

»Da hätten Sie nie mithalten können, Chef. Allem Anschein nach hatte sie's gern in großem Stil«, meinte Hart. »Können wir von denen eines brauchen?«

»Wir nehmen sie mit und schauen sie uns genauer an. Auf den meisten lacht sie wahrscheinlich zu sehr«, erwiderte Slider mit einer Spur von Traurigkeit. »Sehen wir uns oben um.«

Es gab noch eine Treppe, viel schlichter und schmaler, die zum Dachgeschoss hinaufführte, wo sich ursprünglich das Dienstbotenzimmer befunden haben musste. Nachdem bereits eines der Schlafzimmer als Abstellraum benutzt wurde, hatte Slider erwartet, hier oben noch mehr Kartons zu finden, aber das Zimmer war mit einem Diwan, einem eingebauten Frisiertisch und einem Schrank möbliert, und in einer Ecke war ein winziges Bad mit Dusche und Toilette abgeteilt. Außerdem war es hier, im Gegensatz zum Rest des Hauses, total unordentlich. Überall lagen Kleider und Schuhe und Taschen herum, benutzte Becher und Teller standen auf dem Boden, angebissene Äpfel waren in den Kamin geworfen worden. Eine Riesenauswahl an Make-up und Körperlotionen in verstopften und tropfenden Flaschen häuften sich auf dem Frisiertisch, im und um den Papierkob herum lagen verschmierte Papiertücher. Jede freie Fläche war dick mit Staub bedeckt, und ein muffiger Geruch hatte sich breitgemacht, der durch die Hitze unter dem Dach noch verstärkt wurde.

»Oh, ich liebe es, was sie hier oben gemacht hat«, rief Hart. »Sehr postmodern.«

»Interessant«, meinte Slider. »Eine totale Persönlichkeitsveränderung, wenn man diese Treppe hinaufkommt.«

»Das ist der Dachboden, der zu ihrem Bildnis gehört«, sagte Hart.

»Was?«

»Oscar Wilde. Ich wusste, dass mit einer Person, die solche Ordnung in ihrem Kleiderschrank hält, irgendwas nicht stimmt. Hier oben hat ihr böses Alter Ego seinen grausigen Gefühlen Luft gemacht.«

»Oder«, sagte Slider und goss sozusagen kaltes Wasser aufs Feuer, »sie hatte eine Mitbewohnerin.«

»Ach so. Das ist natürlich auch eine Möglichkeit.«

Aber abgesehen von den Kleidern und Schuhen und Kosmetika fanden sich keine persönlichen Dinge oder Dokumente in den Schubladen und Schränken. »Dann war's keine dauerhafte Mitbewohnerin«, folgerte Slider.

»Vielleicht eine Freundin, die außerhalb wohnte und während der Woche einen Schlafplatz brauchte«, überlegte Hart.

Sie gingen wieder hinunter. Als Atherton ihre Schritte hörte, kam er in den Flur und verkündete: »Ich habe einen Safe gefunden.«

Hart heuchelte atemlose Aufregung. »Versteckt hinter dem Porträt eines Vorfahren?«

Atherton warf ihr einen vernichtenden Blick zu. »Es reicht, wenn sich einer von uns so aufführt. Nein, er ist unter dem Schreibtisch in den Boden eingelassen. In den Dielenbrettern ist ein Ring, mit dem man ein quadratisches Stück Boden hochheben kann, und der Deckel des Safes befindet sich darunter.«

»Nett. Gerade verborgen genug –«, sagte Slider, nachdem er sich den Safe angesehen hatte.

»Aber nicht allzu stilvoll«, beendete Hart. »Wie kriegen wir den auf?«

»Der Hersteller«, antwortete Slider und musterte sie. »Dachten Sie, wir sprengen ihn? Sie haben wirklich den Bezug zur Realität verloren.«

»Ich brauche dringend ein bisschen Abwechslung«, gab sie zu. »Ich hab das Gefühl, zwei Jahre lang in Besprechungen gehockt zu haben.«

»Des Weiteren«, fuhr Atherton geduldig fort, »habe ich ein paar Dinge gefunden. Ihren Pass – gibt nicht viel her, ein paar Flüge in die Staaten, mit größerem Abstand, wahrscheinlich Urlaub. Für Reisen innerhalb Europas gibt's ja leider keine Stempel mehr.«

»Wir haben oben Urlaubsfotos gefunden«, berichtete Hart. »Die war richtig umtriebig.«

»Und ich habe ihre Bankauszüge entdeckt. Sie hatte zwei Konten, eines bei der örtlichen NatWest-Filiale für die Firma. Ihr Privatkonto – und das ist der interessante Teil – hat sie bei Coutts.«

»Coutts?«, wiederholte Hart. »Das ist die Bank der Reichen und Mächtigen, oder? Die Queen hat da ein Konto.«

»Stimmt«, bestätigte Atherton. »Aber man muss der Hautevolee nicht angehören. Jeder kann bei Coutts ein Konto eröffnen – jeder, der über ein Vermögen von einer Viertel Million verfügt.«

Harts Augen weiteten sich zufrieden. »In echt?«

»Was willst du damit andeuten?«, fragte Slider.

»Ich will nichts andeuten. Ich habe nur festgestellt«, erwiderte Atherton.

»Stimmt doch gar nicht«, widersprach Slider.

»Na gut. Ich will damit andeuten, dass sie noch ein anderes Einkommen gehabt haben muss als das aus ihrer Firma, denn für die Summen, die auf *dem* Konto bewegt werden, bekäme sie bei Coutts nicht mal eine Büroklammer.«

»Das Haus muss einiges wert sein«, meinte Slider.

»Das stimmt, aber das ändert nichts an der Frage, oder? Woher hatte sie das Geld, um dieses Haus zu kaufen?«

»Gibt es eine Hypothek?«

»Ein monatlicher Dauerauftrag geht an Cheltenham and Gloucester, aber wenn man die Summe errechnet, kann es sich nur um eine Hypothek von an die 100.000 Pfund handeln, was etwa dem Geschäftsaufkommen entspricht. Dieses Haus muss viermal so viel wert sein.«

»Geerbtes Vermögen, vielleicht, oder reiche Eltern?« Slider dachte an das Foto mit dem Pferd, an die geschmackvolle Einrichtung, an den Gesamteindruck, den die Leiche gemacht hatte, die reine Haut, das glänzende Haar, die guten Zähne. Die kleine Prinzessin, wie Hart sich ausgedrückt hatte. »Wenn es ein ererbtes Vermögen gibt, dann könnte das etwas mit dem Mord zu tun haben.«

»Genau daran habe ich auch gedacht«, bestätigte Atherton. »Man weiß ja, dass jeder Mord auf Sex oder Geld hinausläuft. Aber die andere Möglichkeit ist, dass sie einen lukrativeren Nebenverdienst hatte, auf den wir noch nicht gestoßen sind.«

»Was du da andeutest, gefällt mir nicht«, sagte Slider beunruhigt.

»Mir auch nicht«, entgegnete Atherton leichthin.

Das »Wellington« war rappelvoll. Was nicht nur daran lag, dass man hier aus nächster Nähe beobachten konnte, was sich im Park so alles abspielte, und man bekam ja auch tatsächlich einiges zu sehen. Der Wirt hatte das Beste aus der Situation gemacht. Auf der Speisetafel stand handschriftlich hinzugefügt: »Hier gibt's Killer-Sandwiches!«

»Jeder muss zusehen, wie er über die Runden kommt, oder?«, redete er sich gegenüber Mackay heraus, ohne sich im Geringsten zu schämen. Mit verdrehter Logik fügte er hinzu: »Ich meine, wenn mein Pub auch nur zwei Meter näher an den Parktoren läge, hättet ihr es doch für die Dauer der Ermittlungen zugesperrt, stimmt's?«

Mackay ließ sich nicht darauf ein. »Schauen Sie sich das Foto bitte mal an, ja?«

»Ist sie das – das Opfer?« Der Wirt schüttelte den Kopf, während er die Fotos betrachtete. Es handelte sich um einen Ausschnitt aus dem Pferdefoto und eine Aufnahme bei einer Hochzeit, bei der Chattie gewesen war. »Nein, kann nicht behaupten, dass ich sie kenne. Da klingelt nichts bei mir.« Er reichte die Fotos zurück. »Zu uns kommen nicht viele junge Leute. Das hier ist ein altmodisches Pub. Wir haben unsere Stammgäste aus der Nachbarschaft, und um die Mittagszeit läuft der Sandwichverkauf. Für die Jungen ist das nichts. Die gehen jetzt eher ins ›Crown‹, nachdem es renoviert und modernisiert wurde.«

Alle redeten über den Mord, alle hatten was über den Parkmörder zu sagen. Überall stieß man auf einen Experten für forensische Psychologie. D'Arblay mit seinem netten, offenen Gesicht und dem freundlichen Auftreten sprach mit einigen der älteren Gäste, die gackernd wie die Hennen ihrem Entsetzen Ausdruck gaben und ein perverses Vergnügen darin fanden, die Fotos zu betrachten. »So ein nettes junges Ding!« – »Wer könnte einem hübschen Mädchen denn so etwas antun?«

Der Star der Show war jedoch ein älterer Mann, der, wie sich herausstellte, tatsächlich mit dem Opfer gesprochen hatte. Er erkannte sie auf den Fotos sofort und sagte: »Das ist das Mädchen, das ich morgens sehe, wenn ich mit dem Hund rausgehe!«

Er wohnte in der Dalling Road, in Richtung der Brackenbury, und ging morgens mit dem alten Hund spazieren, nur einmal ums Karree, die Dalling hinunter, die Wingate hinauf, die Goldhawk entlang bis zur Blackenbury und zurück. Früher war er mit dem Hund in den Park gegangen, aber er wurde langsam alt, der Hund, und der Gang durch die Straßen war genug für seine Hüften. Hatte Arthritis in den Hüften, der Hund. Tja, wer hatte das nicht? Hatte allerdings nie gewusst, dass Hunde das kriegen können. Bekamen eine Menge Krankheiten vom Menschen, die Hunde. Lag wohl daran, dass sie mit den Menschen zusammenlebten, nahm er an. Jedenfalls hatte er diese junge Dame ziemlich oft gesehen, wenn sie in ihrem Sportzeug loslief, und sie hatte gelächelt und Hallo gesagt.

»Normalerweise beachten die einen ja gar nicht, diese jungen Dinger«, sagte er mit einem Schnauben. »Schauen einen an, als wäre man Dreck – wenn sie einen nicht glatt umrennen, als wäre man nicht da. Denken nie dran, dass wir in zwei Kriegen für solche wie sie gekämpft haben.«

D'Arblay schätzte sein Alter auf etwa 65, was bedeutete, dass er nicht im Krieg gekämpft haben konnte, ganz zu schweigen von zwei Kriegen, doch er hörte trotzdem geduldig zu. Man wusste nie, was man erfahren konnte, wenn man die Ohren offen und den Mund geschlossen hielt – wie Mr Slider, für D'Arblay eine Art Held, immer sagte.

»Um welche Tageszeit war das immer?«, fragte er schließlich.

»Ooh, Junge, ungefähr Viertel nach sieben, um den Dreh, komm ich da vorbei. Wir gehen nicht schnell, der Hund und ich. Und sie kommt dann raus, die Stufen runter, oder ich komm auf der Straße an ihr vorbei. Ich seh sie fast jeden Tag, und sie grüßt mich immer mit ›Guten Morgen‹, oder sie sagt ›Schönen Tag‹ oder so was in der Art. Sie hatte einen schönen Gang, den Kopf erhoben, schlurfte nicht dahin wie manche von denen. Lächelte immer. Hübsches Lächeln hatte sie«, sagte er sentimental, als wäre sie sein Jugendschwarm gewesen. »Macht einen irgendwie froh, am Leben zu sein, wissen Sie, was ich meine? Ich kann nicht glauben, dass sie ermordet wurde.« Er seufzte, trank sein Pint aus und schmatzte hoffnungsvoll mit den Lippen, mit einem Seitenblick auf D'Arblay. Aber D'Arblay verzog keine Miene. Der Alte seufzte noch einmal und sagte: »Nicht so wie die andere. Ein ganz übles Stück, die da. Hochnäsiges Flittchen, und von Lächeln keine Spur.«

»Welche andere?«, fragte D'Arblay.

Der alte Mann stellte sich taub, starrte in sein leeres Glas. D'Arblay holte ihm ein weiteres Pint, und der Alte wurde gleich wieder munter.

»Sehr nett von Ihnen. Sehr höflich. Prost!« Er trank die Hälfte des spendierten Biers und wischte sich über den Mund. »Diese andere, die hab ich hin und wieder rein und raus gehen sehen, zu unterschiedlichen Tageszeiten. Manchmal mit meiner jungen Dame, aber manchmal nicht. Hatte ihren eigenen Schlüssel.«

»Wie sah sie denn aus?«, fragte D'Arblay. Sie waren alle über den Raum unter dem Dach informiert worden. Wenn er einen Hinweis auf die Mitbewohnerin bekam, oder was immer sie war, würde sich Slider freuen.

»Dürr«, erwiderte der alte Mann. »Ein Klappergestell. Gefärbte Haare – schwarz – völlig verschnitten, wissen Sie, wie sie das heute haben. Überall diese Stecker. Sah aus, als käme sie vom Polsterer. Und dieses grausige Make-up, wie Draculas Mutter, und schwarzer Nagellack. Röcke bis hier oben, keinen BH und diese dünnen kleinen Hemdchen, durch die man alles sehen kann, was sie hat.« Er schüttelte missbilligend den Kopf. »Die andere war eine Dame, aber die, tja, die sah aus wie eine Nutte, ein anderes Wort gibt's dafür nicht. Und niemals ein Lächeln. Sie wissen, wie die einen anschauen, solche Mädchen. Griesgrämig nenn ich das. Als wären alle darauf aus, ihnen was reinzuwürgen. Die meisten wissen doch überhaupt nicht, was Mühsal ist. Und für solche wie die haben wir im Krieg gekämpft.«

D'Arblay stellte ihm noch ein paar Fragen, doch der Alte schien nichts mehr hinzuzufügen zu haben, und D'Arblay überließ ihn sich selbst und der Wiederholung seiner Geschichte vor einer ganzen Traube Menschen, die sich um ihn geschart hatte, um jemanden zu bestaunen, der tatsächlich das Opfer gekannt hatte.

Die Beschreibung der finsteren Mitbewohnerin kam bei der Truppe gut an.

»Und damit bekommen wir ihre Morgenroutine in den Griff«, sagte Slider. »Der Lauf durch den Park gehörte offensichtlich zu ihrer täglichen Runde, wovon der Mörder gewusst haben könnte.«

Swilley hatte an der U-Bahn-Station auch etwas erfahren. Der Zeitungsverkäufer hatte das Foto von Chattie erkannt und gesagt, er habe sie jeden Morgen gesehen. Der U-Bahn-Eingang, an dem er seinen Stand hatte, befand sich gegenüber des südlichen Parktores, und er hatte sie »in ihrem Trainingsanzug oder was auch immer« aus dem Park kommen und die Straße überqueren sehen, um den ›Guardian‹ und den ›Telegraph‹ zu kaufen. So um acht Uhr herum. Dann hatte sie die eine Zeitung unter den Arm geklemmt, die andere aufgeschlagen und zu lesen begonnen, während sie denselben Weg zurückging. Auch er beschrieb sie als »wirklich nette junge Frau, immer ein Lächeln auf den Lippen und bereit zu einer kleinen Plauderei. Freundlich, wissen Sie? Nicht wie einige von denen, die einem nur das Geld hinschmeißen.«

»Aber sie hatte keine Zeitung dabei«, sagte Atherton. »Sieht so aus, als wurde sie getötet, bevor sie zum Zeitungsstand kam, also kurz vor acht Uhr.«

»Sofern der Mörder die Zeitungen nicht mitgenommen hat«, entgegnete Swilley.

»Warum hätte er das tun sollen?«

»Weil sie mit Blut verschmiert waren?«

»Was egal gewesen wäre, wenn es ihr Blut war«, hob Atherton hervor.

»Falls der Mörder helle genug war, das zu bemerken.«

»Also«, mischte sich Slider ein, »sie verlässt das Haus um Viertel nach sieben, läuft eine halbe Stunde oder so durch den Park und trifft dann auf dem Weg zur U-Bahn-Station, wo sie ihre Zeitung kaufen will, den Mörder.«

Von den nach dem Appell eingegangenen Anrufen betrafen die vielversprechendsten einen Mann, der aus dem Paddenswick-Road-Tor gerannt war, sowie einen Mann, der mit dem Fahrrad durch das King-Street-Tor geschossen war und die Informantin beinahe umgefahren hätte. Es handelte sich um eine gewisse Mrs Beryl Rose, die auf dem Weg zur U-Bahn gewesen war. Der Radfahrer hatte sich nicht einmal umgeschaut, um zu sehen, ob sie verletzt war, obwohl sie ihm wütend nachgeschrien hatte. Er hatte sich einfach in den Verkehr eingefädelt, fast einen Unfall verursacht, sich an Autos und Lastwagen vorbeigeschlängelt und war in die King Street in Richtung Chiswick eingebogen. Dieser Bericht stimmte mit dem zweier anderer Zeugen überein, von denen einer stehen geblieben war, um Mrs Rose zu fragen, ob alles in Ordnung sei, und ein paar Worte mit ihr gewechselt hatte über die Radfahrer, die auf dem Bürgersteig fuhren, und warum nichts dagegen unternommen wurde. Die Zeitangabe schwankte zwischen kurz nach acht, fünf nach acht und zehn nach acht. Der Mann wurde als jung, weiß, eher groß, eher blond beschrieben. Er trug eine schwarze, enge Radlerhose, eine leichte blaue Windjacke und einen Fahrradhelm.

»Warum trug er an einem heißen Tag eine Jacke?«, fragte Hart und beantwortete sich die Frage gleich selbst: »Vielleicht, um Blutflecken zu verbergen.«

Das Vielversprechendste an der Beschreibung war, dass

Mrs Rose behauptete, er habe eine Sporttasche auf dem Gepäckträger gehabt. Eine irgendwie geartete Tasche schien für den Abtransport der Waffe und der blutbefleckten Kleidung vom Tatort wesentlich zu sein. Andererseits hatten die beiden anderen Zeugen die Tasche des Radfahrers nicht bemerkt. Es lag ihnen dazu also lediglich Mrs Roses Behauptung vor.

Der Läufer war ebenfalls von drei Leuten beschrieben worden, unabhängig voneinander. Er war jung, schwarz, trug eine ausgebeulte, beige Chinohose, eine lockere graue Kapuzenjacke über einem schwarzen T-Shirt und Turnschuhe. Er war »wie der Blitz« aus dem Parktor und die Paddenswick Road in Richtung »Seven Stars« hinaufgerannt. Ein weiterer Zeuge hatte gesehen, wie er »wie ein Verrückter« die Straße beim »Seven Stars« überquerte, den Autos auswich, die sich an dieser Stelle in den Kreisverkehr einfädelten, und in der Askew Road verschwand. Die angegebene Zeit schwankte zwischen acht Uhr, kurz vor acht und fünf bis zehn Minuten nach acht. Gegen den Läufer sprach die Tatsache, dass keiner der Zeugen bei ihm eine Tasche gesehen hatte; eine Zeugin allerdings meinte, er habe ein Handy in der Hand gehabt.

Vermutlich würde sich herausstellen, dass sie nichts mit dem Mord zu tun hatten, aber sowohl der Läufer wie auch der Radfahrer mussten überprüft werden. Ein Aufruf in den Medien war geplant, mit der Bitte an beide, sich zu melden. Wenn der Radfahrer unschuldig war, standen die Chancen gut, dass er sich melden würde, aber junge Schwarze in Gangsta-Kluft waren für die Polizei generell verdächtig, und Slider befürchtete, dass der Läufer sie noch für einige Zeit beschäftigen würde.

Porson kam aus Hammersmith zurück und schnappte sich Slider auf dem Weg nach oben. Slider eilte hinter ihm her und kam sich vor wie Alice im Wunderland. Porsons

Beine waren lang, und er stakste in unglaublichem Tempo, wie ein Strauß, wobei sein Sommermantel hinter ihm herflatterte wie ein schäbiges Federkleid. Im Winter trug er einen zeltartigen grünen Mantel aus irgendwelchen Armeebeständen, aber seine sommerliche Hülle war ein beigefarbener Trenchcoat. Der war einst teuer gewesen und hatte überall Laschen und Taschen und Knöpfe.

»Schließen Sie die Tür«, schnarrte er über seine Schulter, sobald sie sein Büro erreicht hatten. Er schüttelte den Mantel ab und warf ihn auf den altmodischen Kleiderständer in der Ecke. Ein wenig besänftigt registrierte er, dass der Mantel hängen blieb. »Also gut«, sagte er, »ich hab's getan. Es war nicht leicht. Mr Palfreyman war nicht gerade begeistert, und ich musste ein bisschen herumtanzen, aber ich hab den Fall *und* das Budget für uns gesichert. Doch wir müssen uns beeilen. Die zusätzlichen Beamten bekommen wir nur für eine Woche. Haben Sie schon was erreicht?«

Slider berichtete ihm vom Läufer und vom Radfahrer. »Natürlich könnten sie sich als unbedeutend erweisen. Wichtiger wäre, Leute zu finden, die das Opfer an dem Morgen im Park gesehen haben, aber wir können in den Medien kein Foto veröffentlichen, bevor wir die nächsten Angehörigen benachrichtigt haben.«

»Und Sie wissen nicht, wer die sind?«

»Wir gehen jetzt ihre Unterlagen durch und hoffen, darin auf etwas zu stoßen. Es ist wirklich ein Teufelskreis – wenn wir ihr Foto veröffentlichen könnten, würden sich jede Menge Freunde und Angehörige melden.«

Porson sah ihn mürrisch an. »Müssen die Empfindlichkeiten der Öffentlichkeit respektieren«, sagte er wenig überzeugt. »Wenn die Familie auf die falsche Weise davon erfährt, schreit sie sofort Zeter und Mordio.« Dann brach seine Frustration durch. »Heutzutage wird man sofort verklagt. Eine Nation von Heulsusen, das sind wir geworden. Bei allem, was man tut, muss man aufpassen, dass einem nicht eine Vorladung ins Gesicht fliegt.«

Slider murmelte etwas Mitfühlendes, und Porson starrte ihn mit funkelnden Augen an.

»Tatsache ist, dass ich diesen zurückhaltenden, politisch korrekten Käse satt habe. Sie fesseln einem die Hände, lassen einen mit niemandem reden, damit bloß niemandem auf den Schlips getreten wird, und wundern sich dann, warum so wenige Fälle gelöst werden. Ich überlege mir wirklich, ob ich nach diesem Fall nicht den Stöpsel ziehe, Beförderung hin oder her.«

»O nein, Sir, tun Sie das nicht«, bat Slider.

Porson schnaubte. »Würden mich wohl vermissen, was?«, fragte er ironisch.

»Ja«, erwiderte Slider standhaft. »Das würden wir. Einen guten Superintendent bekommt man nur selten, gerade heutzutage. Alle bewundern und respektieren Sie, Sir.«

Porson sah ihn erstaunt an. Dann wandte er sich ab, blickte aus dem Fenster. »Tatsache ist«, sagte er mit der Befangenheit eines Menschen, der es nicht gewöhnt ist, ein persönliches Geständnis zu machen, »dass ich befürchte, die Sache nicht mehr im Griff zu haben.«

»Nein, Sir«, protestierte Slider, aber Porson hob abwehrend die Hand.

»Doch, doch. Als Betty starb ...« Er machte eine lange Pause. »Wenn man einen schmerzlichen Verlust erleidet, durchläuft man derlei Gefühlsregungen. Damit habe ich gerechnet. Steht in allen Büchern. Verleugnung, Wut und so weiter. Bla, bla, bla.« Er wedelte das Psychogerede mit einer Handbewegung weg. »Aber nachdem ich das jetzt alles hinter mir habe, bin ich nur noch müde. Und mir ist alles egal.«

»Das gehört dazu. Das ist eine der Reaktionen. Auch die werden Sie überwinden«, meinte Slider.

Porson schwieg. Er räusperte sich geräuschvoll, fummelte dann ein Taschentuch aus seiner Hosentasche und putzte sich die Nase. Dann drehte er sich um. Slider fürchtete sich vor dem, was er sehen würde – Tränenspuren? Einen zittrigen, sich ihm anvertrauenden Schleimer? Er war sich nicht sicher, ob er damit umgehen könnte.

Porson zeigte ihm ein Gesicht wie eine schlecht gemeißelte Statue und Augen, die unter den finster zusammengezogenen Brauen wie Stahlkugeln schimmerten.

»Dann machen Sie sich verdammt noch mal an die Arbeit! 36 Stunden, und Sie haben immer noch keine Angehörigen gefunden? Ich hab mich aus dem Fenster gehängt, um diesen Fall zu bekommen, und wenn Sie mich dabei wie einen Schlappschwanz aussehen lassen, dann kann es zwar sein, dass ich gehe, aber Sie können Ihre Eier auch gleich vergessen, klar?«

»Ja, Sir«, erwiderte Slider und lächelte beinahe vor Erleichterung. Mit einem Anschiss von oben fühlte er sich fast wohler. Das war sein gewohntes Milieu.

Atherton und Hart saßen an einem Schreibtisch, die Köpfe zusammengesteckt, und gingen den Terminkalender und das Adressbuch des Opfers durch. Dann glichen sie alle Dokumente, die sie hatten, miteinander ab.

»Die Schwierigkeit ist«, sagte Atherton, nachdem Slider Porsons Aufmunterung weitergegeben hatte, »dass sie die Angewohnheit hatte, bei Geschäftsterminen den ganzen Namen zu notieren, bei den persönlichen Verabredungen aber eine Menge Initialen und Kodierungen benutzte.«

»Woher weißt du, dass das die persönlichen sind?«

»Na ja, das vermute ich, aber es scheint sich vor allem um die Verabredungen am Abend zu handeln. Da ist eine für Dienstagabend – ›JS 20 h‹. Ihre Geschäftstermine stimmen mit den Kundenkarteien in den Unterlagen überein. Sie führte für jeden eine Liste, notierte, wann und wie lange sie für einen Kunden gearbeitet hat oder wo. Auch die Ausgaben. Alles sehr professionell.«

»Aber dann ist da dieser ganze ›DC 10 TFQ‹-Kram«, warf Hart ein. »Das steht hier am Dienstag. Ich versuche, die Initialen mit dem Adressbuch zu vergleichen, habe aber bisher nicht viel Glück gehabt. Unter Q steht definitiv keiner. DC 10 ist ein Flugzeug, und TFQ klingt wie ein Flughafenterminal. Vielleicht hat sie jemanden vom Flughafen abgeholt – ha, ha.«

»Wenn dem so war, dann hat sie den Nachmittag mit ihm verbracht. Da sind zwei Geschäftstermine für den Nachmittag, und beide sind ausgestrichen. Wir haben es überprüft, und sie hat sie am Montag abgesagt. Dienstag ist also ein Mysterium«, sagte Atherton. »Abgesehen davon, dass Marion sagt, sie habe sie um Viertel nach sechs gesehen, wissen wir nicht, wo sie an diesem letzten Tag war.«

»Marion!«, schnaubte Hart leise.

»Was ist mit den Angehörigen?«, fragte Slider mit Nachdruck.

»Die Leute schreiben ihre Mums und Dads nicht ins Adressbuch«, sagte Hart. »Ich meine, sie kennen ja deren Adresse, oder? Unter Cornfeld ist überhaupt nichts angegeben. Allerdings muss ich Ihnen was sagen, Chef«, fügte sie hinzu und sah ihn vertrauensvoll an, »da stehen eine Menge Adressen von Kerlen drin, und auch eine Menge Kerle, die nur mit Vornamen und Telefonnummer aufgeführt sind. Ich schätze, die hat nebenbei ein recht flottes Leben geführt. War fast jeden Abend unterwegs, so wie's aussieht.«

»Die Kreditkartenabrechnungen bestätigen das«, bekräftigte Atherton. »Eine ganze Reihe von Spenden an Wohltätigkeitsorganisationen – ich mache eine Liste davon. Aber auch viele Vergnügungen – Restaurants, Theater, Kinokarten, hohe Rechnungen für Speisen und Getränke. Dabei hat sie nicht geknausert.«

»Na ja, sie war eine gut aussehende Braut, warum also nicht? Und wenn sie eine Menge Freunde hatte, was ist dabei? Wir leben im 21. Jahrhundert. Es steht Frauen genauso zu, ihren Spaß zu haben, wie Männern«, meinte Hart und sah Atherton fest in die Augen.

»Ich unterbreche diese flammende Rede nur ungern«, sagte Slider, »aber könntet ihr euch auf das vorliegende Problem konzentrieren? Habt ihr nach einer Geburtsurkunde gesucht?«

»Ja, aber wir haben keine gefunden«, antwortete Atherton. »Möglicherweise liegt die im Safe. Hast du schon erfahren, wann der geöffnet wird?«

Slider schüttelte den Kopf. »Irgendwann morgen, mehr habe ich nicht aus denen rausgekriegt.«

Das Telefon auf Athertons Schreibtisch läutete, und er nahm ab. »Nein, er ist hier.« Er reichte den Hörer weiter. »Für dich, vom Empfang.«

Sergeant Paxman war dran, der Diensthabende am Empfang. »Hier ist jemand, der dich im Fall Cornfeld sprechen will.«

»Bin schon unterwegs«, sagte Slider.

V

Auf, auf zum Mummenschanz

Der öffentlich zugängliche Teil des Polizeireviers bestand aus einem quadratischen Raum mit einem großen, hohen Tresen auf der einen Seite und einer an den anderen drei Wänden entlangführenden Bank. Auf der Bank saßen zwei recht hoffnungslos aussehende, ständig schniefende junge Männer in völlig ausgebeulten Hosen und, so weit wie möglich von ihnen entfernt, eine Frau mittleren Alters, ordentlich, wenn auch bescheiden gekleidet, mit einer großen Einkaufstasche auf den Knien. Ein paar blonde Strähnchen im grauen Haar hellten die anscheinend unausrottbare kurze Dauerwellenfrisur der ehrbaren Arbeiterschichten auf. Ihr Gesicht war sorgfältig mit blauem Lidschatten und rosa Lippenstift geschminkt. Frauen ihrer Art bildeten das Rückgrat des Landes, und Slider hoffte, dass er ihretwegen hier heruntergekommen war, nicht wegen der missmutigen Jugendlichen.

Paxman deutete diskret auf sie. »Sagt, sie kennt Cornfeld.«

»Woher wusste sie den Namen? Wir haben ihn noch nicht veröffentlicht.«

»Den wusste sie nicht. Sagt, sie glaubt, sie hätte die Verstorbene gekannt, und wollte sichergehen.«

»Wie heißt sie?«

»Hammick. Maureen. Mrs«, antwortete Paxman.

Slider verkniff es sich, »Dank. Vielen. Herzlichen« zu sagen, und trat auf die Frau zu. »Mrs Hammick? Ich bin

Detective Inspector Slider. Wie ich höre, wollten Sie mit mir sprechen.« Sie hob ihren leidenden Blick. »Wäre es Ihnen lieber, wenn wir uns irgendwo in Ruhe unterhalten können?«, fragte er und führte sie zu einem der Vernehmungsräume. Er wählte Raum Nummer 1, der etwas weniger abstoßend war als Nummer 2. In beiden roch es nach Schweißfüßen, aber in Nummer 2 hatte sich gestern jemand übergeben, und es dauerte seine Zeit, bis der Gestank nach Erbrochenem sich vollkommen verzogen hatte.

Kaum hatte Slider die Tür hinter sich geschlossen, sagte sie: »Es geht um Chattie – Chattie Cornfeld. Jemand sagte – sie sagte –, dass sie ermordet worden wäre. Stimmt das?«

»Wo haben Sie das gehört?«, fragte er in neutralem Ton.

»Eine Nachbarin von mir war um die Mittagszeit im ›Wellington‹ und erzählte, da hätten Polizisten ein Foto von Chattie herumgezeigt und gefragt, ob jemand sie kennen würde. Sie hat sie erkannt, weil sie Chattie zusammen mit mir auf der Straße begegnet war. Aber ich dachte, vielleicht hätte sie sich geirrt. Ich meine, sie kennt sie nicht gut. Daher dachte ich – aber sie ist es *nicht*, oder?«

Sie blickte ihn auffordernd, doch ohne viel Hoffnung an. Schweigend hielt ihr Slider die Fotos hin. Die Frau griff danach, und ihre Hände begannen zu zittern. »Das haben Sie aus dem Schlafzimmer mitgenommen«, sagte sie, als hätten sie es geklaut. »Sie waren im Haus.« Sie blickte ihn an. »Also ist sie tot? Sie ist das – das neueste Opfer des Parkmörders?«

Slider nickte, sinnierte darüber, dass der Mensch selbst in einem Augenblick starker Emotionen nicht anders kann, als sich wie die Sensationspresse anzuhören. »Möchten Sie sich nicht setzen?«, fragte er freundlich und schob ihr einen Stuhl hin. Sie setzte sich, den Blick in die Luft gerichtet, während sie gequält die Griffe ihrer Einkaufstasche knetete. Slider setzte sich ihr gegenüber und war froh zu sehen, dass sie, obwohl tief betroffen, weder weinte noch drohte, hysterisch zu werden. Eine vernünftige, nüchterne Frau – könnte eine gute Zeugin abgeben, falls sie etwas zu erzählen hätte.

»Woher kennen Sie sie?«, fragte er nach einem respektvollen Augenblick.

»Ich putze bei ihr«, antwortete Mrs Hammick.

Tja, das erklärt jedenfalls das makellos aufgeräumte Haus, dachte Slider, denn wenn diese Frau nicht gründlich putzt, fresse ich ihren Federwisch.

»Ich arbeite für die Merry Maids Agentur in Brook Green. Dort können Sie sich über mich erkundigen, wenn Sie wollen. Aber inzwischen sind wir eher Freundinnen, wirklich, und ich erledige auch andere Dinge für sie, nicht über die Agentur – hole ihre Sachen von der Reinigung, warte auf den Klempner, solche Sachen. Ich habe ja sowieso den Schlüssel, und ich wohne nicht weit entfernt, an der Greenside Road, gleich um die Ecke von der Wingate.«

»Sie kennen sie demnach recht gut?«

»Wir sind Freundinnen«, wiederholte sie mit verzweifeltem Nachdruck, als würde das die Dinge ändern, die schlechten Nachrichten in Rauch auflösen. »Bei ihr ist es nicht wie mit meinen anderen Kunden. Die bekomme ich kaum zu sehen, und bei den meisten würde es mir nicht leidtun, wenn ich sie nie gesehen hätte. Aber sie arbeitet zu Hause, also war sie von Anfang an oft da, wenn ich zum Putzen kam, und sie ist eine so nette, freundliche, fröhliche Person, dass wir uns sofort gut verstanden. Sie kam meistens zu mir, wenn ich mit meiner Arbeit halbwegs fertig war, und sagte: ›Kommen Sie, Maureen, trinken wir zusammen eine Tasse Tee und plaudern ein wenig‹, und dann ging ich mit ihr in die Küche hinunter, und wir unterhielten uns und tranken Tee. Nach einer Weile achtete ich nicht mehr darauf, wie viel Zeit ich dort verbrachte. Ich habe einfach das getan, was sie erledigt haben wollte, und wenn es über das hinausging, wofür die Agentur mich bezahlte, dann war es eben so. Sie war irgendwie sehr nobel, hat mir zu Weihnachten immer etwas geschenkt und auch zum Geburtstag. ›Für all die kleinen Zusatzdienste, die Sie mir erweisen, Maureen‹, sagte sie dann. Und ich sagte zu ihr: ›Sie müssen mir nichts dafür geben, ich bin Ihre Freundin.‹ Aber sie tat es trotzdem. Es gibt nichts, was ich nicht für sie tun würde.«

Slider spürte, dass da noch mehr war, und wartete schweigend ab. Sie schaute auf ihre Hände und sagte: »Letztes Jahr, als meine Scheidung lief, hätte ich das ohne sie nicht durchgestanden. Ich meine, allein schon jemanden zum Reden zu haben, ja, und sie hatte immer Zeit für mich, aber abgesehen davon hat sie mich auch beraten, mir mit den Papieren geholfen und Anrufe für mich erledigt. Sie war einfach ein Mensch, der wusste, was zu *tun* war, wissen Sie, was ich meine? Ich weiß nicht, was ich ohne sie gemacht hätte.«

»Seit wann kannten Sie sie?«, fragte Slider.

»Ich habe seit drei Jahren bei ihr geputzt, seit sie in das Haus gezogen war. Aber mir kommt es viel länger vor.« Sie blickte auf. »Sie war ein wunderbarer Mensch, immer so freundlich. Erst letzte Woche, am Freitag, als ich reinkam, hatte sie Besuch, einen armen Jungen mit schrecklicher Akne. Ich konnte ihn kaum anschauen, die arme Seele, doch wie sie ihn ansah und ihm zuhörte, ihm ihre gesamte Aufmerksamkeit schenkte, hätte man meinen können, dass ihm überhaupt nichts fehlte. Und dann ist da eine alte Dame ein Stück weiter in der Straße, die sie besucht, Stunden bei ihr verbringt und mit ihr redet – keine Verwandte oder so, nur um sie aufzumuntern. Sie war immer so fröhlich, immer lächelnd, voller Witz. Und sie hat so hart für ihre Firma gearbeitet, so viele Stunden lang. Sie sagte: ›Maureen, ich werde es schaffen, und das alles aus eigener Kraft.‹ Ich bewundere Menschen, die so etwas tun. Schnorrer kann ich nicht leiden, Leute, die erwarten, dass man sie mitträgt – wie diese Schwester von ihr.«

»Schwester?«

Mrs Hammick verzog missbilligend den Mund. »Diese Jassy. Man kann sich keinen größeren Gegensatz zwischen zwei Menschen vorstellen.« Sie blickte ihn fragend an. »Sie waren im Haus. Haben Sie ihr Zimmer gesehen?«

Slider ging ein Licht auf. »Das Zimmer im obersten Stock.«

»Genau das.«

»Dort wohnt die Schwester?«

»Nein, jetzt nicht mehr. Sie würde gerne, aber Chattie hat ein Machtwort gesprochen – was sie selten genug tut, weil sie *zu* freundlich ist und die Leute das ausnutzen. Jassy hat sie nach Strich und Faden ausgenutzt und hätte ihr noch das letzte Hemd vom Leib gerissen, wenn sie gekonnt hätte. Sie hat etwa sechs Monate dort gewohnt, und das hat Chattie fast verrückt gemacht. Hat nie hinter sich aufgeräumt, hat Chatties Kleider getragen und sie ruiniert, hat Leute mitgebracht, ohne zu fragen – keine netten Leute. Sie sollte nur ein bis zwei Wochen bleiben, bis sie eine eigene Wohnung gefunden hatte, aber daraus wurden Wochen und dann Monate, sie war schon zum festen Inventar geworden, fand ich, doch dann hat Chattie schließlich genug gehabt und sie rausgeworfen. Aber Jassy glaubt, dass das Zimmer immer noch ihres ist, und sie hat einen Schlüssel für das Haus, daher kommt und geht sie und schläft dort, wann immer ihr danach ist – wenn sie Krach mit ihrem Freund hat, nehme ich an. Oder wenn sie ihrer Schwester Geld abluchsen will.«

»Daraus entnehme ich, dass Sie sie nicht mögen.«

»Jassy? Sie ist eine von denen, die glauben, dass die

Welt ihnen den Lebensunterhalt schuldig ist. Hat nie in ihrem Leben auch nur einen Tag lang ehrliche Arbeit geleistet, lebt von Sozialhilfe und versucht nicht mal eine Arbeit zu finden. Leiht sich Geld und zahlt es nie zurück, nimmt Chatties Sachen, ohne zu fragen, und beschwert sich dann, dass Chattie nicht genug für sie tut. *Und* treibt sich mit üblem Gesindel herum. Dieser Freund von ihr – tja, wenn der kein Verbrecher ist! Ein Farbiger, wissen Sie.« Sie blickte Slider an, um zu sehen, wie er darauf reagierte. »Ich hab im Allgemeinen nichts gegen die, aber ich bin mir so sicher, wie ich hier sitze, dass Darren nichts Gutes im Schilde führt. Er hat so einen verschlagenen Blick, und einmal, als Jassy ihn mit ins Haus brachte, fand ich ihn dort rumschnüffeln, wo er nichts verloren hatte. Das Haus ausbaldowern nennt man das, oder?«

»Fehlte hinterher irgendwas?«

»Nicht, dass ich wüsste, aber das heißt ja noch nichts; darüber nachgedacht haben könnte er trotzdem. Ich traue es auch Jassy ohne weiteres zu. Erst vergangenen Montag habe ich sie dabei erwischt, wie sie im Haus rumschlich. Ich war gerade mit ein paar Croissants für Chattie vorbeigekommen – die bekomme ich in einer Bäckerei nicht weit von der Dame, wo ich montagnachmittags putze, und Chattie mag diese Croissants besonders gern, darum hole ich ihr oft welche und bringe sie ihr für das Frühstück am Dienstag vorbei. Ich gehe gerade durch den Flur, als Jassy die Treppe vom Keller hochkommt, und kaum sieht sie mich, macht sie ein schuldbewusstes Gesicht. Schreckt ein bisschen zusammen, wissen Sie, und sagt: ›Oh, Sie sind das, was machen Sie denn hier?‹ oder so was in der Art. Ich sagte: ›Chattie weiß, dass ich hier bin. Ich frag mich, ob man das von Ihnen auch sagen könnte‹, und sie sagte: ›Ich kam gerade vorbei und dachte, ich schau mal bei meiner Schwester rein. Ich war nur in der Küche, um mir einen Kaffee zu machen.‹ Und ich dachte, ja, wer's glaubt, aber ich habe nichts gesagt. Ich blieb einfach stehen, und sie schlich sich mürrisch davon. Ich hab mich genau umgesehen, das können Sie mir glauben, aber mir ist nichts aufgefallen, was gefehlt hätte. Hab sie wohl noch rechtzeitig erwischt, dachte ich mir.«

»Haben Sie Chattie etwas davon erzählt?«

»Nein. Chattie ist zu weichherzig. Das hätte nichts genutzt. Sie ist selber so ehrlich und kann einfach nicht glauben, dass nicht alle so sind – obwohl sie Darren am Ende durchschaut und Jassy gebeten hat, ihn nicht mehr mitzubringen. Aber Jassy – na ja, Sie haben ihr Zimmer gesehen. Ich sagte zu Chattie, am Ende sagte ich zu ihr: ›Tut mir leid, aber ich mache da oben nicht mehr sauber. Ich tue alles für Sie‹, sagte ich, ›aber ich putze nicht mehr für diese kleine Madam.‹ Und Chattie sagte, das könne sie mir nicht verübeln, und sie würde Jassy sagen, dass sie selber putzen muss. Doch das hat Jassy natürlich nie getan. Ich sag immer, man kann aus dem, wie ein Mensch sein Haus hinterlässt, eine Menge über die Person erfahren, und das Zimmer dieser Jassy ist dreckig und widerlich, genau wie sie.«

»Ist sie dünn, hat schwarzes Haar und jede Menge Piercings?«

»Sie haben sie gesehen?«

»Nein, jemand hat sie beschrieben. Sagte, sie sei geschminkt wie Draculas Mutter.«

Mrs Hammick zeigte eine Art grimmiges Lächeln. »Das ist gut! Draculas Mutter. Ja, schwarzer Lippenstift und lila Lidschatten und so. Unter all dem Zeug ist sie wahrscheinlich hübsch, kann aber Chattie nicht das Wasser reichen, meiner Meinung nach, doch sie macht sich so hässlich wie nur möglich. Als wollte sie einem ins Gesicht springen, wissen Sie?«

»Kennen Sie ihren vollen Namen, und wissen Sie, wo sie wohnt?«

»Sie heißt Jasmine – sie hasst den Namen, darum nennt sie sich Jassy –, und sie hat einen anderen Nachnamen als Chattie. Jassys Mum und ihr Dad sind geschieden worden, und ihre Mum hat wieder geheiratet. Sie heißt Jassy Whitelaw und wohnt irgendwo südlich vom Fluss, Clapham, glaube ich. Ihre Adresse müsste in Chatties Buch stehen – dem roten Adressbuch auf ihrem Schreibtisch.«

»Ja, das haben wir. Kennen Sie auch Darrens Nachnamen und Adresse?«

»Also, die Adresse ist dieselbe wie die von Jassy – sie leben zusammen. Aber sein Nachname ...« Sie dachte kurz nach, schüttelte langsam den Kopf. »Ich glaube, es könnte Brown sein. Darren Brown. Oder Briggs? Oder Bates? Nein, Brown«, sagte sie fest und hielt dann inne. »Oder war es Barnes? Ja, ich glaube, das war es. Darren Barnes.«

»Und wissen Sie, wer Chatties nächste Angehörigen sein könnten?«

»Oh, da bin ich mir nicht sicher. Ich nehme an, das müsste ihre Mutter sein, die ebenfalls geschieden ist. Chattie hat ihren Vater mir gegenüber nie erwähnt, daher weiß ich nicht, ob sie mit ihm noch Kontakt hat, aber sie hat viel von ihrer Mum gesprochen. Sie ist Schriftstellerin – eine ziemlich berühmte. Stella Smart – haben Sie von ihr gehört?«

Der Name kam Slider vage bekannt vor, als hätte er ihn im Vorbeigehen gesehen, im Schaufenster einer Buchhandlung. »Ich glaube schon. Sie schreibt Liebesromane, oder?«

Mrs Hammick blickte ihn streng an. »Keine billigen Kitschromane, ihre sind viel besser. Dicke, gute Bücher, in denen man richtig versinken kann, über echte Menschen. Ich hab inzwischen eine ganze Reihe davon gelesen, aus der Bücherei, und die sind so gut. Jedenfalls, Chattie besucht sie, und ihre Mum telefoniert mit ihr, daher weiß ich, dass *sie* gut miteinander auskommen, also nehme ich an, dass sie ihre nächste Verwandte ist«, schloss sie, als könnte man sich das aussuchen. »Aber was ihre Adresse angeht – tja, ich weiß, dass die irgendwo in Hertfordshire sein muss, in der Nähe von Hemel Hempstead, hat sie, glaube ich, gesagt, aber genau weiß ich es nicht.«

»Das können wir bestimmt herausfinden, nachdem wir nun wissen, wer sie ist. Wenn sie nicht im Adressbuch steht, werden es uns die Verleger sagen können.«

»Ja, das stimmt.« Mrs Hammick wirkte jetzt wieder verzagt, als hätte ihr Hochgefühl sie verlassen und ihr wäre eingefallen, warum sie überhaupt hier war. »Es wird ein schrecklicher Schock für sie sein, die arme Frau. Wie furchtbar und entsetzlich, dass so etwas ausgerechnet mit Chattie passieren musste. Wenn es Jassy gewesen wäre, das hätte man noch verstanden bei den Leuten, mit denen sie sich herumtreibt. Ich hab oft gesagt, dass es mit ihr noch mal ein schlimmes Ende nehmen wird.«

»Sie haben uns sehr geholfen«, sagte Slider. »Da ist eines, was Sie mir vielleicht noch erzählen können – hatte Chattie einen Freund?«

Mrs Hammick schürzte die Lippen. »Na ja, sie hatte viele Freunde, aber nicht das, was man einen festen Freund nennen würde, keinen speziellen. Sie ging ständig aus, zum Essen und so, und im Allgemeinen mit einem Mann, aber das war alles oberflächlich, wenn Sie wissen, was ich meine. Ihr schien das so ganz recht zu sein«, fügte sie traurig hinzu. »Ich hab sie manchmal gefragt, ob sie nicht gerne heiraten und eine Familie gründen will, aber sie hat gesagt, sie sei glücklich so. ›In meinem Leben ist kein Platz für einen anderen Mann‹, hat sie gesagt. ›Ich bin zu sehr damit beschäftigt, meinen Platz in der Welt zu finden‹, sagte sie. Ich fand, sie sollte es nicht zu lange hinausschieben, wenn sie Kinder haben will, aber sie hat gesagt, daran sei sie nicht interessiert. Ich glaube, das hatte vielleicht mit der Scheidung ihrer Eltern zu tun. Es war wirklich schade, aber ich dachte immer, eines Tages würde sie jemanden finden, und dann würde sich ihre Meinung rasch ändern. Ich sagte zu ihr: ›Sie werden das anders sehen, wenn Sie dem richtigen Mann begegnen.‹ Aber das wird sie jetzt natürlich nicht mehr«, fiel ihr ein, und sie musste in ihrer Einkaufstasche nach einem Taschentuch suchen.

»Haben Sie je einen dieser Freunde kennengelernt?«, fragte Slider. »Kamen die ins Haus?«

»O ja, manchmal. Sie blieben gelegentlich über Nacht. Na ja, sie war ein gesundes Mädchen mit normalen Bedürfnissen«, verteidigte Mrs Hammick Chattie. »Einem bin ich mal in der Küche begegnet, als ich zum Putzen kam. Wirkte auf mich wie ein netter junger Mann, aber ich bin gleich wieder verschwunden, hab nur Hallo gesagt, weil er noch nicht angezogen war, was ein bisschen peinlich war. Doch für gewöhnlich waren sie gegangen, bevor ich eintraf. Tja, die Leute müssen heutzutage früh zur Arbeit, was?«

»Können Sie sich an irgendwelche Namen erinnern? Gab es einen, mit dem sie sich in letzter Zeit öfter getroffen hat?«

»Ich weiß es nicht«, antwortete sie nachdenklich. »Sie hat mit mir über ihre Männerbekanntschaften gesprochen, hat mir lustige Geschichten über sie erzählt. Aber ich kann mich nicht erinnern, dass sie jemand Bestimmten erwähnt hätte, nicht in letzter Zeit.«

»Wirkte sie unglücklich?«

»Nein, sie war wie immer. Aber jetzt, wo Sie fragen, in den letzten Tagen war sie vielleicht ein bisschen – ich weiß nicht – nachdenklicher als sonst. Ich meine, sie war immer fröhlich, wenn sie mit mir sprach, aber ich erwischte sie ab und zu mit einem Stirnrunzeln, wenn sie meinte, ich würde sie nicht ansehen.«

»Hatte sie Sorgen?«

»Sorgen würde ich es nicht nennen. Eher, als würde sie über eine Sache nachdenken. Nur – na ja, nachdenklich.« Sie kam mangels eines anderen Ausdrucks auf dieses Wort zurück.

Slider notierte sich, wie sie zu erreichen war, dankte ihr dafür, sich gemeldet zu haben, und teilte ihr mit, dass das Haus jetzt versiegelt sei und sie es nicht mehr betreten solle. »Wenn Sie zufällig die Schlüssel dabeihaben, wäre es besser, sie mir zur Aufbewahrung zu geben.«

»Sie sind in meiner Tasche.« Mrs Hammick wühlte in ihrer Einkaufstasche und reichte ihm die beiden Schlüssel an einem unbeschrifteten Ring. Im letzten Moment zögerte sie, bevor sie die Schlüssel in Sliders ausgestreckte Hand fallen ließ. Plötzlich schien ihr alles zu Bewusstsein zu kommen. »Ich nehme an, dass ich sie nie wieder brauchen werde. Ich kann nicht glauben, dass sie tot ist. Ich kann es einfach nicht glauben.« Langsam schüttelte sie den Kopf.

Wie so viele Menschen in einer solchen Situation, dachte Slider, verschließt sie die Augen vor der Wahrheit.

Als er wieder in seinem Büro war, kam Atherton herein und verkündete: »Mr Porson verlangt dringend nach dir.«

»Wann tut er das nicht?«, murmelte Slider erschöpft.

»Was wollte deine Zeugin?«

»Sie ist keine Zeugin, bloß die Putzfrau des Opfers.« Er gab ihm eine kurze Zusammenfassung des Gesprächs. »Sagte, Chattie sei eine wirklich nette Person gewesen, von der Art, für die man alles tut.«

»Hilfreich.«

»Außerdem hatte sie viele Männerbekanntschaften, aber keinen festen Freund.«

»Das haben wir bereits ihrem Terminkalender und dem Adressbuch entnommen.«

»Seid ihr mit dem Treffen an dem Dienstag weitergekommen?«

»Nein, das war bisher ergebnislos. DC 10 TFQ und JS bleiben rätselhaft. Für den gesamten Tag können wir sie nirgends unterbringen.«

»Ich frag mich, ob das wichtig ist.«

»Alles könnte wichtig sein, und letztendlich ist fast nichts von Bedeutung«, erwiderte Atherton. »Ich dachte daran, jetzt nach Hause zu gehen, falls du nichts dagegen hast. Mal sehen, was ein bisschen Entspannung und Erholung für meine kombinatorischen Fähigkeiten tun können. Oder, in meinem Fall, eine Menge Entspannung und Erholung.«

»Gehst du heute Abend aus?«, fragte Slider, und dann, obwohl er sich dafür hasste: »Mit Hart, ja?«

»Hart?«

»Ihr scheint euch recht gut zu verstehen.«

»Sie ist eine Kollegin«, wehrte Atherton ab. »Ich treffe mich wieder mit Marion Davies.«

»Zwei Abende hintereinander klingt ernst. Und mit einer Zeugin ins Bett zu gehen? Du überraschst mich.«

»Wenn man bedenkt, wie du Joanna kennengelernt hast …« Atherton brauchte den Satz nicht zu beenden. »Außerdem ist sie keine Zeugin. Nur eine Freundin, genau wie deine Putzfrau.«

»Das weißt du nicht.«

Atherton lächelte fein. »Dann ist das der beste Weg, es herauszufinden.«

Slider stand von seinem Schreibtisch auf und schickte Atherton mit einer Handbewegung weg. »Fort mit dir. Auf mich wartet Mr Porson.«

»Ich werde nicht anbieten, mit dir zu tauschen«, sagte Atherton.

Porson kam sofort zur Sache. »Ich habe von der Polizei in Hemel gehört, dass die Mutter informiert wurde.«

»Was ist mit dem Vater?«

»Die Mutter behauptet, das Opfer habe keinen Kontakt mit ihm gehabt, und sie wisse nicht, wo er sei. Also können wir das Foto veröffentlichen. Sie haben uns ein Studioporträt übermittelt, das die Mutter rausgerückt hat, bessere Qualität als die Fotos, die wir hatten. Das nehmen wir.«

Slider blickte auf die Uhr. »Für die 18-Uhr-Nachrichten ist es zu spät.«

»Wird Zeit, dass Sie im 21. Jahrhundert ankommen«, ermahnte ihn Porson. »Hemel hat das Foto elektronisch gleichzeitig an die BBC und an uns geschickt. Sie werden es mit einer schlichten Meldung unterlegt zeigen. ›Die Polizei hat den Namen des Opfers bekannt gegeben‹, bla, bla, bla. Aber für die 22-Uhr-Nachrichten wollen sie was Lebendiges vor der Kamera. Das übernehmen Sie, Slider.«

Slider wurde mulmig zumute. »Ich, Sir?« Er konnte es nicht ausstehen, im Fernsehen aufzutreten.

»Sie sind sehr telegen, Slider«, sagte Porson mit unbewegter Miene. »Die zeichnen das im Presseraum auf. Sehen Sie zu, dass Sie so rasch wie möglich nach Hammersmith kommen. Sie wissen, was Sie zu sagen haben?«

»Wir bleiben nach wie vor bei der Sache mit dem Parkmörder?«

»Ja, wir lassen das noch ein bisschen laufen«, bestätigte Porson. »Sagen Sie nicht, dass er es war, nur dass erste Eindrücke darauf hindeuten. Sie kennen die Partitur. Unverbindlich. Die Pressetante, Amanda Odell, wird alles mit Ihnen besprechen. Bitten Sie darum, dass sich Zeugen melden. Überhaupt alle, die im Park waren.«

»Vor allem der Radfahrer und der Läufer«, sagte Slider.

»Genau.«

»Wer soll heute Abend die Telefone besetzen?«

»Darum kümmere ich mich. Sehen Sie zu, dass Sie nach Hammersmith kommen. Los, man wartet bereits auf Sie.«

Auf, auf zum Mummenschanz, dachte Slider und trottete davon.

»Du bist früh dran«, sagte Joanna, als er die Tür aufschloss.

»Es ist fast neun. Nennst du das früh?«

»Ich habe dich erst später erwartet.«

»Heißt das, es gibt nichts zu essen?«

»Wir können essen gehen, wenn du willst«, erwiderte sie, und dann, als sie seinem Gesicht ablas, wie das ankam, »oder ich könnte Fisch und Chips holen.«

»Das ist ein Wort.« Er strahlte. »Aber was ist mit dir – hast du schon gegessen?«

»Nur eine Kleinigkeit. Ich habe bestimmt noch Platz für Fisch und Chips übrig. Außerdem haben wir was zu feiern.«

»Haben wir?«

»Ich habe gute Nachrichten. Wirklich gute Nachrichten. Ich bin heute angerufen worden.«

»Hach, das ist gar nichts. Ich werde ständig angerufen.«

»Hör auf, mich zu veralbern, die Sache ist wichtig. Ich bin für ein paar Aufnahmen gebucht worden.«

»Oh. Wie schön für dich. Was für Aufnahmen?«

»Es geht um den Soundtrack für den neuen James-Bond-Film. Neun Aufnahmen, in Waterford, morgen, Samstag und Sonntag.«

»Morgen? Das ist aber kurzfristig.«

»Tja, offensichtlich war ich nicht die erste Wahl«, sagte sie. »Ich springe für ein armes Wesen ein, das krank geworden ist und dem all die guten Sachen entgehen. Sie wird sich in den Arsch beißen, weil Filmaufnahmen supergut bezahlt werden, in Dollar, und das ist noch nicht alles. Später werden sie davon eine CD machen, und das bringt weitere Aufnahmen. Ronnie sagte, dass man überlegt, sie als Werbung für die Tournee zu nutzen.«

»Ronnie?«

»Ronnie Barrett, der Organisator. Der Soundtrack und die CD laufen beide auf einen Vertrag, daher werden dieselben Leute mitspielen, aber er mag mich und sagt, er wird versuchen, mich auch bei den Konzerten unterzubringen.« Sie strahlte. »Jede Menge entzückende Musik und jede Menge entzückendes Geld. Freust du dich nicht?«

»Natürlich freu ich mich. Bin entzückt deinetwegen. Aber – drei mal drei Aufnahmen? Und das an aufeinanderfolgenden Tagen? Ist das nicht zu viel für dich?«

»Weil ich ›in anderen Umständen‹ bin? Mein lieber Inspector, so was kannst du heutzutage nicht mehr sagen.« Sie lachte. Er spürte, dass es nicht so sehr das Geld war, was sie glücklich machte, sondern die Aussicht auf Arbeit. Sie hatte es vermisst, dabei zu sein, hatte die Kameradschaft vermisst, die Musik und das Gefühl von Gebrauchtwerden, den Rahmen, den sie ihrem Leben gab. Wie würde sie damit fertig werden, wenn das Baby kam? Und wenn sie, nach der Mutterschaftspause, überhaupt keine Arbeit mehr bekam, was war dann?

Unnütze Sorgen machen früh alt, hätte seine Mutter jetzt gesagt. Befass dich damit, wenn und falls sie auftauchen.

»Ich möchte nur, dass du auf dich Acht gibst«, sagte er schließlich.

Sie schlang ihre Arme um seine Taille. »Das werde ich. Ich werde die ganze Zeit sitzen, denk dran.« Sie küsste ihn. »Ich verspreche dir, ordentlich zu essen und mich in den Pausen auszuruhen. Und ich muss nicht mal fahren. Pete Thomas wohnt in Hammersmith und wird mich abholen, und wir teilen uns das Benzingeld.«

»Na gut.« Er spürte ihren harten Bauch, der sich an ihn schmiegte. »Ich liebe dich«, sagte er.

»Ich liebe dich auch.« Sie gab ihm noch einen Kuss. »Ich hole jetzt Fisch und Chips, während du dich umziehst, ja?«

»Prima. Wir können vor dem Fernseher essen, und du kannst meinen Auftritt kritisieren.«

»Du bist wieder im Fernsehen? Dieses Haus ist voller Künstler!«

Der Tag begann sonnig, aber der Sonnenschein und der blaue Himmel hatten ein wässriges, unsicheres Aussehen. Slider warf seinen Regenmantel ins Auto, kehrte ins Haus zurück, um Joanna noch einmal zu küssen – sie übte, aus einem »Etüdenbuch«, in dem die Noten wie schwarze, haarige Raupen an den Notenlinien hinauf und hinunter krochen –, und machte sich dann auf den Weg nach Hemel Hempstead. Noch bevor er dort eingetroffen war, hatten sich dicke graue Wolken aufgetürmt, und heftiger Regen prasselte gegen die Windschutzscheibe.

Stella Smarts Adresse lautete »Owl Cottage, The Dene« und lag etwas außerhalb der Stadt – er hatte die Wegbeschreibung von der Polizei in Hemel bekommen. Er hatte eine ländliche Straße und ein gedrungenes Cottage mit schiefem Dach und kleinen, tief liegenden Fenstern, überwuchert von Kletterpflanzen, vor Augen. Und Stella Smart stellte er sich entweder als eine bohèmehafte Künstlerin mit prä-raffaelitischen Kleidern, Zigeunerhaar und klingenden Armreifen vor oder promihaft gestylt mit viel Make-up und goldenem Modeschmuck.

Er hielt auf dem Weg in Hemel an und kaufte sich in einer Buchhandlung eines ihrer Bücher. Er entschied sich für ›Long Summer Days‹, das das neueste Taschenbuch zu sein schien – jedenfalls lagen ganze Stapel davon da –, und stellte den Wagen auf einem Parkplatz ab, um es durchzublättern. Es ging um eine nette Vikarsfrau der marmeladekochenden, festes Schuhwerk tragenden Art, die glaubte, ihr Mann würde sie betrügen. Es gab jede Menge Schilderungen des Dorflebens, und es wurde viel getrunken – die Leute schienen ständig die Bar im Pub zu belagern oder sich gegenseitig Gin Tonics in ihren Küchen zu kredenzen. Er wollte das Buch schon beiseitelegen und weiterfahren, als ihm das Wort »Nippel« ins Auge fiel und er sich mitten in einer leidenschaftlichen Liebesszene zwischen Mrs Vikar und einem jungen Mann, einem Künstler und Neuankömmling im Dorf, wiederfand. Das bohèmehafte Bild von Stella Smart erschien ihm nun als das angemessenere.

Slider war sehr überrascht, als sich »The Dene« als eine Straße in einer niedlichen neuen Siedlung aus kleinen, gelben Legohäuschen erwies, mit rosafarbenen Dächern, die irgendwie an Plastilin erinnerten. Für jemanden, dessen Blick an die viktorianischen Gebäude in London gewöhnt war, wirkten sie unglaublich klein, gerade so, als würden darin die Gartenzwerge wohnen, die viele der Vorgärten schmückten. Owl Cottage war ein Eckhaus, genauso neu, schachtelartig und legolandmäßig wie der Rest. Die Tür wurde ihm von einer kleinen, gepflegten Frau geöffnet. Sie trug ein schlichtes dunkelblaues Leinenkostüm über einer weißen Bluse und war geschminkt und ordentlich frisiert, als wäre sie gerade von der Arbeit in einem Anwalts- oder Maklerbüro nach Hause gekommen.

»Mrs Smart?«, fragte er, obwohl er ihr an dem matten, kummervollen Blick ansehen konnte, dass sie es war. Vielleicht hätte er sie mit Miss Smart ansprechen sollen, falls das ihr Künstlername war. Er war sich nicht sicher, wie so etwas gehandhabt wurde. Wenn sie nicht wieder geheiratet hatte, hieß sie vermutlich Cornfeld. »Ich bin Inspector Slider.« Er hielt ihr seinen Dienstausweis hin, aber sie beachtete ihn gar nicht.

»Man hat mir mitgeteilt, dass Sie kommen würden«, sagte sie, und dann, offensichtlich bemüht, sich zusammenzureißen: »Kommen Sie besser rein. Sie werden sonst noch ganz nass.«

Sie trat zurück, um ihn hereinzulassen – was nötig war, denn der Flur war nur so breit wie die Tür und kaum länger. Sie streckte die Hand nach seinem Regenmantel aus und hängte ihn an die Garderobe. »Kommen Sie«, sagte sie und führte ihn durch eine Glastür in ein Wohn-Ess-Zimmer, von dem aus es in den Garten hinausging. Das Zimmer war in diesem zwergenhaften Haus an sich schon klein, der Eindruck der Enge wurde dadurch aber noch verstärkt, dass die Möbel für eine ganz andere Art von Haus gedacht waren. Alt, gediegen und liebevoll gepflegt, verstopften sie den wenigen Platz: ein riesiger Bücherschrank zur Rechten, der den Eindruck machte, als würde er den Kopf unter der niedrigen Decke einziehen, eine schöne Chiffoniere zur Linken, dazwischen ein breites Brokatpolstersofa und zwei Queen-Anne-Lehnstühle, Lampen und Tischchen irgendwie hineingequetscht, und im Essbereich ein Mahagonitisch mit den dazu passenden Stühlen sowie ein wunderschönes hohes edwardianisches Sideboard. All das bedeutete, dass man die Luft anhalten und sich seitwärts vorbeischieben musste, wenn man in den Garten wollte. Bilder hingen an der Wand, Aquarelle und kleine Ölbilder, und auf den freien Flächen standen zwei hübsche Uhren und zartes Porzellan. Vermutlich hatten widrige Umstände Stella Smart in diese unpassende Umgebung gebracht.

»Sie möchten sicher Kaffee«, sagte sie, und da das kaum nach einer Frage klang, antwortete er nicht. »Nehmen Sie Platz.«

Sie winkte ihn zum Sofa und trat durch eine Tür zwischen den beiden Bereichen des Raums, die wahrscheinlich in die Küche und zur Treppe führte. Der Duft nach frischem Kaffee drang herein, bevor sich die Tür schloss, und nahm ihm die Sorge, dass er Pulverkaffee würde trinken müssen. Offensichtlich hatte sie bereits alles für ihn vorbereitet, denn ehe er Gelegenheit hatte, mehr als eine Reihe gleich aussehender Buchrücken im Bücherschrank zu registrieren, vermutlich ihre eigenen Werke, sowie den Umstand wahrzunehmen, dass es nirgends Fotos gab (ein Familienmerkmal?), kam sie mit einem Tablett zurück. Sie hielt das Niveau: ein zartes, besticktes Tablettdeckchen, Porzellan verziert mit winzigen Vergissmeinnicht, der Kaffee in einer dazu passenden Porzellankanne und ein Teller mit anscheinend selbst gebackenem Mürbegebäck.

Sie setzte sich übereck zu ihm auf einen Lehnstuhl und stellte das Tablett auf den kleinen Tisch zwischen ihnen. »Milch und Zucker?«

»Schwarz, bitte. Keinen Zucker.«

Sie schenkte ein, reichte ihm die Tasse und bot ihm Gebäck an. Er wartete schweigend. Sie gewann durch diese kleinen Rituale die Oberhand, wie es auch sein sollte. Er beobachtete sie, während sie sich Kaffee einschenkte. Sie ist in den Fünfzigern, dachte er, und hat sich gut gehalten. Ihr Haar war blond, aber mit Grau durchsetzt, sie war klein und schlank – beinahe dünn –, hatte eine knochige Nase und ein spitzes Kinn. Viel Ähnlichkeit mit Chattie konnte er nicht entdecken. Er hätte sie nicht hübsch oder auch nur gut aussehend genannt, doch in ihren braunen Augen lag, als sie ihn endlich ansah, ein Blick, der anziehend war. Ihre Augen waren gerötet und die Lider noch vom Weinen geschwollen, aber zu anderen Zeiten, dachte er, hatte sie wohl die meisten Männer damit gefesselt.

Sie lehnte sich jetzt mit ihrer Tasse zurück und trank, blickte ihn ruhig an, setzte nichts in Gang. Er ließ sich Zeit, probierte den Kaffee – sehr gut – und das Gebäck.

»Schmeckt ausgezeichnet«, bemerkte er. »Haben Sie das selbst gemacht?«

»Ja.«

Er wartete, aber da kam nichts mehr. Er stellte seine Tasse ab und sagte: »Ich möchte Ihnen mein Beileid aussprechen.«

»Vielen Dank.«

»Es tut mir sehr leid, Sie zu einem solchen Zeitpunkt belästigen zu müssen, aber ich möchte gerne mit Ihnen über Ihre Tochter sprechen.«

»Warum?«, fragte sie.

Das hatte er nicht erwartet. »Weil ich so viel wie möglich über sie erfahren muss.«

»Aber wenn sie vom Parkmörder ermordet wurde«, sagte Stella Smart, »hat er sie doch einfach nur genommen, weil sie da war, und aus keinem anderen Grund. Wie können Ihnen Erkenntnisse über sie dabei helfen, ihn zu finden?« Sie hatte den analytischen Blick eines Polizisten, wie er bemerkte: Sie sah sehr genau hin. Er hatte noch nie mit einer Schriftstellerin zu tun gehabt und nahm an, dass Wahrnehmung und Schlussfolgerung ebenfalls zum Handwerk eines Autors gehörten. Ein interessanter neuer Gedanke, auf den man zurückkommen sollte.

»Sie begreifen sehr schnell«, sagte er. »Daher teile ich Ihnen lieber gleich mit, dass wir sie nicht für ein Opfer des Parkmörders halten.«

»Warum nicht?«

»Es gab Unstimmigkeiten. Die Einzelheiten möchte ich Ihnen ersparen. Aber wir glauben, dass der Mörder versucht hat, seine Vorgehensweise wie die des Parkmörders aussehen zu lassen.«

»Ich habe gestern Abend die Nachrichten gesehen. Da wurde der Eindruck vermittelt ...«

»Ja. Wir dachten, es würde uns helfen, den Mörder in dem Glauben zu lassen, dass wir in die Falle gegangen sind. Aber ich glaube, sie wurde von jemandem ermordet, der sie kannte.«

Prüfend sah sie ihm ins Gesicht. »Wenn Sie mir das erzählen, dann gehöre ich wohl nicht zu den Verdächtigen.«

Das hatte er bereits nach wenigen Minuten entschieden. »Ich sehe doch, was sie Ihnen bedeutet hat.«

Sie wandte den Blick ab, unterbrach den Kontakt. Andere Menschen zu beobachten gelang ihr wunderbar, in ihre eigene Gefühlswelt aber wollte sie keinem Einblick gewähren. »Sie bedeutete mir alles. Sie war alles, was ich hatte.«

»Was ist mit …?« Er blickte zum Bücherschrank.

»Meiner Arbeit?«, fragte sie und machte ein abschätziges Gesicht. »Früher dachte ich, dass sie mir eine Menge bedeutet. Aber das war, als ich Chattie noch hatte. Jetzt begreife ich, dass es nur eine Handvoll Staub ist.«

»Erzählen Sie mir von ihr«, bat er.

Ihr Blick schweifte in die Ferne, als sie in die Vergangenheit schaute. Sie trank einen Schluck Kaffee, und als sie die Tasse zurückstellte, bemerkte er das leichte Zittern ihrer Hand sowie die geplatzten Äderchen auf den Wangen und auf der Nase, die das sorgfältige Make-up nicht ganz verdecken konnte. Er fragte sich, ob sie trank.

»Sie war ein glückliches Baby, hatte ein wunderbares Glucksen«, erzählte sie. »Sie konnte schon sehr früh laufen und sprechen und rannte und plapperte den ganzen Tag. Sie war ein richtiges Plappermäulchen. Da haben wir ihr den Spitznamen Chattie gegeben. Alle liebten sie. Und sie war gescheit und sehr musikalisch. Sie war gut in der Schule, bekam mit elf Jahren ein Stipendium, sang im Schulchor, spielte Cello. Nach der Schule ging sie aufs Royal College. Ich dachte, sie würde Musikerin werden, aber sie meinte, sie hätte nicht das nötige Talent dazu, obwohl ich fand, dass sie sich irrte. Jedenfalls suchte sie sich nach dem College einen Job. Sie arbeitete zwei Jahre bei

›Regina Stein‹, der großen Musikagentur, dann noch ein Jahr bei einer Plattenfirma, und danach beschloss sie, eine eigene Firma zu gründen.«

»›Solutions‹«, warf Slider ein.

Stella Smart verzog die Mundwinkel. »Ja, so hat Chattie sie genannt. Ich sagte, sie hätte sie ›Mädchen für alles‹ nennen sollen.«

»Sie waren nicht einverstanden?«

»Darum ging es nicht. Ich fand, dass sie ihre Talente vergeudete und damit nie ihren Lebensunterhalt würde verdienen können.«

»Haben Sie sich deswegen gestritten?«

»Nein. Wir haben uns nie gestritten. Man konnte mit Chattie nicht streiten. Sie war zu gutmütig.«

»Wie ist sie auf die Idee mit ›Solutions‹ gekommen?«

»Oh, sie war in Amerika auf so etwas gestoßen, und ihr gefiel die Vorstellung, so vielfältig arbeiten zu können. Sie war nie an einem Routinejob interessiert. Sie half zwei Musikerfreunden, ihre Website einzurichten, und lernte dabei selbst das Metier. Sie glaubte, sie würde alle möglichen Kunden bekommen, aber irgendwie waren es dann immer Musiker, die nie Geld zu haben schienen. Sie musste darum kämpfen, bezahlt zu werden. Und vieles, was sie tat, war schlicht Büroarbeit. Sie hatte ihre Firma seit vier Jahren, und sie kam immer noch kaum über die Runden. All diese Intelligenz und Energie und das Talent, und sie machte die Ablage für die Leute und schrieb deren Briefe.«

Sie klang verärgert und enttäuscht. Eindeutig Konfliktstoff, dachte Slider.

»Wie ist sie in diesen vier Jahren mit dem Geld klargekommen?«, fragte Slider. »Hatte sie noch einen anderen Job oder eine weitere Einnahmequelle?«

»Wie sollte sie?«, entgegnete Stella Smart scharf. »Das nahm ihre ganze Zeit in Anspruch.«

»Gab es ein Familienvermögen?«

»Nein«, fauchte sie. »Abgesehen von ein paar Möbeln und Sachen, die mir meine Mutter hinterlassen hat, habe ich nur das, was ich mit meinen Büchern verdiene, und das ist, glauben Sie mir, kein Vermögen. Sie sehen ja«, sagte sie mit einer Handbewegung, »auf was ich mich beschränken muss.«

»Haben Sie ihr mit Geld ausgeholfen?«

»Sie wollte alles aus eigener Kraft schaffen, ohne jede Hilfe.«

»Was ist mit ihrem Vater?«

»Chattie hatte nichts mit ihrem Vater zu tun. Sie hatte ihm gegenüber die gleichen Gefühle wie ich. Sie hatte ihn seit Jahren nicht mehr gesehen.«

»Sie schien allerdings einen recht großzügigen Lebensstil zu haben«, sagte Slider vorsichtig. »Restaurants und Theater, nette Urlaube und so.«

Sie lächelte triumphierend. »Eine Frau kann solche Dinge immer genießen, auch ohne Geld zu haben, wenn sie weiß, wie man Männer anzieht. Chattie fehlte es nie an männlicher Begleitung.«

»Haben Sie sie je in ihrem Haus besucht?«, fragte er.

»Sie lebte in einer grausigen Bruchbude in Hammersmith – mehr konnte sie sich nicht leisten. Sie hat mich nie dorthin eingeladen, und ich wollte es auch nicht sehen. Wir trafen uns in der Stadt, oder sie kam hierher.«

Slider fragte sich, ob die Mutter wirklich etwas über das Leben ihrer Tochter gewusst hatte. Chattie mochte viele Verabredungen gehabt haben, aber sie hatte auch ihr eigenes Geld ausgegeben, und das Haus war keine Bruchbude. Entweder verbarg die Mutter etwas, oder Chattie hatte Geheimnisse vor ihr gehabt. Er versuchte es von einer anderen Richtung. »Sie war Ihr einziges Kind?«

»Ja.«

»Ich dachte, es gab eine Schwester oder Stiefschwester?«

»Eine Halbschwester«, wandte sie mit versteinertem Gesicht ein. »Jassy ist nicht mein Kind, und ich habe nichts mit ihr zu tun.« Slider blickte sie erwartungsvoll an, und nach einer Pause sagte sie seufzend: »Ich erzähle Ihnen besser die Geschichte. Sie geben sonst doch keine Ruhe. Ich lernte Chatties Vater auf irgendeiner grässlichen Party kennen. Wir hatten eine Affäre. Er ließ sich wegen mir von seiner ersten Frau scheiden. Später lernte er Jassys Mutter kennen, hatte eine Affäre mit ihr und verließ mich wegen ihr. Sie könnten also sagen, ich hätte es nicht anders verdient.« Slider dachte nicht im Entferntesten daran. »Es gab auch noch ein Kind aus erster Ehe, eine weitere Tochter, Ruth. Es sind drei Halbschwestern, aber sie sind nicht zusammen aufgewachsen.«

»Hatte Chattie Kontakt mit ihnen?«

»Nicht mit Ruth, soweit ich weiß. Sie ist viel älter, eine andere Generation. Sie hatten nichts gemeinsam. Und Chattie konnte Jassy nie leiden. Sie hat sie verachtet.«

»Aber nach allem, was ich gehört habe, wohnte Jassy eine Weile bei ihr.«

»Chattie ist zu weichherzig. Sie kann zu niemandem Nein sagen. Jassy hat sie ausgenutzt. Das Mädchen ist eine Schlampe ohne jede Moral – genau wie ihre Mutter. Mutter und Tochter sind wie diese grausigen Unterwasserwesen mit Saugnäpfen, die sich einfach irgendwo festsaugen und vom Blut ihrer Opfer leben. Ich war nie auf jemanden angewiesen, und ich bin stolz darauf, dass Chattie ihren eigenen Weg ging und niemandem etwas schuldig war.«

Unter diesem niedrigen Dach gab es eine Menge Gedankenfutter und gärende Emotionen, aber Slider war sich nicht sicher, wohin ihn das alles führen würde.

»Wissen Sie«, sagte er, »ob jemand Ihrer Tochter Schaden zufügen wollte?«

»Nein«, erwiderte sie nachdrücklich. »Alle liebten sie. Sie hatte nicht einen Feind auf der Welt.«

»Was ist mit Eifersucht als Motiv?«

»Liebhaber, meinen Sie? Das glaube ich nicht. Sie nahm die Dinge leicht. Ja, sie hatte immer Männer um sich, aber ich glaube nicht, dass sie für einen von ihnen tiefere Gefühle hegte. Es war nur Spaß – auf beiden Seiten. Sie wusste mit ihnen umzugehen. Das hatte sie von mir gelernt.«

»Wissen Sie, ob sie in irgendetwas verwickelt war? Hatte sie noch andere Geschäftsinteressen, die sie neben ›Solutions‹ verfolgte? Hatte sie Geldprobleme?«

»Nein, überhaupt nicht.« Sie warf ihm einen abschätzigen Blick zu. »Vermutlich stimmen nicht alle Ihrer Einschätzung zu, dass es nicht der Parkmörder war?«

Slider war verblüfft. »Wie bitte?«

»Zuerst sprachen Sie von ›wir‹, aber dann sagten Sie: *Ich* glaube, dass sie von jemandem getötet wurde, der sie kannte.‹«

»Sie hören genau zu«, stellte er fest.

»Menschen sind sozusagen mein Lebensunterhalt – wie sie schauen und was sie sagen. Wenn ich nicht beobachten würde, könnte ich nicht schreiben«, erklärte sie, und ihre Miene hellte sich für einen Moment auf, bevor der matte, trauernde Ausdruck zurückkehrte. »Was spielt es denn noch für eine Rolle«, fragte sie dumpf, »ob Sie ihren Mörder finden oder nicht? Sie ist tot und wird nicht wieder lebendig.«

Er verabschiedete sich. Als er in seinen Mantel schlüpfte, fiel das Buch aus seiner Tasche. Er hob es auf und zögerte kurz, überlegte, ob es sie freuen würde, wenn er sie bat, es zu signieren. Aber sie schaute es an, und als sich ihre Blicke trafen, wusste er, dass es keine gute Idee war.

»Warum haben Sie das mitgebracht? ›Long Summer

Days.‹ Mein neuester Erfolg«, sagte sie mit bitterer Ironie. »Das ist Makulatur. Werfen Sie es in die nächste Mülltonne. Meine Tochter ist tot, meine wunderbare, lächelnde Tochter. Es macht mich krank, daran zu denken, dass mir jemals etwas anderes wichtig war.«

VI

Unhappy Hour

Der Regen hatte aufgehört, und das Straßenpflaster dampfte wie nach einem Monsun, als Slider das Auto abstellte. Wegen seines Regenmantels roch es im Wagen wie nach altem Hund, daher nahm er den Mantel zum Trocknen mit hinein. In der U-Bahn musste es heute grausig stinken, dachte er.

Der Stapel Papier auf seinem Schreibtisch war in seiner Abwesenheit sprunghaft gewachsen, wie immer. Da war Bob Baileys vorläufiger Bericht, und Slider zog ihn heraus, um ihn als Erstes zu lesen. Der Bericht enthielt nichts Neues. Außer den Blutspuren in unmittelbarer Umgebung der Leiche hatten sie keine weiteren gefunden, was darauf hindeutete, dass der Mord an dieser Stelle und ohne Gegenwehr verübt worden war – doch das wusste er bereits. Der Mörder hatte somit weder Blut verspritzt noch größere Mengen an seine Kleidung gebracht. Aber Slider hielt sich an die Überzeugung, dass man niemanden erstechen kann, ohne dabei selbst mit Blut bespritzt zu werden. Blut, das man am Boden neben der Leiche gefunden hatte, war zur DNA-Analyse ins Labor geschickt worden, um es mit dem Blut des Opfers abzugleichen. Bonbonpapiere und Zigarettenkippen hatte man für weitere Untersuchungen aufbewahrt.

Auf einem anderen Zettel stand die Nachricht, er möge Freddie Cameron anrufen. Er wählte, und gerade, als Freddie abnahm, erschien Atherton mit einer Frage auf den Lippen in der Tür. Slider hob bedauernd die Hand. »Freddie. Was gibt's?«

»Ah, schon so schnell wieder aus dem Dschungel zurück? Man sagte mir, du hättest dich heute Morgen in die Wildnis von Hereforshire begeben.«

»Hertfordshire.«

»Eine Unterscheidung, die keinen Unterschied macht. Na gut, ich dachte mir, du würdest meine offiziellen Erkenntnisse gerne vor dem schriftlichen Bericht erfahren. Sie decken sich ziemlich genau mit dem, worüber wir bei der Obduktion gesprochen haben. Meiner Meinung nach trat der Tod durch Atemkollaps ein, ausgelöst durch eine im Augenblick noch nicht bekannte toxische Substanz.«

»Die Stichwunden hatten also nichts damit zu tun?«

»Sie waren nicht tief genug, um daran zu sterben, und würden ohnehin weder die Zyanose noch die Blutstauung erklären. Wenn sie bei Bewusstsein war, als es geschah, haben sie möglicherweise einen Schock ausgelöst, aber nicht zum Tod geführt.« Er registrierte Sliders Schweigen und fügte hinzu: »Angesichts der Fließmuster bin ich der Ansicht, dass sie wahrscheinlich bewusstlos war, als ihr die Stiche zugefügt wurden.«

»Danke«, sagte Slider.

»Ist dir schon mal der Gedanke gekommen«, sagte Cameron freundlich, »dass du für diese Arbeit zu empfindsam bist?«

»Fass dich an die eigene Nase, Freddie. Was noch?«

»Ich hab keine Einstichwunde gefunden, wie sie nach einer Injektion zurückbleibt, und der Magen beinhaltete keine festen Bestandteile.«

»Joggen auf leeren Magen? Nicht besonders empfehlenswert.«

»Ich meinte, dass es keine Tabletten- oder Kapselrückstände gab. Aber ja, du hast recht, keine Eier und Speck, kein Toast, kein Haferbrei. Nur eine gewisse Menge an Flüssigkeit. Ich habe eine Probe an das toxikologische Labor geschickt, zusammen mit Blut, Niere, Leber und Glaskörper –«

»Klingt wie 'ne Grillplatte.«

»– aber jetzt bleibt uns nur noch zu warten. Diese Jungs da leben in einer anderen Zeitzone als wir anderen Sterblichen.«

»Sie hat das Gift also getrunken?«

»Scheint so.«

»Aber wie konnte man sie dazu bringen?«, überlegte Slider.

»Nicht mein Bereich, Gott sei Dank«, antwortete Freddie.

»Das hält dich ja nicht davon ab, eine Meinung zu haben«, sagte Slider. »Wie rasch hätte sie das Bewusstsein verloren?«

»Kommt auf das Mittel an und wie es verabreicht wurde. Aber Flüssigkeit gelangt schnell in den Dünndarm und wird von dort rasch absorbiert. Bei einem der ultraschnell wirkenden Barbiturate könnte sie innerhalb weniger Minuten bewusstlos gewesen sein und ein paar Minuten später tot. Und«, fügte er hinzu, »es musste ja auch rasch gehen, nicht wahr, aus Sicht des Mörders? Sonst hätte das Risiko bestanden, dass das Opfer um Hilfe ruft oder wegläuft.«

»Wie gut, dass auf sie eingestochen wurde, sonst hätte es auch Selbstmord sein können, und wir hätten noch größere Probleme. Ich frage mich, ob der Mörder daran gedacht hat.«

»Mir kommt er wie ein sehr dämlicher Mörder vor.«

»Wir müssen den Inhalt der Wasserflasche testen lassen, um sicherzugehen.«

»Ist bereits geschehen.«

»Also gut, angenommen, sie wurde mit einem schnell

wirkenden Barbiturat betäubt. Wo könnte sich der Mörder das Zeug besorgt haben?«

»Barbiturate werden in diesem Land nicht verschrieben, und man kann sie nicht legal kaufen. Aber man kommt illegal an jede Menge pharmazeutische Mittel heran, wenn man weiß, wie. Heutzutage kann man sie über das Internet kaufen. Oder man kann sie aus Mexiko oder Hongkong einschmuggeln, wo sie auf Rezept zu haben sind. Oder sie in einer Klinik oder einer Apotheke klauen. Die Möglichkeiten« – Slider sah ihn eine Handbewegung machen – »sind vielfältig.«

»Vielen herzlichen Dank«, sagte er trocken.

»Gern geschehen«, versicherte ihm Freddie. »Was die Waffe betrifft, da würde ich auf eine sehr scharfe, schmale, einseitige Klinge von etwa achtzehn Zentimeter Länge tippen, mit einem Querstück nur an der scharfen Seite. Es könnte also ein Kampfmesser oder ein Küchenmesser sein. Ich werde dir eine Zeichnung von der Art des Profils beilegen. Du bekommst den schriftlichen Befund im Laufe des Tages, wenn ich ihn auf Tippfehler überprüft habe. Wer auch immer das Korrekturprogramm erfunden hat, sollte erschossen werden. Ich schick den Bericht zusammen mit den Sachen rüber.«

»Danke, Freddie.«

Slider legte auf und wandte sich zu Atherton um.

»Hat sie es getrunken?«, fragte Atherton.

»Anscheinend.«

»Aus einer Flasche mit der Aufschrift GIFT, nehme ich an. Klingt sehr nach Alice im Wunderland.«

»Jemand könnte es in ihre Wasserflasche geschüttet haben.«

»Aber das würde bedeuten, dass jemand an dem Morgen Zugang zu ihrem Haus hatte. Ich kann mir nicht vorstellen, dass sie die Flasche schon am Vortag aufgefüllt hat. Was hast du von der Mutter erfahren?«

»Nicht viel, außer dass heftige Gefühle um die Tochter und um die Scheidung kreisen, die offenbar sehr bitter war. Und dass es keinen Familienbesitz und kein privates Vermögen gab. Aber«, fügte er mit leichtem Widerstreben hinzu, weil er voraussah, dass er damit eine Richtung einschlagen würde, die ihm nicht gefiel, »sie glaubt anscheinend, Chattie hätte aufgrund der mageren Erlöse ihrer Firma von der Hand in den Mund gelebt. Zum einen hatte sie das Haus nie gesehen. Sie trafen sich immer anderswo. Sie dachte, es sei eine Bruchbude und Chattie würde sich dafür schämen.«

»Hört sich ganz so an, als hätte unsere Chattie etwas vor ihrer Mummy zu verbergen gehabt«, stellte Atherton fest. »Ich frag mich nur, was.«

»Und es gibt irgendwo noch eine Halbschwester«, fuhr Slider fort. »Stella Smart war die zweite Ehefrau von dreien. Aber anscheinend hatten sie keinen Kontakt untereinander. Vermutlich müssen wir auch mit dieser Schwester reden, aber das hat nicht oberste Priorität.«

»Wie schön, dass es immer wieder was Neues zum Überprüfen gibt«, meinte Atherton. »Inzwischen haben ein paar Leute auf den gestrigen Aufruf reagiert. Ungefähr ein Dutzend Menschen waren im Park. Ein oder zwei Hinweise müssen wir verfolgen. Ein Mann behauptet, er hätte Chattie am Dienstagabend im ›Anchor‹ gesehen – das ist das Pub am Ende ihrer Straße.«

»Gut! Knöpft euch den vor.«

»Ich hatte mir schon vorgenommen, das zu übernehmen«, sagte Atherton in leicht fragendem Tonfall.

»Ja, mach das. Noch was?«

»Seltsamerweise haben eine Menge Leute nur angerufen, um zu sagen, dass sie Chattie kannten und mochten. So was habe ich noch selten erlebt. Kam mir ein bisschen vor wie nach dem Mord an Jill Dando, dieser ach so beliebten BBC-Journalistin.«

»Ja und? Ich höre da einen Unterton in deiner Stimme.«

»Vielleicht bin ich einfach nur pervers, aber wenn alle behaupten, jemand sei ein Engel, kann ich nicht umhin, mich zu fragen, ob dahinter nicht ein Schwindel steckt. Und angesichts dessen, dass ihr Lebensstil aufwendig war und sie ihn vor ihrer Mum geheim hielt, frage ich mich mehr denn je, was hinter der Fassade steckte.«

»Denkst du an Drogen?«, fragte Slider.

»Na ja, das kommt einem doch immer in den Sinn«, erwiderte Atherton. »Oder aber, angesichts der überdurchschnittlichen Anzahl von Männerbekanntschaften, hochwertige Prostitution.«

»Wir haben keinen Grund, das eine oder das andere anzunehmen«, blaffte Slider ihn an. »Lass uns keine voreiligen Schlüsse ziehen, ja?«

Atherton hob die Augenbrauen. »Entschuldige. Bin ich dir auf die Hühneraugen getreten?«

Slider atmete tief durch. Das Bild von ihr, weich und schlaff wie ein totes Kaninchen, und ihr kurz geschnittenes goldenes Haar, dem von Joanna so ähnlich, riefen in ihm Mitleid und Rachegefühle hervor. Mit bemühter Leichtigkeit sagte er: »Ich sorge mich bloß um deine geistige Gesundheit. Diese Arbeit macht dich zu zynisch, wenn du nicht aufpasst.«

»Ich werde versuchen, deine rosige Einstellung zu kultivieren«, erwiderte Atherton, warf Slider jedoch einen merkwürdigen Blick zu, als er ging. Zumindest bildete Slider sich das ein. Vielleicht kam auch nur seine Paranoia wieder zum Vorschein.

Joanna rief an. »Wir machen gerade Mittagspause.«

»So spät ist es doch noch nicht, oder?«

»Halb eins, mein Lieber.«

»Meine Güte, wo läuft die Zeit nur hin? Wie war die Aufnahme?«

»Oh, prima. Viele alte Freunde. Im Wesentlichen zusammengestellt aus Mitgliedern der Königlichen Londoner Philharmonie, wie das Orchester, das wir für Konzerte in Croydon zusammengebracht haben, damals in den herrlichen fernen Tagen der Doppelengagements.«

»Gut. Und du hast jemanden, mit dem du zusammen zu Mittag essen kannst?«

»Viele Jemande. Gott, es ist so gut, wieder dabei zu sein!« Die Worte brachen aus ihr heraus, und er spürte, wie tief die Gefühle waren, die sie vor ihm verborgen hatte. Sie brauchte ihre Arbeit, genau wie er die seine brauchte.

»Wie ist die Musik?«

»Ach, du weißt schon. Du hast die Filme ja gesehen. Peng, krach, krawumm, Verfolgungsjagd mit dem Auto, Verfolgungsjagd mit dem Schnellboot – dam-dideldam-dam, dam-dam-dam. Viele Noten für uns. Harte Arbeit, aber es macht Spaß, mit echten Profis zu arbeiten. All diese Jungs könnten das im Schlaf – oder bilden es sich zumindest ein. So setzt man sich effektvoll in Szene. Was hältst du von Charlie?«

Zum Glück kapierte er sofort. »Charles Slider? Klingt wie ein Offizier der Heilsarmee.«

»Seltsam – weißt du, das stimmt«, meinte sie verwundert. »Aber ich habe nicht Charles gesagt, ich sagte Charlie.«

»Du kannst kein Kind Charlie taufen. Du musst mit Charles anfangen – und wir haben gesagt, nichts mit einem *s* am Ende.«

»Sebastian«, sagte sie. »Septimus. Klingt wie von Monty Python – sechs staatsgefährdende Zadokiten aus Caesarea.«

»Denk weiter nach, meine Süße«, riet er ihr. »Darin bist du unschlagbar.«

»Muss Schluss machen. Die Jungs warten.«

»Aber halt sie auf Abstand«, warnte er, und sie war weg.

Als er aufgelegt hatte, kam McLaren mit einer Tasse Tee für ihn herein – oder eher einer halben Tasse und einer halben Untertasse Tee. »Tut mir leid, Chef, ich hab ein bisschen geschlabbert.« Slider schob hastig seine Unterlagen zur Seite, damit McLaren die Tasse absetzen konnte.

»Wie läuft's?«, fragte Slider. McLaren war nur selten mit leerem Mund anzutreffen, und es wäre ein Jammer gewesen, diese Gelegenheit zu verpassen.

»Nicht schlecht«, antwortete er. »Wir wühlen uns durch. Haben eine Menge komische Anrufe gekriegt, von Leuten, die sagten, sie hätten sie gemocht. Als würden wir sie von den Toten auferstehen lassen, wenn sie uns mitteilten, was für eine nette Person sie war.«

»Leumundszeugnisse«, meinte Slider, weniger über diesen geistigen Höhenflug an sich entzückt als darüber, dass McLaren ihn gehabt hatte. »Atherton hat mir davon erzählt.«

»Zwei Leute sagten, sie hätten sie beim Joggen gesehen, beide klingen glaubwürdig. Aber das hilft uns auf der Suche nach dem Mörder nicht weiter. Sie ist den Weg entlanggejoggt, den Rundweg, zusammen mit ein paar anderen Leuten.«

»Mit ihnen?«

»Nicht direkt mit ihnen. Es sind eben auch noch ein paar andere gejoggt.«

»Niemand hat sie in der Nähe der Büsche gesehen?«

»Bisher nicht. Aber«, fuhr McLaren fort, »für meine These eines Trittbrettfahrers sieht es gut aus.« Dabei neigte sich sein Kopf trotzig. »Wir haben noch weitere Aussagen zu dem Läufer. Drei Leute behaupten, er hätte ein Handy in den Pfoten gehabt. Und da das Handy des Opfers fehlt … Also, was meinen Sie, Chef? Sollen wir die Sache verfolgen? Wir wissen, dass er die Askew Road hinaufgelaufen ist. Wir könnten dort mit Befragungen anfangen, rausfinden, wer ihn sonst noch gesehen hat, den Suchbereich ausweiten, überprüfen, ob er vielleicht was weggeworfen hat.«

Slider überlegte. Er musste flexibel genug sein, in Betracht zu ziehen, dass McLaren recht hatte.

»Im Moment brauche ich Sie hier. Warten wir ab, wie es heute läuft. Wenn die Sache später immer noch danach aussieht, könnten wir heute Abend einen speziellen Aufruf durchgeben. Haben Sie eine gute Beschreibung von ihm bekommen?«

»Ja, was Größe und Kleidung und vermutliches Alter angeht. Wir haben keinen Zeugen, der sein Gesicht aus der Nähe gesehen hat – bisher.« Er warf Slider einen hoffnungsvollen Blick zu, wie ein Hund, der Schokolade wittert.

»Na gut, machen Sie erst mal mit der Auswertung der Informationen weiter. Und Sie können erneut bei all denen nachfragen, die zur richtigen Zeit im Park waren. Wenn Sie jemanden finden, der sein Gesicht gesehen hat, dann bestellen Sie ihn her, und wir machen ein Phantombild. Aber – McLaren!« Slider rief McLaren noch einmal zurück, als dieser sich bereits mit wiegendem Schritt und frohgemut davonmachte. »Drängen Sie nicht. Sie dürfen den Leuten keine Flausen in den Kopf setzen.«

McLaren sah ihn gekränkt an. »Chef!«, protestierte er. »Was glauben Sie von mir!«

»Deshalb hab ich's ja gesagt.«

PC Yvonne Collins steckte ihren Kopf durch Sliders Tür. »Sir, unten ist ein Mann mit Lycra-Shorts für Sie.«

»Komisch, ich hatte gar keine bestellt«, erwiderte Slider.

Sie kicherte. Es sprach für sie, dass sie Sinn für Humor hatte, und sie sah auch nicht schlecht aus, aber sie hatte ein hartes Gesicht, typisch für viele junge Polizistinnen, weshalb Slider sich fragte, wieso Atherton sie angebaggert hatte – es sei denn, es war purer Instinkt, wie bei einem Hund, der hinter einem Kaninchen her ist.

»Es ist der Kerl, den Sie im Fernsehen aufgefordert haben, sich zu melden, Sir, der Kerl mit dem Fahrrad.«

»Ah ja. Gut, ich komme runter.«

Nachdem sie ihre Pflicht erledigt hatte, erlaubte sie sich eine persönliche Frage. »Ist Jim Atherton da, Sir?«

Das klang ziemlich sehnsüchtig. Slider hatte das Gefühl, sie warnen zu müssen, aber was konnte er tun? Außerdem hatte er keine Lust, sich in Athertons Privatangelegenheiten einzumischen.

»Nein, er ist außer Haus bei einer Zeugenbefragung.«

»Oh«, machte sie und schien nicht zu wissen, was sie mit dieser Information anfangen sollte. Tja, nicht mein Problem, dachte er dankbar, als er sich an ihr vorbeischob, den Korridor entlangging und sie wie bestellt und nicht abgeholt stehen ließ. Was wahrscheinlich ziemlich genau der Wahrheit entsprach, dachte er.

»Ich bin Phil Yerbury«, sagte der Radfahrer. Er trug hautenge Lycra-Shorts und eine passende Weste und hatte seinen Helm in der Hand, eines von diesen sportlichen Dingern, das hinten spitz zulief und seitlich mit auflackierten Blitzen verziert war. Er war hochgewachsen und blond. Auf der gebräunten Haut wirkte seine Köperbehaarung fast weiß. Ein Büschel Haare sah schüchtern unter beiden Achseln hervor wie ein schnupperndes Chinchilla. Er war sehr schlank, und seine Beine waren bewundernswert muskulös, die Sehnen hinter den Knien traten scharf hervor wie ein frisch gemeißeltes Relief. Die Wadenmuskeln schienen ungeduldig unter der strammen Haut zu zucken, als würden sie sich allein davonmachen und weiterfahren in dem Fall, dass ihr Besitzer noch länger hier herumstand und quatschte.

Er verströmte warme Luft und Schweißgeruch, aber

sein Schweiß war frisch und deshalb nicht vollkommen unangenehm. Sein Gesicht war hager und fest und so kurz davor, gut auszusehen, dass man es bei all der gesunden Bräune gar nicht recht bemerkte.

»Ich glaube, ich könnte derjenige sein, dem Ihr gestriger Aufruf im Fernsehen galt«, sagte er, »aber falls ich es bin, weiß ich nicht, warum. Ich habe nichts getan.« Worauf er mit einer nervös wirkenden Geste eine Wasserflasche aus dem Gürtel zog und einen kräftigen Schluck trank.

»Gut, dass Sie sich melden.« Slider versuchte, seine Stimme warm klingen zu lassen. »Wollen Sie sich nicht setzen?«

»Ich hoffe, das dauert nicht zu lange«, erwiderte er. »Ich bin bei der Arbeit und möchte nicht unnötig Zeit verlieren.«

»Können Sie es nicht als Mittagspause verbuchen?«

»Ich mache keine Mittagspause«, gab er mit kaum unterdrückter Verachtung zurück. »Ich bin Freiberufler. In der Fahrradkurierwelt herrscht eine gewaltige Konkurrenz, wissen Sie. Trödeln kann man sich nicht erlauben.«

Er hatte sich noch immer nicht gesetzt, daher hockte sich Slider auf die Ecke des Tisches. »Es wird nicht lange dauern«, sagte er. »Waren Sie Mittwochmorgen so gegen acht im Paddenswick Park?«

»Ja. Also, ich habe die Abkürzung durch den Park genommen, weil sich der Verkehr auf der Paddenswick Road staute. Aber ich weiß nichts über diese Frau, die ermordet wurde. Ich bin ihr nie begegnet und habe auch nie von ihr gehört.« Seine Augen waren aufgerissen und sahen Slider nervös an.

»Zeugen haben ausgesagt, dass Sie sehr schnell aus dem Park auf die King Street abgebogen sind, so schnell, dass Sie beinahe eine Frau umgeworfen hätten, und sich in den Verkehr eingefädelt haben, ohne sich umzudrehen, wodurch Sie fast einen Unfall ausgelöst hätten.«

Erleichterung und Verärgerung huschten über sein Gesicht. »Geht es darum? Ich habe sie nicht ›beinahe umgeworfen‹, ich hab sie nicht mal berührt. Ich bin ein ausgezeichneter Radfahrer. Ich weiß genau, wie schmal eine Lücke sein darf, damit ich noch durchkomme. Sie hätte nur stehen bleiben müssen. Und natürlich habe ich mich nicht ohne zu schauen in den Verkehr eingefädelt. Ich würde mich keinen Tag in diesem Job halten, wenn ich so unterwegs wäre. Es gab keinen Beinahe-Unfall. Ich wusste genau, was ich tat.«

Seine berufliche Ehre war angetastet worden, das sah Slider, und die war ihm so wichtig, dass er den Mord ganz vergessen hatte. Das, dachte er, ist nicht unser Mann – außer er ist ein fantastisch guter Schauspieler.

»Warum waren Sie denn so in Eile?«, fragt er.

»Ich hatte einen Auftrag. Wie schon gesagt, es gibt eine riesige Konkurrenz –«

»Um die Tageszeit?«

Yerbury sah ihn verächtlich an. »Ich fange um sieben Uhr an. Das ist die hektischste Zeit, von halb acht bis halb neun. Die ehrgeizigen Geschäftsleute von heute kommen nicht mehr um halb zehn ins Büro geschlendert, nicht, wenn sie überleben wollen. Das ist eine konkurrenzbesessene Welt da draußen.«

»Verstehe. Nun, Mr Yerbury, wenn Sie bitte Ihren Namen, Ihre Adresse und Telefonnummer für mich aufschreiben würden –«

»Aber wozu? Sie nehmen doch wohl nicht an, dass ich etwas damit zu tun hatte? Sie glauben doch wohl nicht, dass ich der Parkmörder bin?«

»Wenn ich es recht bedenke«, erwiderte Slider, »dann könnte sich der Parkmörder ganz wunderbar als Fahrradkurier getarnt haben, um auf diese Weise seine Spuren zu verwischen.«

Yerbury machte eine entsetzte Miene. »Aber ich …«

Der Mund blieb ihm offen stehen, er gab keinen Ton mehr von sich.

»Setzen Sie sich einfach hin und schreiben Sie Ihren Namen und Ihre Adresse auf«, wiederholte Slider freundlich. »Das gehört zur Routine, mehr nicht. Wir müssen alles und jeden überprüfen, das sehen Sie doch wohl ein. Und schreiben Sie auf, wo Sie direkt vor und direkt nach Ihrer Fahrt durch den Park waren. Ich nehme an, Sie waren von einer Firma zur anderen unterwegs. Wenn die für Ihre Angabe bürgen können, schätze ich, dass wir Sie nicht mehr behelligen müssen.«

Yerbury setzte sich, nahm den Stift, der für ihn bereitlag, und beugte sich über den Block. Zuerst zitterte seine Hand, doch das Schreiben beruhigte ihn. »Ich hatte eine Lieferung für eine Druckerei an der King Street«, sagte er. »Die Telefonnummer weiß ich nicht auswendig, aber Sie müssten sie über die Auskunft erhalten können.«

»Sie haben eine Art Tasche auf Ihrem Fahrrad, nehme ich an?«

»Keine Tasche, einen Kasten. Einen Plastikkasten – wie eine Kühlbox, nur mit einem Schloss«, sagte er, ohne sein Schreiben zu unterbrechen. Also war die Zeugenaussage ungenau. Erstaunlich, wie oft die Menschen sich irrten. Oder vielleicht war es erstaunlich, was Laien bei Zeugenaussagen an Exaktheit erwarteten. Wenn Geschworene das nur wüssten.

Yerbury legte den Stift weg und blickte zu Slider auf. »War's das?«

»Ja, das war's. Es sei denn, Sie können mir noch irgendwas berichten, was uns bei den Ermittlungen helfen könnte. Eine junge Frau wurde etwa um die Zeit, als Sie durch den Park fuhren, brutal erstochen. Haben Sie irgendjemanden, irgendetwas Ungewöhnliches gesehen?«

»Ich bin sehr schnell gefahren«, antwortete er, jetzt entschuldigend. »Ich meine, ich sause wie der Blitz an den

Leuten vorbei. Da sehe ich nicht, wenn jemand umgebracht wird. Wo im Park ist es denn passiert?«

»Im Gebüsch.«

»Tja, im Gebüsch hätte ich sowieso nichts sehen können.«

»Sie sind daran vorbeigefahren«, bemerkte Slider, ohne daraus eine Frage oder Unterstellung zu machen.

Yerbury sah an Slider vorbei, als er sich zu erinnern versuchte. »Da waren zwei Leute auf dem Weg beim Gebüsch und unterhielten sich. Ich musste ihnen ausweichen. Ich nehme an, das hat nichts damit zu tun?«

»Alles kann von Bedeutung sein. Wie haben sie sich verhalten?«

»Das weiß ich nicht. Ich bin an ihnen vorbeigeflitzt und bekam nur einen flüchtigen Eindruck. Nur zwei Jogger, die sich kurz unterhielten, nehme ich an.«

»Warum hielten Sie sie für Jogger?«

Er verzog angestrengt das Gesicht, sagte aber: »Ich weiß es wirklich nicht. Das war nur so ein Aufblitzen, als ich vorbeifuhr. Ich glaube, der eine hatte so eine Kapuzenjacke an, wie Jogger sie tragen.«

»Farbe?«

»Kann ich nicht sagen.«

»War sie rot?«

»Das glaube ich nicht. Eine neutrale Farbe oder vielleicht eine dunkle Farbe. Ich glaube nicht, dass es so was Auffälliges wie Rot war.«

»Kapuze auf oder zurückgeschlagen?«

»Na ja, auf«, antwortete er nach eine winzigen Pause, »sonst hätte ich ja nicht gewusst, dass es eine Kapuzenjacke war, oder?«

»Waren es Frauen oder Männer?«

»Ich glaube, die eine, die in meine Richtung schaute, war eine Frau. Vielleicht mit blondem Haar? Die andere Person war größer, also schätze ich, dass es ein Mann war.

Aber das kann ich nicht mit Gewissheit sagen. Es war nur ein Eindruck. Ich fuhr zu schnell und dachte an was anderes.«

»Und wo genau standen sie?«

»Auf dem Weg beim Gebüsch, dem Weg, der zur U-Bahn und zur King Street führt.«

»Sie kamen also durch das Paddenswick-Tor herein, bogen an der Kreuzung des Weges nach links, und *dann* haben Sie sie gesehen?«

»Genau.«

Das war an der Seite der Büsche, von der aus die Spurensicherung den Tatort aufgesucht hatte, nicht dort, wo Mr Chapmans Hund verschwunden war. Falls die beiden, die Yerbury gesehen hatte, Chattie und ihr Mörder gewesen waren, deutete alles darauf hin, dass die Schleifspuren im Boden getürkt waren.

»In Ordnung«, sagte Slider. »Vielen Dank. Sie waren sehr kooperativ. Und falls Ihnen noch etwas einfällt, was uns helfen könnte, oder Sie sich an weitere Einzelheiten zu den Leuten erinnern, die Sie gesehen haben, rufen Sie mich bitte sofort an?«

»Äh, ja.« Er erhob sich. Die Erleichterung, vermischt mit Schweiß, war förmlich zu riechen. »Aber ich glaube wirklich nicht, dass ich Ihnen noch mehr sagen kann. Ich war nur zufällig zu der Zeit da. Ich kannte die Frau nicht mal.«

Slider begleitet ihn hinaus und kehrte nachdenklich in sein Büro zurück. Yerburys Geschichte hatte Hand und Fuß, und Slider hielt ihn nicht für den Mann, den sie suchten. Er musste sich wieder einmal auf seinen Instinkt verlassen, sonst käme er mit seiner Arbeit nie zurande. Andererseits sah es für McLarens Trittbrettfahrertheorie besser aus. Der Läufer hatte ein Sweatshirt mit Kapuze getragen – ein Hoodie, wie die jungen Leute das nannten. Und wenn Yerbury neben dem Gebüsch zwei Leute im

Gespräch gesehen hatte, dann würden auch andere sie gesehen haben. Um die Tageszeit, wenn so viele Menschen unterwegs waren, hatte sie bestimmt irgendjemand gesehen.

Nach dem Regen am Vormittag war der Nachmittag sonnig. Die Luft war wie rein gewaschen, die Bäume bewegten sich, als wären sie erfrischt worden, und umherstreunende Hunde hatten eine Menge neuer Duftmarken zu hinterlassen. Das »Anchor« hatte seine Tür geöffnet, und leises Stimmengemurmel drang heraus. Atherton trat ein und wartete einen Moment, bis sich seine Augen an das gedämpfte Licht gewöhnt hatten. Es war ein nettes, normales, altmodisches Pub ohne Musik, ohne Spielautomaten und ohne Dekor. In der Ecke gab es einen Kamin, der alle Spuren dafür aufwies, dass dort im Winter ein echtes Feuer entzündet wurde. Gäste saßen um die Tische, aßen, tranken und unterhielten sich. Alle Altersklassen waren vertreten, mündige, erwachsene Menschen. Der Anblick anständiger Engländer, die einander in Ruhe lassen, hat etwas Besonderes, dachte er – eine Art Poesie.

Er trat an die Bar, und der Barkeeper näherte sich ihm mit erwartungsvollem Gesicht, polierte dabei, ohne hinzusehen, ein Glas. »Kann ich Ihnen helfen, Sir?«

»Ich suche einen Mr Fosdyke«, antwortete Atherton.

»Das bin ich. Reggie Fosdyke. Ich bin der Wirt.« Er war ein rundlicher Mann mit einem runden, roten Gesicht. Sein Schädel war kahl und der weiße Bart kurz geschnitten – irgendwie verkehrt herum, dachte Atherton automatisch. Fosdyke lächelte freundlich, hatte aber den kalten und aufmerksamen Blick eines Londoner Gastwirts, den er von oben bis unten über Atherton gleiten ließ wie einen Scanner. »Von der Polizei?«, folgerte er.

»Sie haben angerufen und gesagt, Sie hätten Informationen für uns«, bestätigte Atherton.

»Das stimmt. Kommen Sie, dort am Ende der Bar haben wir es ruhiger«, sagte Fosdyke. »Was zu trinken?«

»Für mich nicht. Ich bin im Dienst.«

»Ach, kommen Sie! Ich kenne euch Burschen doch. Außerdem sieht es schlecht aus, wenn Sie hier ohne Drink sitzen. Mir wär's lieber, wenn die anderen an der Bar nicht mitkriegen, dass Sie ein Bulle sind. Neugierige Kerle, einige davon – vor allem die da hinten. Was trinken Sie? Gin Tonic, oder?«

Atherton nahm an, dass der Wirt nicht nur geraten hatte. Der Mann war gut.

»Geht auf's Haus«, sagte Fosdyke. »Sollte jemand fragen, dann sind Sie mein neuer Buchhalter.«

Er mixte den Drink, entschuldigte sich für einen Moment, um ein Pint nachzufüllen, und kam zu Atherton zurück. »Tut mit leid. Das Mädchen ist in der Mittagspause.« In dem Moment kam eine junge Frau von hinten herein, wischte sich die Lippen, und er raunzte sie an: »Fertig? Wird auch Zeit. Kümmer dich um die Bar, ja? Ich hab hier für zehn Minuten ein geschäftliches Gespräch.« Er ließ sich auf einem Barhocker nieder, stützte die Ellenbogen auf der Bar auf, verschränkte die Arme und neigte Atherton vertraulich den Kopf zu. »Sie wollten was über Dienstagabend hören?«

»Ja. Ich bekam die Nachricht, dass Sie Miss Cornfeld hier gesehen hätten.«

»Ist das ihr Name? Chattie wurde sie genannt, mehr wusste ich nicht. Spitzname oder so. Sie wohnt hier in der Straße. Die Nummer weiß ich nicht. Aber«, sagte er und lachte auf, »das wissen Sie ja bereits. Warum erzähle ich Ihnen das? Sie haben das Haus versiegelt, und da trampeln eine Million Bullen rein und raus. Durchsuchung, was? Wonach suchen Sie denn?«

»Sie haben Chattie also am Dienstag hier gesehen.« Atherton gab ihm in ruhigem Ton das Stichwort.

Fosdyke tippte sich an die Nase und zwinkerte. »Schon gut. In Ordnung. Tja, sie kommt oft hierher, unsere Chattie. So ein nettes Mädchen, ja? Immer vergnügt, immer lachend – und Witze? Sie kennt eine Million Witze. Weil sie viel mit Musikern zusammen war, hat sie gesagt – die erzählen dauernd Witze. Wohlgemerkt«, sagte er streng, als hätte Atherton Einspruch erhoben, »sie war ein nettes Mädchen. Eine echte Dame, wenn Sie wissen, was ich meine. Sie konnte einen Witz erzählen, der, na ja, ein bisschen anstößig war – saukomisch – und hart an der Grenze, aber sie hat sie nie überschritten. Sie hat genau gewusst, wie weit man gehen kann, wissen Sie, was ich meine?«

»Dienstagabend?«, erinnerte ihn Atherton.

Fosdyke war beleidigt. »Ich will Ihnen ja nur ein Gesamtbild geben. Haben Sie's eilig?«

»Überhaupt nicht«, besänftigte ihn Atherton. »Ich genieße meinen Drink. Erzählen Sie nur weiter.«

»Na gut, Dienstagabend«, nahm Fosdyke den Faden wieder auf, ein wenig verstimmt, »kam sie um fünf nach sieben hier rein. Der Typ wartete auf sie. Er kam um etwa fünf vor rein, also dachte ich mir, dass sie um sieben verabredet waren.«

Aber im Terminkalender stand »JS 20 h«, dachte Atherton.

»Können Sie mir den Mann beschreiben?«

»Ja. Er war, na, so etwa 25 – sah aber jünger aus. So ein rundliches Babygesicht. Ungefähr mittelgroß, dunkles Haar, glatt, das ihm in die Augen hing – er strich es dauernd zurück, wissen Sie?« Er machte eine Geste, als striche er sich das Haar aus der Stirn. »Ich weiß nicht, wie er das aushält. Mich würde es verrückt machen, ständig Haare in den Augen zu haben.«

Atherton widerstand dem Drang, auf Fosdykes kahlen Schädel zu blicken. »Einen Namen haben Sie nicht gehört, oder?«

»Tja, ich glaube, er hieß Toby«, erwiderte Fosdyke. »Als sie reinkam, sagte sie ›Hallo, Toby‹. Oder ich bilde mir zumindest ein, dass sie das sagte.«

Toby, dachte Atherton. Einer der Musiker der Band, der Oboist, hieß Toby Harkness, und soweit sich Atherton an das Foto auf der Website erinnerte, hatte Toby ein junges Gesicht und dunkles Haar. Es stand nicht im Terminkalender, also musste es ein spontanes Treffen gewesen sein. Er hatte sie vielleicht angerufen – vielleicht auf dem inzwischen fehlenden Handy – und sich im »Anchor« mit ihr verabredet. Warum hatte er sie nicht zu Hause besucht? Vielleicht hatte er aus dem Pub angerufen – war auf einen Drink hergekommen.

»Hatten Sie den Eindruck, dass sie befreundet sind?«

»O ja. Sie setzte sich auf den Hocker neben ihn und küsste ihn zur Begrüßung.«

»Auf die Wange oder auf den Mund?«

»Auf die Wange. Und dann fuhr sie ihm durchs Haar – ein bisschen mütterlich. Als sei er ihr kleiner Bruder. Ihm gefiel das nicht – er wich ihr aus. Aber sie waren trotzdem Freunde. Kennen sich seit Ewigkeiten, würde ich sagen.«

»Wie lange blieben sie?«

»Nicht lange. Tranken etwas, dann stand sie auf und ging, so gegen Viertel vor acht.«

»Und er?«

»Er blieb sitzen und machte eine trübe Miene, also ging ich zu ihm und hab ihn gefragt, ob er noch einen will, und er schüttelte sich irgendwie wach und sagte, nein, er muss los. Und stand auf und ging.«

»Hatten sie sich gestritten?«

»Na ja, ich hab nicht danebengestanden und zugehört. Ich hatte zu tun, und es war viel Betrieb – viele Büroangestellte kommen nach der Arbeit hier vorbei. Von sieben bis acht ist immer viel los. Aber ich glaube nicht, dass sie sich gestritten haben. Wenigstens hab ich nichts davon mitgekriegt. Und als sie ging, schien sie ganz freundlich zu ihm zu sein und hat ihn noch mal geküsst. Nein, ich würde nicht sagen, dass sie sich gestritten haben. Aber«, fügte er mit einer Miene hinzu, als hätte er sich das Wichtigste bis zum Schluss aufgehoben, »sie haben sich sehr ernst unterhalten. Chattie hat eigentlich immer gelacht, aber mit diesem Toby habe ich sie nicht lachen sehen.«

»Hatten Sie die beiden schon mal zusammen gesehen?«

»Ja, ich glaube schon, ein oder zwei Mal, in letzter Zeit allerdings nicht. Wohlgemerkt, sie kam oft mit einem Mann her, aber nur selten war es zwei Mal derselbe.« Er zwinkerte anzüglich. »Tja, warum nicht?«, fragte er mit breitem Grinsen. »Nettes, hübsches Mädchen wie die, immer gut drauf, warum sollte sie sich ihre Chancen entgehen lassen? Ich würde es genauso machen, wenn ich die Möglichkeit hätte.« Ihm schien ein Gedanke zu kommen, und er wirkte fast bestürzt. »Ich kann nicht glauben, dass sie tot ist. Welcher Schweinehund tut so etwas? Wenn ich den erwischen würde, dann könnte er was erleben.«

»Chattie ist also um Viertel vor acht gegangen? Und Sie haben sie nicht wiedergesehen?«

»Nein«, antwortete er mit einem sentimentalen Seufzen. »Ich hab sie nie wieder gesehen. Wenn ich nur gewusst hätte, was ich jetzt weiß …«

Atherton hatte keine Ahnung, was der Wirt damit andeuten wollte. Interessanter war für ihn das ernste Gespräch mit Toby, vermutlich Toby Harkness, das Chattie für ihre Verabredung mit JS abgebrochen hatte. Hatte sie Toby erzählt, mit wem sie sich treffen wollte? Hatte sie ihm erzählt, was ihr durch den Kopf ging? Die Putzfrau hatte gesagt, Chattie sei in den letzten Tagen nachdenklich gewesen, und nun berichtete Fosdyke, dass sie, was eher ungewöhnlich für sie war, ein ernstes Gespräch geführt habe. Wenn mit JS irgendetwas schiefgelaufen war, hatte er sie dann vielleicht am nächsten Tag ermordet? Atherton hatte den Eindruck, als stünden einige Ermittlungen bei den Mitgliedern von »Baroque Solid« an. Ein angenehmer Gedanke für ihn.

VII

Ein Baum wächst in Brixton

Dass der Anruf nicht von McLaren entgegengenommen worden war, machte ihn glaubwürdiger. Zeugen sind auch im besten Fall beeinflussbar, und McLarens Eifer hatte Slider schon früher auf die falsche Spur geführt. Aber es war Hollis, der zu ihm kam und berichtete: »Wir haben einen weiteren Zeugen, Chef, der das Opfer mit jemandem in einer Kapuzenjacke reden sah.«

»Nicht so schnell. Wir wissen nicht, ob diese Frau wirklich das Opfer war«, sagte Slider.

Hollis grinste unter seinem grässlichen Schnauzbart. »Jetzt schon. Der Mann ging an den beiden vorbei und sah die Frau. Er hat sie nach dem Foto in den Nachrichten erkannt.«

»Wie sicher ist er sich?«

»Er wirkt ziemlich überzeugend«, beantwortete Hollis die Frage hinter der Frage. »Ganz vernünftig. Und er hat ihr Haar und ihre Kleidung und allgemein ihre Größe und ihren Körperbau beschrieben, was er wohl kaum dem Bericht im Fernsehen entnehmen konnte.«

»Hat er das Gesicht des Mannes gesehen?«

»Nein, Chef«, erwiderte Hollis bedauernd. »Der Mann hatte ihm den Rücken zugewandt. Laut dem Zeugen hatte er die Hände in den Taschen und die Kapuze auf und wirkte irgendwie gebeugt. Machte einen verstohlenen Eindruck, sagt der Zeuge, achtete darauf, sein Gesicht zu verbergen, als er vorbeiging. Aber er sagt, der

Mann war schlank und ein bisschen größer als das Opfer.«

»Was trug er?«

»Na ja, die Kapuzenjacke, wie gesagt. Aber er war sich nicht sicher, was der Mann sonst noch trug. Meinte, es hätten eine Trainingshose und Turnschuhe sein können.«

»Der Läufer trug Chinos«, erinnerte Slider ihn. Hollis zuckte die Schultern. »Bestellen Sie ihn her und lassen Sie ihn eine komplette Aussage machen. Überprüfen Sie, wie gut er sich an das Opfer erinnert, finden Sie raus, ob er sich an den Discman oder die Wasserflasche erinnert. Hielt sie was in der Hand? Hat er ihren Gesichtsausdruck gesehen? Redete sie, oder hörte sie zu? Alles, womit sich belegen lässt, dass er sie tatsächlich erkannt hat.«

»In Ordnung. Er ist bereits auf dem Weg hierher. Schade, dass er das Gesicht des Mannes nicht gesehen hat, aber es passt zumindest zu dem, was Yerbury ausgesagt hat. Es war auf demselben Abschnitt des Weges. Sieht ganz so aus, als könnten wir die Theorie des Zufallsopfers aus dem Fenster werfen. Ich kann mir nicht vorstellen, dass ein so cleveres Köpfchen wie diese Chattie mit einem Fremden in die Büsche geht, wenn sie nicht dazu gezwungen wird.«

»*Falls* die Person, mit der sie gesprochen hat, der Mörder war«, gab Slider zu bedenken. »Es hätte auch jemand sein können, der sie nur um Feuer bat.«

»Nein, Chef«, widersprach Hollis, »da war noch mehr. Dieser Zeuge hat sie über eine Minute lang zusammenstehen sehen, bevor er an ihnen vorbeiging. Er kam von der U-Bahn-Station und sah sie, als er in den Weg einbog. Und als er nach rechts in Richtung Paddenswick-Ausgang abbog, waren sie verschwunden, glaubt er.«

»Alle beide?«

Hollis' Augen weiteten sich. »Beide. Wo könnten sie sonst hingegangen sein als ins Gebüsch?«

Nachdem Atherton das Pub verlassen hatte, beschloss er, beim Haus des Opfers vorbeizugehen, um zu sehen, was sich dort tat. Das war sinnvoll, da er ja sowieso in der Gegend war, und hatte nichts damit zu tun, dass Hart zur Suchmannschaft gehörte. PC Renker bewachte die Tür und nickte Atherton zu, als er die Stufen hinauftrottete.

»Hört sich an, als gäbe es aufregende Neuigkeiten, Sir.« Er deutete mit dem Kopf in Richtung Tür. »Würde mich nicht wundern, wenn die was gefunden haben.«

Die Stimmen kamen aus dem Keller. Atherton ging die Treppe hinunter, und Hart drehte sich um, als er eintrat. »He, Jim. Hast du's gerochen, oder was?«

»Nach deinem gewaltigen Grinsen zu urteilen, habt ihr was gefunden«, bemerkte Atherton. Im Raum waren noch zwei weitere Polizistinnen, eine Frau namens Viv Preston, die zur Spurensicherung gehörte, und PC Coffey, blond, hart und schon völlig humorlos, als sie in den Polizeidienst eingetreten war.

»Als ich zum ersten Mal hier runterkam«, erinnerte sich Hart, »sagte ich zu mir: ›Mein lieber Schwan! Super Küche! Das hat sicher 'nen Haufen Kohle gekostet.‹ Und jetzt weiß ich, glaub ich, wo die Kohle herkommt.«

Sie deutete auf den hintersten Küchenschrank, wo Coffey stand. Die Tür des Hängeschranks war offen, und auf der Arbeitsfläche darunter standen mehrere Konservendosen, die offensichtlich herausgenommen worden waren.

»Na los, schau's dir an«, forderte Hart ihn auf.

Atherton ging hinüber. Im Schrank standen nach wie vor ein paar Dosen, und zwischen ihnen sah verschämt ein Beutel mit weißem Pulver hervor.

»Kokain?«, fragte er. So was erfreute das Polizistenherz. Alles wird plötzlich besser erklärbar, wenn Drogen ins Spiel kommen.

»Und nicht nur eine Einzelportion«, erwiderte Hart

glücklich. »Sogar mehr als für eine ganze Party. Es müssen an die hundert Gramm sein, genug, um das Zeug mit einem netten Gewinn an eine Menge Freunde zu verkaufen.« Sie gluckste beinahe. »Unsere kleine Prinzessin Makellos stellt sich schließlich doch als unartiges Mädchen heraus.«

»Ich hatte schon die ganze Zeit das Gefühl, dass das alles zu gut ist, um wahr zu sein«, sagte Atherton. »Aber den Boss wird das nicht freuen. Er hat sie ins Herz geschlossen.« Er wandte sich an Viv Preston. »Können Sie ein Foto von der Lage des Päckchens machen?«

»Hab ich bereits. Sie können es jetzt rausnehmen.«

Er zog Handschuhe über und nahm das Päckchen vorsichtig heraus. »Natürlich«, sagte er, hielt es an der Ecke hoch, um das Gewicht einzuschätzen, »können wir erst mit Sicherheit sagen, worum es sich handelt, wenn wir es getestet haben. Könnte ebenso gut Backpulver sein.«

»Ja, ja«, höhnte Hart. »Und mein Arsch ist eine Aprikose. Will jemand wetten, dass es sich nicht um Koks handelt?«

Es war Kokain. Sie besaßen auf dem Revier einfache Testmöglichkeiten für alle bekannten Drogen: Ein vorläufiger Test und ein Geständnis konnten bei Fällen von Drogenbesitz eine Menge Zeit und Geld sparen.

»Tja«, meinte Atherton, an den Türpfosten des Einsatzraums gelehnt, »damit lässt sich schon eher erklären, wie sie sich ihr flottes Leben und das Haus leisten konnte.«

Bei einem Blick durch den Raum erkannte Slider, wie sehr dieser Fund, der anscheinend so viel erklärte, alle aufmunterte. Er jedoch spürte, wie ihm das Herz sank, und er begriff, wie sehr er bereits an diesem hübschen, adretten Mädchen namens Chattie hing, dem lächelnden, immer fröhlichen Mädchen, das nett war zu alten

Männern und Zeitungsverkäufern. Vielleicht war sie nicht Prinzessin Makellos, wie Hart sie getauft hatte, aber erstaunlich viele Menschen hatten sie gemocht. Er wollte nicht, dass sie ein Kokskopf und eine Drogendealerin war.

Atherton musste seine Gedanken erraten haben, denn er sagte: »Für viele Leute ist Kokain keine gefährliche Droge; sie finden, dass man sie legalisieren sollte. Sie halten den Konsum und sogar den Verkauf nicht für ein Verbrechen.«

»Ja, die Schönen und Reichen machen das dauernd.« Hart hatte, mit kleiner Verzögerung, ebenfalls kapiert. »Sie reden offen darüber und sind nicht mal, wie nennt man das noch, *déclassés*.«

Aber für mich wäre sie *déclassée*, dachte Slider. »Was ist mit Fingerabdrücken?«

»Auf dem Plastikbeutel waren ein paar gute«, antwortete Atherton. »Sie werden gerade mit denen des Opfers verglichen. Zum Glück halten sich die Leute normalerweise nicht mit Handschuhen auf, wenn sie mit ihrem eigenen Freudenbeutel hantieren.«

»Chef«, sagte Hart, »mir fällt gerade ein: Was ist, wenn der Mörder ihr Lieferant war? Dann würde es Sinn ergeben, dass sie mit ihm in die Büsche gegangen ist. Angenommen, sie hätte sich ein bisschen Koks zum Verkauf an ihre Freunde besorgen wollen, dann hätte sie das doch nicht direkt vor den Augen all der Jogger und Powackler getan.«

»Ja«, stimmte Slider unbehaglich zu. Er konnte sich die Bilder vorstellen, von dem Mann mit der Kapuze, der beim Gebüsch mit Chattie redete, von dem Mann mit der Kapuzenjacke, der »wie der Wind« aus dem Park rannte; und dazwischen konnte er ein Szenario von den beiden erstellen, die das Gespräch im Gebüsch fortsetzten, sich stritten – vielleicht über Geld; das Aufblitzen des Messers, die hastige Flucht. Was ihm nicht einleuchtete, war die Vorstellung eines Drogendealers, der sein Opfer gezielt betäubte, bevor er es erstach. »Wenn es eine echte Messerstecherei wäre«, sagte er, »wäre alles in Butter. So, wie der Fall aber liegt – warum sollte er sie betäuben und ihr dann ein paar oberflächliche Stichwunden zufügen?«

»Genau«, unterstützte ihn Swilley. »Ich kann mir keinen Drogendealer vorstellen, der zu zimperlich wäre, richtig zuzustechen.«

»Mit allem gehörigen Respekt vor Dr. Cameron«, sagte Atherton, »wir wissen nicht, ob sie an einer Medikamentenüberdosis gestorben ist. Nicht, bevor der Bericht von der Toxikologie eintrifft.«

Swilley sah ihn mitleidig an. »Das ist der Moment, in dem man weiß, dass man mehr nach draußen muss – wenn man versucht, die Beweise seiner Theorie anzupassen.«

»Das ist kein Beweis, sondern nur die Meinung des Forensikers«, entgegnete Atherton.

»Freddie Camerons Meinung *ist* ein Beweis«, beharrte Slider.

»Abgesehen von der Mordmethode«, warf Hollis ein, »war ihr Erwerbszweig ideal, um mit Koks zu dealen. Sie kam viel herum, hatte mit vielen Musikern und Leuten aus dem Showbiz zu tun.«

»Ja, sie hat ihnen alle möglichen Dienste geleistet – warum nicht auch den? Und vielleicht auch noch ein bisschen von dem anderen«, bekräftigte McLaren mit Genugtuung.

Nur mit Mühe konnte sich Slider zurückhalten. »Also, vergessen wir nicht, dass das alles Mutmaßungen sind. Wir haben bisher keine Beweise dafür, dass sie etwas Unerlaubtes getan hat. Was haben wir sonst noch?«

»Das Handy ist immer noch nicht aufgetaucht, Chef«, berichtete Hart. »Wir haben ihre Handtasche im Schlafzimmer gefunden, aber da war es nicht drin, und wir sind mit dem Haus so gut wie fertig. Schätze mal, sie hatte es bei sich, und der Mörder hat es mitgenommen.«

»Was zu der Drogendealer-Theorie passen würde«, meldete sich Mackay zu Wort. »Wenn jemand sie aus ganz persönlichen Gründen ermordet hat, warum hätte er dann ihr Handy mitnehmen sollen?«

»Gut, wir wissen, dass es ausgeschaltet ist«, sagte Slider. »Wir können den Provider benachrichtigen und, sobald es wieder eingeschaltet wird, den Standort ermitteln. Wir suchen also nach dem Läufer?«

»Ja, Chef«, antwortete McLaren. »Befragen alle nach ihm. Gibt es heute Abend wieder einen Fernsehaufruf?«

»Aber nur in den Lokalnachrichten«, erwiderte Slider. »Die Hauptnachrichten haben das Interesse verloren. Da tut sich zu viel mit der Krise im Nahen Osten und der Spaltung des Kabinetts. Und ja, ich werde dafür sorgen, dass man nach dem Läufer fragt. Aber vergessen wir nicht, dass wir nicht wissen, ob er irgendwas damit zu tun hat oder ob er überhaupt derselbe Mann ist, mit dem man sie hat reden sehen.«

Dieser Einwand mundete der versammelten Mannschaft so gut wie ein Stacheldrahtsandwich.

»Ziehen wir also die Möglichkeit in Betracht, dass es ein Mord aus persönlichen Motiven war«, fuhr er fort und blickte zu Atherton hinüber. »Was ist mit dem Mann, der sie am Dienstagabend in dem Pub gesehen hat?«

Atherton berichtete. »Seine Beschreibung passt auf Toby Harkness, eines der Bandmitglieder. Das ist also ein guter Ausgangspunkt.«

»Wie kommt's, dass du das noch nicht aufgegriffen hast, Jim? Du hast doch genug Zeit mit der Band zugebracht«, stichelte Hart.

»Man sollte vielleicht seinen Kopf bei der Arbeit haben, wenn man arbeitet«, begann Swilley unheilvoll.

Slider mischte sich ein. »Gut, Toby Harkness. Vielleicht lief da etwas zwischen ihnen.«

»Oder sie hatte ihm bloß Koks verkauft«, sagte Hart. »Das klang nicht sehr romantisch. Einem Kerl in der Öffentlichkeit die Haare zu verstrubbeln kann rasch dazu führen, dass er das Interesse verliert. Sie hassen das – stimmt's nicht, Jim? Macht die schicke Föhnfrisur für 50 Piepen kaputt.«

»Aber«, warf Hollis, die Stimme der Vernunft, ein, »ich dachte, sie sei am Dienstagabend mit einem JS verabredet gewesen?«

»Stimmt«, erwiderte Atherton, »und daher dachte ich –«

»War da nicht einer in der Band, der Jasper irgendwas hieß?«, unterbrach McLaren. »Ich erinnere mich, wie schwul ich den Namen fand, genau, was man bei einem Beethoven-Freak erwartet.«

»Du hast recht«, sagte Hart. »Da gab es einen Jasper. Wie hieß er mit Nachnamen? Ich kann mich nicht erinnern.«

»Stalybrass«, antwortete Atherton. »Ich dachte, ich geh mal zu ihm und zu Toby.«

Hollis blickte nachdenklich. »Wenn sie sich mit beiden zur gleichen Zeit traf, könnte Eifersucht im Spiel gewesen sein –«

»Und ein Motiv für den Mord«, beendete Hart den Satz für ihn. »Falls sie voneinander wussten.«

»Merkwürdigerweise«, sagte Atherton, »war mir der Gedanke auch schon gekommen.«

»Tja, du bist eindeutig der Mann für diese Aufgabe«, stellte Slider fest, »da du dich so gut mit der Band auskennst. Aber kannst du sie überhaupt getrennt voneinander aufsuchen, ohne dass es der andere erfährt? Wohnen sie nicht alle zusammen?«

»Nein, Mark Falconer, der Cellist, teilt sich die Wohnung mit dem Klarinettisten Chaz Burnes. Aber Jasper Stalybrass und Toby Harkness haben jeder eine eigene Wohnung.«

»Es wäre auch ziemlich brenzlig gewesen, mit beiden was zu haben, wenn sie zusammenwohnen würden«, bemerkte Hart. »Dazu gehört Mumm.«

»Na, für dich wär das doch eine Kleinigkeit«, spottete Atherton.

McLaren hatte ungeduldig zugehört. »All dieses Liebes- und Eifersuchtsgesäusel kotzt mich an«, platzte es jetzt aus ihm heraus. »Wir haben einen verdammt großen Beutel mit Koks aus ihrem Schrank geholt, und sie hat mit Kohle um sich geworfen. Was brauchen wir mehr?«

Slider hätte die Antwort parat gehabt, aber in dem Moment klingelte das Telefon in seinem Büro, und er ließ die anderen allein, um den Anruf entgegenzunehmen. Als er zurückkam, hätten die Scharfsichtigen ein leises Lächeln der Zufriedenheit auf seinem Gesicht wahrnehmen können, aber die Scharfsichtigen sahen nicht hin.

»Das war Viv Preston«, sagte er. »Sie hat die Fingerabdrücke auf dem Kokainbeutel mit denen des Opfers verglichen. Sie stimmen nicht überein. Überhaupt nicht.«

»Oh, Mist«, schnaufte Hart. »Wieder eine gute Theorie beim Teufel.«

»Nein, wartet mal«, forderte Mackay. »Nur weil die Abdrücke auf dem Beutel von jemand anderem sind, heißt das nicht, dass er nicht trotzdem ihr gehörte. Ich meine, was machte das Zeug überhaupt da? Vielleicht hat es einer ihrer Freunde dort für sie verstaut – hat die Putzfrau nicht gesagt, dass dauernd Leute ein und aus gingen? Irgendwoher muss Chattie das Zeug ja gehabt haben. Jemand könnte es dort für sie deponiert haben. Nur weil ihre Abdrücke nicht drauf waren, muss das nicht heißen, dass sie nichts damit zu tun hatte, versteht ihr, was ich meine?«

»Oder sie war nur vorsichtig«, nuschelte McLaren. »Clever, wie sie war, hat sie vielleicht immer Handschuhe getragen.«

»Und mit wem hat sie sich dann im Gebüsch getroffen, nach Ihrer Theorie?«, fragte Slider.

»Mit jemandem, an den sie verkaufen wollte«, antwortete McLaren schamlos.

»Guter Ansatz«, sagte Slider. Die Erwähnung der Putzfrau hatte etwas bei ihm ausgelöst. »Aber ich glaube, ich habe eine bessere Theorie. Mrs Hammick sagte, sie hätte Chatties Schwester Jassy am Montag im Haus gesehen, wie sie verstohlen und mit schuldbewusstem Gesicht aus der Küche kam. Sie sagte auch, dass sich Jassy mit ziemlich derben Kerlen rumtreibt.«

»Ja«, bekräftigte Hart, »ich hab den Saustall in ihrem Zimmer gesehen. Drogen passen besser zu diesem Piercing-Monster als zu Prinzessin Makellos«, gab sie zu.

»Wäre vielleicht an der Zeit, dass wir mal mit Jassy reden«, meinte Slider.

»Würde ich gern übernehmen«, bot Hart an. »Vergesst nicht, ihr Freund ist schwarz. Sie würde mir vermutlich mehr trauen als einem von euch weißen Jungs. Wo wohnt sie, Boss?«

»Clapham, glaube ich. Ferndale Road«, antwortete Slider aus dem Gedächtnis. »Die Hausnummer müsste im Adressbuch stehen.«

Hart hob die Augenbrauen. »Dann sollten Sie auf jeden Fall mich schicken. Die Ferndale Road liegt nicht in Clapham, sondern in Brixton.«

»Brixton wird weit überschätzt«, höhnte Atherton. »Das ist auch nur Shepherd's Bush in groß.«

»Die würden sich auf dich stürzen wie ein Schwarm Piranhas«, warnte ihn Hart. »Da ist noch was, Chef«, fuhr sie fort. »Jassys Freund ist schwarz. Der Läufer ist schwarz.«

»Es gibt mehr als einen Schwarzen in Shepherd's Bush«, wehrte Slider ab.

»Aber wenn sie nicht gewaltsam ins Gebüsch gezerrt wurde, wie wir wissen, muss es jemand gewesen sein, den sie kannte, nicht wahr? So gesehen wären das persönliche Motiv und das Drogenmotiv ein und dasselbe.«

Slider seufzte. »Da ich Sie anscheinend nicht daran hindern kann, voreilige Schlüsse zu ziehen, sollte ich wohl besser mit Ihnen gehen und die Zügel in der Hand behalten. Was ist?«, antwortete er auf ihren Blick. »Sie haben doch wohl nicht gedacht, dass ich Sie da allein hingehen lasse?«

»Ich bin ein großes Mädchen«, maulte Hart.

»Darum begleite ich Sie ja«, sagte Slider.

Atherton hatte recht, Brixton wurde reichlich überschätzt. Obwohl es eine Überzahl an schwarzen Gesichtern gab, lebten hier viele Weiße friedlich und unbehelligt. Niemand warf Slider schräge Blicke zu, als er mit Hart in die Ferndale Road bog. Wie in den meisten Vierteln wollten die Menschen auch hier ihr Leben führen, ohne ihre Nachbarn zu stören oder von ihnen gestört zu werden, und die auch hier wenigen Elemente, die Ärger machen wollten, erzeugten bei der Mehrheit genauso viel Ablehnung wie alles andere, das ihre Umgebung unerfreulich machte.

Trotzdem verspürte Slider eine gewisse Anspannung, denn sie hatten Jassys Freund im Vorstrafenregister überprüft, bevor sie losgefahren waren. Darren Barnes war – wie sich herausgestellt hatte – bei der Polizei durchaus kein Unbekannter, war diverse Male verhaftet worden, für Drogenbesitz, Drogenbesitz mit strafbarem Vorsatz, Sozialhilfebetrug, einmal für Raufhandel (eine Schlägerei vor einem Pub) und einmal für vorsätzliche Körperverletzung. Er war kein Großdealer, nur ein Schmalspurvertreiber für Partydrogen, und Mick Dangerfield vom Revier in Brixton hatte Slider erzählt, dass Barnes versuche, Ärger im Allgemeinen aus dem Weg zu gehen und vom Erlös seines Dealens, von diversen staatlichen Zuwendungen plus, vermutlich, kleineren betrügerischen Tricks, bei denen sie ihn noch nicht erwischt hatten, auf recht angenehme Weise zu leben. Aber er sei, hatte Dangerfield ihn gewarnt, ebenfalls dafür bekannt, gut ausgerüstet zu sein, und habe wahrscheinlich bei mehreren Gelegenheiten ein Messer eingesetzt, als das Opfer nicht bereit war, der Polizei seine Variante der Geschichte zu erzählen. Barnes neige dazu, politisch zu argumentieren, was ihn zu einem echten Ärgernis mache und seine diversen Verwarnungen anstelle von Anklagen erkläre. Er sei nach der vorsätzlichen Körperverletzung vor Gericht gestellt worden, doch der Richter habe entschieden, dass die Auseinandersetzung wahrscheinlich auf beiderseitiger Schuld beruhe, und ihn mit einer Bewährungsstrafe davonkommen lassen. Auch für den Sozialhilfebetrug habe er sich vor Gericht rechtfertigen müssen und sei dafür wie üblich mit gemeinnütziger Arbeit bestraft worden. Barnes sei als Hilfskraft in eine Freizeiteinrichtung für schwarze Jugendliche in Clapham geschickt worden, was sich, wie Dangerfield lakonisch bemerkte, für ihn als Paradies erwiesen habe, da es ihm die Möglichkeit bescherte, seinen Kundenkreis auf das nächste Stadtviertel auszuweiten.

Also, dachte Slider, die Drogen und das Messer sind vorhanden, was zwei Punkte für McLaren bedeutet. Und obwohl es beruhigend war, zu erfahren, dass Barnes für gewöhnlich Ärger zu vermeiden suchte, war es immer gefährlich, wenn man einen Fuchs in seinem eigenen Bau in die Enge trieb. Und falls Darren Barnes sowohl der Läufer als auch der Mit-Chattie-Plauderer war, stand genug auf dem Spiel.

Vor dem Haus wuchs eine hohe Platane, was das einzig Schöne war. Das Haus selbst war verwahrlost und offensichtlich in Wohnungen oder Zimmer unterteilt. Die Vordertür stand offen, und die nach oben führenden Stufen waren rissig und angeschlagen, der Handlauf fehlte. Der Linoleumboden in dem dunklen, kalten Flur war durchgetreten und schmutzig, die Wände waren bis auf halbe Höhe braun und darüber cremefarben gestrichen. Stromrechnungen an längst verzogene Mieter, Handzettel und Werbung lagen auf dem Boden neben und hinter der Tür herum. Der gnadenlose Beat von Rapmusik ließ die Luft erzittern. Es roch nach Schweiß und Junkfood, vermischt mit einer kräftigen Note von Marihuana.

»Fast wie zu Hause«, sagte Hart mit unbewegtem Gesicht, als sie Sliders Nasenflügel zucken sah. »Welche Wohnung ist es denn?«

»Nummer sechs.« Vom Flur gingen zwei Türen ab, und eine Treppe führte nach oben. »Gehen wir mal davon aus, dass das hier die Wohnungen eins und zwei sind.«

»Wenn Sie meinen«, sagte Hart und ließ sich auf seine Zählung ein.

Im nächsten Stock gab es drei Türen, und hinter einer schrie ein Baby. Die Treppe, die von hier weiter hinauf führte, war viel schmäler. Von dort oben kam die hämmernde Musik.

»Die Tür sollte dann wohl die Sechs sein«, meinte Hart.

»Anzuschleichen brauchen wir uns wenigstens nicht«, stellte Slider fest.

Sie gingen nach oben. Dort war es ziemlich dunkel, und allein die Lautstärke der Musik wirkte schon bedrohlich. Der schmale Absatz und die steile, enge Treppe hinter ihnen machten sie zu einem leichtem Ziel für jeden, der die Tür öffnen würde. Wenn sie denn geöffnet wurde. Slider kam sich verletzlich vor. Er blickte zu Hart, die völlig gelassen wirkte, atmete tief durch und klopfte mit der Faust an die Tür. Er war von der Sinnlosigkeit seines Tuns so überzeugt, dass er vor Überraschung beinahe rückwärts die Treppe hinuntergefallen wäre, als die Tür aufgerissen wurde und jemand fragte: »Darren?«

Trotz des dämmrigen Lichts erkannte er Jassy Whitelaw sofort. Offensichtlich erkannte auch sie die Bullen sofort, wenn sie welche sah, denn ihre Augen weiteten sich alarmiert. »Shit!«, rief sie und versuchte, die Tür zuzuknallen. Hart zwängte ihren Körper und Slider seinen Fuß in den Türspalt, und gemeinsam schoben sie die Tür und das Mädchen zurück.

»Schon gut, Mädel, dir geht's nicht an den Kragen«, beruhigte Hart sie. »Wir wollen nur mit dir reden.« Sie sprach mit übertriebenem Akzent, um Vertrauen zu gewinnen. Slider wusste nach wie vor nicht, ob sie das absichtlich oder instinktiv tat.

»Lassen Sie uns lieber rein, Jassy, damit wir in Ruhe reden können«, sagte er. »Sie wollen doch nicht hier draußen reden, wo jeder Sie sehen kann.« Sie schoben sie Stück für Stück zurück, bis Slider die Tür schließen konnte. »Ihr Freund ist also nicht da?«, schloss er. Jassy hatte ihn zurückerwartet, sonst hätte sie vermutlich nie die Tür geöffnet.

Da ihr die Flucht durch die Tür versperrt war, drehte sich Jassy um und rannte los. Der kurze dunkle Flur führte in einen größeren helleren Raum mit einem Schiebefenster. Davor war schemenhaft eine Feuertreppe zu sehen. Slider erwischte Jassy, während sie noch versuchte, das halb offene Fenster weiter aufzuschieben. Wie bei den meisten alten Schiebefenstern hatte sich das Holz verzogen, und es war so oft gestrichen worden, dass es sich nur mehr mühsam aufschieben ließ.

»Sei doch nich blöd, Mädel.« Hart zog sie zurück. »Du machst dir bloß Ärger. Wir müssen irgendwann mit dir reden. Hat keinen Zweck, es aufzuschieben. Setz dich hin und red ordentlich mit uns, oder sollen wir dich mit aufs Revier nehmen? Liegt ganz bei dir.«

Während Hart die Situation unter Kontrolle brachte, suchte Slider nach der Quelle des hirnzermalmenden Beats und stellte ihn ab. Hart schob Jassy zurück zum Sofa, und Slider konnte einen guten Blick auf sie werfen. Sie war dünn – nicht schlank, sondern klapperdürr –, was durch das knappe Kleidchen noch betont wurde, ärmellos und beinahe rückenfrei. Schlüsselbeine, Schulterblätter und die Wirbelsäule traten hervor und waren unter der fahlen Haut deutlich zu erkennen. Das enge Kleid ließ eindeutig keinen Platz für Unterwäsche, und unter dem pinkfarbenen Jersey zeichneten sich Hüftknochen, Rippen und Brustwarzen ab. Der Rock war kurz, saß hoch über den knochigen Knien, ihre Füße waren nackt, die Nägel in passendem Pink lackiert, ihre Hände mit den abgebissenen Fingernägeln zitterten nervös.

Aber erst über dem Hals war sie wirklich bemerkenswert. Ihr Haar war kohlschwarz und zu einer willkürlichen Stachelfrisur geschnitten. Sie sah wie eine Comicfigur aus, die unter Strom geraten ist, nur standen die Stacheln nicht symmetrisch ab. Ihr Gesicht war sehr weiß, Lidschatten und Lippenstift waren in einem sehr dunklen, fast schwarzen Rot gehalten, und an ihren Wimpern klebte schwarze Mascara. Am einen Ohr trug sie vier Ringe, am anderen drei, dazu schwarze, glänzende Stecker in den Ohrläppchen, einen in der Nase und einen zwischen Unterlippe und Kinn, zwei Ringe in der einen Augenbraue und eine Reihe Stecker in der anderen.

Sie hatte alles getan, um sich hässlich zu machen, aber irgendjemand – vermutlich Darren – hatte dem noch etwas hinzugefügt. Ihre Augen waren rot vom Weinen, und die Wimperntusche war clownesk verschmiert. Unter der weißen Grundierung hatte ihr Gesicht ein unebenes Aussehen, das Slider auf traurige Weise vertraut war. Sie hatte einen großen Bluterguss auf dem rechten Wangenknochen, einen Schnitt an der linken Seite ihres Mundes, der geschwollen war, und einen weiteren Bluterguss auf dem linken Wangenknochen, der sich um das Auge ausgebreitet hatte. Drei Schläge, sagte ihm seine Fachkenntnis. Der Angreifer hat zuerst die linke Seite getroffen, dann ein Schlag mit dem Handrücken auf die rechte Seite (der Schnitt war vermutlich durch einen Ring entstanden), dann wieder links, eine gleichgültige, gefühllose Gewohnheit. Und trotzdem erwartete sie ihn zurück und öffnete ihm die Tür.

»Hat Darren Ihnen das angetan?«, fragte Slider, legte väterliches Mitgefühl in seine Stimme.

»Geht Sie nichts an, verdammt«, murmelte sie.

»Sie brauchen sich das nicht gefallen zu lassen, Jassy. Niemand hat das Recht, Sie zu schlagen.«

»Was wollen Sie?«, fragte sie gereizt, aber mit einem Hauch von Erschöpfung, als hätte sie das alles schon einmal gehört.

»Nur mit Ihnen reden.«

»Ich hab nichts zu sagen. Schon gar nicht, wenn solche Lakaien wie Sie da sind.« Sie sah Hart an. »Und wieso machst *du* diesen Job? Leute wie du sind die schlimmsten, schleimen sich beim Feind ein. Kennst du denn keine Loyalität?«

»Setzen Sie sich, Jassy«, sagte Slider energisch, »damit wir die Sache hinter uns bringen.«

»Was erlauben Sie sich eigentlich? Sie können mir in meinem eigenen Haus keine Befehle erteilen. Verschwinden Sie, und lassen Sie mich in Ruhe. Ich werde nicht reden.«

»Ich versuche, die Sache auf freundliche Weise anzugehen«, sagte Slider, »aber ich habe nicht vor, meine Zeit zu verschwenden. Entweder reden Sie hier mit uns, oder ich muss Sie verhaften, und Sie können auf dem Revier reden. Liegt ganz bei Ihnen.«

»Mich verhaften?«, fragte sie mit einem leidlichen Versuch, verächtlich den Mund zu verziehen. »Weswegen?«

Hart übernahm. »Wir haben ein paar hübsche Abdrücke von dem Beutel mit Koks, der in Chatties Haus versteckt war. Sobald wir deine Fingerabdrücke abgenommen haben, werden wir wissen, dass sie von dir stammen.« Auf Jassys Gesicht zeichnete sich für einen Augenblick verräterische Bestürzung ab. »Du weißt, wie das läuft, Mädel. Gib's zu, und es wird dir angerechnet. Lässt du uns dafür arbeiten, hast du verschissen. Außerdem ist das deine Chance, uns deine Seite der Geschichte zu erzählen. Was darf's sein?«

Slider fand, dass sie ein wenig übertrieb, aber auf Jassy, die vermutlich ziemlich überreizt war, hatte sie offenbar die gewünschte Wirkung.

»Dreckschwein«, knurrte sie und ließ sich schwer auf das Sofa plumpsen. Tränen rannen ihr über die Wangen. »Haben Sie eine Kippe für mich?«, fragte sie mit zittriger Stimme und schniefte. »Er hat meine aufgeraucht, der Drecksack.«

Schweigend zog Hart ein Päckchen heraus und reichte es ihr. Jassy nahm eine Schachtel Streichhölzer vom Couchtisch. Während sie sich die Zigarette anzündete, schaute sich Slider rasch im Raum um. Er war spärlich möbliert, was eher an mangelndem Stil als an mangelndem Geld lag. Die Stereoanlage hatte bestimmt Tausende gekostet, und es gab einen neuen, großen Plasmafernseher auf einem teuren Eckschrank. Der Boden war abgeschliffen und versiegelt – was das Leben für die Nachbarn unter ihnen bestimmt unerfreulich machte, dachte er, angesichts der Art und Lautstärke der Musik, die Jassy zu bevorzugen schien –, und das schwarze Ledersofa und die Sessel waren von bester Qualität und rochen nach wie vor neu. Was auch immer Jassy hier in Brixton machte, es hatte nichts mit einem Leben auf niedrigem Niveau zu tun – außer vielleicht in kultureller Hinsicht. Obwohl sie sich nicht gerade geschliffen ausdrückte, passte ihr Akzent nicht hierher.

»Und wo ist Darren?«, fragte Slider schließlich.

Sie zuckte die Schultern, ohne ihn anzusehen.

»Er hat Sie geschlagen und ist dann abgehauen?« Ein weiteres Schulterzucken. »Weshalb hat er Sie geschlagen?« Keine Antwort. »Ging es um das Kokain in Chatties Haus?«

Sie rutschte nervös herum, antwortete aber nicht. Sie hatte ihr Gesicht abgewandt und starrte aus dem Fenster auf die Feuerleiter.

Slider versuchte es erneut. »Wissen Sie, dass Ihre Schwester Chattie tot ist?«, fragte er in der Hoffnung, dass der Schock, so oder so, eine Reaktion bei ihr auslösen würde.

Der Plan ging auf, allerdings anders, als er erwartet hatte. Einen Moment lang sah sie ihn hasserfüllt an. »Um Himmels willen, was glauben Sie denn, worum es hier geht?« Eine kurze Pause, und dann brach die Verbitterung alle Dämme. »Sie ist an allem schuld, diese blöde Kuh! Sie hat immer alles gekriegt, was sie wollte, immer, und ich hatte nie was!« Und dann weinte sie – keine Tränen des Kummers oder der Trauer, sondern solche, die Sliders Erfahrung nach stets die aufrichtigsten und tiefstempfundenen waren: Tränen des Selbstmitleids.

VIII

Schneeweißchen und Hosenscheißer

Ein Rest an Widerstand musste noch überwunden werden, aber Hart bearbeitete Jassy gründlich, zeigte ihr Mitgefühl und schwesterliche Solidarität. »Schau dir dein Gesicht an. Ich tät mir das von keinem gefallen lassen, Mädel. Er hat kein Recht, dich rumzustoßen.«

»Wir haben uns gestritten«, gestand Jassy, wischte sich mit einem Papiertuch Tränen und Mascara von den Augen.

»Über den Beutel Weißes im Haus von deiner Schwester, oder?« Jassy antwortete nicht. Hart beugte sich ein wenig vor und sagte ernst: »Hör zu, einen Kumpel zu verpfeifen ist 'ne üble Sache, ich weiß, aber hier geht's um was anderes. Die Sache ist ernst. Du willst doch nicht für diesen Hurensohn in den Bau, oder? Nach all dem, was er mit dir gemacht hat? Das ist er nicht wert, Mädel. Ich mein, das sind deine Abdrücke auf dem Beutel, stimmt's, und wir wissen, dass du dort warst. Wir haben einen Zeugen.«

»Diese Kuh von einer Putzfrau, Maureen, oder wie die heißt«, sagte Jassy gehässig. »Muss dauernd ihre Nase in alles stecken. Für wen hält die sich eigentlich?«

Hart warf Slider einen Blick zu, und er griff den Faden auf. »Jassy, ich möchte Ihnen begreiflich machen, dass es hier um etwas viel Ernsteres und Wichtigeres geht als den Beutel mit Kokain. Wenn Sie uns jetzt helfen und alles erzählen, was Sie wissen, werden Sie nicht in Schwierigkeiten kommen. Andernfalls haben wir keine Wahl, als Sie zu verhaften. In dem Beutel war eine Menge Schnee. Da geht's nicht nur um Drogenbesitz. Das bedeutet Gefängnis.«

Jassy blickte in sein strenges Gesicht, dann in Harts mitfühlendes und seufzte. »Ich wollte es sowieso nicht tun«, sagte sie. »Ich meine, das ist Darrens Geschäft. Ich wollte nichts davon wissen.«

Aber du bist gerne bereit, von den Gewinnen zu leben, was? Slider konnte den Gedanken in Harts Augen aufblitzen sehen, Jassy zum Glück nicht.

»Also hat er Sie dazu gebracht, den Beutel in Chatties Haus zu verstecken? Warum?«

»Das weiß *ich* doch nicht.«

Slider blickte zu Hart hinüber. »Ich glaube nicht, dass das als Mithilfe zu bewerten ist. Ich denke, wir setzen die Befragung lieber auf dem Revier fort.«

»Ja«, stimmte Hart zu. »Zu manchen Leuten kann man einfach nicht nett sein.«

»Hören Sie, ich weiß es nicht«, entfuhr es Jassy. »Er sagte nur, ich soll es da hinbringen und im Wandschrank hinter den Tomatendosen verstecken. Ich dachte, er bräuchte einen sicheren Platz zur Aufbewahrung, mehr nicht. Ich weiß, dass welche von euch ihn im Auge hatten. Vielleicht hat er einen Tipp bekommen oder so, dass man ihn einbuchten wollte.«

»Er hat dir keinen Grund genannt, und du hast nicht danach gefragt? Du hast einfach einen verdammt großen Beutel mit weißem Zeug im Haus deiner Schwester versteckt, ohne Fragen zu stellen?«

Sie zuckte mürrisch die Schultern. »Warum sollte ich Rücksicht auf sie nehmen? Sie hat nie was für mich getan.«

»Aber Darren kannte sich offensichtlich gut genug in ihrer Küche aus, um zu wissen, was in dem Schrank war«, sagte Slider. »Wie gut kannte er Ihre Schwester?«

»Hören Sie, wenn Sie andeuten wollen, dass da was zwischen ihnen lief –«

»Ich habe überhaupt nichts angedeutet, aber es ist interessant, dass Sie diesen voreiligen Schluss ziehen«, sagte Slider betont vernünftig.

Hart kam wieder zur Sache. »Hat er mit ihr gebumst?«

»Nein!«

»Es war also nur eine Geschäftsbeziehung?«

»Ich weiß es nicht, und es ist mir auch egal«, fauchte Jassy. »Ich hab das Koks für ihn versteckt, mehr nicht. Dann sagt er am Mittwochabend, ich soll's zurückholen. Aber vor dem Haus stand ein Bulle.«

Atherton war also gerade noch rechtzeitig dort, dachte Slider.

»Ich ging wieder heim und hab's Darren erzählt, und der ist ausgerastet. Er hat mich angebrüllt, als wär das meine Schuld gewesen. Ich hab ihm gesagt, dass es nichts mit mir zu tun hätte, aber er hat gesagt, dass sie bestimmt das Koks gefunden hätten, weil ich es nicht ordentlich versteckt hätte, und er brüllte immer weiter, und dann hat er mich geschlagen, und dann ist er abgehauen, und ich hab ihn seitdem nicht mehr gesehen.« Sie holte Luft und fügte hinzu: »Ist mir auch egal, wenn ich ihn nie wiedersehe, dieses Dreckschwein. Es war nicht meine Schuld. Ich hab es da hingetan, wo er gesagt hatte. Er hatte kein Recht, mich zu schlagen.«

»Das stimmt«, sagte Hart warmherzig. Jassy wandte sich ihr zu, reagierte, wie Slider sah, auf weibliches Mitgefühl. Hart ist gut, dachte er. »Und wo war Darren am Dienstagmorgen, Jassy? Ist er früh weggegangen?«

»Ich weiß es nicht«, antwortete sie. »Ich war nicht da. Ich hab meine Mum besucht und dort übernachtet. Aber er war auch nicht hier. Er ist Dienstag nach Manchester gefahren, um irgendwelche Kumpel zu besuchen. Deswegen war ich ja auch bei Mum. Er kam erst am Mittwochabend gegen acht nach Hause, und da hat er mir gesagt, ich soll zu Chatties Haus gehen und das Koks holen.«

»Wie kommt's, dass er Kumpel in Manchester hat?«, fragte Hart.

»Er ist da aufs College gegangen. Nicht lange – sie haben ihn rausgeschmissen, weil er Gras verkauft hat.« Dabei lächelte sie leicht – ein stolzes Lächeln für den Rebellen, der nicht weiß, was er tut.

»Glaubst du, dass er jetzt auch dort ist?«

»Ich weiß es nicht. Könnte sein.«

»Du hast nicht versucht, ihn zu finden? Seine Freunde angerufen?«

»Warum sollte ich, nach dem, was er getan hat? Ich will ihn nie wiedersehen. Ich hoffe, er verrottet in der Hölle, der Hurensohn.«

»Kannst du uns Namen und Adressen dieser Kumpel geben?«

Sie kam von ihrem hohen Ross herunter, zu spät alarmiert. »Wofür?«

»Wir möchten ein Wörtchen mit ihm über das Koks reden – und wir können ihn gleichzeitig für den Angriff auf dich drankriegen, wenn du willst«, erwiderte Hart.

Aber Jassy blickte unbehaglich umher. »Er hat da ein paar komische Kumpel, harte Kerle. Mit denen will ich nichts zu tun haben. Ich meine, die wären stinksauer, wenn sie glauben würden, ich hätte ihnen die Bullen auf den Hals gehetzt. Die könnten ernsthaften Ärger machen.«

»Wir werden ihnen nicht sagen, dass wir die Informationen von dir haben«, versicherte ihr Hart. »Gibt jede Menge Möglichkeiten, wie wir davon erfahren haben könnten.« Jassy machte immer noch eine unsichere Miene, und Hart ließ ein wenig Härte in ihre Stimme fließen. »Als Gegenleistung für ein bisschen Spielraum bei der Sache, dass deine Abdrücke auf diesem Koksbeutel sind.«

»Das hab ich dir doch schon gesagt. Er hat mir nicht gehört.«

»Ja, aber Darren hat dich dazu angestiftet. Du willst dich doch nicht einbuchten lassen, nur weil du ihn beschützt. Tu dir selbst einen Gefallen. Du schuldest ihm nichts. Nenn uns einen Namen. Niemand wird erfahren, dass du irgendwas gesagt hast. Versprochen.«

Jassy seufzte. »Ich weiß, dass einer von ihnen Dave O'Brien heißt. Seine Adresse kenn ich nicht, aber seine Telefonnummer müsste hier irgendwo sein. Reicht das?«

»Ja, das ist gut, Mädel«, antwortete Hart. »Wenn du uns die gibst, hast du schon 'ne Menge Punkte gewonnen.«

Jassy stand auf. »Wenn ihr Darren findet, sorgt dafür, dass er die Treppe runterstürzt oder so was.« Sie fand die Nummer auf einem Block neben dem Telefon und reichte ihn Hart mit einer Miene, als wären damit alle Transaktionen beendet.

Doch Slider fragte: »Wann haben Sie erfahren, dass Ihre Schwester tot ist?«

Sie drehte sich zu ihm um. In ihrer Miene und Körperhaltung lag Vorsicht. »Häh?«

»Als Sie am Mittwochabend zu ihrem Haus kamen und den Polizisten an der Tür sahen, wussten Sie da, dass sie tot ist?«

»Natürlich nicht. Ich dachte, das hätte was mit dem Koks zu tun. Deswegen hatte ich doch den Streit mit Darren«, sagte sie mit der übertriebenen Genervtheit, die für ihre Altersklasse typisch war.

»Wann haben Sie davon erfahren?«

Jassy setzte sich. »Wenn Sie es schon wissen müssen, meine Mum hat mich gestern Abend deswegen angerufen. Sie hat es in der Glotze gesehen, in den Nachrichten.«

»Schaust du dir die Fernsehnachrichten nicht an?«

»Nein, warum sollte ich? Das ist doch nur lauter Mist. Kapitalistische Indoktrination. Die ganzen Fernsehsender sind Werkzeuge des Establishments.«

»Ihr habt aber einen ganz schön großen Fernseher«, bemerkte Hart.

»Der gehört Darren. Er sieht sich Sport an«, antwortete Jassy und verdrehte dazu die Augen.

»Es scheint dir nicht viel auszumachen, dass sie tot ist.«

Verbitterung flammte auf. »Warum sollte es? Sie war bloß meine Halbschwester. Und ihr wär's auch egal gewesen, wenn's mich erwischt hätte. Sie hielt sich immer für was Besseres. Ihre Mum ist eine hochnäsige Ziege. Sie hat meine Mum aufs Übelste beschimpft, weil sie ihr meinen Dad weggeschnappt hat, aber sie hat genau dasselbe gemacht, also was soll das affektierte Getue? Als ich das erste Mal zum Tee in ihrem Haus war, als Kind, hat sie dauernd rumgenörgelt wegen Tischmanieren, und ob ich meine Hände gewaschen hätte und ob es mir zu Hause erlaubt wäre, so zu essen. Ich war nicht gut genug für sie. Ich meine, ich war doch noch ein kleines Kind! Man lässt das doch nicht an einem kleinen Kind aus! Und Chattie war genau wie sie – glaubte, sie wäre ja sooo vornehm, sah auf mich und all meine Freunde runter, jedes Mal falsch ohne Ende, wenn ich gekokst habe oder ein paar Tabletten einwerfen wollte. Das Theater, das sie machte, wenn ich in ihrem kostbaren Haus auch nur Gras rauchte! Man hätte meinen können, ich hätte Anthrax versprüht. Ich hab ihr gesagt, das tun doch alle, und sie hat gesagt, ich nicht, und ich hab gesagt, tja, das wundert mich nicht, weil du so verdammt perfekt bist, das weiß ja jeder. Sie und ihre dämliche, kleine, lumpige Firma, und all dieser Scheiß von wegen es allein schaffen und von niemandem etwas annehmen. Das war gegen mich gerichtet, diese entzückende kleine Anspielung! Schön und gut für jemanden, der immer alles gekriegt hat, was er wollte, alles schön und gut. Sie hat mich krank gemacht mit ihrer verfluchten Scheinheiligkeit, saß da in ihrem Elfenbeinturm und wollte mir weismachen, dass ich kein Recht auf Sozialhilfe hätte, als wär das ein Verbrechen. Ich sagte zu ihr, ich kenne meine Rechte, und sie machte irgendeine klugscheißerische Bemerkung darüber, dass ich aber meine Pflichten nicht kennen würde. Pflichten! Ja, Pflichten gegenüber den Mächten des globalen Kapitalismus, sagte ich. Was kümmern dich die Armen in der Dritten Welt, tritt sie ruhig in den Staub, solange du deinen Gewinnanteil kriegst! Sie war so eine Heuchlerin. Ich meine, sie hatte das Haus doch bloß, weil unser Dad ihr das Geld dafür gegeben hat. Von wegen nichts von niemandem annehmen!«

»Ist dein Dad wohlhabend?«

Sie zuckte wieder die Schultern. »Ich weiß nur, dass ich nie was von ihm bekommen habe.«

»Sind er und deine Mum noch zusammen?«

»Du machst wohl Witze!«, rief sie und warf den Kopf zurück. »Er ist in dem Moment abgehauen, als ich auftauchte. Hat sich verpisst und Mum alleingelassen. Ich war froh, dass er Chattie und ihrer hochnäsigen Mum dasselbe angetan hat. Die und ihre dämlichen Bücher! Meine Mum hat sich mal eins aus der Bücherei geliehen. Sie hat gesagt, das wär alles nur Mist.«

»Klingt, als hättest du mit deiner Schwester wirklich ein Hühnchen zu rupfen gehabt«, sagte Hart mitfühlend.

»Sie hatte immer alles«, schluchzte Jassy in einem erneuten Anfall von Selbstmitleid. »Sie ist hübsch, sie ist gescheit, und alle stellen sich immer auf ihre Seite, weil sie sich bei ihnen einschleimt. Alles, was sie macht, läuft gut, sie hatte immer jede Menge Freunde, und sie hat das Haus und hängt mit diesen Promis rum in ihrem mickrigen Job, und ihr Leben ist einfach verdammt perfekt! Und ich hab nur dieses miese Loch hier, und Darren. Und jetzt«, sie erreichte den Gipfel ihrer Verzweiflung und brach schluchzend zusammen, »hat Darren mich geschlagen und ist abgehauen, und ich weiß nicht, wo er ist und wann er zurückkommt!«

Hart reichte ihr ein weiteres Papiertaschentuch und fing Sliders Blick über Jassys gebeugtem Kopf auf. Der Groll war frisch und heiß und enthielt genügend Material für ein Motiv. Und der abwesende Darren, sagte Harts Blick so deutlich wie Worte, war ein besonders saftiger Brocken.

»Baroque Solid« trat an diesem Freitagabend nicht auf. Marion und Trish hatten ein Engagement außerhalb, spielten in Milton Keynes, und die anderen gingen ihren normalen Freizeitbeschäftigungen nach – wenn von normal die Rede sein konnte angesichts des Schocks, unter dem sie alle standen. Atherton spürte Jasper Stalybrass schließlich in einem Pub in Islington auf, in dem herausgeputzte, gut gekleidete junge Leute erkleckliche Geldsummen für Designerbier ausgaben (die Männer), welches aus der Flasche getrunken wurde, und bizarre Cocktails (die Frauen), serviert mit Fruchtstückchen und gewundenen Trinkhalmen aus Glas. Stalybrass war hochgewachsen und gut aussehend und offensichtlich der Mittelpunkt einer Gruppe lachender Menschen, mit denen er zusammenstand. Ihn von seinen Fans loszueisen war ein heikles Manöver.

Nach allem, was Atherton von Joanna und Sue erfahren hatte, waren Hornisten oft Männer mit viel Charme und eiskaltem Herzen. Als er Stalybrass nun Witze erzählend und herzlich lachend antraf, hegte er ein gewisses Misstrauen gegen ihn. Aber nachdem er ihn in eine ruhige Ecke bugsiert hatte und mit ihm allein war, verfiel auch er seinem Charme, zumal dieser mit scharfem Verstand, einer geradlinigen Ausdrucksweise und, wie es ihm schien, echtem Schock und tiefer Traurigkeit wegen Chattie verbunden war.

»Gott, es ist schwer zu glauben«, sagte er. »Manchmal vergesse ich es eine Zeitlang, und dann fällt mir alles wieder ein. Es ist ein verdammt harter Schlag, das kann ich Ihnen sagen. Ich meine, alle mochten Chattie. Wer auf der Welt würde sie umbringen wollen?« Er kratzte sich mit einer fast jungenhaften Geste an der Augenbraue, um die Tränen zu verbergen. Dann räusperte er sich. »Aber ich habe ganz vergessen – es war ja dieser Parkmörder, nicht wahr? Das heißt, er hat sie rein zufällig gewählt. Gott, was für ein schrecklicher, grauenhafter Zufall. Man denkt immer, so was könnte niemandem zustoßen, den man kennt.«

»Ich kann mir vorstellen, dass die ganze Band sehr verstört ist«, sagte Atherton in neutralem Ton.

»Verstört? Das trifft es nicht mal im Entferntesten. Wir waren heute im Studio, für die endgültige Mischung unserer CD, aber wir saßen nur rum und haben über Chattie geredet. Wir waren einfach nicht in der Lage zu arbeiten. Mike Ardeel, der Studioboss, war völlig fertig. Er sagte, unter diesen Umständen würde er uns einen anderen Aufnahmetermin geben und den ungenutzten nicht berechnen, obwohl er normalerweise ganz scharf aufs Geld ist – muss er auch, bei seinem kleinen Betrieb –, also sagt das eine Menge aus. Aber ehrlich, keiner von uns hätte heute arbeiten können. Das wäre uns so abartig vorgekommen. Die meisten von uns haben sie zuletzt am Montag im Studio gesehen. Die Frauen waren alle in Tränen aufgelöst. Ich beinahe auch.«

»Sie haben Sie recht gut gekannt«, sagte Atherton, mehr als Feststellung denn als Frage.

»Ja«, bestätigte Stalybrass. Er musterte Atherton, als

wolle er herausfinden, was dieser bereits wusste. »Tja, ich glaube, es spielt keine Rolle mehr, wenn es jetzt herauskommt. Wir standen uns sehr nahe. Wir hatten seit etwa einem Jahr etwas miteinander.«

»Eine Beziehung?«

»Ja. Aber ich möchte nicht, dass Sie das falsch verstehen. Wir waren weder ineinander verliebt, noch planten wir ein gemeinsames Leben oder so was in der Art. Es war alles eher oberflächlich. Wir mochten einander sehr, aber wir waren nur gute Freunde, mit ein wenig Sex dazu, das war alles. Chattie war eine tolle Frau – ein echter Kumpel, wenn Sie wissen, was ich meine. Eine dieser seltenen Frauen, die Männern gegenüber ihre eigenen Bedingungen stellten und echte Freundinnen sind, ohne all diesen weiblichen Ballast und das emotionale Brimborium. Wir trafen uns, wenn uns danach war, schliefen miteinander, wenn uns danach war, lebten unser eigenes Leben und waren einander zu nichts verpflichtet, außer eine Menge Spaß zu haben.«

»Traf das generell auf sie zu?«

»Tja, ich kann nicht für alle Bereiche ihres Lebens sprechen, aber nach allem, was sie mir gegenüber geäußert hat, war das so. Sie mochte Männer, und sie genoss den Sex, doch ich glaube nicht, dass sie für irgendjemanden ernsthafte Gefühle hegte. Sie erzählte mir, dass sie noch nie verliebt gewesen sei und auch nicht damit rechne. Mehr als einmal sagte sie: ›In meinem Leben ist kein Platz für einen anderen Mann.‹«

Atherton fiel ein, dass sie sich so auch Mrs Hammick gegenüber geäußert hatte. Ein anderer Mann? Wer war dann der Erste? »Hatte sie mal eine heftige Liebesaffäre und war gekränkt worden oder so?«

»Nicht, dass ich wüsste. Sie hielt Emotionen lieber von sich fern«, fuhr Stalybrass fort. »Tja, mir war das recht, da ich eine üble Scheidung hinter mir habe, und ihr war es recht, und es ging ja niemanden außer uns etwas an, nicht wahr?«

»Demnach hat sie sich auch mit anderen Männern außer Ihnen getroffen?«

Amüsiert bemerkte Atherton, dass Jasper die Frage nicht gefiel. Trotz seiner viel gepriesenen Unabhängigkeit mochte er sich Chattie im Bett eines anderen nicht vorstellen. »Könnte sein«, erwiderte er leichthin. »Vermutlich sollte ich sagen, dass es durchaus wahrscheinlich ist. Sie war sehr attraktiv, und sie mochte Männer, also warum nicht? Aber ich hätte sie nie danach gefragt, und wenn doch, hätte sie mir bestimmt nicht geantwortet. Sie war in vielem sehr zurückhaltend.« Er lächelte schwach. »Ich habe mal mitgekriegt, wie sie mit Marion eines dieser Gespräche führte, bei denen sich Frauen so gern gegenseitig das Herz ausschütten, und glauben Sie mir, Marion war diejenige, die geredet hat, und Chattie hörte zu. Sie hätte *ihre* innersten Gefühle nie preisgegeben.«

Touché, dachte Atherton. Also hatte es sich in der Band bereits rumgesprochen, dass er sich zwei Abende hintereinander mit Marion getroffen hatte? Es war ihm gelungen, Marions Mitbewohnern aus dem Weg zu gehen, indem er sie zu sich mitgenommen und sie später nur bis zu ihrer Tür gebracht hatte, aber offensichtlich gab es keine Geheimnisse innerhalb der Gruppe. Oder vielleicht nur unter den weiblichen Mitgliedern.

Zurück zum Geschäft. »Hatten Sie am Dienstagabend eine Verabredung mit ihr?«, fragte er.

»Ja. Woher wissen Sie das?«

»Es stand in ihrem Terminkalender. ›JS 20h‹. Es erschien wahrscheinlich, dass JS Jasper Stalybrass bedeutete.«

»JS hätte auch jeder andere sein können, aber ich war es tatsächlich. Ich habe nichts zu verbergen. Wir haben uns zusammen den neuen Film von Woody Allen angeschaut, und dann sind wir in meine Wohnung gegangen, aber sie blieb nicht lange. Sie sagte, sie habe am nächsten Tag viel zu tun und wolle früh aufstehen.«

»Blieb sie für gewöhnlich über Nacht?«

»Meistens, aber nicht immer. Manchmal gingen wir stattdessen zu ihr, und dann blieb ich über Nacht dort, außer ich hatte früh am nächsten Tag etwas zu tun.«

»Erzählte sie, was sie zu tun hatte?«

»Nein, wir haben nicht über Geschäftliches gesprochen. Aber sie wirkte ein wenig abwesend – nicht so gesprächig wie sonst.«

»War sie wegen irgendwas besorgt?«

»Besorgt würde ich es nicht unbedingt nennen. Sie schien nur mit anderem beschäftigt zu sein. Sie war ganz fröhlich, wenn sie redete, und sie lachte sich über den Film kaputt. Nein, nicht besorgt oder unglücklich, nur beschäftigt, glaube ich.«

»Wissen Sie, was sie tagsüber gemacht hat?«

»Nein. Sie hat gearbeitet, nehme ich an, aber sie hat nichts darüber gesagt, und ich habe nicht gefragt.«

»Es ergab sich nicht im Lauf des Gesprächs?«

»Nein, wir haben hauptsächlich über die Band und die CD und Musik im Allgemeinen geredet. Sie hat nie von ihren anderen Kunden gesprochen, außer es waren Freunde von uns. Und auch dann – na ja, sie war diskret, nehme ich an. Was auch ganz in Ordnung war.«

»Natürlich«, sagte Atherton. »Da war nur ein Eintrag in ihrem Kalender für diesen Tag, den wir noch nicht entschlüsseln konnten. Er lautete ›DC 10 TFQ‹. Sagt Ihnen das irgendwas?«

Stalybrass schüttelte langsam den Kopf. »Nein, leider nicht. Ich habe keine Ahnung, was das bedeutet.«

Atherton versuchte es aus einer anderen Richtung. »Sie sagten von Ihrer Beziehung zu ihr: ›Es spielt keine Rolle mehr, wenn es jetzt herauskommt.‹ Hielten Sie sie geheim?«

»Es war keine eigentliche Beziehung in dem Sinne –«

»Okay, davon mal abgesehen, war es nun ein Geheimnis, dass Sie sich trafen?«

»Ja, das war es – aber nicht aus ominösen Gründen«, erwiderte Stalybrass und schenkte Atherton ein charmantes, vertrauliches Lächeln, dem dieser sich nur unter Schwierigkeiten entziehen konnte. »Obwohl Chattie Beziehungen nie ernst nahm, war das bei der Gegenseite nicht immer der Fall, wenn Sie verstehen, was ich meine. Sie hat sich ein paar Mal mit Toby getroffen – Toby Harkness, unserem Oboisten –, und er hatte sich bis über beide Ohren in sie verliebt. Er konnte einfach nicht verstehen, dass sie nicht dasselbe für ihn empfand. Der arme alte Toby ist ein bisschen zu gefühlsbetont, und er ist sehr behütet aufgewachsen – in Bristol, was es noch schlimmer macht. Für ihn bedeutete die Tatsache, mit ihr geschlafen zu haben, dass sie ihn liebte und ihn heiraten würde. Sobald sie herausfand, dass sie nicht auf einer Wellenlänge lagen, hat sie versucht, sich von ihm zu lösen, doch das war schwierig. Bei einem normalen Verlauf der Dinge hätte sie sich einfach geweigert, sich weiterhin mit ihm zu treffen oder mit ihm zu reden. Aber mit Toby konnte sie das natürlich nicht machen, wegen all dem, was sie für die Band tat. Dadurch sahen sie sich mehrmals in der Woche, und sie musste versuchen, ihm die Sache auf sanfte Weise beizubringen. Und dazu gehörte, niemanden wissen zu lassen, dass sie und ich uns trafen, weil das den alten Toby einfach umgebracht hätte, und wenn die anderen es spitzgekriegt hätten, hätte er unweigerlich davon erfahren. Daher wäre ich Ihnen dankbar, wenn Sie es für sich behalten könnten.«

Atherton versprach nichts. »Wussten Sie, dass sie sich mit Toby am Dienstagabend getroffen hat, bevor Sie sich trafen?«

Er hob die Augenbrauen, wirkte aber nicht sonderlich besorgt. »Nein, wusste ich nicht. Wo denn?«

»Im Pub am Ende ihrer Straße.«

»Im ›Anchor‹? Tja, ich nehme an, dass er mal wieder versucht hat, sie zurückzugewinnen, und sie ihm freundlich klarmachte, es hätte keinen Zweck.«

»Und sie hat immer noch mit ihm geschlafen?«, hakte Atherton nach. Er fragte sich allmählich, ob Chattie nicht doch ein manipulierendes kleines Biest gewesen war.

»O nein, das ist nur zwei Mal passiert, und es war alles vorbei, was sie betraf. Aber ich bin mir nicht so sicher, ob sie recht daran tat, ihn mit Samthandschuhen anzufassen«, fügte er nachdenklich hinzu. »Ich meine, ich weiß, dass Toby sehr emotional ist, und alle Oboisten sind sowieso ein wenig verrückt, aber er war einfach nicht fähig, zu begreifen, dass da nichts zu holen war, und ein kurzer heftiger Schock wäre für ihn vielleicht besser gewesen.« Seine Miene änderte sich, und er sagte düster: »Tja, den hat er ja nun gekriegt, nicht wahr? Hätte nicht kürzer oder heftiger sein können. Jetzt wird der alte Toby wohl den Glauben mit ins Grab nehmen können, dass sie ihn wirklich geliebt hat. O Gott, ich kann es einfach nicht glauben – ich meine, ich hab am Dienstagabend mit ihr geschlafen, und nur ein paar Stunden später...« Er kaute auf seiner Lippe, wandte den Kopf von Atherton ab, während er sich zu fangen versuchte.

So gerne Atherton dem auch widerstanden hätte, er spürte die Aufrichtigkeit und die echte Zuneigung dieses Mannes zu der lieben Verstorbenen. Was immer Stalybrass war, Atherton verdächtigte ihn nicht der Tat.

»Sie sagten, ›alle Oboisten sind ein wenig verrückt‹?«, fragte er.

»Na ja, das liegt daran, dass die Oboe mit einem Doppelblatt gespielt wird, verstehen Sie – verursacht einen gewaltigen Druck auf die Stirnlappen. Am Ende sind sie alle ein bisschen gaga.« Stalybrass lächelte und fügte hinzu: »Das ist ein Musikerwitz, mehr nicht. Gut, manche sind schon ein wenig absonderlich, aber einem Hornisten kommen letztlich alle sonderbar vor, die ein anderes Instrument spielen wollen.«

Atherton hatte schon von anderer Seite gehört, dass Oboisten verrückt wären – also, genau gesagt, von Sue. Er scheute vor dem Gedanken an sie zurück. »Wie hat Toby auf Chatties Tod reagiert?«

»Er war natürlich am Boden zerstört, wie wir anderen auch. Vielleicht ein bisschen mehr, da er sie für die wahre Liebe seines Lebens hielt. Und er neigt sowieso dazu, sehr gefühlsbetont zu sein, unser Toby. Künstlerisches Temperament. Heute Morgen im Studio war er vollkommen depressiv – hat kaum ein Wort gesagt.«

»Neigt er zu Eifersucht?«, fragte Atherton. »Haben Sie Ihre Affäre mit Chattie vor ihm geheim gehalten, um seine Gefühle nicht zu verletzen, oder aus Furcht davor, was er tun könnte?«

»Furcht davor, was er tun könnte?« Stalybrass blickte verwirrt.

»Verstehen Sie, wir machen es momentan noch nicht publik, aber wir glauben, dass die Tat nicht vom Parkmörder begangen wurde. Wir glauben, dass es jemand war, der sie kannte.«

Jetzt sah Stalybrass ihn alarmiert an. »Ach du guter Gott, Sie glauben doch nicht, dass es Toby war? So was würde er niemals tun. Nicht der alte Toby. Er ist ein wenig emotional, wie ich sagte, und recht behütet aufgewachsen, daher verstand er Chattie nicht auf die Weise, wie wir es taten.«

Atherton gefiel dieses kleine eingefügte »wir« – Männer von Welt wie Sie und ich, meinte Stalybrass damit.

»Aber er würde nicht mal einer Fliege was zuleide tun. Hätte nicht den Mumm dazu, abgesehen von allem anderen. Ich meine, wenn Sie den Mann kennen würden – also, es ist lächerlich, daran zu denken, dass er jemanden erstechen könnte. Der ist eher ein Hosenscheißer. Und er ist weichherzig – scheucht sogar Wespen aus dem Fenster, statt sie zu erschlagen. Zu einem Mord ist der einfach nicht fähig.«

Er hörte auf zu reden und blickte Atherton flehend an. Atherton blieb erst mal stumm. In den Augen seines Gegenübers hatte er die plötzliche Erkenntnis aufblitzen sehen, dass das Undenkbare möglich war. Ein wenig emotional? Toby war bis über beide Ohren verliebt gewesen, und dann wollte die Frau, die er liebte, nichts mehr von ihm wissen. Ein Mann in einer solchen Situation kam möglicherweise zu dem Schluss, dass niemand sie haben sollte, wenn er schon nicht bei ihr landen konnte. Ein Mann, der zurückgewiesen und gedemütigt und nicht ernst genommen wurde, fand unter Umständen heraus, dass eine Mischung aus Wut und Kummer ausreichte, die Muskeln anzuspannen und das Blut in Wallung zu bringen.

Nach einem Augenblick sagte Stalybrass nachdenklich: »Sie wurde also von jemandem umgebracht, der sie kannte, ja?«

Atherton nickte. »Sie verstehen daher sicher, dass wir alles nur Mögliche über sie und ihr Leben herausfinden müssen.«

Stalybrass schien erleichtert, als wäre Toby dadurch aus dem Schneider. »Gut, ich erzähle Ihnen alles, was ich weiß. Ich stand ihr sehr nahe.«

»Ich hole Ihnen erst noch was zu trinken«, sagte Atherton.

Es war schon spät, als Slider wieder ins Büro kam, aber eine Nachfrage am Empfang ergab, das Porson immer noch im Revier war. O'Flaherty, der Sergeant, der die Nachricht weitergab, schüttelte traurig seinen Kopf.

»Hat kein Zuhause mehr«, sagte er. »Oder zumindest

keines, wo er sein möchte, nachdem die Frau gestorben ist. Würde mich nicht wundern, wenn der bald zusammenklappt.«

Slider stieg in den Adlerhorst hinauf, wobei ihm ein früherer Boss in den Sinn kam, Detective Superintendent Barrington. Dieser hatte, kurz nachdem Slider seine Einladung zum Essen abgelehnt hatte, Selbstmord begangen. Im Kühlschrank hatten die Zutaten für das Essen gelegen, das er hatte zubereiten wollen, sonst nichts. Die dadurch deutlich gewordene Einsamkeit Barringtons hatte Slider verfolgt – nicht, dass Porson direkt vergleichbar wäre, denn Barrington hatte keine Familie gehabt und war auf jeden Fall ernsthaft gestört gewesen; hätte Porson ihn jedoch eingeladen, wäre Slider vermutlich hingegangen.

Zum Glück schien dafür keine Zeit zu bleiben. Porson las und machte sich Notizen an seinem Schreibtisch, als Slider höflich an die offene Tür klopfte. Er blickte mit vor Müdigkeit geröteten Augen auf und hielt mit dem Schreiben kaum inne, um anzudeuten, dass er beschäftigt sei und Slider sich kurz fassen solle. Slider erinnerte sich an die Lektionen über Inhaltsangaben in der Schule und gab Porson eine Kurzversion dessen, was sie von Jassy Whitelaw erfahren hatten.

»Sie wollen also die Polizei von Manchester alarmieren und sie dazu bringen, bei diesem O'Brien nachzuhaken, um zu sehen, ob Barnes da ist?«

»Wir haben die Telefonnummer. Darüber können wir die Adresse bekommen. Und wir haben ein Foto von Barnes aus seiner Wohnung, das wir ihnen schicken können.«

Porson überlegte. »Aber Sie wissen nicht, ob er wirklich dort ist. Sie gehen nur davon aus, weil die Freundin sagt, dass er Dienstag und Mittwoch dort gewesen sei.« Das musste man dem alten Knaben lassen, er konnte immer noch eine Geschichte beim ersten Erzählen filetieren.

»Sie wissen nicht mal, ob er tatsächlich am Mittwoch dort war«, fuhr Porson fort. »Das ist nur das, was sie Ihnen erzählt hat. Ich nehme nicht an, dass ihre Beziehung auf Vertrauen und Aufrichtigkeit basierte.«

»Das schien nicht so zu sein«, stimmte Slider zu.

»Er könnte demnach überall im ganzen Land sein. Oder auch außerhalb desselben.«

»Ja, Sir. Aber der einzige Hinweis, den wir haben, ist dieser Freund in Manchester, und ich möchte Darren Barnes gern zu fassen kriegen, bevor die Spur kalt wird.«

»Daran zweifle ich nicht, doch wenn man es recht bedenkt, haben wir keinen Beweis dafür, dass Barnes irgendwas mit dem Mord zu tun hatte.«

»Nein, Sir, aber da ist das Kokain, das gegen ihn spricht, und es war eine erkleckliche Menge.«

»In Ordnung«, räumte Porson ein. »Auf dieser Basis können Sie Manchester morgen früh freundlich bitten, und sie werden Ihrem Anliegen nachkommen, wenn sie die Zeit dazu finden. Aber Sie können sie nicht aus dem Bett jagen und fordern, dass sie alles andere stehen und liegen lassen. Sie können auch nicht«, kam er Sliders nächstem Appell zuvor, »Barnes' Foto durch die Lande schicken mit der Aufforderung, ihn festzunehmen, wenn er gesehen wird. Tut mir leid, Slider, doch bevor Sie ihn nicht eindeutiger mit dem Mord in Verbindung bringen können, bleibt's bei piano, piano. Fragen Sie bei seinen Kumpanen und der Familie nach, falls es eine gibt, bitten Sie Brixton um Hilfe, aber Sie können von anderen Dienststellen keinen Gefallen verlangen, solange Sie nicht ein bisschen mehr Material haben.«

»Verstehe, Sir.«

Porson hob die Augenbraue. »Es ist schon spät«, sagte er. »Machen Sie, dass Sie nach Hause kommen, Junge. Überlassen Sie den Raubbau der Kräfte Leuten wie mir, die keine Frau haben.«

Slider machte sich davon, bevor er das Unverzeihliche tat und sein Mitgefühl äußerte. Er ging hinunter in sein eigenes Büro, um seinen Regenmantel zu holen (hatte er tatsächlich erst heute Morgen im Regen vor Stella Smarts Tür gestanden?), und rief Joannas Handy an. Sie meldete sich sofort, im Hintergrund waren Motorgeräusche und das Autoradio zu hören.

»Ich bin auf dem Heimweg«, sagte sie abwehrend. »Wir haben nicht mal auf einen Drink angehalten.«

»Dasselbe wollte ich gerade zu dir sagen. Hast du was gegessen?«

»Vor der letzten Aufnahme. Und du?«

»Irgendwann letztes Jahr, glaube ich«, antwortete er. »Ich besorge unterwegs was.«

»Hol genug für zwei«, bat sie. »Ich könnte auch noch was vertragen. Ich hab schon wieder Hunger.«

»Du hast dauernd Hunger.«

»Das hatten wir doch schon mal«, sagte Joanna. »Bis gleich.«

Er war gerade bei seinem Auto angekommen, als sie ihn zurückrief.

»Jim hat mich eben angerufen«, sagte sie. »Er behauptete, er hätte dich nicht anrufen wollen, für den Fall, dass du noch bei einem Zeugen bist.«

»Du klingst, als hättest du ihm nicht geglaubt.«

»Kam mir wie eine faule Ausrede vor. Er hat sich sozusagen zum Abendessen eingeladen.«

»Wie das? Ich dachte, du hasst ihn.«

»Nein, ich hasse ihn nicht. Ich bin nur sehr traurig wegen ihm und Sue. Außerdem kann ich ihn ja wohl nur in den Hintern treten, wenn ich ihn persönlich vor mir habe, oder?«

»Und vielleicht nicht mal dann.«

»Du weißt, was ich meine. Außerdem sagte er, er hätte dir was zu erzählen, und er klang aufgeregt, und ich wollte gerade fragen, ob das nicht bis morgen warten kann, als er mich fragte, ob wir schon zu Abend gegessen hätten, und mir – irgendwie – die Frage rausrutschte, ob er nicht mitessen wolle.«

Slider seufzte. »Ich verkrafte diese langen Abende nicht mehr so gut wie ihr jungen Leute. Ich brauche meinen Schlaf.«

»Gewöhn dich lieber dran, ganz ohne auszukommen«, warnte sie ihn.

»Erinnere mich nicht daran.« Er erschauderte. »Also muss ich jetzt Essen für drei holen, was?«

»Ja, aber Jim sagte, er würde Wein mitbringen.«

»Die Sache mit den Kleinigkeiten, für die man dankbar sein muss, nehme ich an«, grummelte Slider.

Es war ein merkwürdiges Gefühl, sich die Tür zu Joannas Wohnung von Atherton öffnen zu lassen. »Ich bin gerade gekommen«, sagte er. »Joanna deckt den Tisch. Ist das Futter da drin?«

Er streckte die Hand nach der Papiertüte aus, in die das Essen ganz nach amerikanischem Muster seit Neuestem verpackt wurde. Im Hintergrund waren klirrende Geräusche aus der Küche zu hören. Slider reichte ihm die Tüte. »Was war denn so wichtig, dass es nicht bis morgen warten kann?«, fragte er.

Atherton hob die Brauen. »Bin ich nicht willkommen? Braucht es eine Ausrede, um mit meinem ältesten Freund zu Abend zu essen?«

»Der älteste Freund – genau so fühle ich mich«, sagte Slider, ließ die Frage aber unbeantwortet. »Kommt ihr beide allein zurecht? Ich möchte mir die Hände und das Gesicht waschen und die Krawatte ausziehen.«

Als Slider zu ihnen ins Wohnzimmer kam, unterhielten sie sich allem Anschein nach in freundlichster Weise, und so nahm er an, dass Joanna sämtliche Hühnchen, die sie mit Jim zu rupfen hatte, vorübergehend auf Eis gelegt hatte. Das Essen war auf dem Klapptisch ausgebreitet. Es gab Baguette, zwei Sorten Paté, ein vollreifes Stück Brie, das eigentlich ein Korsett hätte tragen müssen, rote Weintrauben und drei Stücke vom selbstgebackenen Käsekuchen des Delis. Athertons Beitrag zeigte sich darin, dass der Salat, die Paprika und die Strauchtomaten, die Slider gekauft hatte, in einer Schüssel mit Salatsoße vermischt worden waren. Joanna hätte alles einzeln auf den Tisch gebracht. Den Wein, den Atherton mitgebracht hatte, zwei Flaschen Beaujolais-Régnié, kannte Slider nicht.

»Warum warst du denn nun so aufgeregt?«, fragte Slider, während sie zu essen begannen. Das Baguette war aufgewärmt, stellte er fest – wieder Atherton.

»Hast du ihm gesagt, ich wäre aufgeregt?«, fragte Atherton.

»Nun mach schon«, erwiderte Joanna. »Spann uns nicht auf die Folter.«

»Na gut, hier kommt's – ich weiß, wer Chatties Vater ist. Habt ihr je von ›Cornfeld Chemicals‹ gehört?«

»Ich dachte, die hießen Cornfield«, sagte Slider. »Wegen des Logos –«

»Ich will damit sagen«, erklärte Atherton mit Würde, »dass ihr Vater Cornfeld Chemicals *ist*. Ihm gehört das Ding. Er hat das Unternehmen gegründet, er führt es, er ist Vorstandsvorsitzender und geschäftsführender Direktor in einem.« Er benutzte seine Hände als Waagschalen. »Dad – Cornfeld Chemicals. Cornfeld Chemicals – Dad. Habt ihr es jetzt kapiert?«

»Du meinst«, sagte Joanna gewichtig, »sie gehörte zu *diesen* Cornfelds.«

»Endlich«, seufzte Atherton und schenkte ihnen Wein nach.

»Diejenigen unter uns, die in der Zeitung mehr lesen

als die Gesundheits- und Schönheitstipps«, verkündete Atherton und riskierte damit sein Leben, »wissen, dass es ein kleines Unternehmen ist, das in seiner pharmazeutischen Abteilung wichtige Forschungsarbeit leistet und von Zeit zu Zeit erstklassige Medikamente auf den Markt bringt. Cropylon, zum einen, das bei der Behandlung von Epilepsie eingesetzt wird. Und Nuskin, eine sterile, künstliche Haut, die postoperativ verwendet wird.«

»Aber Chatties Mutter sagte, Chattie hätte nichts mit ihrem Vater zu tun«, wandte Slider ein. »Wie sollte sich sein Besitz einer Chemiefabrik auf sie auswirken?«

»Das werde ich dir erzählen«, erwiderte Atherton großspurig. »Ich hatte ein sehr interessantes Gespräch mit Jasper Stalybrass, der sie recht gut kannte.«

»Der Hornist?«, fragte Joanna. »Den kenne ich. Mit dem habe ich über die Jahre öfter bei Gigs zusammengespielt.«

»Was hältst du von ihm?«, wollte Atherton wissen.

»Ein bisschen eingebildet, wie die meisten Hornisten, aber in Ordnung. Ein guter Hornist. Und gut zu haben.« Sie fing Athertons Blick auf und merkte, was gewünscht war. »Meiner Meinung nach ist er wirklich okay. Offen und ehrlich, ich habe nie etwas Negatives über ihn gehört.«

»Den Eindruck hatte ich auch«, stimmte Atherton zu. »Jedenfalls hatte er eine Art Affäre mit Chattie.«

»›Eine Art Affäre‹?«, hakte Slider nach, strich sich Entenpastete dick auf ein gebuttertes Brot. »Wie kann man eine Art Affäre haben?«

»Er sagte, das sei wie gute Freunde, die zusätzlich Sex haben, aber keinerlei Absicht, sich tiefer auf die Beziehung einzulassen.«

»Du brauchst gar nicht erst zu betonen, wie himmlisch das klingt«, sagte Joanna mit einiger Schärfe.

Slider brachte sie mit einem Blick zum Schweigen. »Okay, erzähl weiter«, bat er Atherton.

»Na ja, während dieser Zeit tauschten sie Lebensgeschichten aus, und er erfuhr eine ganze Menge über die ›Cornfeld-Ménage‹. Gestützt auf ein paar Daten aus dem ›Who's Who‹ bin ich jetzt in der Lage, euch ...« Er hielt inne und verkündete dann im Ton amerikanischer Filmtrailer: »›Die Cornfeld-Story: Die frühen Jahre‹ zu präsentieren.«

»Mach weiter«, forderte Slider.

»Unsere Geschichte beginnt«, gehorchte Atherton, aber im selben Tonfall, »in der kleinen Stadt Enfield in Middlesex, England ...«

IX

Er war's, er war's nicht, er war's …

Chatties Vater war auf den Namen Heinrich getauft worden. Seine Eltern waren 1936 aus Deutschland gekommen, als er ein Jahr alt war, und da sie beschlossen hatten, sich auf Dauer in England niederzulassen, änderten sie seinen Namen in Henry.

Die Cornfelds hatten nicht viel Geld, aber Henry war ein gescheites Kind und ehrgeizig, lernte fleißig und ging oft in die Bücherei. Seine Neigung und seine Leidenschaft galten den Naturwissenschaften. Als er mit fünfzehn die Schule verließ, bekam er eine Anstellung als Laborassistent in einer Privatschule, wo er, obwohl die Bezahlung schlecht war, weiterhin die geliebten Dämpfe einatmen konnte. Als er zwanzig war, starb sein Vater, und seine Mutter überließ ihm die Ausschüttung der Lebensversicherung, mit der er seine eigene Firma gründen konnte.

»Das hab ich alles aus einem Archivartikel – aus einer Serie über Selfmademen«, erklärte Atherton. »Henry hat klein angefangen, mit dem, was er kannte, lieferte Chemikalien an Schullabore und hat darauf aufgebaut. Bald belieferte er auch Universitäten und Krankenhauslabore, und dann begann er mit der Herstellung. Die Sache nahm in den Sechzigern richtig Form an, und er eröffnete einen neuen Zweig für Pharmazeutika, in dem die Gewinne viel höher sind.«

»Die Risiken auch«, warf Slider ein.

»Stimmt. Aber er hatte ja das Kerngeschäft, auf das er zurückgreifen konnte, um die Experimente zu finanzieren. Jedenfalls, als er Chatties Mutter kennenlernte, war er bereits gut im Geschäft und recht wohlhabend.«

»Es gab also doch Familienvermögen. Aber was war mit der Ehefrau Nummer eins?«, fragte Slider, um Ordnung in die Reihenfolge zu bringen.

»Über sie habe ich im ›Who's Who‹ nur die nackten Fakten gefunden. Ihr Name ist Mary Rogers. Er heiratete sie 1960, als er 25 war und sich noch durchkämpfte, aber als er sich von ihr scheiden ließ, war er reich und bedeutend und von wichtigen Leuten umgeben. Vielleicht passte sie einfach nicht mehr zu ihm.«

»Worauf er ihr den Laufpass gab.« Joanna war entrüstet. Erstaunlich, dachte Slider, dass sie sich immer auf die Seite der Frauen stellen, selbst wenn es eine fremde Frau ist, die sie nie kennengelernt haben und nie kennenlernen werden.

»Vermutlich«, erwiderte Atherton. »Die Ehe brachte eine Tochter hervor, ein Mädchen namens Ruth, geboren 1962. Er heiratete Stella Smart 1964. Chattie hatte Stalybrass erzählt, dass ihr Vater der ersten Mrs C. die Doppelhaushälfte in Enfield überließ, während er mit Mrs C. Nummer zwei in ein besseres Haus in Hemel Hempstead zog, wo Chattie 1975 geboren wurde.«

»Und die dritte Frau?«

»Ah, da wird die Sache haariger. Irgendwann fand Stella Smart heraus, dass Henry seine Sekretärin bumste, und rastete vollkommen aus, was überrascht, wenn man bedenkt, dass sie selbst ihn der Ehefrau Nummer eins ausgespannt hatte. Laut Jasper allerdings, der seine Informationen von Chattie bekommen hatte, die wiederum ihre Informationen von ihrer Mutter bekommen haben musste, konnte sie es nicht ertragen, von einer Sekretärin verdrängt zu werden. Dieses Klischee ging ihr zu weit, und sie fand es entwürdigend, dass ihr Mann eine gewöhnliche Tippse vorzog. Also stellte sie ihn zur Rede, zwang ihn zu einem Geständnis und bestand auf der Scheidung.«

»Und warum findest du das so unglaublich?«, fragte Joanna. »Ich kann deiner Stimme anhören, dass du denkst, sie hätte den Mund halten und sich damit abfinden sollen.«

»Was ich denke oder nicht denke, hat nichts damit zu tun«, entgegnete Atherton. »Aber ich nehme an, dass die meisten Frauen an ihrem Ernährer festhalten, wenn der nicht erwägt, sie zu verlassen.«

»Die meisten Frauen? Du bist wirklich ein –«

»Können wir bitte mit der Geschichte weitermachen?«, mischte sich Slider rasch ein. »Ihr beide könnt euch später zanken. Ich möchte das Ende hören, bevor ich einschlafe.«

Atherton nahm den Faden wieder auf. »Also, eine bittere Scheidung, und Daddy Cornfeld fliegt aus dem Nest und heiratet die Sekretärin. Aber anscheinend hing er sehr an Chattie, die ein gescheites Kind und sehr clever war, und er blieb in Kontakt mit ihr und lud sie zu sich in das noch schickere Haus in High Wycombe ein, das er sich nun leisten konnte. Und trotz allem, was Stella unternahm, um sie gegen ihn aufzuwiegeln, blieb Chattie ihrem Vater sehr zugeneigt und war – sagt Jasper – überaus stolz auf ihn. Vor allem war sie stolz darauf, dass er mit nichts angefangen und sich aus eigener Kraft hochgearbeitet hatte.«

»Ah ja«, sagte Slider, »ich begreife allmählich einiges von dem, was Jassy gesagt hat.«

»Über Chattie, die ohne Hilfe ihre eigene Firma aufbauen wollte?«, fragte Atherton. »Ja, das habe ich auch von Jasper gehört. Das hat unsere Chattie immer wieder verbreitet. Er sagte, sie sei so erpicht darauf gewesen, es zu schaffen wie er, dass sie den Leuten nicht einmal verriet, wessen Tochter sie war. Aus Furcht, dass die Leute ihr seinetwegen entgegenkommen würden. Das hatte sie Jasper einmal flüsternd im Bett gestanden und ihn schwören lassen, ihr Geheimnis unbedingt zu wahren.«

»Ja, Mrs Hammick sagte, Chattie habe nie über ihren Vater gesprochen«, erinnerte sich Slider.

»Vielleicht hatte sie auch Angst davor, die Leute würden sie um Geld angehen, sobald sie erfuhren, dass sie einen reichen Dad hatte«, gab Atherton zu bedenken.

»Sei nicht zynisch«, sagte Slider. »Jassy bezeichnete Chattie als Heuchlerin, weil sie *tatsächlich* Geld von ihrem Vater bekam. Sie sagte, Chattie habe eine Menge Sachen bekommen, während sie, Jassy, leer ausgegangen sei.«

Atherton nickte. »Ja, Jassy wurde in dem Gespräch ziemlich oft erwähnt. Jasper konnte sie nicht leiden – nannte sie eine kleine Schmarotzerin und eine eingefleischte Schnorrerin, die sich selbst bemitleidete. Er war ein oder zwei Mal in Chatties Haus mit ihr aneinandergeraten. Sie lieh sich ständig etwas, und wenn das nicht reichte, klaute sie. Eines Tages erwischte er sie dabei, wie sie seinen Geldbeutel filzte. Er sagte, Chattie sei viel zu nachsichtig mit ihr gewesen. Was nun die Behauptung betrifft, dass Chattie alles hatte und Jassy nichts, scheint der Zankapfel aus Jassys Sicht darin zu bestehen, dass Daddy Cornfeld jeder von ihnen zu ihrem siebzehnten Geburtstag einen Batzen Geld gab. Chattie verwendete ihren, um eine Zwei-Zimmer-Wohnung in einem aufstrebenden Teil von Shepherd's Bush zu kaufen, die sie 1998 mit großem Gewinn wieder verkaufte. Ein sehr kluger Kauf – die Wohnung verdreifachte sich im Wert. Das war genau um die Zeit, als Jassy ihren Batzen bekam, also fand sie gleich mal, dass sie nicht so viel bekommen hatte wie Chattie.«

»Aber –«, setzte Joanna ungehalten an.

»Ich weiß«, kam ihr Atherton zuvor, »doch bei einem so großen Komplex, wie Jassy ihn hat, ist kein Platz für Logik oder gesunden Menschenverstand. Jedenfalls gab sie ihren Batzen für einen schicken Sportwagen aus, den sie bald danach um einen Laternenpfahl wickelte, wobei sie es versäumt hatte, eine Versicherung abzuschließen. Daddy übernahm das Bußgeld für das Fahren ohne Führerschein, aber er war so wütend auf sie, dass er sich weigerte, ihr darüber hinaus noch irgendwas zu zahlen. Und so blieb Jassy nichts als ein Gefühl von Verbitterung und die Entschlossenheit, so viel aus der Lieblingstochter Chattie rauszuholen, wie sie konnte.«

Schweigen machte sich breit, nachdem er geendet hatte. Joanna schenkte Wein nach und nahm sich ein paar Trauben. »Das erklärt also, wie sie zu dem Haus gekommen ist«, meinte sie schließlich.

»Aber nicht, wie sie ihren Lebensstil finanzierte«, sagte Atherton. »Das Einkommen aus ihrer Firma reichte dazu nicht aus. Demnach kommen wir auf die Frage zurück: Woher bekam sie den Rest des Geldes? Hat sie mit Koks gedealt? Hat sie ›Geschenke‹ von ihren Freunden angenommen?«

»Kodesprache für Prostitution, nehme ich an«, sagte Joanna.

»Es gibt zahllose andere Möglichkeiten, die wir noch nicht aufgedeckt haben«, meinte Slider besänftigend. »Das ist ja alles sehr interessant, aber ich bin mir nicht sicher, ob es uns weiterbringt. Die Frage, auf die wir immer wieder zurückkommen, ist doch, wer hat sie ermordet, und warum?«

Atherton begab sich früh am Samstagmorgen zu Toby Harkness, um sicher zu sein, ihn zu Hause anzutreffen. Harkness wohnte in der Aynhoe Road, nicht weit von Brook Green, in einer von sechs Wohnungen in einem kleinen Block. Das Gebäude zeigte Spuren seines Alters, hatte Risse in der Betonverblendung, vom Dach waren diverse Schindeln abgerutscht, und die Fenster mussten dringend erneuert werden. Solche Häuser wurden problematischerweise oft von sehr jungen oder sehr alten Menschen bewohnt, und niemand war darauf erpicht, Geld für gemeinschaftliche Instandhaltungen auszugeben.

An der Haustür gab es eine Sprechanlage, und Atherton drückte lange und fest auf die Klingel, hörte einer Amsel in einer nicht weit entfernten Platane zu, die so tat, als wäre sie auf dem Land. Er wollte gerade erneut klingeln, als ein Klicken ertönte und eine heisere Stimme fragte: »Wer ist da?«

»Detective Sergeant Atherton vom Revier Shepherd's Bush. Ich möchte mit Ihnen über Miss Cornfeld sprechen. Würden Sie mich bitte reinlassen, Sir?«

Nach einer Pause sagte die Stimme: »Ich weiß nicht –« und brach mit einem Hustenanfall ab.

»Machen Sie bitte auf, Sir«, sagte Atherton. »Ich kann das nicht über die Sprechanlage erörtern.«

Ein Klicken und Knistergeräusche waren zu hören, dann ertönte der Summer, und Atherton drückte gegen die Tür. Pro Stockwerk gab es drei Wohnungen, und die von Harkness lag ganz oben. Als Atherton die Treppe hinaufkam, sah er ihn mit nackten Oberkörper in der Tür stehen. Sein ziemlich unterentwickelter weißer Torso hatte ein paar dunkle, flache Leberflecken hier und dort, die Brust war unbehaart und momentan ein wenig eingewölbt, als würde ihr Besitzer die Kälte spüren. Er war in eine enge Jeans gezwängt, die zerknittert und schmutzig wirkte, als hätte er sie seit Tagen nicht ausgezogen. Seine Füße waren nackt, seine Zehennägel dreckig. Er stand auf einem Bein, benutzte den rechten Fuß dazu, sich auf dem linken zu kratzen. Sein Gesicht war unrasiert und verquollen, seine Augen rot, das dunkle Haar stand in einem wirren Büschel ab, und selbst aus der Entfernung von knapp zwei Metern roch Atherton den Alkohol, der in Wellen von Harkness ausströmte.

»Mr Harkness?«, fragte Atherton, nicht, weil er Zweifel daran hegte, sondern um die Sache in Gang zu bringen.

»Ja. Aber ich weiß nicht –« Er brach ab, Schweiß bedeckte plötzlich sein Gesicht, das einen grünlich-weißen Ton angenommen hatte. »O Gott«, murmelte er, krümmte sich und schlug die Hand vor den Mund.

»Badezimmer, schnell«, blaffte Atherton und fing die Tür auf, als sich Harkness umdrehte und floh. Atherton trat ein und schloss die Tür hinter sich, während von irgendwoher würgende Geräusche zu hören waren. Von der Tür ging es direkt ins Wohnzimmer, die Küche war gleich zur Rechten zu finden, und Schlafzimmer und Bad lagen vermutlich an einem kleinen Flur, der hinter der Küche begann. An der Tür war Parkett verlegt, das im Wohnbereich unter einem rehbraunen Teppich verschwand, aber es war vernachlässigt, sehr zerkratzt und seit vielen Jahren nicht gebohnert worden, wenn Atherton das richtig einschätzte. Die Luft roch schal, selbst wenn man die Tatsache außer Acht ließ, dass Harkness offensichtlich Raucher war. Ein schneller Blick in die Küche offenbarte ein Chaos epischen Ausmaßes, überall Becher und Teller mit Essensresten und leere Imbisskartons, von denen manche aussahen, als könnte die Altersbestimmung nur per Radiokarbonmethode erfolgen. Die Fliesen auf dem Boden waren mit Essen und Fett verschmiert und großzügig mit Krümeln bedeckt, und neben dem Gasherd lagen Orangenschalen und ein einsamer Kartoffelchip, baten stumm um Nachsicht.

Im Wohnzimmer herrschte dasselbe Durcheinander aus Kleidungsstücken, Büchern und Zeitungen, benutztem Besteck und weiteren Imbisskartons, leeren Bierdosen und überquellenden Aschenbechern. Die Vorhänge am

Fenster waren noch geschlossen, aber nicht vollständig, sodass Sonnenlicht durch einen breiten Spalt hereinströmte und die vermischten Gerüche bis zur Selbstentzündung erhitzten. Atherton ging hinüber, zog die Vorhänge zurück und versuchte, das Fenster zu öffnen – der Metallrahmen hatte sich verzogen –, um nicht zu ersticken.

Im Bad waren die Kotzgeräusche durch das Plätschern eines anhaltenden Urinstrahls ersetzt worden, dann war die Spülung zu hören und nun das Tröpfeln und Spritzen von Wasser, das, wie Atherton hoffte, in Harkness' Gesicht landete. Schließlich tauchte Harkness wieder auf und wischte sich über den Mund. Das Haar um sein Gesicht war feucht, über seine Brust tropften Wasser und Speichelreste.

»Tut mir leid«, krächzte er. Er hustete lange und heftig und fuhr dann in einer Art barschem Murmeln fort, wobei er Athertons Blick nach wie vor auswich: »War ein bisschen heftig letzte Nacht. Sie verstehen. Hab versucht, damit fertig zu werden. Ist mir wohl nicht gelungen«, fügte er mit einem geringschätzigen Lächeln hinzu, das nicht zu wissen schien, was es mit sich anfangen sollte, und aus seinem Gesicht verschwand, als er sich im Raum umschaute, als würde er etwas suchen. »Wie spät ist es?«

»Viertel vor neun«, erwiderte Atherton. »Tut mir leid, Sie so früh zu stören, aber ich wollte Sie erwischen, bevor Sie das Haus verlassen. Ich war mir nicht sicher, ob Sie heute arbeiten.«

»Heute nicht«, nuschelte Harkness. »Vielleicht nie wieder.« Er tappte ins Wohnzimmer, ließ sich auf das Sofa plumpsen und die Hände nutzlos zwischen den Beinen baumeln.

Voll bis an die Kiemen gestern Abend, dachte Atherton. Hat auf dem Sofa geschlafen – ist umgekippt, besser gesagt – und ist immer noch nicht wieder nüchtern. »Wenn ich Ihnen Kaffee mache, glauben Sie, dass Sie ihn bei sich behalten können?«

»Ja. Danke.« Harkness starrte auf den Boden.

Atherton ließ ihn sitzen und ging wiederstrebend in die schwärende Küche, wo er einen Kessel aufstöberte, ihn füllte und anstellte. Während er darauf wartete, dass das Wasser kochte, versuchte er nachzurechnen, über wie viele Tage sich der Müll angehäuft hatte. Chattie war am Mittwochmorgen ermordet worden, und Harkness hatte frühestens am Mittwochabend davon erfahren, falls Marion ihn sofort angerufen hatte, oder am Donnerstagmorgen. Höchstens zweieinhalb Tage. Aber die Teller, Becher und Kartons stapelten sich hier schon viel länger. Entweder war Harkness von Natur aus unordentlich, oder er litt seit mindestens zwei Wochen an einer ernsthaften Depression. Atherton wusste, welche Möglichkeit er bevorzugen würde.

In einem Hängeschrank fand er Pulverkaffee, wusch einen Becher und einen Löffel ab und trocknete beides, da er kein Handtuch fand, das er ohne Schutzkleidung anzufassen bereit war, seufzend mit seinem sauberen Taschentuch ab. Auch im Kühlschrank befand sich ein unbeschreibliches Chaos. Wenn da ein Blitz einschlägt, dachte Atherton, kann die Evolution noch mal von vorne beginnen. Er fand einen Milchkarton, aber der Inhalt erwies sich als so fest, dass Atherton sich gar nicht erst damit abgab, ihn aufzumachen. Schwarz war sowieso besser für Harkness.

Als Atherton ins Wohnzimmer zurückkam, saß Harkness noch in derselben Stellung da, hatte sich aber so weit erholt, eine Zigarette anzuzünden. Der Rauch kringelte sich im Sonnenlicht und schwankte, als er auf die durch das Fenster hereinströmende Luft traf.

»Kaffee«, sagte Atherton und stellte den Becher auf die Ecke des Couchtisches vor ihm.

»Danke. Es tut mir leid wegen …« Er machte eine Handbewegung, meinte anscheinend das Kotzen. »Hatte gestern Abend schwer geladen.«

»Nur Alkohol?«

»Was?«

»Oder haben Sie gemischt? Speed, Koks, ein paar von Mutters kleinen Helfern?«

»Drogen, meinen Sie? Nein, ich nehme keine Drogen.« Die Gleichgültigkeit in seiner Stimme war überzeugend. Wenn Chattie gedealt hatte, dann nicht mit Toby Harkness.

»Sie waren deprimiert«, meinte Atherton und wich dem Rauch aus, der sich immer an ihn zu schmiegen schien wie eine freundliche Katze, wenn er in der Nähe eines Rauchers war.

»Ja.« Harkness sank tiefer in den Sitz, sein Kinn näherte sich seiner Brust. »Na ja, Sie wissen schon. Himmel, sie ist tot. Was denken Sie denn?«

»Sie waren allerdings schon vorher deprimiert. Sie sind schon seit einer ganzen Weile unglücklich.«

Selbst dieses minimale Mitgefühl trieb Harkness Tränen in die Augen. Gott, er ist so jung, dachte Atherton. Das leicht runde Gesicht war das eines Jungen, seine Ichbezogenheit die eines Studenten. Er brachte Atherton kein Interesse entgegen, wollte nicht wissen, warum er gekommen war. Er dachte nur an seinen eigenen Kummer, und während er daran dachte, liefen ihm die Tränen über das unrasierte Gesicht.

»Ich habe sie geliebt. Ich wäre für sie gestorben, das wusste sie.« Er hatte einen leichten Bristoler Akzent, was ihn noch jünger klingen ließ. »Aber sie hat mich weggestoßen. Sie wollte sich nicht mehr mit mir treffen, außer für Geschäftliches. Wie sollte ich damit leben, sie ständig zu sehen, ohne sie berühren zu dürfen?«

»Sie hatten eine Affäre mit Chattie, nicht wahr?«, bemerkte Atherton so freundlich wie möglich angesichts dessen, dass alles an diesem jungen Mann ihn irritierte. Harkness drückte seine Zigarette aus, griff nach einer neuen, während er noch den letzten Rauch ausstieß, und steckte sie sich zwischen die Lippen. Atherton beobachtete ihn voller Erstaunen. Wie konnte er rauchen, wo er für den Lebensunterhalt von seiner Lunge abhängig war?

»Das war keine Affäre. Wir haben uns geliebt«, widersprach Harkness. »Als ich sie zum ersten Mal sah, als ich zum ersten Mal mit ›Baroque‹ spielte, wusste ich es. Sie war so hinreißend. Die schönste Frau, die ich je gesehen hatte. Am Anfang glaubte ich nicht, dass irgendwas passieren würde. Ich meine, nicht mit mir. Bei Mädchen war ich noch nie gut. Ich hab sie Ewigkeiten nicht zu fragen gewagt. Aber ich merkte, dass sie mich anziehend fand. Sie kam immer zu mir, um mit mir zu reden. Wenn wir in einer Gruppe zusammen waren, setzte sie sich jedes Mal zu mir, war nett zu mir und brachte mich zum Lachen.«

Hatte Mitleid mit dir, dachte Atherton. Sah, dass du schüchtern bist, und hat versucht, dich aus der Reserve zu locken. Ihm fiel ein, dass Slider mal gesagt hatte, wie merkwürdig es sei, dass Schüchterne oft so schrecklich eingebildet waren. Harkness hatte Chatties Freundlichkeit gesehen und sie für die Anerkennung seiner eigenen Vortrefflichkeit gehalten.

»Dann ist es eines Tages irgendwie passiert. Wir hatten einen Gig in Hastings, im ›White Rock‹, und wir blieben alle über Nacht, in dieser merkwürdigen Frühstückspension – alle außer Jasper, der bei Freunden übernachtete. Na ja, wir haben in Trishs Zimmer noch was getrunken und wollten uns dann schlafen legen. Chatties Zimmer und meines lagen beide im obersten Stock, und wir sind zusammen die Treppe hinaufgegangen. Sie lachte und kam plötzlich auf mich zu, und ich packte sie einfach und küsste sie. Und sie erwiderte den Kuss. Und dann, ich weiß nicht, wurden wir von der Leidenschaft mitgerissen. Wir gingen in ihr Zimmer und ...«

Er hielt inne, blickte den langen Korridor seiner Erinnerung hinunter, und seine Lippen teilten sich in verzückter Erinnerung.

»Es war wunderbar«, fuhr er schließlich fort. »Und am nächsten Tag, als wir wieder in London waren, ging ich zu ihr, und wir liebten uns die ganze Nacht. Ich sagte ihr, dass ich sie liebe. Wir sprachen vom Heiraten. Ich sagte ihr, dass ich den Rest meines Lebens mit ihr verbringen möchte.«

Ich wette, sie war begeistert, das zu hören, dachte Atherton.

»Am Anfang war es wunderbar. Ich bekam sie nicht so oft zu sehen, wie ich es mir gewünscht hätte, weil sie viel arbeitet und ich auch und es schwer war, unsere Terminpläne aufeinander abzustimmen. Aber wenn wir zusammen waren, dann war es wunderbar. Nur wollte sie, dass ich es geheim hielt. Sie sagte, es würde die Band verstören, wenn jemand von uns erfahren würde. Ich sah das nicht so. Aber sie sagte, es gäbe so was wie eine Gruppendynamik, die von unserem Zusammensein gestört würde. Also ließ ich mich darauf ein. Na ja, ich dachte, sie werden es ja doch erfahren, wenn wir heiraten.« Er hielt inne und zog an seiner Zigarette.

»Hat sie gesagt, dass sie Sie heiraten würde?«, fragte Atherton.

Er runzelte finster die Stirn. »Ja, hat sie«, erwiderte er herausfordernd. »Später behauptete sie, das nie gesagt zu haben, aber ich weiß, was ich weiß. Ich weiß nur nicht, was schiefgegangen ist. Ich wollte sie öfter sehen, mehr nicht. Sie sagte, das könne sie nicht schaffen. Sie habe viel zu tun. Ich sagte, warum ziehen wir nicht zusammen, dann können wir uns die ganze Zeit sehen. Aber sie lehnte ab, und dann wurde sie sauer auf mich wegen der Frage.

Ich sagte, ich liebe dich, und sie sagte, darum habe ich dich nie gebeten. Ich meine, wie kann man denn so etwas sagen?«

»Schrecklich.« Atherton schüttelte mitfühlend den Kopf.

»Ich sagte: ›Ich weiß, dass du mich liebst, warum behandelst du mich dann so?‹ Sie sagte, sie könne sich nicht mehr mit mir treffen. Sie sagte, ich sei zu gefühlsbetont. ›Tja‹, sagte ich, ›wenn man jemanden liebt, dann ist man gefühlsbetont, oder?‹ Mir kam der Gedanke, dass sie sich mit jemand anderem traf, aber das stritt sie ab – und außerdem, wenn sie zu viel zu tun hatte, sich mit mir zu treffen, wie hätte sie dann Zeit für jemand anderen haben sollen?«

Was für ein Idiot, dachte Atherton erstaunt.

»Ich sagte ihr, ich würde mich umbringen, wenn sie sich weigerte, mich wiederzusehen. Da wurde sie wütend und sagte, das sei Erpressung, und ich sagte, ist es nicht, das ist nur, weil ich dich liebe. Wie kann Liebe Erpressung sein? Jedenfalls sagte sie, es wäre eine bösartige Verschwendung meines Talents, wenn ich mich umbringen würde. Sie sagte, ich sei der beste Oboist, den sie je gekannt hätte. Da wusste ich, dass sie mich in Wirklichkeit immer noch liebt. Sie hätte das nicht gesagt, wenn das nicht stimmte. Ich verstehe einfach nicht, warum sie mit mir Schluss gemacht hat.« Er hielt inne, zog lange und tief an der Zigarette. Sein Gesicht verdüsterte sich, als er durch den Rauch ins Nichts starrte. »Am Ende, als ich sie zum letzten Mal sah, sagte sie, falls ich sie nicht in Ruhe ließe, würde sie sich überhaupt nicht mehr mit mir treffen oder mit mir sprechen, noch nicht mal in der Band. Sie sagte, sie würde an nichts mehr teilnehmen, was mit der Band zu tun hätte.« Die Tränen, die inzwischen versiegt waren, begannen wieder über seine Wangen zu laufen.

»Das war im Pub, im ›Anchor‹, am Dienstagabend?«

»Ja«, bestätigte er, ohne Interesse dafür, woher Atherton das wusste. »Ich hab den ganzen Tag bei ihr angerufen, aber sie war nicht da, und als ich es auf ihrem Handy versuchte, war die Voicemail dran. Normalerweise nahm sie Anrufe auf ihrem Handy immer entgegen, daher wusste ich, dass sie mir auswich. Also parkte ich mein Auto am Ende der Straße, wo ich ihr Haus sehen konnte, um mitzukriegen, wann sie heimkam. Und als sie kam, rief ich wieder an und sagte, ich müsse sie sehen. Ich sagte, ich würde mich mit ihr im ›Anchor‹ treffen. Ich drohte ihr, mir die Kehle aufzuschlitzen, wenn sie nicht käme.«

»Wie hat sie darauf reagiert?«

»Sie sagte nur: ›Nein, wirst du nicht.‹ Aber sie klang besorgt. Jedenfalls war sie bereit, sich für fünf Minuten mit mir zu treffen, um sieben. Als sie reinkam, lächelte sie und war lieb und freundlich zu mir, genau wie früher, und ich dachte, wir könnten es wieder hinbiegen. Sie hatte fünf Minuten gesagt, aber sie blieb mindestens eine halbe Stunde, also muss sie sich in meiner Gesellschaft doch wohl gefühlt haben, oder? Aber dann sagte sie, es sei das letzte Mal, dass sie sich allein mit mir treffen würde, dass es ihr ernst sei, dass da nichts mehr zwischen uns sein könne, dass ich sie wirklich in Ruhe lassen müsse, sonst würde sie die gesamte Band fallen lassen, und das wäre meine Schuld. Ich konnte es nicht glauben. Ich fragte sie, ob es jemand anderen gebe. Und sie schaute ein bisschen überrascht, und dann sagte sie, es gebe jemanden, und lachte. Sie *lachte*!« Er verschluckte sich am Rauch. »In dem Moment hasste ich sie fast.«

»Fast?«, hakte Atherton nach, aber freundlich. Das klang alles sehr vielversprechend. Aber Harkness blieb stumm. Er rauchte und brütete vor sich hin. »Wissen Sie, mit wem sie sich traf?«, fragte Atherton schließlich.

»Ja.« Harkness' Stimme war so leise, dass er fast nicht zu verstehen war. »Da noch nicht, aber ich hab es herausgefunden. Nachdem sie das Pub verlassen hatte, ging ich zum Auto zurück, fuhr jedoch nicht weg. Ich blieb und beobachtete ihr Haus. Ich dachte, ich sollte ihr vielleicht Zeit lassen, sich zu beruhigen, und dann würde ich zu ihr gehen und noch mal mit ihr reden. Aber nach einer Weile sah ich ihn ankommen. Er klopfte an der Tür, und sie ließ ihn ein, und eine Minute später kamen sie beide heraus und gingen zusammen weg. Arm in Arm. Und als sie ihn einließ, küsste sie ihn. Da wusste ich Bescheid.«

»Wer war es?«

»Jasper.« Er schluchzte beinahe. »Wie konnte sie ihn mir vorziehen? Ich meine, er ist nichts. Bloß ein Hornist. Und er nimmt nie etwas ernst. Er hätte sie niemals geheiratet. Er hatte ständig andere Mädchen, Abenteuer für eine Nacht. Ich wusste, dass er ihr bloß wehtun würde. Er würde ihr das Herz brechen. Ich konnte es nicht ertragen.«

Atherton wagte kaum zu atmen. »Sie konnten es nicht ertragen, dass ihr wehgetan wurde. Was haben Sie getan?«

»Was hätte ich denn tun können?«, fragte er zurück.

»Ja, was? Ein tapferer Mann hätte sie davor bewahren wollen, um jeden Preis. Selbst wenn das bedeutete ...« Er machte eine auffordernde Pause, doch Harkness reagierte nicht. »Der Gedanke, dass ihr von jemandem wie Jasper das Herz gebrochen wurde – tja, wenn ich in der Situation gewesen wäre, weiß ich nicht, was ich getan hätte. Es wäre das Schlimmste von allem gewesen. Sogar schlimmer als ...«

Diesmal funktionierte es. »Ja«, sagte Harkness, »das dachte ich auch. Ich dachte, sogar der Tod wäre besser als das.« Er seufzte gewaltig, wischte sich die Nase mit dem Handrücken ab und griff nach einer weiteren Zigarette.

»Und was haben Sie getan?«, drängte Atherton.

»Ich hab eine Ewigkeit gewartet, aber sie kamen nicht wieder. Daher bin ich heimgefahren und habe mich betrunken.« Er blickte sich ungläubig um. »Seitdem war ich fast ständig betrunken.«

»Und am nächsten Morgen«, fragte Atherton, »was haben Sie da gemacht?«

»Gemacht?«, wiederholte er vage.

»Sie hatten die ganze Nacht Zeit, darüber nachzudenken, über sich und Chattie und diesen Mann. Sie beschlossen, dass Sie etwas unternehmen müssen – etwas Drastisches, um sie zu retten.«

Jetzt erst blickte Harkness ihn an, mit leicht geweiteten Augen. »Was meinen Sie?«

»Sie fanden, dass niemand sie haben sollte, wenn Sie schon nicht bei ihr landen konnten. Sie wussten, dass sie jeden Tag im Park joggte. Sie dachten, es wäre das Beste für Chattie, wie auch für Sie, wenn sie ihren Frieden hätte.«

Er begriff allmählich. »Sie glauben, dass ich sie ermordet habe?«

»Sie hatten einen so guten Grund dafür«, besänftigte ihn Atherton.

»Es war der Parkmörder«, sagte er. »Das stand in allen Zeitungen. Chattie war ein zufälliges Opfer, genau wie die anderen, diese anderen Mädchen, die er umgebracht hat.«

»Und wo waren Sie um acht Uhr an diesem Morgen?«

»Ich war hier, daheim. Ich lag im Bett und hab geschlafen. Bin erst gegen zehn wach geworden. Ich wusste überhaupt nichts davon, bis mich Marion am Abend angerufen hat. Wie können Sie glauben, dass ich sie umgebracht habe? Ich liebte sie.«

»Liebe ist manchmal der stärkste Beweggrund. Und Sie sagten eben, dass Sie dachten, der Tod wäre besser.«

Er starrte ihn einen Augenblick lang an. »Nein, ich meinte *meinen* Tod. Ich dachte, ich wäre lieber tot, als sie mit Jasper zusammen zu sehen.«

Und doch, dachte Atherton, würde Chatties Tod natürlich zu demselben Ergebnis führen, mit dem zusätzlichen Vorteil, noch anwesend zu sein, um sie entsprechend zu betrauern. Und ein Mann im Bett, allein, hat kein Alibi.

Der Einsatzraum war voll, alle saßen an ihren Schreibtischen, und die Zusatzkräfte lehnten an den Wänden. Die meisten hatten Plastiktassen mit Kaffee aus der Maschine oder Styroporbecher mit etwas Besserem vom Sandwichshop am Markt in der Hand, und ein oder zwei hatten sich zum Frühstück ein Speckbrötchen besorgt, McLaren sogar zwei. Einige lasen Zeitung. Draußen vor dem Fenster strahlte die Sonne, darauf erpicht, alle daran zu erinnern, dass Samstag war und normale Sterbliche ihr Auto wuschen, ein Pint in ihrem Stammlokal tranken und Fußball glotzten.

Leises Stimmengemurmel war zu hören. Hart hatte einen Stuhl an Athertons Schreibtisch herangezogen. »Was ist eigentlich mit dieser Puppe passiert, mit der du was hattest?«, fragte sie. »Sue? Ich dachte, euch beiden wär's ernst. Jemand sagte, ihr wolltet heiraten.«

»Welcher Jemand war das?«, fragte Atherton und versuchte mit bebenden Nasenflügeln zu erschnuppern, welches Parfüm sie trug.

»Ach, so was spricht sich rum«, meinte Hart leichthin. »Also, was ist passiert?«

»Sie hat mit mir Schluss gemacht.« Atherton setzte auf Mitgefühl und sah Hart mit tragischem Blick in die Augen. »Ein verdammt heftiger Schock fürs Nervenkostüm, das kann ich dir flüstern. Der erste Rückschlag, seit ich hier angefangen habe, Norma nicht mitgezählt.«

»Was erzählst du da über mich?«, fragte Swilley scharf, als sie ihren Namen hörte. Sie hatte versucht, nicht zu lauschen, aber Atherton hatte beabsichtigt, dass sie diesen Teil mitbekam.

»Er sagt, du hättest ihn nicht haben wollen, Norm«, verkündete Hart munter.

»Da wär ich doch lieber das Sexspielzeug eines griechischen Armeebataillons«, schnaubte Swilley und wandte sich wieder ihrer Zeitung zu.

»Im Übrigen«, sagte Atherton hochmütig, »hat Ms Swilley nicht das, was ich an einer Frau schätze.«

»Und das wäre?«, fragte Hart. »Ein niedriges Niveau?«

»Gott, bist du komisch. Übrigens, was machst du heute Abend?«

»Erzähl mir nicht, du hättest keine Verabredung.«

»Ich dachte, ich gebe dir die Möglichkeit, als Erste abzulehnen. Was hältst du von einer wilden Sexorgie in meiner Wohnung?«

»Tja, ich weiß nicht«, meinte Hart nachdenklich. »Ich sollte wirklich heimgehen. Ich hab da eine Banane liegen, die schon braun wird. Die sollte ich nicht zu lange allein lassen.«

McLaren rief zu ihnen herüber: »Hey, Jim, an deiner Stelle würd ich lieber aufpassen. Yvonne Collins hat's auf dich abgesehen.«

»Ich weiß nicht, woher der die Energie nimmt«, staunte Mackay. »Ich meine, er ist nicht mehr so jung, wie er mal war. Muss am Viagra liegen.«

»He«, sagte McLaren, »habt ihr von der Ladung Viagra gehört, die geklaut wurde? Jetzt suchen sie nach einem harten Kerl.«

Allgemeines Stöhnen. »Der ist doch uralt, Maurice!«

»Hat schon einen Bart.«

McLaren grinste trotzdem selbstzufrieden.

»Wer ist Yvonne Collins?«, fragte Hart.

»Sag bloß, du hast noch nichts von ihr gehört?«, rief Mackay. »Die war noch keine fünf Minuten hier, da –«

In dem Moment trat Slider ein. »Hier wird so viel getratscht, dass ihr alle Trockenhauben auf dem Kopf haben solltet«, sagte er. »Könnt ihr euch bitte beruhigen? Wir haben eine Menge zu besprechen.«

Stille senkte sich über den Raum, und Slider und Atherton gaben die neuen Informationen weiter, die sie von Jasper, Jassy und Toby erhalten hatten.

Nachdem sie geendet hatten, sagte Swilley: »Demnach sieht es so aus, als gäbe es zwei mögliche Richtungen. Zum einen Darren Barnes und die Koks-Verbindung, zum anderen Toby Harkness und die Eifersuchtsschiene.«

»Harkness kann kaum als Verdächtiger gelten«, widersprach Atherton. »Gegen ihn spricht nur das Motiv.«

»Und das fehlende Alibi«, rief Mackay allen in Erinnerung.

»Die meisten Menschen auf der Welt haben kein Alibi«, wandte Slider ein. »Das Motiv ist jedoch so gut, dass wir uns näher mit ihm befassen sollten, falls über ihn etwas wegen Gewalttätigkeit vorliegt; und wir sollten uns in seiner Wohnung umsehen, ob es da vielleicht blutige Kleidungsstücke oder Messer gibt. Aber im Moment kommt mir Darren Barnes wesentlich saftiger vor.«

»Genau«, meinte Mackay, »und die Drogensache ergibt mehr Sinn. So wie ich das sehe, haben Barnes und das Opfer gemeinsame Sache gemacht. Er beliefert sie mit einem großen Beutel Schnee. Bringt seine Freundin dazu, ihn in Chatties Haus zu deponieren. Trifft sich am Mittwoch mit ihr, um das Geld zu kassieren. Nur hat sie es aus irgendeinem Grund nicht oder versucht, ihn abzuwimmeln, oder sie streiten sich über irgendwas anderes, keine Ahnung. Jedenfalls legt er sie um und macht sich auf Zehenspitzen aus dem Staub. Allerdings will er nicht, dass das gute Koks im Haus des Opfers versauert. Also kehrt er am Abend nach Hause zurück und bringt seine Freundin dazu, nachzuschauen, ob das Zeug noch da ist – er selber kann das nicht machen, versteht ihr, falls das Haus unter Beobachtung steht. Sie kommt zurück und sagt, es habe keinen Zweck, da stehe ein Bulle an der Tür. Darren kriegt Panik, schlägt sie eben noch mal kurz zusammen, haut ab und wurde seither nicht mehr gesehen.«

Am Ende seiner Ausführungen schaute er sich beifallheischend um, und Slider erkannte, dass sich in den Gesichtern rundherum eine Menge Zustimmung abzeichnete. Das war die Art einfacher Geschichte, die allen einleuchtete. Sie hatten es Dutzende Male zuvor erlebt – Streitigkeiten zwischen Drogendealern gehörten zu den häufigsten Todesursachen auf der Straße.

»Meinst du, seine Freundin steckt mit ihm unter einer Decke?«, fragte McLaren Mackay.

»Nein, so wie ich das sehe, hätte er sie nicht dazu bringen können, noch mal dort hinzugehen, wenn sie was davon gewusst hätte. Ihm muss klar gewesen sein, dass sie vom Tod ihrer Schwester nichts mitgekriegt hatte, daher war es den Versuch wert, das Koks zurückzuholen – vor allem, wenn er sie aus dem Grund ermordet hatte, dass sie ihn nicht dafür bezahlen wollte.«

»Aber warum ist er nicht gleich hingegangen, nachdem er sie umgebracht hat?«, fragte Hollis. »Das wäre doch der sicherste Zeitpunkt gewesen. Er hätte ihr die Schlüssel abnehmen und selber aufsperren können.«

»Vielleicht hatte er Blut an der Kleidung«, erwiderte Mackay.

»Oder er musste sich erst ein Alibi besorgen«, warf McLaren ein.

»Ein Alibi, von dem niemand weiß«, murmelte jemand von hinten.

»Vielleicht hat er einfach nicht daran gedacht«, sagte Swilley. »Es klingt nicht so, als wäre er ein erfahrener Mörder. Vermutlich wollte er sich so weit vom Park entfernen wie nur möglich.«

»Ein hübsches Szenario«, meinte Slider, »aber ihr vergesst eines.«

Er fing Harts Blick auf, und sie fuhr fort, als hätte er um Vorschläge gebeten. »Sie wurde nicht erstochen.«

»Das ist Freddie Camerons Meinung«, gab Atherton zu bedenken.

»Und wenn sie betäubt wurde«, Hart ließ sich nicht beirren, »dann geschah das vorsätzlich, nicht als Ergebnis eines plötzlichen Streits.«

»Genau«, bekräftigte Slider.

»Aber, Boss«, fuhr Hart fort, »selbst wenn es vorsätzlich war, bedeutet das nicht, dass es nicht Darren gewesen sein könnte. Vielleicht hat er ihr nicht getraut, oder sie hat gedroht, ihn aus dem Geschäft auszuschließen oder ihn zu verpfeifen. Es könnte einen Haufen Gründe geben, warum er sie töten wollte. Vielleicht war Jassy sogar darin verwickelt. Wir wissen, dass sie extrem eifersüchtig auf Chattie war und dazu noch glaubte, ihr sei übel mitgespielt worden. Sie hätte Darren dazu bringen können, Chattie für sie zu ermorden.«

»Warum sollte er?«

»Weil er auf ihrer Seite ist. Und dabei vielleicht Geld rausspringt.«

»Und warum hat er sie dann geschlagen?«, fragte Swilley.

»Um es so aussehen zu lassen, als hätte sie nichts damit zu tun«, schlug Hart vor. »Sie bleibt, wo sie ist, und die Polizei kommt zwangsläufig zu ihr, um sie zu befragen. Das lenkt den Verdacht von ihr ab.«

»Und lenkt ihn direkt auf ihn. Dem Vernehmen nach hat sie ihn ja ziemlich schnell verpfiffen«, wandte Swilley ein.

»Vielleicht hat sie Angst bekommen«, meinte Hart.

»Das ist ja alles schön und gut«, mischte sich Slider ein, »aber falls Darren Chattie aus welchem Grund auch immer getötet hat – und ich muss zugeben, dass er so dämlich wirkt, die Methode des Parkmörders zu imitieren und zu glauben, er könnte uns zum Narren halten –, woher hatte er dann das Barbiturat?«

Alle schienen das für eine blöde Frage zu halten. »Er ist im Drogengeschäft, Boss«, antwortete Hart schließlich. »Er wird wissen, wo und wie er an das Zeug rankommt. Man kriegt heutzutage doch schon Drogen, Waffen und Sprengstoff per Kreditkarte übers Internet!«

»Hm«, machte Slider. »Na gut, ich stimme zumindest so weit mit euch überein, dass Darren der beste Verdächtige ist, den wir haben, und dass wir uns bemühen sollten, ihn zu finden.« Er schaute hinüber zu Hollis. »Verfolgen Sie den Manchester-Hinweis, fragen Sie in Brixton nach, wer seine Kumpel sind, und gehen Sie den Spuren nach. Und das andere, was wir weiter verfolgen müssen«, er wandte sich nun an alle, »ist die Identifizierung des Läufers. Wir müssen jemanden finden, der das Gesicht des Mannes gesehen hat, mit dem Chattie beim Gebüsch gesprochen hat – nennen wir ihn den Steher. Außerdem, wenn Chattie tatsächlich Drogen verkauft hat, muss sie Kunden gehabt haben. Finden Sie die, falls es sie gibt. Verfolgen Sie die Sache mit Toby Harkness. Was noch?«

»Wir müssen herausfinden, wo Chattie am Dienstag war«, schlug Swilley vor.

»Ja, und was dieser ›DC 10 TFQ‹-Quatsch sein soll«, ergänzte Hart. »Das nervt mich schon die ganze Zeit.«

»Tja, es könnte wichtig sein, wo sie Dienstag war, oder auch nicht, aber ich stimme zu, dass wir es wissen sollten. Versuchen Sie es bei ihren Freunden und Bekannten, finden Sie raus, ob jemand etwas damit anfangen kann.«

»Wenn der Mörder doch nur ihr Handy benutzen würde«, meinte Swilley versonnen.

»Wenn das Trojanische Pferd Fohlen gekriegt hätte,

wären Pferde heutzutage billiger zu füttern«, meinte Atherton.

»Häh?«, fragte Swilley.

»Das ist der Inbegriff sinnloser Spekulation.«

»Ich wünschte, du wärst mit Untertiteln zu haben«, maulte sie.

X

Armer reicher Mann

Als Slider in sein Büro zurückkehren wollte, erschien Porson an der Tür und winkte ihm. »Auf ein Wort«, sagte er.

»Sir«, antwortete Slider gehorsam und schloss die Tür hinter sich.

»Ich hatte da einen gewissen Henry Cornfeld am Rohr. Den Obermotz von ›Cornfeld Chemicals‹. Geschäftstycoon, Industriebaron, wie immer Sie wollen. VIP.«

»Aha«, sagte Slider.

»Sie haben mir nicht erzählt, dass das Opfer eine *dieser* Cornfelds war.«

»Das haben wir gerade erst erfahren, Sir. Die Mutter war nicht ganz ehrlich uns gegenüber. Sie hat sich nicht dazu geäußert, wer er ist, und behauptete, Chattie hätte nichts mit ihrem Vater zu tun gehabt. Sie gab an, nicht zu wissen, wo er wohnt.«

Porson wirkte unwirsch ab. »Er war ziemlich verärgert, dass wir ihn nicht benachrichtigt haben.«

»*Mich* überrascht es, dass er sich nicht selber mit uns in Verbindung gesetzt hat. Er muss doch in den Nachrichten davon gehört haben«, entgegnete Slider.

»Nun ja, er war für eine Woche außer Landes. Ist erst heute Morgen aus den Staaten zurückgekommen, mit dem Nachtflug, und die verschiedenen Mitglieder seines Stabes dachten alle, einer der anderen hätte es ihm erzählt. Wurden alle zusammengestaucht.«

»Dann finde ich es ein bisschen heftig, uns die ganze Schuld zuzuschieben«, beschwerte sich Slider.

»Oh, keine Sorge. Ich habe ihm die Umstände erläutert, und er hat alles verstanden. Er ist kein wildgewordener Ökomane, der Köpfe rollen sehen will. Erschüttert, mehr als alles andere, weil er außer Landes war. Sagt, wenn er auch nur die leiseste Ahnung gehabt hätte, dass irgendwas passieren würde, bla, bla, bla. Als ob er es hätte verhindern können – aber so sind väterliche Gefühle nun mal. Jedenfalls will er, dass einer zu ihm kommt und mit ihm redet, und derjenige sind Sie.«

»Hat er uns denn was Brauchbares zu erzählen?«

Porson rollte mit den Augen. »Das weiß ich nicht. Ich habe ihm am Telefon keine Daumenschrauben angelegt.«

»Ich meine nur, es gibt eine Menge zu tun, und ich will keine Zeit mit Händchenhalten vergeuden. Wenn das alles ist, was er will, können wir ihm einen PC schicken. Vorzugsweise einen weiblichen.«

»Kommt nicht in Frage, Slider. Sie sind die Persona grata«, sagte Porson. »Sie werden ja nicht den ganzen Tag dafür brauchen. Betrachten Sie es als Zeit zum Nachdenken. Kleiner Ausflug aufs Land, es ist herrliches Wetter. Und man weiß ja nie, vielleicht hat er eine Geschichte zu erzählen.«

Slider allerdings wusste bereits, dass Henry Cornfeld keine Geschichte zu erzählen brauchte. Wie der freundliche Müllmann hatte er Freunde an höherem Ort.

Es war tatsächlich ein herrlicher Tag, und als Slider über die A41 fuhr, dachte er, wie schade, dass Joanna arbeiten muss. Ihre Gesellschaft auf der Fahrt und bei einem kleinen Mittagessen in einem Pub hätte den Ausflug lohnenswert gemacht. Die Cornfeld-Villa lag in einem Dorf namens Frithsden, nicht weit von Hemel Hempstead entfernt. Also ist Henry in fortgeschrittenem Alter ins Stella-Smart-Land zurückgekehrt, dachte Slider.

Er wunderte sich darüber, dass der Großindustrielle nach einer Woche Abwesenheit aufs Land gefahren war, statt durch sein Büro zu toben und allerorten Pflichtversäumnisse aufzuspüren. Und, überlegte Slider, er hatte Porson weder bedroht noch sich aufgespielt. Offensichtlich hatte er nicht die richtige Schule für Tycoon-Paranoia besucht.

Die Landschaft um Frithsden war reizvoll: wellige Hügel, tief eingeschnittene Landstraßen, Bäume, Hecken, Buchengehölze. Es gab Felder mit grünem Weizen und Weiden mit braunen Kühen – irgendwie tröstete es Slider, dass es immer noch Bauernland gab, so nahe bei London –, und von den Holunderdolden fielen feine Blütenblätter auf den Bärenklau und die Wiesenmargeriten. Gott, England ist so schön!, dachte er. Er musste drei Mal durch das Dorf fahren (mit einem sehnsüchtigen Blick auf das alte Dorfgasthaus und die Tische und Stühle vor der Tür), bis er den fast verborgenen Eingang fand, weil Clematisranken herunterhingen und Gräser, Bartsia und Malven über das Namensschild gewachsen waren. Aber abgesehen davon gab es keine anderen Sicherheitsvorkehrungen, keine Kameras und elektronischen Tore, nur eine offene, wenn auch schmale Auffahrt, die sich um ein paar mannshohe Rhododendren zu dem außer Sichtweite liegenden Haus wand.

Das Haus war im Stil mittelviktorianischer Gotik gebaut, was Slider auf charmante Weise passend für einen Selfmade-Mogul erschien, da es vermutlich ursprünglich für genau so jemanden erbaut worden war. Ein alter gelber Labrador lag in der Sonne vor einer bogenförmigen Eingangstür aus Eiche. Er klopfte mit dem Schwanz zur Begrüßung freundlich auf den Boden, als Slider aus dem Auto stieg, ließ sich aber anmerken, dass er zum Aufstehen viel zu dick und alt war. Slider bückte sich und streichelte den Kopf des Hundes, wobei er bemerkte, dass die Haustür offen stand. Erneut wunderte er sich über den Mangel an Sicherheitsvorkehrungen. Niemand war zu sehen, also hob er den eisernen Türklopfer an, der mindesten zehn Pfund wiegen musste, und ließ ihn fallen, entdeckte dann aber die unter Glyzinien fast verborgene Klingel und läutete.

Eine junge Frau klackerte auf unpraktischen Stöckelschuhen über den gemusterten Fliesenboden. Sie hatte eine ansehnliche Figur, die in den engen Torerohosen und dem ärmellosen, tief ausgeschnittenen Top gut zur Geltung kam. Ihr Haar war blond gefärbt, und sie trug eine Menge Goldschmuck.

»Detective Inspector Slider?«, fragte sie. »Ich bin Kylie, die Lebensgefährtin von Mr Cornfeld.«

Endlich mal ein Klischee, das ich kenne, dachte Slider. Sie sagte sogar: »Würden Sie mir bitte folgen?«, und ging mit wackelndem Hintern vor ihm her. Slider unterdrückte ein »Aber gerne« und folgte ihr in die kühle, hohe Halle.

»Er ist im Salon«, sagte sie und führte Slider durch eine offene Tür. Der Raum, in den sie traten, war riesig und hell und luftig, hatte eine über vier Meter hohe Decke und war mit schönen, überlegt platzierten und sorgsam gepflegten Möbeln ausgestattet. Es gab einen gewaltigen viktorianisch-mittelalterlichen Kamin, in dem in einer chinesischen Vase blauer und weißer Rittersporn stand, dessen Blütenblätter auf den glasierten Kacheln verteilt waren. Cornfeld saß an einem kleinen Tisch neben der zum Garten offenen Terrassentür und las in einer Zeitung.

»Kann ich Ihnen einen Kaffee oder sonst etwas anbieten?«, fragte Kylie.

»Nein, vielen Dank«, erwiderte Slider.

Sie strahlte ihn an und zog sich zurück. Cornfeld stand auf, kam herüber und schüttelte Slider die Hand. Er war kein großer Mann, und obwohl er nicht dick war, zeigte sein Körper eine gewisse altersbedingte Fülle – Slider hatte errechnet, dass Cornfeld 68 war. Doch seine Bewegungen waren leichtfüßig und forsch, seine Gesichtszüge und sein Handschlag fest. Das war ein Mann auf dem Höhepunkt seiner Macht, noch nicht bereit, über grüne Felder zu faseln, wenngleich er gerne von ihnen umgeben war. Sein Gesicht war gebräunt, sein weißes Haar dicht und elegant frisiert. Obwohl er zu Hause war, trug er einen bewundernswert geschnittenen Anzug aus feinem Zwirn, der Modernität und Würde gleichermaßen ausstrahlte; seine Krawatte war jedoch schwarz, und er lächelte nicht, auch wenn Slider schätzte, dass Charme stets ein Mittel gewesen war, sich auf dieser Welt seinen Vorteil zu verschaffen. In seinen Augen war etwas, das Slider kannte, die Leere, der beinahe unstete Blick des Schocks.

»Danke, dass Sie gekommen sind«, sagte Cornfeld. »Ich nehme an, Sie halten es für äußerst lästig, wo Sie doch so viel zu tun haben, ganz bis hier herauszufahren, nur um mich aufzusuchen. Aber ich musste Sie persönlich sehen und mit eigenen Ohren hören, was passiert ist.« Seine Stimme war kräftig, die Aussprache etwas abgehackt, als erwartete er, dass Wörter dieselbe effektive Arbeit taten wie alle anderen auch. Doch als er fortfuhr, klang seine Stimme belegt und zittrig, und Slider sah, dass Cornfeld den Tränen nahe war. »Chattie – war meine Lieblingstochter. Ich weiß, man sollte keines seiner Kinder bevorzugen, aber sie stach immer hervor. So gescheit, so aufgeweckt, so clever. Ich muss wissen – ich muss unbedingt wissen –, wer ihr das angetan hat.«

Er bot Slider einen Stuhl am Tisch an, setzte sich, faltete die Hände und richtete sein Gesicht und seine Aufmerksamkeit voll auf ihn. Also, dachte Slider resigniert, geht es nur um Händchenhalten. Zwischen Chattie und ihrem Vater bestand eine starke Ähnlichkeit. Slider hatte Chattie zwar nur als Tote gesehen, aber die Gesichtsform war dieselbe, die Nase, das Kinn; da waren auch die blauen Augen, und er konnte sich vorstellen, dass das dichte, wellige Haar einst golden gewesen war. An Cornfeld *père* erkannte Slider, was Chattie im Leben besessen haben mochte, die scharfe Intelligenz, die resolute Entschlossenheit. Wieder wünschte er sich aus ganzem Herzen, sie gekannt zu haben, und ärgerte sich nicht mehr so sehr über die Zeit, die er ihrem Erzeuger widmen musste.

Er ordnete seine Gedanken und teilte Cornfeld mit, wie Chattie gestorben war und was sie bisher herausgefunden hatten. Nur einmal wandte Cornfeld den Kopf ab und fuhr sich mit der Hand über die Augen, ansonsten lauschte er mit einem fast hörbaren Surren des geistigen Motors. Am Ende seiner Ausführungen stellte Slider die übliche Frage: »Wissen Sie von jemandem, der Ihrer Tochter hätte Schaden zufügen wollen?«

»Nein«, erwidert Cornfeld prompt. »Ich glaube, sie war ausnahmslos beliebt, zumindest in dem Maße, wie man es sein kann. Sie war ein glückliches, freundliches, humorvolles Mädchen, warmherzig und großzügig. Manchmal zu großzügig. Ich kann mir nicht vorstellen, welchen Groll jemand gegen sie hegen könnte. Wenn es die Tat eines Wahnsinnigen, eines Serienmörders gewesen wäre, würde das für mich mehr Sinn ergeben.«

»Es tut mir leid, diese Frage stellen zu müssen, aber was ist mit Ihrem Unternehmen – Konkurrenten und so weiter? Könnte jemand versucht haben, Sie zu treffen, indem er Chattie umbringt?«

Cornfeld schüttelte langsam den Kopf. »Natürlich habe ich darüber nachgedacht.« Der Gedanke schien ihn aufzuregen, und er stockte. »Aber da ist nichts – ich kann mir nicht vorstellen – mir fällt keine Situation ein, in der das einen Sinn ergeben würde. Und wenn ich tatsächlich die eigentliche Zielscheibe wäre, dann hätte doch jemand was gesagt – irgendeine Nachricht, ein Anruf, eine Drohung? Warum sie ermorden, um an mich heranzukommen, und dann nicht dafür sorgen, dass ich es erfahre? Nein, das ist absurd.« Wieder fuhr er sich mit der Hand über die Augen. »Ich habe schon seit Jahren über so etwas nachgedacht. Nicht, dass es um Konkurrenz geht, sondern einfach um Geld – eine Entführung, wissen Sie. Aber ich bin nicht so sagenhaft reich, und ich habe keines der Kinder verwöhnt oder sie dazu ermutigt, Erwartungen zu haben. Ich glaube, die jüngeren beiden haben nicht mal darüber gesprochen, meine Töchter zu sein. Die Trennung von der jeweiligen Mutter«, fügte er hinzu, »verlief nicht sehr freundlich. Ich nehme an, dass Sie solche Dinge inzwischen wissen?«

Slider nickte.

»Die Ehe hat meiner Zeit und meiner Energie stets einen Tribut abgefordert, den ich mir wegen des Unternehmens eigentlich nicht leisten konnte«, sagte Cornfeld. »Gott sei Dank leben wir inzwischen in modernen Zeiten! Jetzt brauche ich sie nicht mehr zu heiraten. Ich kann so viel weibliche Gesellschaft haben, wie ich will, ohne die negativen Folgen zu tragen.«

In dem Moment wurden sie von einer anderen weiblichen Person unterbrochen, die den Raum betrat – ein ganz anderes Kaliber als die schicke Kylie: eine sehr alte Dame, die so gebrechlich wirkte, dass Slider beinahe erwartete, das Licht durch sie hindurchscheinen zu sehen; dünn wie eine Zaunlatte, eine Aureole aus silberweißem Haar wie Gischt um den Kopf, Wangenknochen, an denen man sich schneiden konnte. Sie trug ein teures Kostüm aus braunem Jersey über einer weißen Spitzenbluse, hoch geschlossen mit einer Kameenbrosche am Hals, dazu glänzende braune Pumps. Trotz ihrer Gebrechlichkeit und ihres Alters schimmerten ihre Augen, und ihr Gang war fest.

Cornfeld erhob sich, als er sie sah. »Inspector Slider, meine Mutter«, stellte er vor.

Mrs Cornfeld neigte den Kopf. »Inspector.« Und dann, zu ihrem Sohn: »Ich wollte dir sagen, dass da ein Anruf aus Brüssel ist. Kylie spricht auf der anderen Leitung.«

»Ah!« Cornfeld wandte sich an Slider. »Den muss ich entgegennehmen. Ein sehr wichtiger Anruf. Tut mir leid.«

»Ich werde den Inspector unterhalten, während du beschäftigt bist«, sagte Mrs Cornfeld. Nach all den Jahren hatte sich der deutsche Akzent verloren, nur eine gewisse Genauigkeit bei den Konsonanten und eine Reinheit der Vokale ließen auf ihre ausländische Herkunft schließen. »Geh, mein Lieber. Sie warten am Apparat. Beeil dich.«

Slider lächelte in sich hinein, als er darüber nachdachte, dass sie sich, wie sein eigener Vater, noch nicht daran gewöhnt hatte, wie billig internationale Telefonate heutzutage waren. Cornfeld entfernte sich, und Mrs Cornfeld ging hinüber zum Tisch am Fenster und gestattete Slider, ihr einen Stuhl zurechtzurücken. Als sie Platz genommen hatte, winkte sie ihn huldvoll zu seinem eigenen Stuhl und sagte: »Das wird ein langes Gespräch werden. Die Europäische Arzneimittelbehörde ist am Apparat. Wir werden etwas ganz Neues auf den Markt bringen. Als Henry nach Amerika fuhr, war er so aufgeregt, dass er zehn Jahre jünger aussah. Jetzt, heute, interessiert es ihn kaum noch. Das war ein harter Schlag für ihn, ein sehr harter Schlag. Es würde mich nicht wundern, wenn er aufgeben und sich aus dem Geschäft zurückziehen würde, obwohl er vor einer Woche fit genug war, noch fünfzehn Jahre weiterzumachen. Aber das hat ihm das Herz gebrochen. Ich glaube wirklich, Chattie war das Einzige, was er wirklich liebte, abgesehen von seiner Firma. Er war immer ein Getriebener; Chattie war seine einzige menschliche Schwäche. Ich war diejenige, die ihr den Spitznamen Chattie gegeben hat, weil sie als Kind so ein Plappermaul war, wussten Sie das?«

»Nein, das wusste ich nicht.«

»Henry würde Ihnen das nicht erzählen. Männer wissen nichts von den wichtigen Dingen des Lebens, nur von den ernsten.« Sie blickte ihn durchdringend an. »Ich nehme an, *Sie* sind an Details interessiert, weil das Ihr Beruf ist. Das muss Sie zu einem äußerst befriedigenden Gefährten für eine Frau machen. Sind Sie verheiratet?«

Er mochte keine persönlichen Fragen, aber es war unmöglich, eine so ehrwürdige Dame zu brüskieren. »Ich bin – verlobt.«

»Wie schön. Ich hoffe, Sie werden sehr glücklich werden. Henry hat kein Glück mit seinen Ehefrauen gehabt, aber hatte er das auch verdient? Jetzt denkt er nicht mehr ans Heiraten. Das ist auch besser so. Haben Sie Kylie gesehen?« Ihre Augen durchleuchteten ihn. »Ich kann Ihre Gedanken lesen. Aber sie ist wirklich ein liebes Wesen. Wie der Igel in dem Märchen weiß sie das eine, worauf es ankommt. Ich mag sie sehr, und Henry kann sie nicht verletzen, weil sie genau weiß, wofür er sie braucht.«

Slider fiel nichts zu sagen ein, daher räusperte er sich unverbindlich.

»Bin ich zu indiskret?«, fragte sie. »Aber das muss doch für Sie ein Segen sein, wenn Ihnen die Leute Dinge erzählen, die sie nicht preisgeben sollten.«

Slider wollte nicht direkt auf seine Armbanduhr schauen, doch auf dem Tisch hinter der alten Dame stand eine Uhr, und er ließ seinen Blick für einen Moment hinüberhuschen, was Mrs Cornfeld nicht entging.

»Sie müssen sehr beschäftigt sein«, sagte sie kühl.

»Entschuldigung. Ich wollte nicht unhöflich sein.«

»Nein, ich verstehe das. Und Sie sollten beschäftigt sein, um herauszufinden, wer meine Chattie ermordet hat.« Tiefer Kummer legte sich über Mrs Cornfelds Gesicht. »In meinem Alter gewöhnt man sich daran, Menschen zu verlieren. Fast alle, die mir wichtig waren, sind gestorben. Aber ich glaube nicht, dass ich Chatties Tod je verwinden kann. Haben Sie eine Ahnung, wer sie umgebracht hat?«

»Noch nicht. Wir verfolgen einige Hinweise, haben aber nichts Konkretes. Wir glauben, es war jemand, der sie kannte.«

»Ja, ich nehme an, das trifft auf die meisten Morde zu.«

»Standen Sie und Chattie sich sehr nahe?«, fragte Slider. Machen wir eben das Beste daraus, dachte er. »Haben Sie sich oft gesehen?«

»O ja. Ich habe sie aus ganzem Herzen geliebt, und sie war sehr aufmerksam. Wir sahen uns mindestens einmal in der Woche und führten wunderbare Gespräche. Ich glaube aufrichtig, dass sie mir alles erzählte. Sie hatte in vielerlei Hinsicht eine unglückliche Kindheit, aber ich hoffe, dass es mir gelungen ist, ihr einiges an Stabilität zu bieten.«

»Erzählen Sie mir davon«, bat Slider.

Sie betrachtete ihn nachdenklich. »Ich werde erst ein wenig ausholen. Damit Sie Henry besser verstehen.«

Slider richtete sich auf einen weitschweifigen Bericht ein.

»Zuerst hat Henry Mary geheiratet. Sie war die Tochter eines mit uns befreundeten Ehepaars aus Enfield, eine nette junge Frau, aber unscheinbar und fünf Jahre älter als er. Da war sie 30 und eine ›alte Jungfer‹ – dieser schreckliche Ausdruck. Das war – oh – 1960, schätze ich. Frauen waren damals noch nicht berufstätig. Sie gingen zur Schule, hatten manchmal für ein oder zwei Jahre einen kleinen Job und heirateten dann. Mary war also – wie soll ich das sagen? – nicht direkt unnütz, wurde aber auch nicht benötigt.«

»Und Henry hatte Mitleid mit ihr?«

Die beinahe durchsichtigen Augenbrauen schossen in die Höhe. »Mitleid mit ihr? Bestimmt nicht. Er war damit beschäftigt, seine Firma aufzubauen – befand sich in einem kritischen Stadium, versuchte die Produktion aufzubauen. Das bedeutete viel Arbeit, lange Stunden im Büro, viele Schwierigkeiten, eine starke nervliche Anspannung. Er hatte keine Zeit für Emotionen, für Gefühlsregungen.«

»Warum hat er sie dann geheiratet?«

Sie blickte ihn triumphierend an, als hätte sie die Frage bereits erwartet. »Er brauchte eine Haushälterin. Er war zu beschäftigt, seine eigenen Mahlzeiten zu kochen und seine Wäsche zu waschen, und er verdiente nicht genug, um jemanden einzustellen. Die einzige praktische Lösung war, zu heiraten. Außerdem konnte er Sex auf diese Weise haben, wann immer er wollte, ohne dafür zahlen zu müssen und ohne Risiko. Schockiert Sie das? Nein, natürlich nicht. Sie verstehen die Welt. Mary war also verfügbar, mit dem zusätzlichen Vorteil, nicht umworben werden zu müssen. Henry hatte keine Zeit dafür. Mary brauchte er nur zu fragen.«

»Haben Sie nicht versucht, ihn davon abzubringen?«

»Meine Güte, warum sollte ich? Mary war als seine Ehefrau nicht schlechter dran als zu Hause bei ihren Eltern. Am Anfang war sie vermutlich glücklich, erleichtert, keine alte Jungfer mehr zu sein. Aber Henry war nicht viel daheim, und ich bezweifle, dass er mit ihr geredet hat, wenn er einmal da war. Sie war glücklich, als sie erfuhr, dass sie schwanger war. Henry nicht. Er war bestürzt. Er betrachtete ein Kind nur als Ärgernis und fürchtete die Ausgaben. Die Gemütlichkeit seines Heims würde gestört. Und dann wurde es ein Mädchen, kein Sohn, dem er seine Firma hinterlassen konnte.«

»Das war Ruth?«

Sie nickte. »Das arme Kind. Sie hatte das Pech, genau wie ihre Mutter zu sein – unscheinbar und fade. Henry interessierte sich nie für sie. Und als sein Unternehmen wuchs und er sich in feineren Kreisen zu bewegen begann, war Mary nicht mehr die passende Frau. Er brauchte eine Gastgeberin, jemanden, der in Gesellschaft glänzte. Eines Tages lernte er bei einem Empfang Stella kennen und fand sie gescheit und clever. Also verließ er Mary und heiratete Stella.«

»Und Ruth?«

»Er tat für sie, was er für richtig hielt. Er bezahlte ihr ein sehr gutes Internat. Er wollte, dass sie eine gute Ausbildung bekam und die Möglichkeit hatte, einen Beruf zu ergreifen. Und falls das mit einem Beruf nicht klappte, dachte er, würde man ihr dort den entsprechenden Schliff geben, eine gute Ehe einzugehen. Aber der Schliff wirkte bei Ruth nicht. Er förderte nur Missgunst und Neid auf das, was all die anderen Mädchen hatten. Für ein langweiliges Mädchen besitzt sie eine erstaunliche Fähigkeit, Groll zu empfinden – Groll von einer langsamen, schwelenden Art. Henry ließ Mary ausreichend Lebensunterhalt und ein recht ansehnliches Haus zukommen, aber Ruth sah, wie er mit Stella lebte, die Partys, die wichtigen Gäste, die Kleider – Stella war schon immer sehr modebewusst gewesen –, und fand, dass sie und ihre Mutter schlecht behandelt worden wären.«

»Hat Ruth denn gut geheiratet?«

»Besser, als sie es vielleicht erwartet hatte. Henry arrangierte die Heirat mehr oder weniger. Mit einem jungen Mann namens David Cockerell, einem Aufsteiger aus der Firma. Ruth hielt ihn für das Nonplusultra – gut aussehend, charmant, erfolgreich. Außerdem hätte sie alles dafür getan, nicht mehr für ihren Lebensunterhalt arbeiten zu müssen, was sie degradierend fand. Sie hatte sich Henrys Wunsch gefügt und Chemie studiert, doch ihr fehlte der Grips, damit etwas zu erreichen. Sie wurde schließlich Assistentin in der Arzneimittelausgabe eines Krankenhauses – schaffte die Prüfungen nicht, um selber Pharmazeutin zu werden. Daher erschien ihr David als Retter. David wiederum dachte, Ruth sei eine gute Möglichkeit, um an Henrys Vermögen zu kommen. Und Henry dachte, David könnte den Platz eines Sohnes in der Firma einnehmen, seine rechte Hand sein. Aber er erkannte bald Davids Grenzen. Er sah gut aus und war charmant, mehr nicht. Doch er hat Henry schwer enttäuscht. Ich nehme an, er hatte den Eindruck, nicht genug Anerkennung zu bekommen, oder das Gefühl, sein Aufstieg in der Firma ginge zu langsam, jedenfalls kündigte er und wechselte zu GCC – der ›Global Chemical Company‹ –, wo ihm ein großer Schreibtisch und ein Spesenkonto und Einzahlungen in die Pensionskasse geboten wurden. Henry war wütend und wollte David eine Zeitlang nicht im Haus haben, was Ruth die ganze Sache natürlich verdarb. Ich stellte nach außen hin den Frieden wieder her. Weiß Gott, warum uns, auf diese Entfernung, solche Dinge überhaupt wichtig sind, aber ich hab's getan, obwohl ich nicht glaube, dass sich Ruths Gefühle dadurch entscheidend geändert haben. Um David gerecht zu werden, ich glaube, er bewundert Henry wirklich. Sie kommen miteinander aus, wenn David geschäftlich mit ihm zu tun hat. Aber Ruth sieht nur den Unterschied zwischen ihrem Lebensstil und Henrys. Und damit kommen wir zu Stella und Chattie.« Sie zwinkerte Slider zu. »Sie bekommen das Theaterstück also von Anfang bis Ende erzählt.«

»Sie müssen Ihre Geschichte auf Ihre eigene Weise erzählen«, meinte Slider neutral.

»Darauf können Sie sich verlassen«, sagte Mrs Cornfeld. »Sie sind ein guter Zuhörer, junger Mann, und ich habe nur selten Gelegenheit, ohne Unterbrechung zu reden.«

Slider war schon lange nicht mehr »junger Mann« genannt worden. »Bitte fahren Sie fort.«

»Nun, Henry und Stella waren anfänglich glücklich. Sie waren gesellschaftlich aktiv, gaben Dinnerpartys und waren von Bedeutung. Stella war begeistert, wenn ihr Foto in der Zeitung erschien, und dachte, all diese neuen Kontakte, die sie knüpften, würden ihrer Karriere als Schriftstellerin förderlich sein. Haben Sie mal ein Buch von ihr gelesen?«

»Ich habe eines durchgeblättert.« Er war sich nicht sicher, ob von ihm erwartet wurde, die Bücher zu bewundern.

»Mehr ist auch nicht nötig. Alles oberflächlich und ohne Substanz – nichts von Wert darin, von Anfang bis Ende –, genau wie Stella selber. Aber die beiden wären vielleicht weiterhin mehr oder weniger zufrieden gewesen, wäre Stella nicht schwanger geworden. Im Gegensatz zu Mary war sie wütend darüber. Sie hatte nie Kinder haben wollen, und die Schwangerschaft drohte ihr sorgfältig geplantes Leben ebenso zu zerstören wie ihre Figur. Henry war jedoch einigermaßen erfreut. Er glaubte, Stella gernzuhaben, und er war jetzt gefestigter, wohlhabender und brauchte sich nicht mehr vor den finanziellen Folgen zu fürchten. Er glaubte, es würde ihn freuen, einen Sohn zu haben, mit dem er vor seinen Geschäftspartnern angeben konnte. Aber dann wurde es wieder ein Mädchen.« Sie seufzte, doch diesmal war es ein Seufzer der Freude.

»Chattie war von Anfang an der reinste Sonnenschein. Sie schien mit einem Lächeln geboren zu sein. Henry betete sie an und vergaß beinahe, dass er sich einen Jungen gewünscht hatte, vor allem, als sie sich als ebenso gescheit wie hübsch erwies. Sie hatte ein sehr maskulines Gespür für intellektuelle Dinge – und konnte auch gut mit Maschinen umgehen. Er brachte ihr das Fahren bei, als sie erst zwölf war, auf einem stillgelegten Flugplatz. Jedenfalls lief es eine Zeitlang recht gut. Aber die Firma erfuhr eine weitere Expansion, und Henry war viel unterwegs. Stella mochte es nicht, zurückgelassen zu werden. Sie stammte aus einer alten Landadelsfamilie und hatte das Gefühl, Henry durch ihre Heirat in eine bessere Gesellschaftsschicht eingeführt zu haben. Als sie immer weniger auf Partys eingeladen und immer seltener in der Zeitung erwähnt wurde, nahm sie das übel auf. Der Tropfen, der das Fass zum Überlaufen brachte, war ein Empfang von Industriegiganten oder sonst so ein Blödsinn in der Downing Street, zu dem Henry geladen war und zu dem er sie hätte mitnehmen können, wie sie hinterher erfuhr. Kurz danach fand sie heraus, dass er eine Affäre mit seiner Sekretärin hatte, worauf sie ihn hinauswarf; aber das war nur eine Ausrede. Der Empfang in der Downing Street war der eigentliche Anlass. Das hat sie ihm nie verziehen.«

»Und er heiratete die Sekretärin?«, fragte Slider, um die Geschichte voranzutreiben.

»Susan Hatter, das war ihr Name. Er hätte sie nicht geheiratet, aber sie wurde schwanger, und er hatte Sorge, schlecht dazustehen. Und es war natürlich wieder eine Tochter – Jasmine. Oh, dieses Mädchen!« Aufgebracht verdrehte sie die Augen. »Er kaufte ein Haus in High Wycombe und brachte Susan dort mit dem Kind unter. Inzwischen konnte er sich Personal leisten, daher spielte es keine Rolle, dass Susan keine Ahnung hatte, wie man ein Haus führt oder eine Dinnerparty ausrichtet.«

»Und was war mit Stella und Chattie?«

»Stella behielt das Haus – all die Häuser, die Henry hinter sich verstreut! –, und Henry leistete natürlich Unterhaltszahlungen, also hätte sie ihr Auskommen gehabt.

Doch ein Auskommen war nicht das, was er Stella ihrer Meinung nach schuldig war. Sie hätte Chattie von Henry ferngehalten, wenn sie gekonnt hätte, um sich an ihm zu rächen, aber er hatte ein Besuchsrecht. Und natürlich war er reich, und Stella liebte Geld. Also kam Henry zu Besuch. Chattie liebte ihren Vater abgöttisch und war todunglücklich, wenn er ging. Sie muss damals fünf oder sechs gewesen sein. Er holte sie zu sich, sooft es ging, und besuchte sie im Internat, und sie waren immer die besten Freunde. Er sorgte für ihre Ausbildung, und als sie größer wurde, war sie für ihn fast wie ein Sohn, mit ihrer Klugheit, ihrem maskulinen Geist und ihrer Entschlossenheit. Sie standen sich sehr nahe.

Tja, die Ehe mit Susan war von Anfang an ein Fehler und hielt nicht lange, doch da er so viel unterwegs war, schien es nicht nötig, sich sofort scheiden zu lassen. Als es so weit war, kümmerte er sich um alles. Susan wollte die Scheidung nicht, aber sie war eine charakterschwache Frau und ließ sich leicht einwickeln. Er verkaufte das Haus in High Wycombe und kaufte dieses, erstand für Susan und Jassy ein kleines Haus in St. Albans, gab ihnen genug Geld zum Leben und vergaß sie.«

»Und Chattie?«

»Oh, mit Chattie blieb er weiterhin in Kontakt. Als er dieses Haus kaufte, zog ich zu ihm. Von da an wurde es leichter, weil Chattie Stella gegenüber behaupten konnte, dass sie mich besuchen kam. Auch als Chattie achtzehn war, ließ sie ihre Mutter weiterhin in dem Glauben, dass sie nichts mit Henry zu tun hatte. Die arme Stella machte schwere Zeiten durch. Sie fing an zu trinken, liebte das Leben auf großem Fuß und teure Kleidung, und als sie merkte, dass sie sich all das nicht leisten konnte, hängte sie sich an wirklich sehr unbefriedigende Männer, um über die Runden zu kommen. Schließlich weigerte sich Henry, für ihre Schulden aufzukommen, daher musste sie das Haus verkaufen und in einen entsetzlichen kleinen Kasten ziehen. Auch das wird sie Henry nie verzeihen.«

»Sie erzählte mir, dass sie stets für ihren eigenen Lebensunterhalt aufgekommen sei«, sagte Slider.

Mrs Cornfeld gluckste. »Ja, Stella möchte alle Welt glauben lassen, dass sie Henry nichts schuldete, er ihr hingegen viel. Sie ist eine Frau, die in einer Scheinwelt lebt. Was sie als wahr betrachtet, ist wahr.«

Das erklärt eine Menge, dachte Slider. »Und Chattie ging aufs Konservatorium«, sagte er.

»Ja. Für Henry war das eine Enttäuschung. Er mag zwar Musik, in diesem Bereich allerdings zu arbeiten hielt er für nicht vollwertig. Nachdem sie ihren Abschluss gemacht hatte, war ihr klar, dass sie nicht das Talent hatte, um an die Spitze zu kommen, und zweitklassig wollte sie nicht sein – und das war eine Einstellung, die er verstehen konnte. Sie entschied sich für den kommerziellen Bereich des Musikgeschäfts, mit dem Hintergedanken, Agentin zu werden. Und dann kam ihr die Idee mit der eigenen Firma.«

»War er erfreut darüber?«

»Ja, insgesamt gesehen schon. Er konnte sich nicht vorstellen, dass es jemals viel bringen würde, meinte aber, die Erfahrung könne sich später auf andere Bereiche übertragen lassen. Er nahm an, dass sie mit einer kleinen Firma nicht zufrieden sein würde, wobei ich glaube, dass er sie in dieser Hinsicht vielleicht falsch eingeschätzt hat. Chattie lagen andere Dinge am Herzen als Geld und Erfolg. Jedenfalls ermutigte er sie und glaubte an sie. Er fand es nur schade, dass sie von ihm kein Geld für die Firmengründung annehmen wollte. Sie sagte: ›Du hast deine Firma aus dem Nichts aufgebaut, und das werde ich auch tun.‹ Ich wies sie darauf hin, dass ich Henry 2000 Pfund für die Gründung gegeben hatte, und sie erwiderte, er habe ihr 100.000 gegeben, als sie siebzehn wurde, es komme also auf das Gleiche heraus.«

»Hat er den anderen Mädchen auch etwas gegeben?«

»Er zahlte Ruth ein Handgeld, als sie heiratete. Und Jassy gab er dauernd Geld. Sie ist ein schlimmes Balg, dieses Mädchen. Der Herr wird wohl wissen, wofür sie all das Geld verprasst. Abgesehen von dem Auto, das sie zu Schrott gefahren hat, weiß ich nicht, wofür sie es ausgibt. Drogen, nehme ich an. Nach der Sache mit dem Auto sagte Henry, es reicht, genug ist genug. Aber ich habe den Verdacht, dass da jede Woche ein Scheck in die Post geht, nach einem ihrer Mitleid heischenden Anrufe. Der Unterschied zu Chattie konnte nicht größer sein. Sie legte das Geld, das Henry ihr gab, in Immobilien und Aktien an und zog ihren Nutzen daraus. Henry war so stolz auf sie.«

»Sie erwähnten Drogen?«

Ihr Ausdruck wurde streng. »Jassy tauchte eines Tages völlig lädiert hier auf. Ich war entsetzt. Dass sich junge Leute hin und wieder betrinken, kann ich verstehen, aber diese andere Sache nicht. Zum Glück war Henry nicht da. Ich habe sie weggeschickt und ihr verboten, je wieder in so einem Zustand hierherzukommen.«

»Nahm Chattie Drogen?«

»Nein«, erwiderte Mrs Cornfeld schockiert. »Sie hasste sie, genauso wie ich. Sie hat kaum getrunken, nur Wein zum Essen. Sie sagte, sie hasst das Gefühl, sich nicht unter Kontrolle zu haben.«

»Wir haben eine große Menge Kokain in ihrem Haus gefunden. Mehr, als ein Mensch zu sich nehmen würde. Die Menge, die jemand besitzen würde, um andere damit zu beliefern.«

Sie starrte ihn kurz an und lachte dann. »Ach, das ist doch lächerlich! Sie halten meine Chattie für eine Drogendealerin? Nein, nein, schlagen Sie sich das aus dem Kopf. Wenn sich Drogen im Haus befanden, dann war es Jassy oder einer ihrer Freunde, der sie da deponiert hat. Ich kenne Chatties Meinung zu dem Thema. Verstehen Sie…«, sie zögerte, fuhr dann mit leiser Stimme fort, »…ich könnte mir vorstellen, dass sie vielleicht auch anderes ausprobiert hat. Das war, als Chattie, oh, vierzehn oder fünfzehn und noch im Internat war. Manchmal kam sie heim und fand Stella völlig aufgelöst vor, und das erschreckte sie sehr. Aber sie hat Henry nie davon erzählt, daher tun Sie es bitte auch nicht. Das arme Kind musste so viele Geheimnisse wahren, musste den Mund halten, wenn ihre Mutter über Henry herzog, musste ihrem Vater die Ausschweifungen ihrer Mutter verheimlichen. Chattie wusste von den anderen Männern, wissen Sie, Stellas anderen Männern, und hätte Henry das herausgefunden, hätte er die Unterhaltszahlungen einstellen können. Also saß Chattie zwischen allen Stühlen, das arme Kind.«

»Wollte Chattie denn nie heiraten?«

»Dass sich Chattie nie verliebte, machte mich am traurigsten von allem. Ich nehme an, dass sie zu der Ansicht gekommen ist, eine Ehe könne gar nicht funktionieren, nachdem sie das Benehmen ihrer Mutter miterlebt und gesehen hatte, wie ihr Vater sich verhielt, eine Ehefrau nach der anderen und dann all die Frauen, die er seither hatte. Und sie liebte Henry so sehr. Wenn Henry sie fragte, ob es da jemanden gebe, antwortete sie immer: ›Nur dich, Papa.‹ Sie konnte junge Männer nicht ernst nehmen. Sie mussten ihrem Vater entsprechen, was natürlich nie der Fall war. Ich glaube«, fügte sie mit tiefer Traurigkeit hinzu, »dass sie eines Tages jemanden gefunden hätte, wenn sie älter gewesen wäre, vielleicht nach Henrys Tod. Aber jetzt wird sie diese Chance nie bekommen. Sie war ein Mädchen, das so viel Liebe hatte und niemanden, dem sie sie geben konnte – zumindest nicht den Richtigen. Vielleicht war sie deswegen so geduldig mit Jassy. Sie trug zu viel Liebe in sich, um sie für sich zu behalten.« Sie wandte den Kopf zum Garten, wo die Vögel fröhlich in den Bäumen und Büschen zwitscherten. »Wer würde so ein Mädchen töten? So viel Leben, so viel Liebe, alles zerstört. Ausgelöscht. So leicht sollte es nicht sein.«

Slider ließ ihr ein wenig Zeit und sagte dann: »Es gibt noch eine Sache, die ich Sie fragen möchte, falls Sie es nicht für unverschämt halten.«

Sie seufzte, wandte ihm den Kopf wieder zu, bereit, ihre Pflicht zu erfüllen. »Worum geht es? Um Geld, nehme ich an?«

»Wie kommen Sie darauf?« Slider war verblüfft.

»Das ist doch das Offensichtliche. Henry ist ein reicher Mann. Sie wollen wissen, wie er sein Erbe verteilt.«

»Ähm, ja. Falls das ein Motiv gewesen sein könnte, Chattie auszuschalten.«

»Auszuschalten! Was für ein Wort! Aber Henry hat nie mit jemandem darüber gesprochen, nicht mal mit mir, wie er die Dinge zu regeln gedenkt. Er sagt, er möchte niemandem einen Grund geben, ihm den Tod zu wünschen.«

»Hat er ein Testament gemacht?«

»Das weiß ich nicht. Wenn er es getan hat, dann hält er es geheim.« Sie schnaubte ein wenig. »Vielleicht wird alles an Kylie gehen …«

»Soviel ich weiß, ist ›Cornfeld Chemicals‹ eine Aktiengesellschaft. Besitzt jemand aus der Familie Anteile?«

»O ja. Als wir an die Börse gingen, bekamen die Kinder und ich jeweils zehn Prozent, und Henry behielt zwanzig. Auf diese Weise blieb die Familie Mehrheitseigner. Das war natürlich, bevor David zu ›GCC‹ überwechselte, sonst hätte Henry Ruth nie welche gegeben. Als das geschah, kaufte Henry weitere Anteile, nur um auf der sicheren Seite zu sein. Ich lasse Henry selbstverständlich immer mein Stimmrecht ausüben. Etwas anderes käme mir nie in den Sinn – außer es wäre eine Frage des Prinzips, aber da ich ihn großgezogen habe, kann ich wohl darauf vertrauen, dass seine Prinzipien dieselben sind wie meine.«

Slider lächelte über ihren kleinen Witz, und in dem Moment tauchte die gertenschlanke Kylie wieder auf, mit einem professionellen Lächeln, das im Widerspruch zu ihrem Bemühen stand, aufrichtiges Bedauern zu vermitteln.

»Oh, Inspector Slider, es tut Mr Cornfeld sehr leid, aber sein Telefonat hat länger gedauert, als er erwartet hat, und jetzt muss er direkt zu einer Besprechung. Er lässt sein Bedauern ausrichten und dankt Ihnen, dass Sie sich die Zeit genommen haben, hierherzukommen.«

»Also wirklich, wie unhöflich, nicht selber zu kommen. Und ich habe gerade verkündet, ich hätte ihn großgezogen!«, sagte Mrs Cornfeld leichthin. »Kylie, Liebes, wenn Sie ihn sehen, müssen Sie ihm sagen, dass ich sehr böse auf ihn bin. Inspector, kann ich Sie zum Lunch bei mir einladen, um Sie für die weite Fahrt zu entschädigen?«

Slider war bereits aufgestanden. »Das ist sehr freundlich von Ihnen, Ma'am, aber ich muss wirklich zurück.«

»Ja, natürlich, was habe ich mir nur gedacht? Ich habe es so genossen, mich mit Ihnen zu unterhalten.« Das Strahlen verschwand aus ihrem Gesicht, und ihre Augen wurden trüb. »Sie haben wichtige Arbeit zu leisten. Sie müssen herausfinden, wer es getan hat. Ich wünschte nur, es gäbe in diesem Land noch die Todesstrafe. Ich bin kein rachsüchtiger Mensch, aber ich möchte, dass derjenige, der Chattie das angetan hat, stirbt«, sagte sie ernst. »Ich würde es sehr begrüßen, wenn derjenige stirbt.«

XI

Cooler Jazz im heißen Schuppen

»Während deiner Abwesenheit sind aufregende Dinge passiert«, berichtete Atherton, der Slider schräg gegenüber mit elegant überkreuzten Beinen am Kantinentisch saß und leicht mit den Fingern auf die Tischplatte trommelte, in einer Art, die Slider verriet, dass es kein zufälliges Getrommel war, sondern die Begleitung zu einer Musik, die in Athertons Kopf ablief. Joanna machte das auch, auf dem Armaturenbrett, wenn er fuhr. Atherton war einer jener seltenen Menschen, die mit dem absoluten Gehör gesegnet sind. Joanna behauptete, man besitze das absolute Gehör, wenn man auf der Bratsche den Intervallsprung auf Anhieb schaffte.

Slider hatte Atherton eine Zusammenfassung von Mrs Cornfelds Erzählungen gegeben. Jetzt schlang er als Lunchersatz hastig ein Stück Fleischpastete hinunter und überlegte, was er wohl bei den Cornfelds bekommen hätte. Eine zarte Consommé, *foie gras*, gebratene Ente und grüne Erbsen? Er seufzte und schluckte. Das Fleisch schmeckte nach Soßenbräuner, und die Kartoffeln hatten die glitschige Konsistenz von Fertigpüree.

»Aufregende Dinge passieren immer dort, wo ich nicht bin«, sagte er. »Ich sollte mich an Gelangweilte vermieten, mit der Auflage, nie in ihre Nähe zu kommen.«

»Irgendwas ist schief an deiner Argumentation«, meinte Atherton. »Und wie kannst du überhaupt dieses Zeug essen?«

»Ich hab gesehen, was es sonst noch gab. Nun mach schon – was ist passiert?«

»Ah ja. Ein Mann war da, der nicht nur den Läufer gesehen hatte, sondern auch sein Gesicht. Alan Maltby. Er war auf dem Weg zur U-Bahn und wollte gerade durch das Parktor gehen – sein üblicher Weg zur Arbeit –, als der Läufer herausgeschossen kam und Maltby ausweichen musste, um nicht umgestoßen zu werden.«

»Warum hat er sich nicht früher gemeldet?«, fragte Slider.

»Das hab ich ihn auch gefragt. Er war ziemlich ungehalten. Sagte, er arbeite unter der Woche. Jetzt sei Samstag, und er wäre sofort gekommen, um es uns mitzuteilen, und müsse sich dafür auch noch beschimpfen lassen. Er habe nicht übel Lust, auf dem Absatz kehrtzumachen und zu gehen. Und ich hatte nicht übel Lust, ihm eine zu scheuern.«

»Was du aber nicht gemacht hast?«

»Für wen hältst du mich? Jedenfalls, für einen kurzen, aber aufschlussreichen Moment war das Gesicht des Läufers nur Zentimeter von seinem entfernt, und er konnte einen guten Blick auf die Visage werfen – so gut, dass er bereit ist, an einem Phantombild mitzuarbeiten.«

»Meine Güte, was für ein Glückstreffer.« Slider schob seinen Teller weg. »Reich mir mal den Pudding rüber, ja?«

»Das ist doch nicht dein Ernst?«

»Wieso? Ich mag Glibberpudding und Griesflammeri.«

»Du hast unterentwickelte Geschmacksknospen, das ist dein Problem. Jedenfalls würdest du das nicht mehr sagen, wenn du alles gehört hast.«

»Was nicht mehr sagen?«

»Dass es ein Glückstreffer war.«

»Himmel, was denn jetzt?«

»Tja, Freund Maltby hatte einen guten Blick auf das

Gesicht von unserem Kumpel geworfen, wie gesagt. Er behauptete, der Typ hätte geschwitzt, die Augen wären hervorgequollen, alles Anzeichen von Erregung, also wurden wir alle ganz hellhörig. Und er hätte ein Handy in der Hand gehalten, ein Motorola wie das von Chattie, er hätte aber kein Blut oder ein Messer gesehen. Nachdem er das Phantombild abgesegnet hatte, verglichen wir es mit dem Foto von Darren, das wir von Jassy haben, und da gab es keine Ähnlichkeit. Und als wir Maltby das Foto von Darren zeigten, war er überzeugt davon, dass es sich nicht um ein und denselben Mann handelte.«

»Das musstest du mir ja unbedingt erzählen. Und mir den Nachtisch verderben. Es war mein Lieblingspudding.«

»Hör zu, so schlimm ist es vielleicht gar nicht. Schließlich könnte Darren immer noch der Mörder sein. Er könnte nach wie vor derjenige sein, der gesehen wurde, als er mit Chattie redete. Wir wissen nicht, ob diese Person und der Läufer ein und derselbe sind.«

»Das habe ich doch von Anfang an gesagt«, beschwerte sich Slider frustriert. »Und jetzt willst *du*, dass es zwei verschiedene sind?«

Atherton machte eine unwirsche Handbewegung. »Oder sie könnten dieselben sein, und der Läufer ist der Mörder, und Darren ist nur eine falsche Fährte.«

»Darren wurde noch immer nicht gefunden, nehme ich an?«

»Nein. Wir haben seine Stammkneipen abgeklappert und bei seinen Bekannten nachgefragt, aber niemand will ihn gesehen haben. Manchester hat tatsächlich jemand zum Haus seines Kumpels Dave O'Brien geschickt –«

»Das ging aber schnell.«

»Aber Darren war nicht da und ist anscheinend auch nicht dort gewesen. Die Kollegen hielten O'Brien für glaubwürdig, und sie müssen es ja wohl wissen«, sagte

Atherton mit tiefer Skepsis. »Sie haben versprochen, die Augen nach ihm offen zu halten, meinten aber, wir hätten nicht genug gegen ihn in der Hand, um die Sache vorrangig zu behandeln.«

»Geht uns ja genauso«, bestätigte Slider. »Na ja, wenigstens haben wir das Phantombild des Läufers, mit dem wir arbeiten können. Sieh zu, dass es verbreitet wird, ja, und ich frag mal nach, was Porson davon hält, es heute Abend in der Glotze zu zeigen.«

Hart kam herein und schlängelte sich zwischen den Tischen hindurch auf sie zu.

»Chef, da kam ein Anruf aus dem Haus. Der Mann ist da, um den Safe zu öffnen.«

»Endlich«, rief Atherton. »Wenn wir uns jemanden aus der Serie ›Scrubs‹ geholt hätten, wäre das Ding wahrscheinlich schon längst geknackt.«

»Du lebst in einer Traumwelt«, versicherte ihm Slider und stand auf. Das Essen rumorte in seinem Bauch und drohte, ihm Ärger zu machen.

»Fährst du rüber?«, fragte Atherton.

»Das will ich auf keinen Fall verpassen. Kommst du mit?«

»Kann ich auch mitkommen, Chef?«, fragte Hart.

»Wir feiern keine Party. Sehen Sie zu, dass Sie mit Ihrer Arbeit weiterkommen«, erwiderte Slider streng, doch sie grinste nur und zuckte die Schultern.

»War ’n Versuch wert«, meinte sie.

»Manche Leute kann man einfach nicht einschüchtern«, beschwerte sich Slider bei Atherton, als sie zum Ausgang gingen.

»Wenn man drei Monate lang mit dem Wichser-Team gearbeitet hat, kann einen nichts mehr umwerfen«, zwitscherte Hart.

Der Mann von »Acme Safes« wartete im Haus auf sie und beschwerte sich, dass er hatte warten müssen.

»Sie haben *uns* lange genug warten lassen«, erinnerte ihn Atherton.

»Ich bin sehr gefragt«, erwiderte er mit unverwüstlicher Würde. Er war ein kleiner, rundlicher Mann in einem sehr sauberen Overall mit dem Aufdruck ACME über der Tasche und sehr blank geputzten Schuhen an seinen ziemlich kleinen Füßen. Sein Haar war so ordentlich und schimmernd, dass es wie aufgemalt wirkte. »Heute ist eigentlich mein freier Samstag«, sagte er streng. »Ich müsste nicht hier sein.«

»Bei uns handelt es sich um einen besonderen Fall«, erklärte Atherton, obwohl Slider ihm mit einem Blick zu verstehen gegeben hatte, dass er den Mann in Ruhe lassen sollte.

»Oh, ich weiß, ich weiß«, schnaubte der Acme-Mann. »Ihr haltet euch für so wichtig, nur weil ihr rumlauft und Mordfälle aufklärt. Tja, andere Leute haben auch wichtige Jobs, wissen Sie. Safes zu öffnen ist Facharbeit.«

Slider gab Atherton einen leichten Tritt, um ihn von weiteren Bemerkungen abzuhalten. »Bitte machen Sie weiter.«

Der Safe enthielt ein oder zwei Schmuckstücke, Scheckhefte, Geburtsurkunde, Eigentumsurkunden für das Haus und andere Dokumente, dazu einen großen Stapel Aktienzertifikate. Atherton setzte sich an Chatties Schreibtisch, blätterte die Zertifikate durch, hob seine Brauen und spitzte den Mund zu einem tonlosen Pfeifen.

»Ein beachtliches Portfolio«, sagte er. »Ich glaube, wir wissen jetzt, woher sie das Geld für ihren aufwendigen Lebensstil hatte. Ich frage mich nur, ob sie das Kaufen und Verkaufen selber übernahm oder ob sie einen Berater hatte.«

»Ihre Großmutter sagte, Chattie hätte 100.000 Pfund

bekommen, als sie siebzehn wurde, und es in Aktien und Immobilien angelegt«, berichtete Slider.

»Aber laut Jasper bezahlte sie nur 80.000 für die Wohnung, die sie sich gekauft hat.«

»Also legte sie vermutlich 20.000 in Aktien an. Eine ganz hübsche Summe.«

»Ja, und das zu Beginn der größten Hausse der Geschichte. Mit den richtigen Transaktionen könnte sie das verzehn- oder verzwanzigfacht haben. Ich würde gerne ausrechnen, was sie abwerfen würden. Jedenfalls genug, um einer jungen Frau das Leben zu versüßen.«

»Viele davon müssen Aktien von ›Cornfeld Chemicals‹ sein«, sagte Slider. »Laut Großmutter bekam Chattie zehn Prozent, als das Unternehmen an die Börse ging.«

»Ja. Ich weiß nicht, wie der Kurs im Moment steht. Das muss ich nachschauen, wenn wir wieder im Büro sind. Ich hab die Aktienkurse in meinem Schreibtisch.«

»Könnte vielleicht nicht schlecht sein, herauszufinden, ob es weitere große Aktionäre gibt, die nicht zur Familie gehören«, schlug Slider vor.

Atherton sah ihn scharf an. »Du glaubst, es könnte mit Geld zu tun haben oder mit dem Unternehmen?«

»Ich weiß es nicht. Aber es schadet nie, ein paar Fakten an der Hand zu haben.« Er sah die restlichen Papiere durch. »Ah«, sagte er, »was haben wir denn hier?« Er hielt einen langen, schmalen Umschlag hoch, wie ihn nur Anwälte verwenden.

»Ihr Testament?«, fragte Atherton neugierig.

»Geschnetzelte Leber ist es nicht«, erwiderte Slider. »Jetzt finden wir vielleicht heraus, wer ein Motiv hatte, sie zu ermorden.«

»Nur, wenn derjenige das Testament kannte«, hielt Atherton dagegen. »Für gewöhnlich bist du es, der mich davor warnt, voreilige Schlüsse zu ziehen.« Er wartete ungeduldig, während Slider die Seiten durchlas. »Und?«

»Interessant. Wenn ihre Nächsten und Liebsten davon gewusst hätten, wären sicherlich ein paar sauer auf sie gewesen, aber ob es ein Motiv für einen Mord abgibt, ist fraglich. Sie hat alles, was sie besitzt, Wohltätigkeitseinrichtungen vermacht.«

»Ehrlich?«

»Eine sehr konventionelle Mischung aus medizinischen, pädagogischen, Drittwelt- und Umweltorganisationen. Tja. Sollten die Verwaltungsdirektoren unserer bekanntesten Wohlfahrtsorganisationen nicht noch gewissenloser sein als bisher bekannt, können wir die Erbschaft wohl als Motiv ausschließen.«

Den Nachmittag über beschäftigte sich Atherton mit den Aktienkursen und einem Taschenrechner und kam zu dem Schluss, dass ihr Portfolio etwa eine Dreiviertel Million wert war. Die Erträge brachten ihr ein Einkommen von rund 30.000 im Jahr ein. Kein Vermögen, aber, wie er meinte, ein feines zusätzliches Einkommen, um hübsche Kleider und Theaterkarten und Restaurantrechnungen zu bezahlen, dazu die großzügigen Spenden an verschiedene Wohltätigkeitseinrichtungen.

Sein Anruf beim Handelsregister führte zu weiteren interessanten Neuigkeiten. »Ich dachte, du hättest gesagt, Daddy Cornfeld hätte jedem Kind zehn Prozent gegeben?«, fragte er Slider.

»Das hat Großmutter behauptet.«

»Jassys Name steht nicht auf der Liste.«

»Wirklich? Dann wird sie ihre Anteile wohl verkauft haben.«

»Wenn sie das getan hat, muss es schon eine Weile her sein. Meine Informationen reichen fünf Jahre zurück.«

»Überraschend finde ich das nicht. Bei allem, was wir über sie wissen, nehme ich an, dass Jassy alles verkauft hat, was nicht angenagelt war.«

»Ja«, stimmte Atherton zu, »und das ist wahrscheinlich ein weiterer Grund für ihren Groll. Sie muss sich in den Hintern beißen. Die Cornfeld-Aktien sind in den letzten Jahren kräftig gestiegen, und die derzeitige Rendite beläuft sich auf fünf Komma zwei Prozent. Das liegt teilweise an dem kürzlich erfolgten leichten Abwärtstrend der Aktienpreise, der sich auf den gesamten Sektor ausgewirkt hat – faktisch den gesamten Markt –, aber das Kaufpreis-Rendite-Verhältnis war immer gut.«

»Noch mal für Gehirnamputierte.«

»Die Aktie hat immer gute Erträge wie auch Substanzerhöhung erbracht«, übersetzte Atherton.

»Vorher klang es besser. Tja, ich weiß nicht, ob uns das weiterbringt. Chattie hatte sicherlich Geld zu vererben, aber falls ihr Testament bekannt war, wussten die anderen, dass sie nichts bekommen würden.«

»Und wenn es nicht bekannt war – wer könnte dann glauben, dass er begünstigt würde?«

»Jassy?«, vermutete Slider.

»Möglich«, meinte Atherton. »Sie hat über die Jahre genug von Chattie bekommen. Sie könnte glauben, dass die große Schwester ihr etwas hinterlassen würde, und sie ist selbstsüchtig genug, das kaltherzig auszunutzen. Und das bringt uns wieder zu Darren.«

»Den Abwesenden.«

»Und da wir jetzt wissen, dass der Läufer nicht Darren war«, fuhr Atherton fort, »war Darren entweder der Steher und hat es getan, oder der Läufer war es – oder«, fügte er hinzu, als ihm plötzlich etwas einfiel, »der Läufer war ein Freund von Darren, und sie steckten unter einer Decke.«

»Oder«, erinnerte ihn Slider, »es war jemand ganz anderes.«

»Ja, die Möglichkeit besteht«, gab Atherton zu. »Also, ich weiß nicht. Was jetzt?«

»Wir machen weiter, was sonst?«

»Ich glaube, ich sollte Toby im Auge behalten«, sagte Atherton. »Die Band spielt heute Abend im Jazzschuppen, und ich denke, ich sollte da hingehen und vielleicht noch mal mit ihm reden.«

Slider musterte ihn. »Ach, das denkst du, ja? Es könnte wohl nichts mit Marion Soundso zu tun haben, oder?«

»Natürlich wird sie auch da sein«, erwiderte Atherton. »Selbstverständlich. Aber ich würde wegen der Musik hingehen. Ist 'n ziemlich heißer Schuppen.«

»Heißer Schuppen?« Slider rümpfte die Nase über den Ausdruck.

»Heißer Schuppen – cooler Jazz«, erklärte Atherton.

»Und wo ist dieser Jazzschuppen?«

»In Newport Pagnell.«

Slider unterdrückte ein Lächeln. »O ja, dann solltest du auf jeden Fall hingehen.«

»Gegen das Städtchen ist nichts einzuwenden«, sagte Atherton hochmütig. »Du solltest wissen, dass dort Aston Martins gebaut werden.«

»Hab ich irgendwas gesagt?«

»Ich kenne diesen Blick.«

»Ich hoffe, du erwartest nicht, dass ich dir Überstunden anrechne? Dein Liebesleben hast du in deiner Freizeit zu betreiben, wie alle anderen auch.«

»Na gut.« Atherton seufzte. »Aber wenn ich mir hinterher Toby noch mal vorknöpfe?«

»Mach, was du willst. Die Antwort ist trotzdem Nein.«

»Oh, das gefällt mir«, sagte Slider. Joanna und er lagen aneinandergeschmiegt im Bett, ihr Rücken an seiner Vorderseite, seine Arme um sie geschlungen und seine Hände auf ihrem Bauch.

»Mm«, stimmte sie zu.

»Wie schade, dass du arbeiten musst.«

»Das kann man von zwei Seiten betrachten.«

»Ich weiß, ein Haufen entzückendes Geld. Aber heute ist Sonntag.«

»Sonntags gibt's ein höheres Honorar.« Sie wand sich ein bisschen, um eine noch bequemere Stellung zu finden, und drückte ihren Po gegen seine Weichteile, die eigene Gedanken zu entwickeln begannen.

»Du genießt es, wieder zu arbeiten, stimmt's?«, fragte er.

»Gott, ja! Es ist wunderbar, wieder dabei zu sein, nach all diesen Wochen ohne irgendwas. Allerdings sollte ich mich wohl besser an das Nichtstun gewöhnen. Eine Garantie dafür, dass danach was anderes kommt, gibt es nicht.«

»Hm. Aber wenn was kommt – na ja –, irgendwann musst du sowieso aufhören, oder?«

»Wenn das Baby kommt, natürlich«, erwiderte sie. »Machst du dir darum Sorgen? Dass ich nicht fähig wäre, ohne Musik zu leben, wenn Junior seinen Auftritt hat?«

»Ich hab nicht gesagt, dass ich mir über irgendwas Sorgen mache.«

»Inzwischen kenne ich diesen Ton in deiner Stimme.«

»Wie schrecklich, so durchschaubar zu sein.«

»Nein, ist es nicht.« Sie küsste seinen Arm – mehr konnte sie von ihm nicht erreichen. »Es ist liebenswert.«

»Ich will nicht liebenswert sein. Ich will aufregend, erobernd, dynamisch und überwältigend sexy sein.«

Sie schlängelte sich aalgleich in seinen Armen, um seinem Körper ihre Vorderseite zuzuwenden und ihre Lippen den seinen. »Na, das bist du doch alles bereits, Mäuschen.«

»Mäuschen?«

»Dann halt Tiger. Gott, ist das harte Arbeit, dich rumzukriegen, mit mir zu schlafen.«

»Ach, ging es darum? Du hättest nur zu fragen brauchen.«

Eine befriedigende Zeitspanne später, als sie erhitzt in seinen Armen lag, den Kopf auf seiner Brust, sagte er: »Aber jetzt mal ernsthaft.«

»Ernsthaft?«

»Wegen der Sache mit der Arbeit.«

»Du lässt dich auch durch nichts ablenken, was?«, murmelte sie. »Ernsthaft – ich bin mir der Anforderungen der Situation völlig bewusst. Und ich bin mir ziemlich sicher, unser Kind in den Armen zu halten übersteigt die Befriedigung, mir eine Fiedel unters Kinn zu klemmen, bei Weitem.«

»Nur ›ziemlich sicher‹?«

»Ich hab das noch nie gemacht, wie kann ich mir da vollkommen sicher sein? Aber das eine ist das Leben, und das andere ist ein Job. Also beruhige dich, mein Lieber.«

»Wie schade, dass du arbeiten musst.« Er küsste sie auf den Scheitel.

Zehn Minuten später stand sie auf, und eine Stunde später war sie fort. Slider fühlte sich verloren. Er hatte verkündet, er komme nicht ins Büro, da alles, was anlag, auch von anderen erledigt werden konnte, aber er war es nicht gewöhnt, freie Zeit zu haben. Er las den Hauptteil der Zeitung durch und rief Atherton an.

Das Telefon klingelte lange, dann meldete sich eine Stimme mit »Hallo?« – eine nuschelnde, schläfrige und eindeutig weibliche Stimme.

»Hallo«, sagte er freundlich. »Ich hatte einen Bariton erwartet, keinen Sopran.«

»Häh?«, erwiderte die Stimme, hustete dann und sagte: »Wollten Sie mit Jim sprechen? Ich glaube, er ist in der Dusche.«

»Dann wird es mindestens ein oder zwei Stunden dauern«, meinte Slider. »Könnten Sie ihn bitten, mich anzu–?«

»Hallo?« Diesmal war es Athertons Stimme. Er hatte ihr anscheinend den Hörer entrissen.

»Wie ich sehe, waren deine Bemühungen gestern Abend nicht vergeblich«, sagte Slider.

»Warte mal eben, ich nehme in der Küche ab.« Die Leitung war tot, dann ein Klicken, und Atherton war wieder dran. »Ich hab vergessen, ihr zu sagen, dass sie nicht ans Telefon gehen soll. Ich habe keine Anrufe erwartet. Warum schläfst du an einem Sonntag um diese Zeit nicht mehr?«

»Es ist Viertel nach neun«, sagte Slider.

»Zivilisierte Menschen stehen sonntags nicht vor elf auf.«

»Tja, daran liegt es wohl. War das Marion Davies?«

»Ja«, bestätigte Atherton mit barschem Unterton – ein »Falls es dich was angeht« verkniff er sich.

»Wie ist es denn gestern Abend gelaufen?«, erkundigte sich Slider. »Das Gespräch mit Toby«, fügte er hinzu, als das Schweigen ihm anzeigte, dass er missverstanden worden war.

»Wir sind nach dem Konzert alle auf einen Drink ins ›Sow and Pigs‹ gegangen, aber es gelang mir, ihn für einen Moment unter vier Augen zu sprechen und ihn ein wenig unter Druck zu setzen. Ich glaube, da könnte doch etwas dran sein. Er war eindeutig nervös, und ein stärkeres Druckmittel könnte ihn dazu bringen, was auszuspucken. Wenn wir nur einen verwertbaren Beweis hätten. Man kommt nicht viel weiter, wenn man lediglich ein fehlendes Alibi und ein Motiv hat. Ich frage mich, ob wir es vertreten können, uns in seiner Wohnung umzuschauen? Falls wir eine Kapuzenjacke oder einen Blutfleck oder ein Messer finden könnten –«

»Ja, *falls*. Ich glaube nicht, dass wir auf der Basis einen Durchsuchungsbefehl erwirken können. Versuch doch mal, ob er dir freiwillig erlaubt, dich umzuschauen, und dann machen wir von da aus weiter.«

»In Ordnung. Du kommst nicht rein?«

»Ich mache heute frei, und wenn es mich umbringt.«

»Schade, dass Joanna arbeiten muss.«

»Seltsamerweise ist mir der Gedanke auch schon gekommen.«

Es war ein schöner Tag. Slider nutzte die Gunst der Stunde, rief seine Exfrau Irene an, plauderte schüchtern mit seinem Sohn Mathew, meist über Fußball, und hörte sich das endlose Gebrabbel seiner Tochter Kate an, die sich den Nabel piercen lassen wollte – »Nein« war ungefähr das einzige Wort, das er einschieben konnte –, wusch danach das Geschirr ab, beglich Rechnungen, erwog ohne große Begeisterung, ein paar Hemden zu waschen, dachte belanglos über Atherton und Marion Davies nach und ließ sich schließlich mit der Zeitung und einem Gin Tonic im Garten nieder. Atavistische Gedanken über ein müßigeres Leben schlichen sich ein, und er begann sich gerade zu entspannen und fand, dass es recht angenehm war, allein zu sein, als das Telefon klingelte. Atherton war dran und klang verstört, was an sich schon verstörend war.

»Ich glaube, du solltest besser herkommen«, sagte er. »Wir haben Probleme.«

Nachdem Marion aus eigenen Stücken gegangen war, hatte Atherton beschlossen, dass es ein Jammer wäre, jetzt den Druck auf Toby Harkness zu vermindern, und er war zu Tobys Wohnung gegangen, um ein wenig mit ihm zu plaudern und zu schauen, wie zugänglich er dafür wäre, seine Wohnung durchsuchen zu lassen.

Er klingelte an der Haustür, aber nichts rührte sich. Weil er Tobys Auto auf dem Parkplatz stehen sah, klingelte er wieder und wieder. Vermutlich nach dem gestrigen Abend sturzbetrunken, dachte Atherton, und immer noch außer Gefecht. Schließlich waren Schritte im Treppenhaus zu hören, und eine junge Frau tauchte auf, bekleidet mit Leggings und einem riesigen T-Shirt, die Haare vom Schlaf zerzaust. Noch hinter der Glastür sagte sie etwas zu Atherton, was dieser nicht verstand. Er hielt seinen Dienstausweis hoch. Daraufhin öffnete sie die Tür und fragte: »Wollen Sie zu Toby? Ich hörte, dass Sie bei ihm geklingelt haben. Ich wohne nebenan.«

»Sein Auto steht hier, daher nahm ich an, dass er zu Hause ist«, erklärte Atherton.

Sie musterte ihn durch ihren Pony hindurch. »Nur«, sagte sie, »glaube ich, dass mit ihm etwas nicht stimmt. Er war in den letzten paar Tagen ein bisschen seltsam. Ich meine, für gewöhnlich ist er immer ganz freundlich, aber als ich ihn vor kurzem sah, fegte er an mir vorbei, als hätte er mich nicht gesehen. Und dann gestern Abend –«

»Moment mal – Ihr Name?«

»Manda – Amanda Hare.«

»Gut, weiter. Was ist gestern Abend passiert?«

»Na ja, wissen Sie, er kam spät, und ich glaube, er hatte jemanden dabei, weil ich sie reden hörte. Diese Wände sind so dünn. Und dann hat er Musik aufgelegt, richtig laut, was gar nicht typisch für ihn ist, und ich wollte schlafen, darum hab ich an die Wand geklopft, aber es hörte nicht auf. Und dann war da so ein Geräusch, als würden Möbel verschoben, so ein Rumpeln und Poltern und eine Menge Gebrüll. Und dann hörte die Musik auf, und alles wurde still. Und seitdem nichts mehr.«

»Glauben Sie, dass er wieder weggegangen ist?«

»Ich habe nichts gehört. Außerdem steht sein Auto ja hier, wie Sie sagten.«

»Stimmt.« Atherton fiel etwas ein. Toby war gestern Abend nicht mit dem eigenen Auto gefahren. Jasper hatte ihn auf der Hin- und Rückfahrt mitgenommen. Atherton trat zurück, schaute die Straße hinauf und hinunter und entdeckte Jaspers Toyota MR2 ein paar Meter entfernt geparkt. Ein kalter Schauer lief ihm über den Rücken. Er hatte erwähnt, Toby sei gestern Abend nervös gewesen, aber vielleicht hatte Athertons Druck auch zu einer Überreaktion geführt?

»Ich glaube, ich gehe besser mal rauf und sehe nach, ob alles in Ordnung ist. Sie haben nicht zufällig einen Schlüssel zu seiner Wohnung?«

»Nein, tut mir leid«, erwiderte Manda. »Werden Sie die Tür aufbrechen?«, fragte sie hoffnungsvoll.

Würde er? Atherton wusste, dass er dazu keine Berechtigung hatte. »Schauen wir mal.«

Sie folgte ihm die Treppe hinauf. »Bleiben Sie hinter mir«, sagte er, während er an die Tür klopfte und Tobys Namen rief. Keine Reaktion. »Haben Sie was gehört?«, fragte er scharf, drehte sich zu Miss Hare um, deren Augen vor Aufregung geweitet waren.

»Ich weiß nicht.«

»Ich dachte, ich hätte jemanden um Hilfe rufen hören. Ganz schwach. Da, noch mal. Haben Sie das gehört?«

»Ja, ja, ich glaube schon.« Ihre Augen waren jetzt so weit aufgerissen, dass er befürchtete, sie könnten ihr aus dem Kopf fallen. Wie gut, dass Frauen so beeinflussbar sind, dachte er, machte einen Schritt zurück und trat gegen die Tür.

Das Schloss gab beim dritten Versuch nach – oder eher das Holz um das Schloss, das dem üblichen Standard in modernen Gebäuden entsprach und wie Streichhölzer zerbarst. Die Tür schwang zurück und prallte mit einem Knall gegen die Wand, der Manda Hare vor Schreck aufkreischen ließ. Atherton, vollgepumpt mit Adrenalin, nahm alles mit einem einzigen, scharfen Blick in sich auf. Dieselbe Unordnung, derselbe Geruch nach Mief, Tabak und schalem Essen, aber dazu noch etwas, bei dem sich ihm der Magen umdrehte und das Adrenalin noch weiter stieg – der Geruch von Blut.

Toby saß mit nacktem Oberkörper auf einem Stuhl am

hinteren Ende des Wohnzimmers und ließ die Hände zwischen den Beinen baumeln. Die Vorhänge waren zugezogen, und sein bleiches Gesicht und der Körper schimmerten seltsam im Halbdunkel. Auf dem Teppich vor ihm lag eine ausgestreckte männliche Gestalt, die Atherton ohne Schwierigkeit an der Kleidung erkannte. Jasper war es, der regungslos dalag, und unter ihm und um ihn herum hatte sich auf dem beigefarbenen Teppich ein dunkler Fleck gebildet. Das Blut war offensichtlich durch den Teppich gesickert und darunter weitergelaufen, denn es tauchte als interessantes Fließmuster auf dem freiliegenden Parkett an der Tür auf, im Dämmerlicht dunkel wie Öl.

Manda gab ein ersticktes Geräusch von sich. Sie hatte es geschafft, sich die Finger beider Hände in den Mund zu stopfen, und ihre Augen waren starr und quollen gefährlich hervor. Atherton trat einen Schritt zur Seite, um ihr die Sicht zu versperren.

»Schauen Sie nicht hin«, sagte er in festem, aber ruhigem Ton. »Gehen Sie in Ihre Wohnung und rufen Sie die Polizei. Man soll auch einen Krankenwagen schicken. Gehen Sie, rufen Sie an, seien Sie ein braves Mädchen. Los. Beeilen Sie sich.«

Sie ging und wandte den Blick so langsam ab, als müsste sie sich ein Pflaster von den Augen ziehen. Atherton widmete sich wieder der Szenerie vor sich. Seine Nerven sirrten angespannt und spielten ihm wieder und wieder ein Bild von Toby vor, der plötzlich aufsprang und wie eine bleiche Katze quer durch den Raum auf ihn zuschoss. Wo war das Messer? Es musste ein Messer geben. Es war schwer, in dem Zwielicht etwas zu erkennen. Ja, dort war es, auf dem Boden, halb unter Tobys Stuhl, wohin er es wohl hatte fallen lassen. Würde Atherton es erreichen, bevor Toby danach griff? Sollte er hinsprinten oder versuchen, sich anzuschleichen? Die Muskeln in seinem Magen schienen sich aus einer bösen Erinnerung heraus zu verkrampfen. Gott, er hasste Messer!

Er beschloss, sich vorsichtig anzunähern, und versuchte, gleichmäßig zu atmen. Er sprach leise, während er sich langsam vorwärtsschob. »Toby. Toby. Alles in Ordnung? Toby, können Sie mich hören?« Keine Reaktion. Atherton zog vorsichtig sein Taschentuch heraus. Tobys Muskeln wirkten ganz entspannt, aber ein Wahnsinniger konnte diesen Schockzustand vortäuschen und im letzten Augenblick tödlich aktiv werden. Athertons Adrenalinpegel erreichte den Höchststand, als er sich bückte und das Messer mit dem Taschentuch sicherte. Er war auf eine plötzliche, gewalttätige Bewegung gefasst, aber Tony blieb reglos sitzen. Kalter Schweiß lief über Athertons Rücken, und seine Beine zitterten. Er atmete ein paar Mal tief durch und zog sich ein oder zwei Schritte zurück.

Nun, nachdem er das Messer hatte, musste er sich dem Opfer widmen. Jasper lag mit dem Gesicht nach unten, sein Körper war schlaff, und Atherton hielt ihn zunächst für tot, aber als er sich hinhockte (den Blick immer noch auf Toby gerichtet) und Jasper zwei Finger an den Hals legte, spürte er einen schwachen Puls. Gott sei Dank! Wenn Jasper überlebte, könnte er ein Zeuge für das Geschehene sein. Toby sah so aus, als würde er nie wieder sprechen.

Doch genau in diesem Moment sagte Toby: »Er hat sie geschändet.« Der Klang der Stimme, der aus dieser regungslosen Gestalt drang, ließ Atherton zusammenfahren.

»Was?«, fragte er unwillkürlich.

»Darum habe ich sie umgebracht. Ich musste es tun. Und dann habe ich ihn getötet. Solche Dinge kann man nur mit Blut vergelten.«

Atherton hielt fast die Luft an. »Sie haben sie umgebracht?«

»Jetzt gehört sie mir«, sagte Toby mit derselben toten, tonlosen Stimme. »Sie gehört für immer mir.« Und dann stieß er einen tiefen, zitternden Seufzer aus, vergrub den Kopf in den Händen, die Ellbogen auf den Knien, und begann, sich vor und zurück zu wiegen.

Slider traf sich mit ihm im Krankenhaus, am Eingang zur Notaufnahme. Während sie hineingingen, berichtete ihm Atherton, was passiert war.

»Sie werden jetzt beide versorgt. Toby scheint immer noch völlig neben sich zu stehen. Er hatte eine Menge Blut an sich, und die Wände sind mit Blut bespritzt, daher weiß ich nicht, ob es eine Auseinandersetzung gegeben hat und sie beide verletzt sind oder ob das gesamte Blut von Jasper stammt. Gott, was für ein Schlamassel«, endete er verbittert.

»Es ist nicht deine Schuld«, beruhigte ihn Slider.

»Tja, vielleicht doch. Ich habe Toby gestern Abend unter Druck gesetzt, und Jasper hatte mich bereits gewarnt, dass Toby labil ist.«

»Er sagte bloß, dass alle Oboisten verrückt sind. Und du weißt, das ist nur ein Musikerwitz, genau wie der, dass alle Bratschisten dämlich sind.«

»Aber ich wusste, dass er kippen könnte. Deswegen hab ich ihn ja so bedrängt.«

»Hör auf, dir Vorwürfe zu machen. Das hilft dir nicht weiter. Wir haben eine Aufgabe zu erledigen, und genau das machen wir.«

Sie saßen auf Plastikstühlen im Flur, bis ein junger Arzt mit völlig übermüdeten Augen zu ihnen herauskam.

»Also«, sagte er, »der Zustand von Jasper Stalybrass ist im Moment stabil, aber er hat eine gewaltige Menge Blut verloren. Es gab innere Blutungen in der Brusthöhle und im Unterleib. Wir müssen ihn operieren, um zu sehen, was los ist.«

»Wird er überleben?«, fragte Slider.

»Das hängt davon ab, was wir bei der OP finden. Soweit ich hier feststellen konnte, könnte seine Lunge punktiert sein, aber das kann man überleben. Es hängt davon ab, wo es sonst noch Blutungen gibt. Er ist jedoch jung und gesund, daher sollte er eine recht gute Chance haben. Er wird für einige Zeit sehr schwach sein, und es besteht immer die Gefahr von Komplikationen, aber wenn wir bei der OP nichts allzu Schlimmes finden, sollte seiner vollen Genesung nichts im Wege stehen.«

Genaueres als das konnte man von Ärzten nie erfahren. Sie fürchteten sich alle davor, verklagt zu werden. »Was ist mit Toby Harkness?«

»Ah ja. Er war so voller Blut, dass wir dachten, er wäre ebenfalls verletzt, aber als wir ihn gesäubert hatten, konnten wir keine Verletzungen finden. Das gesamte Blut muss von dem anderen Mann stammen. Er ist körperlich unversehrt, aber er ist sehr verstört. Wir mussten ihn sedieren, um ihn untersuchen zu können, und wir haben ihn fixiert, bis wir einen Psychiater zu Rate ziehen können.«

»Kann ich mit beiden sprechen?«

»Tja …«, er zögerte, »… ich weiß, es ist wichtig für Sie zu erfahren, was passiert ist. Sie können ganz kurz mit Jasper Stalybrass sprechen, bevor er in den OP kommt. Nur zwei Minuten. Und Sie können zu Toby Harkness, aber ich glaube nicht, dass Sie aus dem viel herausbekommen. Wie schon gesagt, er ist sehr verstört – und, offen gestanden, wir wollen nicht, dass sich das noch verstärkt, sonst muss ich Sie bitten, zu gehen.«

»Verstehe. Ich werde sehr vorsichtig sein. Übrigens – wegen der Kleidung?«

»Ja, ist schon in Ordnung, ich weiß, wie das läuft. Ist alles eingetütet und aufgelistet, und Sie können sie mitnehmen, wann immer Sie wollen.«

Jasper Stalybrass lag auf einer Liege mit Rollen unter einem Tuch, das nicht weniger weiß war als er. Seine Augen waren geschlossen, die Lider zartblau, und die Haut wirkte nach dem extremen Blutverlust durchscheinend und wächsern. Er schien kaum zu atmen. Slider hielt Atherton mit einem warnenden Blick zurück. »Mr Stalybrass. Sind Sie wach?«

Er rechnete kaum mit einer Antwort, doch die Augen öffneten sich langsam.

»Ich bin Detective Inspector Slider. Können Sie mir erzählen, was passiert ist?«

Stalybrass versuchte zu sprechen, befeuchtete mühsam die Lippen und hauchte dann: »Ich hab ihn heimgefahren. Ging mit rein. Auf einen Drink. Setzte mich. Er ging – Küche. Kam zurück – stach auf mich ein. In den Rücken.«

Er hielt inne, keuchte flach. Slider nickte, hielt seinen Blick fest. »Ich verstehe. Lassen Sie sich Zeit.«

Stalybrass fuhr fort. »Er tobte. Ich versuchte – rang mit ihm – wollte an das Messer.«

Er schloss die Augen, und Slider wartete. Die Krankenschwester, die ein wenig entfernt gestanden hatte, berührte seinen Ellbogen. »Wir müssen ihn in den OP bringen«, sagte sie leise.

»Ich weiß. Nur noch eine Minute.«

Stalybrass öffnete wieder die Augen. »Er stach weiter – auf mich ein. Tobte – wegen Chattie. Chattie und mir.«

»Sir«, drängte die Schwester.

Stalybrass hielt Sliders Blick mit geschwächter Dringlichkeit fest. »Da ist noch mehr.«

»Nur weiter, ich höre zu«, sagte Slider. »Was ist es?«

»Er sagte – sagte, er hätte sie *getötet*«, brachte Stalybrass heraus. »Wegen ihr und mir.«

Slider nickte ruhig. »Verstehe. Machen Sie sich keine Sorgen mehr darum. Wir haben ihn in Sicherheit gebracht. Konzentrieren Sie sich jetzt darauf, wieder gesund zu werden. Wir sprechen später weiter, wenn man sich um Sie gekümmert hat.«

Er trat zurück, und Stalybrass wurde hinausgeschoben. Slider sah Atherton in die Augen. »Wie du siehst«, sagte er, »ist dein Plan von gestern Abend aufgegangen.«

»Aber um welchen Preis«, seufzte Atherton.

XII

Bleibt mir vom Leib

Sie gingen noch kurz in die Notaufnahme zu Toby. Er wurde von dem Polizeibeamten Ridpath aus Hammersmith bewacht, der sie neugierig ansah und bemerkte: »Er hat nichts gesagt, Sir.« Toby lag auf der Untersuchungsliege, die Augen geschlossen, die Haltegurte um den Körper geschnallt. Eine Krankenschwester war ebenfalls bei ihm.

»Können wir mit ihm sprechen?«, fragte Slider.

»Sie können es versuchen«, antwortete die Schwester, »aber ich weiß nicht, ob er antworten wird. Achten Sie darauf, ihn nicht aufzuregen.«

Slider trat an die Liege. »Toby, können Sie mich hören?«

Die Augen öffneten sich, blickten unkoordiniert umher, rutschten ein wenig hin und her wie die eines neugeborenen Babys. Slider spürte Athertons Anspannung hinter sich wie ausstrahlende Hitze. »Toby, ich bin Detective Inspector Slider. Können Sie mir erzählen, was passiert ist?« Keine Antwort. »In Ihrer Wohnung. Jasper kam mit Ihnen –«

Ein sichtbarer Schauder durchlief Toby Harkness, erfasste den ganzen Körper bis hinauf zum Gesicht.

»Haben Sie ihm etwas angetan?«

»Ich konnte es nicht ertragen«, erwiderte Toby, und sein Gesicht verzog sich zu einer übertrieben tragischen Maske. »*Er hat mit ihr geschlafen*. Hat sie geschändet. Ich musste sie beide töten. So ist es besser.« Und er begann zu weinen, schwache, tränenlose Schluchzer, die eher nach einem winselnden Welpen klangen.

»Toby«, fragte Slider so sanft wie möglich, »wollen Sie damit sagen, dass Sie Chattie getötet haben?«

Toby stöhnte und rollte den Kopf auf dem Kissen hin und her. Das Stöhnen wurde rhythmischer und lauter.

Die Schwester berührte Slider am Arm. »Ich glaube, Sie sollten ihn jetzt besser in Ruhe lassen.«

Slider gehorchte. Er wusste, dass er sowieso nichts Sinnvolles mehr aus Toby herausbekommen würde. Auf dem Weg hinaus bat er Ridpath: »Bleiben Sie bei ihm, und schreiben Sie alles auf, was er sagt. Ich sorge dafür, dass Sie von jemandem aus unserem Team abgelöst werden.«

Draußen auf dem Flur sagte Atherton: »Tja, ich glaube nicht, dass das als Geständnis Bestand hat, aber er hat es zu mir *und* zu Jasper gesagt. Vorausgesetzt, Jasper überlebt. Aber du hast es auch von Jasper gehört. Ich wünschte, er hätte es mir in Anwesenheit der Nachbarin gesagt, doch ich hatte sie bereits weggeschickt, um einen Krankenwagen zu rufen, verdammt.«

»Beruhige dich. Toby läuft uns nicht weg, so schnell nicht. Und wenn er in einem Anfall von Reue gestanden hat, Chattie umgebracht zu haben, wird er es vermutlich wieder und wieder sagen.«

Atherton musterte ihn aufmerksam. »Du hast da so einen Ton in der Stimme. Ein Geständnis und ein Mordversuch, was willst du denn noch mehr? Mit einem Messer. Einem Küchenmesser wie dem, mit dem nach Freddie Camerons Meinung auch Chattie angegriffen wurde. Marke Sabatier, wenn du pingelig sein willst. Könnte sogar dasselbe gewesen sein. Gott, wenn wir ein bisschen DNA von Chattie darauf finden würden –«

»Ja, wenn«, sagte Slider. »Schraub deine Hoffnungen nicht zu hoch. Geständnis hin oder her.«

»Was soll das heißen?«

»Toby behauptet, er habe Chattie umgebracht, weil Jasper sie geschändet hat. Vermutlich ist ihm das Blut zu Kopf gestiegen. Aber er greift Jasper erst *drei Tage später* an.«

»Das widerspricht sich nicht allzu sehr«, entgegnete Atherton. »Er ist ein Feigling. Eine Frau zu erstechen ist das eine, auf einen Mann einzustechen, der größer ist als er, ist etwas ganz anderes. Hat eben Zeit gebraucht, seinen Mut zusammenzunehmen.«

»Falsche Geständnisse sind nichts Unübliches«, hielt Slider dagegen. »Vor allem bei jungen Männern, deren Gefühle in Aufruhr sind.«

»Sich Jasper vorzuknöpfen musste so lange warten, bis Toby betrunken genug war und sich ihm die Gelegenheit bot«, wandte Atherton ein.

»Es könnte seine Art sein, sich im Nachhinein wichtig zu machen, sozusagen, nachdem er erfahren hatte, dass er in Chatties Leben nicht wichtig war.«

»Falls es ein falsches Geständnis war, dann war es meine Schuld, weil ich ihn gestern Abend so sehr bedrängt habe«, sagte Atherton.

»Ach, sind wir wieder bei der Leier? Na gut, wenn du dich bestrafen willst, dann denk an all die zusätzliche Arbeit, die uns das bescheren wird.«

»Was spielt das für eine Rolle, wenn wir dadurch unseren Mann kriegen?«

»Braver Junge! Du kannst zum Tatort zurückkehren und die Durchsuchung der Wohnung leiten, sehen, ob du irgendwas Nützliches findest, um deine Theorie zu untermauern.«

»Bah. Die Vorstellung, diese Wohnung durchsuchen zu müssen! Du hast sie nicht gesehen.«

»Du hast sie mir beschrieben. Ich dachte, du wolltest bestraft werden!«, sagte Slider.

Jetzt war an einen freien Tag nicht mehr zu denken. Slider kehrte in sein Büro zurück und setzte nach diesem neuen Ereignis die erforderlichen Maßnahmen in Gang, während er sich gleichzeitig damit beschäftigte, ob Atherton in irgendeiner Weise verantwortlich war, ob er hätte wissen können, dass Toby Harkness kurz vor dem Ausrasten stand. Aber man musste seiner Mannschaft vertrauen. Dem Vernehmen nach war Toby aus eigenen Stücken immer weiter im Sumpf versackt. Hatte er Chattie umgebracht? Motiv, kein Alibi, und jetzt ein Geständnis. Slider wäre zufriedener gewesen, wenn sie tatsächlich erstochen worden wäre. Etwas an der Betäubung und der vorgetäuschten Messerstecherei passten nicht zu einem Wutausbruch. Eifersucht schwelte eher, als dass sie aufflammte, und machte ihren Wirt krank; ein langsames, zähes Zersetzen. Und jemand hatte gesagt, Toby würde keiner Fliege etwas zuleide tun. Vielleicht hatte er es nur geschafft, sie zu töten, indem er sie zuerst betäubte. Hätte er den Wunsch gehabt, sie sterben zu lassen, dann hätte er geplant, wie das am besten zu bewerkstelligen war. Aber wie war er an das Betäubungsmittel gekommen? Wenn er erst Dienstagabend von Chattie und Jasper erfahren und Chattie am Mittwochmorgen ermordet hatte, musste er das Mittel bereits zur Hand gehabt (in diesem Fall, warum?) oder über Nacht zwischen acht Uhr abends am Dienstag und acht Uhr morgens am Mittwoch unglaublich effektive Arbeit geleistet haben.

Natürlich konnten sie nicht wissen, ob er nicht bereits viel länger über Chattie und Jasper Bescheid gewusst hatte. Er behauptete, erst an jenem Abend davon erfahren zu haben, aber vielleicht hatte er gelogen. Entscheidend war seine Aussage, wenn sie ihn irgendwann richtig verhören konnten. Und die Durchsuchung der Wohnung, falls da überhaupt etwas zu finden war. Die Zeitspanne zwischen dem Mord an Chattie und der Durchsuchung minderte die Chancen beträchtlich, doch Blut war ein hartnäckiger Bursche und drängte, wie der Dichter sagt, ans Licht.

Das Telefon klingelte. Er nahm ab, und eine weibliche Stimme, die vage vertraut klang, sagte: »Oh, ich wollte mit Jim sprechen. Jim Atherton. Ist er da?«

»Leider nicht. Ich bin Detective Inspector Slider. Kann ich Ihnen vielleicht helfen?«

»Oh. Ähm. Ich weiß nicht genau. Sie sind sein Boss, nicht?«

Er hatte die Stimme jetzt eingeordnet, verband sie mit zerzaustem Haar und verklebten Augen. »Sie sind Marion Davies, nicht wahr?«

»Ja, das stimmt.« Eine Pause, dann hastig hervorgestoßene Worte. »Ich habe das von Toby und Jasper gehört. Gott, das ist entsetzlich! Ich meine, was ist los? Was passiert da mit uns?«

Er ging davon aus, dass es rhetorische Fragen waren. »Wie haben Sie davon gehört?«

»Manda – Tobys Nachbarin – hat angerufen und mir davon erzählt. Ich habe versucht, im Krankenhaus nachzufragen, aber man wollte mir nichts sagen. Ist Jasper – ist er – ?«

»Er ist nicht tot. Ich habe als Letztes gehört, dass er in den OP sollte, aber es besteht gute Aussicht für seine Genesung.«

»Oh, Gott sei Dank. Aber hat Toby wirklich auf ihn eingestochen? Ich meine – Toby! Ich dachte immer, er sei ein solches, Sie wissen schon, Weichei. Ein Muttersöhnchen. Ich kann mir nicht vorstellen, dass er jemanden ersticht. Und warum Jasper? Ich dachte immer, sie wären Freunde.«

»Tut mir leid«, sagte Slider. »Ich kann Ihnen in diesem Stadium nicht mehr darüber sagen.«

»Vermutlich nicht.« Sie klang verzagt. »Aber es ist so

schrecklich. Ich kann mir nicht vorstellen, wie die Band nun weitermachen soll. Es ist, als hinge ein Fluch über uns, seit Chattie ...« Ihre Stimme verlor sich.

»Tut mir leid«, wiederholte Slider, der eine Menge zu tun hatte. »Gibt es sonst noch etwas, das ich für Sie tun kann?«

»Ja«, erwiderte Marion, riss sich anscheinend zusammen. »Würden Sie Jim etwas von mir ausrichten? Würden Sie ihm sagen, dass er... na ja, dass er nicht mehr zu mir kommen soll?«

»Sollten Sie ihm das nicht persönlich sagen?« Slider unterdrückte seine Ungeduld.

»Oh, ich weiß, aber das schaffe ich nicht. Ich will nicht mit ihm reden. Ich meine, er ist ein netter Kerl und so, und ich will ihm nicht wehtun, aber, na ja, er hat sich irgendwie an mich gehängt, möchte mich jeden Abend sehen, und, ehrlich, das kann ich nicht. Ich meine, es führt sowieso zu nichts, und wir haben eigentlich nichts gemeinsam. Außer dass er den Mord an Chattie untersucht, und, na ja, das ist nichts, worauf man aufbauen kann. Um ehrlich zu sein, ich krieg Zustände, vor allem nach dem, was gerade mit Toby und Jasper passiert ist. Ich meine, das ist nicht Jims Schuld, aber wenn ich mit ihm zusammen bin, kommt alles immer wieder hoch, als wäre er ein Unheilbringer oder so – na ja, ich meine das nicht so, wirklich, aber ihn jetzt wiederzusehen, wäre irgendwie makaber.«

Slider machte mehrere Ansätze, sich gegen diese Flut zu stemmen, und nur seine gute Erziehung hielt ihn davon ab, einfach aufzulegen. Als sie nun Luft holte, warf er rasch ein: »Ich glaube wirklich nicht, dass ich –«

Doch sie redete schon weiter, und obwohl sie sich diesmal kurzfasste, war vernichtend, was sie sagte. »Abgesehen von allem anderen ist er schlicht zu *alt* für mich.«

Slider zuckte zusammen, doch es gelang ihm, die Pause

zu nutzen, bevor es wieder losging. »Tut mir leid, aber ich kann wirklich keine persönlichen Nachrichten übermitteln. Sie müssen selbst mit ihm sprechen. Rufen Sie ihn heute Abend zu Hause an.«

Sie seufzte. »Wenn ich es so lange rausschiebe, taucht er wieder hier auf. Können Sie ihm nicht einfach sagen, dass ich ihn nicht mehr sehen will?«

»Tut mir leid«, wiederholte Slider zum vierten Mal nachdrücklich. »Ich muss Schluss machen, da ist ein Anruf auf der anderen Leitung.« Und er legte auf. Sein Kopf war voll mit unerwünschten Informationen der übelsten Art. Er wollte nicht in Athertons Privatangelegenheiten hineingezogen werden, und es war verdammt unverfroren von dem Mädchen, sich an ihn als Vermittler zu wenden, vor allem, da sie noch heute Morgen mit Atherton im Bett gelegen hatte, und vermutlich hatten sie nicht nur über Kontrapunkt und Fingersätze diskutiert. Es war das eine, in ihr eine flatterhafte kleine Madam zu sehen, die nach so kurzer Bekanntschaft mit jemandem ins Bett hüpfte und ihn dann genauso schnell wieder hinauswarf, aber es war etwas anderes, zu überlegen, ob sich Atherton zum Narren gemacht hatte und dadurch möglicherweise seine Beurteilung von Harkness getrübt war. Und, oje, oje, zu alt? Atherton, der Wunderknabe, der Serienverführer, der Peter Pan sexuellen Herumtollens, der gezwungen war, sich all die schnuckeligen Weiber vom Hals zu halten, um einen Augenblick Ruhe zu bekommen – Atherton wurde vor die Tür gesetzt, weil er *zu alt* war?

Slider hatte keine Zeit, darüber nachzudenken, verdammt! Er schüttelte heftig den Kopf, stand auf, streckte sich, bis die Gelenke knackten, setzte sich wieder und wandte sich seiner Arbeit zu.

Der Tag war noch nicht zu Ende.

»Ziemlicher Schlamassel«, sagte Porson, einigermaßen sanft angesichts der Umstände.

Nicholls, der Slider angerufen hatte, um ihm mitzuteilen, dass Porson eingetroffen sei, hatte berichtet, der Alte scheine froh zu sein, dass man ihn gerufen hatte. »Sonntage sind die Hölle, wenn man allein ist.« Vielleicht war das der Grund für Porsons Milde.

»Jetzt haben wir zwei weitere Elternpaare am Bein – und Harkness senior ist Ministerialrat im Kultusministerium oder wie das heutzutage genannt wird und dessen Frau eine Busenfreundin der Frau des Premierministers. Das Letzte, was wir zu diesem Zeitpunkt brauchen, sind politische Ramplikationen.«

Meint er Komplikationen, Ramifikationen oder Implikationen?, fragte sich Slider. Jedenfalls würde er nichts davon wollen. »Nein, Sir«, sagte er.

»Er macht ein Mordstheater, will wissen, was seinem Sohn zur Last gelegt wird und wann er ihn in einer Privatklinik unterbringen kann.«

»Sieht so aus, als käme Jasper Stalybrass durch«, bot ihm Slider als kleinen Trost an.

»Ja, und damit bleibt es bei versuchtem Mord oder schwerer Körperverletzung, Angriff mit tödlicher Folge, abhängig davon, wie viel Druck Stalybrass oder seine Eltern machen wollen. Es würde mich nicht überraschen, wenn *sein* Vater dick mit dem Staatsanwalt befreundet ist und Golf mit dem Lordoberrichter spielt. Aber was ist mit dieser anderen Sache? Dem Geständnis?«

»Wir konnten ihn noch nicht verhören. Er ist immer noch ruhig gestellt und gilt als zu labil.«

»Ja, und sein Vater erwägt, einen Anwalt einzuschalten, was uns noch mehr Sand ins Getriebe streut«, sagte Porson düster. »Wenn wir ihn irgendwas fragen, wird man uns ›Befragung bei geistiger Unzurechnungsfähigkeit‹ vorwerfen, und der Fall wird in sich zusammenfallen, und wir sitzen auf dem Trockenen. Was hielten Sie davon – von dem Geständnis?«, fragte er abrupt.

»Es ergibt Sinn, und Harkness hat kein Alibi für die fragliche Zeit, und er hat seit dem Mord sicherlich einen verstörten Eindruck gemacht.«

»Aber?«, fragte Porson scharf.

»Es ist nur so ein Bauchgefühl, Sir. Es fühlt sich nicht richtig an. Ich muss allerdings zugeben, dass ich es nicht begründen kann. Andererseits haben wir keine verwertbaren Beweise gegen Harkness, abgesehen von dem Geständnis.«

Porson seufzte. »Ja, und auf so was allein bauen die keine Anklage mehr auf. Allerdings, wenn der Junge gaga ist, werden sie ihn sowieso irgendwo wegschließen, und das wär's dann, obwohl das unserer Aufklärungsrate nicht weiterhilft. Tja, bleiben Sie aufgeschlossen. Sehen Sie zu, ob Sie etwas finden können, das die Sache untermauert. Das Messer ist ans Labor geschickt worden?«

»Ja, Sir, und wir haben Dampf gemacht. Was heißt, dass wir das Ergebnis morgen Nachmittag haben sollten.«

»Gut. Und was erzählen wir in der Zwischenzeit der Presse? Den Angriff müssen wir ihnen wohl liefern. Der ist inzwischen sowieso öffentlich bekannt. Aber da es eine Messerstecherei war, werden diese Haie zwei und zwei zusammenzählen und ihn zum Parkmörder machen, und Papa Harkness wird uns nie glauben, dass das nicht von uns kommt. Dann ist die Kacke wirklich am Dampfen. Die Großmuftis werden über uns herfallen, und wir geraten unter schweren Beschuss.«

»Ich glaube nicht, dass wir das verhindern können, Sir. Selbst wenn wir ihnen gar nichts erzählen, wird es Spekulationen geben, angesichts seiner Beziehung zu dem Mädchen.«

»Ja, und als Nächstes hab ich dann Papa Cornfeld auch noch am Hals. Wir müssen uns einfach absichern und auf das Beste hoffen. Also werden wir sagen, dass Harkness zu dem Angriff auf Stalybrass befragt wird, wogegen sie nichts einwenden können, und dass wir bisher keinen Grund zu der Annahme haben – nein, das können wir nicht sagen, falls es in die andere Richtung läuft – keine Beweise dafür haben, dass es eine Verbindung zu dem Cornfeld-Mord gibt.«

»Wollen Sie, dass ich das übernehme?«, fragte Slider unwillig.

»Nein.« Porson seufzte tief. »Ich mach das besser selber. Da ein Abgeordneter darin verwickelt ist, erhöht sich der Einsatz. Nichts für ungut, Slider, aber wir wollen ja nicht, dass die behaupten, wir hätten den Affen geschickt, wenn's der Leierkastenmann hätte sein sollen.«

Wie hatte Porson, dachte Slider, als er in sein Büro zurücktrottete, nur denken können, dass ich mich dadurch beleidigt fühle?

Slider legte nach dem x-ten nervtötenden Gespräch gerade den Hörer auf, als er Hart an seiner Tür entdeckte.

»Die Zentrale hat angerufen, Chef. Eine Frau ist da, wegen des Mordes, hat wohl was mit dem Läufer zu tun. Sie hat nach Ihnen gefragt. Soll ich das übernehmen? Ich weiß, dass Sie beschäftigt sind.«

»Nein, ich geh schon«, erwiderte Slider. »Ich nehme nicht an, dass es wichtig ist, wobei ich allerdings alles tun würde, nur um zehn Minuten von diesem Schreibtisch wegzukommen.«

»Ich wette, Sie haben noch nichts zu Mittag gegessen.« Sie beäugte ihn wie eine Glucke ihr Küken.

»Es ist sinnlos zu wetten. Ich kenne die Antwort«, sagte er, während er zur Tür ging.

Sie war nicht so leicht abzuwimmeln. »Soll ich Ihnen was holen? Ein Brötchen oder so?«

Er versuchte sie zu ignorieren und eilte weiter, aber

sein Magen meldete sich mit einem lauten Knurren, und er blieb unwillkürlich stehen.

»An einem Sonntag?«, fragte er.

»Da gibt's einen Imbiss in der Bahnunterführung, wo die Taxifahrer hingehen. Der hat immer auf.« Sie wusste, dass sie ihn jetzt am Haken hatte, und fügte verführerisch hinzu: »Ich könnte Ihnen ein Sandwich mit Schinken oder mit Speck holen.«

Ihm lief die Spucke im Mund zusammen. »Tja, das ist eine gute Idee. Macht es Ihnen nichts aus?«

»'türlich nicht. Was soll's sein?«

»Dann also Speck.«

»Mit Ketchup?«

Er hatte kapituliert. »Klar. Doppelte Portion.« Und wenn er dabei bankrott ging. »Und achten Sie darauf, dass sie Butter drauftun, keine Margarine.«

»Ja, ich werd's mir merken.«

»Danke, Hart.«

Sie strahlte ihn an, als würde er ihr einen Gefallen tun, nicht umgekehrt.

Unten am Empfang wartete nur eine einzige Person. Eine junge dunkelhäutige Frau, Ende zwanzig, schätzte er, mit einem rundlichen, hübschen Gesicht, geflochtenem Haar und einer Figur, die alle Nähte ihres engen und kurzen Kleides zu sprengen drohte. Ihr Busen war riesig und ihr Hinterteil ebenso ausladend. Ihre Beine waren nackt, und ihre Füße steckten in engen, hochhackigen Sandalen, deren Riemchen tief in die Haut einschnitten. Sie trug Kreolen, Armreife und um den Hals eine Vielzahl von Goldkettchen und umklammerte eine riesige Schultertasche auf ihrem Schoß (warum liefen die jungen Frauen heutzutage bloß alle mit diesen beinahe tornistergroßen Handtaschen herum? Was zum Teufel mussten sie denn dauernd mitschleppen?). Mit Interesse bemerkte er, dass sie schwitzte, obgleich es hier drinnen angenehm kühl war, und dass sie nervös war. Ihre Brauen waren zusammengezogen, ihre Hände kneteten nervös an den Schulterriemen der Tasche herum, und sie kaute auf ihrer Unterlippe.

Als sie Slider sah, stand sie sofort auf und fragte: »Sind Sie hier der Chef?«

»Ich bin Detective Inspector Slider. Ich leite die Ermittlungen. Was kann ich für Sie tun?«

»Ich muss mit Ihnen reden«, antwortete sie. »Es ist wichtig.«

»Wie ist Ihr Name?«

»Lizzie Proctor.« Ihr Blick schoss ängstlich umher. »Hören Sie, ich kann hier nicht reden. Können wir irgendwo hingehen?«

Slider führte sie in den nächstgelegenen Vernehmungsraum und bemerkte mit Interesse, dass sie sich wie jemand umschaute, dem diese Erfahrung neu war. »Leider ist es ein bisschen primitiv, aber hier haben wir unsere Ruhe«, sagte er. »Möchten Sie sich nicht setzen, Miss Proctor?«

Sie schien erfreut über die Förmlichkeit und strich ihren Rock beim Hinsetzen mit einer kleinen flatterigen, femininen Geste glatt.

»Also, worum handelt es sich?«

Sie zögerte einen Moment, offensichtlich kurz davor, einen Entschluss zu fassen, und sagte dann: »Es geht um meinen Bruder. Hören Sie, lassen Sie bloß nicht raus, dass Sie das von mir haben. Er würde mich umbringen, wenn er wüsste, dass ich hier war. Aber ich hab ihn angefleht und angefleht, selber zu kommen. Ich sagte zu ihm, wenn Dad noch leben würde, dann würd er dich dazu bringen. Ich meine, er macht es doch nur schlimmer, stimmt's, weil er Sie alle nach ihm suchen lässt? Aber er hat nix getan.« Sie sah drängend zu Sliders Gesicht auf. »Er ist ein guter Junge, und ich schwör auf meine Bibel, dass er nix getan hat.«

»Wie heißt Ihr Bruder?«, fragte Slider, hoffte auf Erleuchtung.

Sie zögerte. »Hören Sie, ich werd ehrlich zu Ihnen sein. Ich mein, es ist egal, ob ich's Ihnen sag, weil Sie's sowieso rausfinden werden. Er ist vorbestraft. Das ist teilweise der Grund, warum er nicht herkommen will. Er hat eine Scheißangst vor der Polizei. Aber es waren nur Kleinigkeiten, und er ist jetzt davon weg. Er hat sich so angestrengt, hat er wirklich, und ich und Mum sind so stolz auf ihn, und dann muss das passieren und alles verderben.« Ihre Augen füllten sich mit Tränen.

Geduldig versuchte Slider es noch mal. »Sagen Sie mir einfach, was er getan hat.«

»Das isses ja, er hat überhaupt nix getan!«, rief sie, als stellte er sich absichtlich dumm. »Er war einfach da, das ist alles, nur zufällig, und er weiß überhaupt nix davon. Er hat diese Frau nicht mal gekannt, diese Chattie Cornfeld. Sie müssen mir glauben.«

»Ihr Bruder war zur Zeit des Mordes in dem Park?«, fragte Slider.

»Das *sag* ich doch die ganze Zeit.« Sie wischte sich mit dem Zeigefinger eine Träne aus dem Auge. »Sie haben's in den Nachrichten gebracht, dass Sie mit ihm reden wollen, und das war schlimm genug, aber das hätte wenigstens jeder sein können. Aber dann haben Sie gestern Abend ein Bild von ihm gezeigt, und da war's passiert. Er versteckt sich jetzt, und er sagt, dass er nicht wagt, am Montag wieder zur Arbeit zu gehn, und wenn er den Job verliert, weiß ich einfach, dass er wieder was anstellen wird. Er glaubt, niemand traut ihm.«

Der Läufer, dachte Slider. Also darum ging es. »In Ordnung«, sagte er beschwichtigend, »erzählen Sie einfach von Anfang an – wie heißt er?«

»Dennis«, erwiderte sie automatisch, ohne zu bemerken, dass sie es verraten hatte. »Verstehen Sie, er stand immer irgendwie unter Strom, und als Dad starb, geriet Denny in der Schule in schlechte Gesellschaft, wie Kids das machen, und hat in Läden geklaut. Am Anfang wussten wir das nicht, Mum und ich, und er redete nicht mehr mit mir wie früher. Ich meine, er war ein frecher kleiner Teufel, aber er und ich kamen ganz gut aus, wissen Sie, was ich meine? Er hat mir Sachen erzählt.«

An diesem Punkt schien sie eine Antwort zu erwarten, also sagte er: »Ja, ich verstehe.«

»Aber dann war er nie mehr zu Hause, und wenn er kam, schob er sich einfach nur vorbei, ohne was zu sagen, und verschwand direkt in seinem Zimmer und machte die Tür zu. Da hab ich angefangen, mir Sorgen zu machen. Ich mein, er war nie ein schlechtes Kid, aber sie fordern sich gegenseitig raus und stacheln sich auf, diese Kids. Mehr war das für ihn nicht, bloß 'ne Herausforderung. Aber er wurde erwischt und verwarnt, ich weiß nicht wie oft, und wir erfuhren erst davon, als er richtig verhaftet wurde und die Sache vor Gericht kam. Na ja, er hat nur eine Bewährungsstrafe gekriegt, aber das reichte. Es hat Mum das Herz gebrochen. Sie hat immer große Stücke auf Denny gehalten. Sie sagte zu ihm, sie sagte, wenn Dad noch leben würde, dann würd er dich dafür grün und blau prügeln. Und Denny versprach, es nie wieder zu tun.«

»Hat er das Versprechen gehalten?«

»Er hat nie wieder in Läden geklaut – glaub ich wenigstens –, aber als er mit der Schule fertig war, kam er in eine andere Clique und fing an, Gras zu rauchen. Und weil er viel auf der Straße rumhing, wurde er ein paar Mal angehalten und durchsucht, von den – von Polizisten«, sagte sie höflich, »und einmal hatte er Gras dabei und wurde wegen Drogenbesitz bestraft. Als Mum das herausfand, brach sie in Tränen aus, und das hat Denny echt umgehauen. Er hatte Mum noch nie weinen sehen. Dann sagte er, er würd wirklich ein neues Kapitel aufschlagen, wenn wir ihm helfen würden. Also haben Mum und ich ihm geholfen, diesen Job zu kriegen, und er hat sich wirklich angestrengt, aber das ist nicht leicht. Seine Kumpel setzen ihm dauernd zu. Aber ich sagte, Denny, bleib dabei, du machst das toll, und kümmer dich nicht drum, was diese Arschlöcher sagen, entschuldigen Sie den Ausdruck. Und dann musste *das* passieren!« Sie weinte wieder, anscheinend Tränen der Frustration, und fummelte in ihrer Handtasche nach Papiertüchern. »Er war völlig fertig, seit Sie im Fernsehen nach ihm gefragt haben, und ich sagte ihm, er soll sich melden und die Sache klären, aber er wollte nicht. Er sagte, ihr Bullen habt es auf ihn abgesehen, und dass ihr Schwarze hasst, und dass ihr ihm was anhängt. Ich sagte, sei doch nicht so blöd, aber er sagte, Sie würden ihm nie glauben, weil er schwarz ist und vorbestraft. Und je länger er es laufen ließ, desto schlimmer wurde es. Und dann kam gestern Abend das Bild im Fernsehen, und jetzt denkt er, alle glauben, dass er ein Mörder ist!«

»Was hat er denn im Park gemacht?«, fragte Slider in dem Versuch, den Faden in die Hand zu bekommen.

»Er war auf dem Weg zur Arbeit, natürlich. Er geht immer durch den Park, das ist der schnellste Weg. Und der einzige Grund, warum er gerannt ist, war, dass er nicht zu spät kommen wollte. Ich mein, er ist ein guter Junge, und nur weil er gerannt ist, machen Sie einen Mörder aus ihm und zerstören sein Leben.«

»Wir wollten nur, dass er sich meldet, damit wir ihn aus unseren Ermittlungen ausschließen können«, besänftigte Slider sie.

»Das hab ich ihm auch gesagt, aber er vertraut Bullen nicht. Aber jetzt ist es in Ordnung, oder? Sie glauben mir?«

Slider glaubte ihr. Alles an ihr war offenkundig ehrlich, und sie bemühte sich, das Beste für ihren Bruder zu tun.

Was natürlich nicht bedeutete, dass ihr Bruder sie nicht angelogen hatte.

»Wir müssen das überprüfen, nur aus Gründen der Routine. Wenn Sie mir Ihren Namen, die Adresse und Telefonnummer aufschreiben würden, die Uhrzeit, zu der Dennis an dem Morgen das Haus verließ, und den Namen und die Adresse seines Arbeitgebers, damit wir nachfragen können, wann er an dem Morgen eintraf –«

»Wenn Sie seinen Chef nach ihm ausfragen«, sagte sie bitter, »verliert er seinen Job, und das war's dann.«

»Ich verspreche Ihnen, wir werden sehr deutlich darauf hinweisen, dass wir nur alle ausschließen wollen, die im Park waren.«

Sie schüttelte langsam den Kopf, machte eine besorgte Miene. »Denny wird mir nie verzeihen. Er wird's herausfinden und glauben, ich hätte ihn verpfiffen.«

»Ich werde nichts von Ihrem Besuch hier erwähnen.« Sie war immer noch nicht überzeugt, und er wollte sie nicht bedrohen, daher sagte er: »In einem Punkt hatten Sie recht – je länger es dauert, desto schlechter sieht es für Ihren Bruder aus. Falls wir die Sache jetzt schnell aufklären können, kann alles wieder normal laufen. Wenn Sie sagen, er hätte Chattie Cornfeld nicht gekannt –«

»Er kannte sie nicht. Das schwör ich Ihnen. Er hat's mir gesagt, und ich weiß, wann er lügt, und er hat dabei nicht gelogen. Er kennt überhaupt keine weißen Puppen.«

»In Ordnung. Also brauchen wir nur bei seinem Arbeitgeber nachzufragen, wann er an dem Morgen eintraf, dann wär's das.« Er schob ihr einladend Block und Stift zu. »Je eher, desto besser. Bringen wir es hinter uns, ja?«

Sie seufzte, griff nach dem Stift und begann in ungelenker, krakeliger Schrift zu schreiben.

»Wo ist Ihr Bruder jetzt?«, fragte er.

»Er übernachtet bei einem Kumpel. Er hat zu viel Angst, heimzukommen.«

»Dieser Freund, bei dem er übernachtet, heißt nicht zufällig Darren?«, fragte Slider beiläufig.

»Nein, der heißt Baz, glaube ich. Baz King«, ergänzte sie, schrieb immer noch. »Das ist sein bester Freund. Ich weiß aber nicht, wo der wohnt. Irgendwo in Acton, glaub ich, aber die Adresse kenn ich nicht.«

»Aber er kennt Darren? Darren Barnes?«

»Weiß ich nicht«, sagte sie. »Ich glaub nicht. Ich hab ihn nie vom dem reden hören. Wer ist das?« Er zeigte ihr das Foto von Darren. Sie betrachtete es aufmerksam und schüttelte den Kopf. »Nein, den kenn ich nicht. Warum wollen Sie das wissen?« Dann weiteten sich ihre Augen. »Er hat was mit dem Mord zu tun, ja? Deswegen haben Sie gefragt, ob Denny ihn kennt. Sie glauben immer noch, dass Denny was damit zu tun hat.« Wieder stiegen ihr Tränen in die Augen, und ihre Lippen zitterten vor Wut und Selbstmitleid. »Sie haben gesagt, Sie glauben mir!«

»Ich glaube Ihnen auch. Sie müssen verstehen, dass wir alles und jeden überprüfen müssen, selbst diejenigen, denen wir aus ganzem Herzen glauben. Das ist nun mal unsere Aufgabe.«

Die Sache mit dem Herzen drang zu ihr durch, doch sie war noch nicht ganz bereit, ihre Verstimmung aufzugeben. »Denny ist ein guter Junge. Ich wünschte, ich wäre nie hergekommen«, sagte sie in gekränktem Ton.

»Ich bin Ihnen sehr dankbar dafür«, versicherte ihr Slider. »Je schneller wir diese kleinen Dinge aufklären, desto eher können wir uns um die wahren Verbrecher kümmern.«

Sie schniefte noch ein wenig und schien besänftigt. Als sie mit dem Schreiben fertig war, fragte Slider sie, ob sie ein Foto von Dennis dabeihätte, und sie zog eins aus einer kleinen Mappe in ihrer Handtasche. »Kann ich das vorläufig behalten? Sie bekommen es in ein oder zwei Tagen zurück.«

Er führte sie mit altmodischer Galanterie hinaus. »Nochmals vielen Dank«, sagte er an der Tür. »Achten Sie auf die Stufen. Noch einen schönen Tag.«

Er sah ihr verblüfft nach, während sie auf die Straße hinausstakste, und konnte kaum glauben, dass sie auf diesen winzigen Stöckelabsätzen laufen konnte. Als balancierte ein riesiger, mit Wasser gefüllter Ballon auf einem Golftee. Gerade als er in sein Büro zurückging, kam Hart mit einer Papiertüte in der Hand die Stufen herauf und sah Lizzie Proctor mit erhobenen Augenbrauen nach.

»Wauisaui«, staunte sie. »Ich wette, die gäb eine Superseiltänzerin ab.«

»Ist das mein Sandwich?«, fragte Slider und riss es ihr förmlich aus der Hand. Er war so hungrig, dass er es samt Papier hätte verschlingen können. »Wie viel schulde ich Ihnen?«

»Sie können beim nächsten Mal bezahlen«, meinte sie leichthin.

Er bedachte sie mit einem strengen Blick. Solche Dinge mussten im Keim erstickt werden. »Wie viel schulde ich Ihnen?«

»Oh, na ja, Sie können mir einen Versuch nicht verdenken«, sagte sie. »Noch sind Sie nicht verheiratet.« Und sie wechselte rasch das Thema. »Wer war denn die Lady, mit der ich Sie gerade gesehen hab? Das war diejenige, die sich vorhin gemeldet hat, oder?«

»Die Schwester vom Läufer, und sie sagt, er habe es nicht getan, sei aber zu verängstigt, um sich bei uns zu melden, weil er der Polizei nicht traut und eine unbedeutende Vorstrafe hat.«

»Genau wie Sie vorausgesagt haben, Chef. Und, streichen wir ihn?«

»Noch nicht. Er ist abgehauen und versteckt sich bei einem Freund, was einem wie übertriebene Vorsicht vorkommen könnte für einen Mann, der nichts getan hat. Und wir wissen nicht, ob er Darren doch kannte. Er hat früher Gras geraucht und ist mal wegen Drogenbesitz bestraft worden, laut seiner Schwester, also könnte er irgendwann was von Darren gekauft haben. Wir müssen ihn uns noch ein bisschen genauer anschauen, bevor wir ihn ausschließen können.« Er gab ihr das beschriebene Stück Papier. »Fragen Sie bei seinem Arbeitgeber nach, wann Denny an dem Morgen eintraf. Dann können wir ausrechnen, ob ihm genug Zeit geblieben war, um etwas anzustellen. Schauen Sie sich sein Vorstrafenregister an, um zu sehen, ob uns die Schwester alles erzählt hat. Und überprüfen Sie, ob es eine Verbindung zwischen ihm und Darren gibt. Zeigen Sie Mrs Hammick sein Foto, fragen Sie, ob sie sich erinnert, ihn je im Haus gesehen zu haben. Und versuchen Sie, diesen Baz King zu finden, bei dem er angeblich sein soll, wohnt irgendwo in Acton.«

»Soll ich da hinfahren und ihn aufstöbern, wenn ich's rausgefunden habe?«

»Auf keinen Fall. Ich will nicht, dass er aufgescheucht wird und wieder verschwindet. Wir lassen ihn in Ruhe, bis wir wissen, ob etwas an der Sache dran ist.«

Sie erreichten Sliders Tür, und sie sah auf die fettige Tüte in seiner Hand. »Soll ich Ihnen noch einen Tee holen?«

Er zögerte, wurde das Gefühl nicht los, sie von ihrem Bemuttern abbringen zu müssen, aber der Gedanke an Tee gewann die Oberhand.

»Ja, danke«, sagte er. Sein Telefon läutete, und er trat mit einem Seufzen in sein Büro, um abzunehmen, während er sich fragte, ob er wohl dazu kommen würde, sein Sandwich zu essen, bevor es Wurzeln schlug.

XIII

Labora fürs Labor

Baz King war ebenfalls vorbestraft – für Drogenbesitz, Mitführen einer Angriffswaffe, Ladendiebstahl und zwei Mal für Spritztouren in einem gestohlenen Fahrzeug –, was es leicht machte, seine Adresse herauszufinden. Sollte es also nötig werden, Dennis Proctor festzunehmen, konnten sie im Nu dort sein. Aber das wurde immer unwahrscheinlicher. Der Besitzer der kleinen Druckerei an der Ecke Becklow und Askew Road, ein Mr Badcock, der die Ehre hatte, sein Arbeitgeber zu sein, war nicht sonderlich erfreut, an einem Sonntagnachmittag, an dem ein internationales Fußballspiel im Fernsehen lief, aufgesucht und belästigt zu werden; doch als er hörte, dass es darum ging, Dennis von den Ermittlungen auszuschließen, reckte er sich und tat seine Bürgerpflicht. Dennis sei ein guter Junge, sagte er, und er sei froh, ihm helfen zu können, seinen unglücklichen Start ins Leben zu überwinden. Er glaube fest daran, dass Dennis nur in schlechte Gesellschaft geraten sei und im Grunde den richtigen Instinkt besitze, vermittelt durch seinen verstorbenen Vater (ein Freund von Mr Badcock – sie hätten früher zusammen bei den Gilette-Werken an der Great Western Road gearbeitet) und aufrechterhalten durch seine Mutter und seine Schwester, die anständige Menschen seien.

Wann sei Dennis denn am Mittwoch zur Arbeit gekommen? Mittwoch, Mittwoch – o ja, Moment mal, das sei der Tag gewesen, an dem er zu spät gekommen sei. Er sei schon vorher ein oder zwei Mal zu spät gekommen, und Mr Badcock habe ihn deswegen sehr streng verwarnt, darum habe sich der Junge auch richtig Mühe gegeben. Wie viel zu spät? Tja, nicht allzu viel. Er sei, atemlos vom Rennen, um fünf nach acht eingetroffen, und Mr Badcock habe ihm verziehen, weil er offensichtlich so schnell gerannt war, dass er fünf Minuten lang nicht sprechen konnte. Mr Badcock habe ihm geraten, morgens früher loszugehen, und ihm dann seine Arbeit zugewiesen. Wie habe er an dem Tag gewirkt? Oh, genau wie immer: munter – ein bisschen aufmüpfig, um ehrlich zu sein, aber so seien diese Jugendlichen heutzutage doch alle, und bei ihm stecke nichts Böses dahinter. Man müsse ihnen auf die Finger sehen, keiner von denen habe eine Ahnung, was harte Arbeit sei, aber Dennis sei in der Hinsicht nicht schlimmer als die anderen, sogar ein bisschen besser, um die Wahrheit zu sagen, denn er sei an der Arbeit interessiert. Besitze ein echtes Talent dafür, die Sachen zusammenzustellen – künstlerisch, könnte man sagen. Wie habe er den Rest der Woche über gewirkt? Tja, wo Sie das jetzt erwähnen, am Samstag sei er ihm ein wenig abwesend vorgekommen und um Punkt fünf verschwunden, ohne aufzuräumen, worüber Mr Badcock noch ein Wörtchen mit ihm zu reden habe. Aber Mittwoch, nein, Mittwoch sei mit ihm alles in Ordnung gewesen.

»Sie waren uns eine große Hilfe«, bedankte sich Hart. »Ich habe nur noch eine Frage – können Sie sich erinnern, was er am Mittwoch getragen hat, als er zur Arbeit kam?«

»Nun«, erwiderte Mr Badcock gedehnt, während er nachdachte, »nun ja – nein, daran kann ich mich nicht erinnern. Sie ziehen sich alle so gleich an, nicht wahr, diese Jungs, Schlabberhosen und T-Shirt? Jedoch immer sauber, der Dennis, das muss man ihm lassen. Ohne jeden Fleck, wirklich. Muss wohl der Einfluss seiner Mutter sein. Aber ich kann mich nicht genau erinnern, was er anhatte, welche Farbe oder so. Das würde mir gar nicht auffallen, verstehen Sie?«

»Erinnern Sie sich, ob er ein graues Sweatshirt mit Kapuze trug?«

»Nein, nein, tut mir leid, das weiß ich nicht. Ich glaube, er hat eins von diesen Dingern getragen, aber ob das am Mittwoch oder an einem anderen Tag war...« Er lachte. »Ich hab ja schon Schwierigkeiten, mich zu erinnern, was ich anhab, ohne hinzuschauen. Typisch Mann, sagt meine Frau.«

»Also sieht's so aus, Boss«, sagte Hart später zu Slider, »als wäre Dennis nicht unser Mann. Zum einen, wenn er gerade einen Mord begangen hätte, wäre er ja wohl kaum in seiner üblichen munter-aufmüpfigen Weise aufgetreten – außer er ist ein völliger Psychopath. Und seine Mum sagt, er ist am Mittwoch um zehn vor acht zur Arbeit losgegangen. Die wohnen an der Rivercourt Road, das ist Luftlinie eine Meile, ein bisschen mehr, wenn man alle Ecken und so dazurechnet. Bei flottem Gang schafft man eine Meile in fünfzehn Minuten, und er rannte, als wär der Teufel hinter ihm her, aber trotzdem...«

»Ja«, bestätigte Slider. »Kaum genug Zeit, unterwegs auch noch einen Mord zu begehen.«

»Außer sie lügen alle.«

»Die Möglichkeit besteht immer. Doch mir kommt's eher so vor, als hätte er mit dem Kopf in den Wolken herumgetrödelt, dann gemerkt, dass er spät dran war, und wäre den Rest des Weges gerannt.«

»Ja«, stimmte Hart zu. »Außerdem war McLaren mit einem Foto von ihm bei Mrs Hammick, und sie sagte, sie habe ihn noch nie gesehen. Was nicht beweist, dass Chattie ihn nicht kannte, aber es kommt alles aufs selbe raus. Schade, dass der alte Kerl sich nicht erinnert, was Dennis anhatte. Wenn er das Kapuzenshirt nicht trug, hätte das bedeuten können, er hätte es unterwegs weggeworfen, was hilfreich gewesen wäre, aber ...« Sie zuckte die Schultern.

»Hm.« Slider überlegte. »Tja, dann sollten wir ihn wohl doch lieber bei seinem Freund aufstöbern, ihm ein paar Fragen stellen, sehen, ob wir ihm auf freiwilliger Basis eine Speichelprobe abnehmen können, um ihn vom Verdacht auszuschließen, und ihn dann nach Hause bringen. Sagen Sie ihm, er stünde nicht unter Verdacht und bräuchte keine Angst zu haben. Sorgen Sie dafür, dass er Ihnen glaubt. Wenn er wirklich unschuldig ist, möchte ich nicht, dass er seinen Job verliert und sein Leben zerstört wird; sollten wir dann später doch Beweise gegen ihn finden, wird es leichter sein, ihn zu schnappen, wenn er seiner normalen Beschäftigung nachgeht und nicht untergetaucht ist.«

»Ja, Chef, leuchtet ein. Wer übernimmt das?«

»Ich finde, Sie sollten das tun – Sie sehen nett und unbedrohlich aus. Nehmen Sie McLaren mit, falls Dennis in Panik gerät, aber sorgen Sie dafür, dass McLaren den Mund hält. Wir wollen diesen Jungen beruhigen, nicht verängstigen.«

»Verstanden. Ich achte darauf, dass er hinter mir bleibt«, sagte Hart.

Sie wandte sich zum Gehen und traf an der Tür auf Atherton, der gerade eintreten wollte. Er beantwortete ihren fragenden Blick mit einem Kopfschütteln. »Nichts«, sagte er zu Slider. »Nirgends Blut, bis auf das Wohnzimmer, wo er Jasper angegriffen hat. Keine Spuren an irgendwelchen Kleidungsstücken oder Schuhen, nichts in den Abflüssen. Nicht die geringsten Beweise. Jetzt hängt alles von dem Messer ab. Wenn sie darauf Chatties DNA nicht finden, haben wir nur sein Geständnis. Hast du denn noch nichts gehört?«

»Die Sachen sind erst heute Morgen ins Labor gekommen, gib ihnen eine Chance.«

»Gott, ist immer noch Sonntag? Kommt mir wie eine ganze Woche vor. Diese Wohnung! Ich weiß nicht, wozu wir Gefängnisse haben. Jemanden in so einem Loch wohnen zu lassen wäre Bestrafung genug.«

»Für dich, für andere nicht.« Slider merkte, dass Atherton deprimiert war. »Das Krankenhaus hat angerufen und mitgeteilt, dass Stalybrass Fortschritte macht. Es gab ein paar innere Verletzungen, aber nichts Lebensbedrohliches, allerdings mussten sie ihm die Milz entfernen. Sie haben ihn wieder zusammengeflickt, und jetzt geht es nur noch um Ruhe und Erholung.«

»Es geht um mehr«, sagte Atherton. »Vergiss nicht, ich war dort.«

»Ja, klar, natürlich. Das weiß ich ...«

»Aber weißt du es wirklich? Du scheinst das alles sehr leicht zu nehmen.«

»Ich versuche nur, dich zu beruhigen. Reiß mir nicht den Kopf ab.«

Atherton seufzte und rieb sich den Nacken. »Entschuldige. Ich bin müde, mehr nicht. Ich glaube, ich hau jetzt ab, wenn du nichts Dringendes mehr für mich hast.«

Slider nickte und fügte – denn Mitgefühl verlangte, dass er seinen Freund nicht unvorbereitet ließ – unwillig hinzu: »Hast du heute Abend schon was vor?«

Atherton wusste offensichtlich nicht, was er mit der Frage anfangen sollte. Wurde er über sein Liebesleben ausgehorcht, oder war das eine Einladung zum Abendessen? »Ähm, na ja, nichts Bestimmtes.«

»Wolltest du dich mit Marion Davies treffen?«, fragte Slider und fand sich widerlich.

»War nichts geplant, aber ich dachte, ich geh mal bei ihr vorbei und schau nach, wie es ihr geht. Es muss ein furchtbarer Schock für sie gewesen sein. Warum?«

»Sie hat dich also nicht angerufen?«

»Nein. Was soll das?«

»Hast du deinen Anrufbeantworter abgehört?«

»Himmel noch mal!«

Slider gab nach. »Sie hat hier angerufen, wollte dich sprechen, und als ich sagte, du seist nicht da, hat sie mich gebeten, dir etwas auszurichten. Ich hab ihr klargemacht, dass ich so etwas nicht tue, aber wenn sie dich nicht angerufen hat – na ja, ich möchte nicht, dass du ...« Er zögerte, suchte nach dem richtigen Wort.

»... dass ich mich zum Narren mache?«, ergänzte Atherton mit einem säuerlichen Lächeln. »Was war denn die Nachricht? Aus deinem Gesicht schließe ich, dass sie ›Angebot dankend abgelehnt‹ lautete.«

»Sie will dich nicht wiedersehen. Es tut mir leid«, fügte Slider unbeholfen hinzu. »Ich will mich da nicht einmischen.«

»Nein, ist schon gut. Mir tut's leid, dass du das abbekommen hast.« Atherton ging quer durchs Büro und setzte sich auf die Fensterbank. Er starrte auf seine Füße, massierte immer noch seine Nackenmuskeln. Das schräg hereinscheinende Sonnenlicht fiel auf sein Gesicht, und Slider erkannte, dass der Wunderknabe Abnutzungserscheinungen zeigte.

Atherton blickte plötzlich auf und schenkte Slider ein reumütiges Lächeln. »Kann ich dir etwas anvertrauen? Ich merke, dass ich eigentlich nicht sehr enttäuscht bin. Bei ihr hab ich's wohl ein bisschen übertrieben.«

Slider nickte, nicht um Zustimmung anzudeuten, was taktlos, wenn auch wahr gewesen wäre, sondern um zu zeigen, dass er zuhörte.

»Sie ist ein hinreißendes Mädchen, und ich konnte ihr nicht widerstehen. Aber – Gott, sie ist so jung! Ich meine, nicht so sehr dem Alter nach, aber – im *Kopf*. Sie hat von *nichts* eine Ahnung! Wie kann jemand Gebildetes so unwissend sein? Geschichte, Geografie, Literatur, Tagesereignisse – für sie alles Bücher mit sieben Siegeln. Die

Hälfte von dem, was ich gesagt habe, ging glatt über ihren Horizont. Und sie war nicht mal neugierig; es war ihr egal, sie schien nicht mal zu *wissen*, wie unwissend sie ist.« Er hielt inne. »Und ich konnte ihre Art zu sprechen nicht ausstehen. All dieses ›weißt du‹, ›irgendwie‹, ›und so‹. Alles, was wir gemeinsam hatten, war das Bett.«

»Das hat dir bisher aber doch immer gereicht«, konnte sich Slider nicht verkneifen.

»Mm«, machte Atherton, und dann: »Kann ich dir noch etwas anvertrauen?«

»Wird es wehtun?«

»Häh?«

»Erzähl mir nichts, was mit irgendwelchen Körperflüssigkeiten zu tun hat. Ich bin zimperlich.«

Atherton nahm den Hieb mit einer Handbewegung und einem müden Lächeln hin. »Ich beschränk mich aufs Wesentliche. Ich wollte nur sagen, dass es selbst im Bett nicht so toll war. Nicht, dass an ihr was auszusetzen wäre. Sie ist hinreißend. Aber es kam mir – oh, ich weiß nicht – merkwürdig vor. Als ich heute Morgen neben ihr aufwachte, kam mir das so eigenartig vor, dass ich sofort aufsprang und duschen ging.« Die Pause war so lang, dass Slider schon dachte, Atherton würde nicht weiterreden, obwohl Slider bereits erraten hatte, worum es ging. »Es kam mir eigenartig vor, weil sie nicht Sue war«, sagte er schließlich.

Slider schwieg. Wenn Menschen einem von ihren Problemen erzählen, wollen sie nur selten einen Rat, wenngleich der menschliche Drang dahin geht, stets einen zu erteilen. Und er wollte nicht zu einer Kummerkastentante für Atherton werden, der nicht nur sein Freund war, sondern auch sein Kollege und Untergebener, was die Dinge komplizierter machte. Atherton starrte wieder auf seine Füße, in Gedanken weit fort. Endlich sagte er mit leiser Stimme: »Sie fehlt mir.«

»Warum rufst du sie nicht an«, sagte Slider trotz seines noblen Vorsatzes. Er verfluchte sich innerlich.

Atherton blickte auf, sein Gesicht wieder hart wie Stahl. »Sie hat mich fallen lassen, falls du dich erinnerst. Sie hat agiert, ich hab reagiert. Ich streck meinen Hintern nicht für einen zweiten Tritt raus, vielen Dank.«

Ein ungemütliches Schweigen entstand (geschieht dir recht, schalt sich Slider, weil du den Mund aufgemacht hast), dann erhob sich Atherton und sagte: »Ich geh jetzt nach Hause, wenn es recht ist?«

»Ja, in Ordnung. Nichts, was nicht bis morgen warten kann.« Zögernd fügte er hinzu: »Willst du später zu uns zum Abendessen kommen, wenn Jo heimkommt?«

»Nein, trotzdem vielen Dank. Ich geh wahrscheinlich früh ins Bett. Ich räum noch meinen Schreibtisch auf, dann bin ich weg.«

Atherton ging in den Einsatzraum. Slider kehrte zu seiner Arbeit zurück. Kurz darauf hörte er von draußen das Telefon klingeln, aber es verstummte schnell wieder, daher nahm Slider an, dass jemand den Anruf entgegengenommen hatte. Ein paar Minuten später erschien Atherton an der Tür. »Neuigkeiten«, sagte er.

»Gute oder schlechte?«

»Hängt von deiner Sichtweise ab. Wir haben Darren Barnes gefunden. Ist vom schönen Brixton aus nicht weit gekommen. War bei einem Freund in der Coldharbour Lane untergekrochen, etwa fünf Minuten von der Ferndale Road entfernt. Er und dieser Freund sind heute Morgen mit dem Auto des Freundes losgefahren, um ein paar Vorräte zu besorgen, und sind angehalten worden, weil sie bei Rot über eine Ampel gefahren sind: Das Auto ist ziemlich auffallend, mit auflackierten Totenköpfen, ohne Schalldämpfer und ohne Steuerplakette.«

»Dumm«, meinte Slider.

»Und es wird noch dümmer. Der Freund fährt an den

Straßenrand, und kaum hält er, springt Barnes aus dem Wagen und rennt weg. Natürlich ist das für die Beamten aus Brixton dasselbe wie der Hase für den Windhund. Ihr Schaltkreis springt an, und sie stürzen sich auf ihn. Er kann sich losreißen und versetzt einem von ihnen einen Boxhieb. Wird wegen tätlichen Angriffs auf einen Polizeibeamten verhaftet, während der Freund derweilen die Gelegenheit ergreift, sich aus dem Staub zu machen.«

»Eine Geschichte ganz nach dem Geschmack der Leute.«

»Die Streife führt ihn ab, er weigert sich, seinen Namen zu nennen, und hat keinen Ausweis dabei, aber der Beamte, der ihn einbuchtet, erkennt ihn von dem Foto, das wir rumgeschickt haben, nimmt ihm den vollen Satz an Fingerabdrücken ab und lässt den zur Bestätigung durch die Kartei laufen. Daher sitzt Barnes jetzt in einer Haftzelle in Brixton und wartet darauf, von uns verhört zu werden.«

»Na, das klingt doch nach einer guten Nachricht. Wo bleibt die schlechte?«

»Ich sagte ja nur, dass es von der Sichtweise abhängt. Für Barnes ist es eine schlechte Nachricht.«

Slider erhob sich. »Dann fahr ich mal besser rüber. Dieser Sonntag scheint kein Ende nehmen zu wollen.«

»Ich komme mit«, sagte Atherton.

»Ich dachte, du wolltest nach Hause gehen?«

»Dort warten nur eine kalte Feuerstelle und ein leerer Sessel auf mich. Da ziehe ich doch jederzeit einen schwitzenden Gauner vor.«

Darren Barnes schwitzte. Und er war mürrisch. Auf seiner Stirn war eine Beule, vermutlich von seinem Aufprall auf dem Bürgersteig, nachdem sich die Polizisten auf ihn geworfen hatten. Aber er hatte nicht das Aussehen eines Junkies, wofür Slider dankbar war. Natürlich gab es Frustrierenderes, als chemisch Aufgepeppte zu verhören, doch das war ihm noch nicht begegnet. Darren sah gut genährt und kräftig aus, er zuckte nicht, seine Augen schossen nicht hin und her – im Gegenteil, sie starrten wütend und voller Ablehnung vor sich hin. Er wirkte wie ein gefährliches Tier. Sein Haar hing ihm in verfilzten Dreadlocks um den Kopf, und zwischen der Unterlippe und dem Kinn trug er ein kleines Bärtchen. In seinen Ohren und Augenbrauen steckten Ringe, und auf einem seiner Unterarme bäumte sich eine tätowierte Kobra auf – was ein gewisses Handicap für einen Kriminellen sein musste, der Identifizierung vermeiden wollte. Er bleckte die Zähne, als Slider und Atherton eintraten.

»Darren Barnes?«, fragte Slider. Die Antwort war ein Fluch. »Hören Sie auf damit«, sagte Slider. »Wir wissen, wer Sie sind. Wir möchten Ihnen ein paar Fragen stellen. Machen Sie's nicht noch schlimmer.«

»Was wollen Sie?«, knurrte er.

»Ich möchte was über Sie und Chattie Cornfeld erfahren«, erwiderte Slider. Er schob ein Zigarettenpäckchen über den Tisch. »Was zu rauchen?«

Darren griff automatisch danach, was ihm aber augenblicklich zu denken gab. Er starrte Slider voller Furcht an. Slider war sich sicher, dass Darren an diesem kleinen Akt der Freundlichkeit erkannte hatte, wie ernst es war. Darren, schloss Slider, war nicht so beschränkt, wie er aussah.

Darren zündete sich die Zigarette an und sog den Rauch ein. Sein Blick sah flackernd zu Atherton hinüber, der wie ein zurückhaltender Storch ein wenig vom Tisch entfernt stand, wandte sich aber gleich wieder Slider zu, als wäre er von Fäden gezogen.

»Ich werde Ihnen ein wenig auf die Sprünge helfen«, sagte Slider. »Es bringt nichts, wenn Sie Ihre Zeit damit verschwenden, Dinge zu leugnen, die zweifelsfrei erwiesen sind. In Chatties Haus wurde eine große Menge Kokain gefunden, das Sie dort versteckt hatten. So viel, dass eine Anklage wegen Drogenbesitzes nicht mehr ausreicht. Das ist Drogenhandel, und Sie wissen, was das bedeutet.«

»Sie können nicht beweisen, dass das Zeug von mir ist.« Darrens Stimme klang heiser.

»Stellen Sie sich nicht dumm, natürlich können wir das«, entgegnete Slider wie beiläufig.

Darren ballte die Fäuste. »Nennen Sie mich nicht dumm!«, brüllte er wütend.

»Im Gegenteil, ich glaube, Sie sind ganz und gar nicht dumm, Barnes«, sagte Slider ruhig. »Sie haben ein paar dumme Sachen gemacht, aber Sie sind nicht so dumm, dass Sie glauben, damit durchkommen zu können. Wie gut kannten Sie Chattie?«

»Sie ist die Schwester von meiner Puppe, mehr nicht.«

»Sie kannten ihr Haus gut genug, um zu wissen, wo man das Koks verstecken konnte, nicht wahr?«

»Ich hab da manchmal bei Jass übernachtet.«

»War da mehr zwischen Chattie und Ihnen? Haben Sie ihr Stoff verkauft?«

»Verpiss dich.«

»Das ist keine Antwort. Haben Sie mit ihr geschlafen, Barnes?«

Seine Nasenwände blähten sich. »Mit der hochnäsigen Schlampe? Da bums ich doch lieber einen Köter.«

»Sie hat Sie abgewiesen, was? Das muss Sie wütend gemacht haben.«

»Ich hab sie nie gefragt. Ich sag doch, die hätt ich nicht mal mit der Feuerzange angefasst. Ich hab bloß ...«

»Sie haben bloß ihr Haus benutzt, um Ihren Vorrat zu verstecken, bis sich die Sache abgekühlt hatte«, fügte Slider ein. »Den Teil kennen wir. Ich verstehe nur nicht, warum Sie sie umgebracht haben.«

Schweiß brach ihm aus allen Poren. »Hab ich nicht!

Hab ich nicht! Raus hier, Sie Schweinepriester! Das hängen Sie mir nicht an. Ich weiß, wie ihr seid, ihr verdammten Schweine.«

»Aber Sie wurden gesehen, Barnes. Sie haben an dem Morgen mit ihr im Park geredet, kurz bevor sie starb, genau da, wo wir ihre Leiche gefunden haben.«

Er starrte ihn einen Moment lang an, dann ging ihm etwas auf. Sein Mund stand offen, als würde er in Gedanken etwas durchgehen, dann entspannten sich seine Hände. »Ich war's nicht. Ich hab ein Alibi.«

»Ein Alibi wofür?«, fragte Slider.

»Sie können mich an dem Morgen nicht im Park gesehen haben. Ich war in Manchester.«

»Ja, das hat man uns gesagt. Leider hat Ihr Kumpel Dave das nicht bestätigt. Er sagte, er hätte Sie seit Wochen nicht gesehen. Das wird Ihnen also leider nicht helfen.«

»Nicht Dave, ich war nicht bei Dave.« Er blickte sie triumphierend an. »Ich war eingelocht.«

»Netter Versuch, Barnes, aber nicht sehr überzeugend. Wir haben bei unseren Kollegen in Manchester nachgefragt, und die haben Sie auch nicht gesehen.«

»Na ja, die wussten nicht, dass ich das bin.« Er grinste. »Ich hab mir die Kreditkarte von einem Kumpel geborgt. Ich war bei 'ner Puppe, die ich da kenne, in Moss Side, aber wir haben uns gestritten, und ich bin abgehauen und hab mich besoffen. Die Bullen haben mich abgeschleppt und über Nacht eingelocht und am nächsten Morgen wieder laufen lassen. Ich hab gesagt, ich wär Trevor Wishart. Der ist nicht vorbestraft. Fragen Sie sie. Da war ich Dienstagnacht.«

»Wir werden sie fragen«, warnte ihn Slider, »also sollten Sie unsere Zeit lieber nicht verschwenden.«

»Ich hab sie nicht umgebracht«, sagte er mit wachsendem Selbstvertrauen. »Ich hab sie gehasst, aber was soll's? Sie war nichts, nur ein hochnäsiges Stück Dreck. Ich würd meine Zeit nicht damit verschwenden, sie abzumurksen.«

»Warum sind Sie dann abgehauen?«, fragte Slider. »Sie sind Mittwochabend abgehauen und haben sich seitdem versteckt. Warum?«

Das selbstzufriedene Grinsen erlosch, und er sah Slider wieder mürrisch an. Er zuckte die Schultern und rauchte.

»Das Kokain in Chatties Haus? Sind Sie deswegen abgehauen?«

Er murmelte etwas, wich den Blicken aus.

»Sie sind also doch kein so großer Mann, was, Barnes? Sie sind nur ein kleiner Dealer, und wir haben unsere Zeit mit Ihnen vergeudet. Sie sind so mutig, eine Frau zu verprügeln und sie alles ausbaden zu lassen, aber zu mehr sind Sie nicht fähig, was?«

Darren warf ihm einen raschen Blick zu, in dem die Wut funkelte, doch er hielt den Mund.

»Oder ging es wirklich bloß um das Kokain?«, sinnierte Slider. »Vielleicht wollten Sie, dass Chattie tot ist. Vielleicht war sie Ihnen krumm gekommen. Vielleicht ging es um das Geld. Ging es um das Geld? Sie war ziemlich wohlhabend, nicht wahr? Wenn sie starb, würde das Geld vielleicht an die Schwester gehen, Ihre Freundin.«

»Jass hatte nie was von der blöden Kuh zu erwarten. Die Schlampe hat ihr erzählt, dass sie alles der Wohlfahrt hinterlässt!« Das sagte er mit tiefster Verachtung, in die sich Verwunderung darüber mischte, dass jemand so verrückt sein könnte.

»Dann also Rache. Das reicht als Grund, zu wollen, dass jemand tot ist. Aber Sie hatten nicht dem Mumm, es selbst zu tun. Darum haben Sie jemanden dazu gebracht, es für Sie zu machen – war es so?«

»Wenn ich jemanden umbringe, dann mach ich es selber, Mann«, knurrte Darren. »Ich brauch niemanden, der die Drecksarbeit für mich erledigt.«

»Ach, wirklich? Und als was arbeitet Dennis dann für Sie?« Er knallte das Foto von Dennis auf den Tisch und schob es mit einer einzigen Bewegung hinüber, den Blick auf Darrens Gesicht gerichtet.

Doch Darren betrachtete das Foto völlig ausdruckslos. »Wer soll denn der kleine Milchbubi sein? Mit Kindern geb ich mich nicht ab. Und wer zum Teufel ist Dennis?«

Slider glaubte ihm. Das gesamte Darren-Barnes-Gerüst war bei der kleinsten Berührung zusammengekracht. Er war nicht ihr Mann. Slider fand noch Raum genug in seinem Kopf für die Erleichterung, dass Chattie nach allem Dafürhalten von dem Verdacht reingewaschen war, mit Drogen gehandelt zu haben. Aber hauptsächlich verspürte er eine erschöpfte Wut, so viel Zeit und so viele Mittel darauf verschwendet zu haben, diesem ungehobelten, wertlosen Ganoven nachzujagen. Wenn das Manchester-Alibi Bestand hätte, und das hätte es seiner Überzeugung nach, könnten sie ihn wenigstens noch für das Kokain und den tätlichen Angriff auf einen Polizeibeamten drankriegen. Das sollte reichen, Darren für einige Zeit hinter Gitter zu bringen.

Im Auto auf dem Rückweg nach Shepherd's Bush schwieg er, tief in Gedanken versunken. Ein Anruf von Brixton in Moss Side hatte bestätigt, dass ein Trevor Wishart wegen Trunkenheit die Nacht auf Mittwoch in der Ausnüchterungszelle zugebracht hatte, und auf dem übermittelten Foto von Barnes wurde er identifiziert. Also hatte Barnes Chattie nicht ermordet, inwieweit er auch sonst mit dem Fall in Verbindung stand – und Slider befürchtete, es würde sich herausstellen, dass Darren nichts damit zu tun hatte. Das erlebte man bei der Polizeiarbeit immer wieder, Spuren, die sich im Sand verliefen, mühsam aufgedeckte Lügen, die nichts mit dem Fall zu tun hatten und nie hätten geäußert werden müssen.

Aber jetzt mussten sie noch mal ganz von vorne anfangen. Der Läufer war ein Reinfall – niemand konnte jetzt mehr glauben, dass Dennis Proctor etwas mit dem Mord zu tun hatte, und es war ganz deutlich geworden, dass Barnes ihn nicht kannte. Und es war genauso unbestreitbar, dass es sich bei beiden auch nicht um den Steher handelte. Wer war er dann? War er der Mörder, oder war er nur stehen geblieben, um nach der Uhrzeit zu fragen? War Toby Harkness der Steher?

Atherton musste Ähnliches gedacht haben, denn er sagte: »Jetzt bleibt uns nur noch Harkness.«

»Wenn er der Steher war, wo ist dann die Kleidung?«

»In der Wohnung gab es weder Trainingsanzüge noch Joggingzeug. Und nach allem, was ich von seinen Kollegen über ihn weiß, war er kein sportlicher Typ – was durch seine rundliche, wenig muskulöse Statur bewiesen ist.«

»Was nicht bedeutet, dass er die Klamotten für diesen Zweck nicht gekauft hat«, entgegnete Slider, »um sie hinterher wegzuschmeißen.«

»Das Messer, das Messer«, murmelte Atherton. »Es hängt alles von dem Messer ab. Ich hoffe, das Labor beeilt sich!«

»Eigentlich gibt es«, sagte Slider eine Meile später, »falls dir das schon aufgefallen ist, keinen Grund für die Annahme, dass er ein und dasselbe Messer benutzt hat. Er könnte genauso gut ein neues Messer gekauft und es hinterher weggeschmissen haben.«

»Du mit deinen wunderbaren Gedanken«, maulte Atherton und rutschte tiefer in seinen Sitz.

Als sie sich die Treppen hinaufschleppten, merkte Slider, dass er hungrig war. Sein Lunch lag Stunden zurück. »Wie wär's mit was zu futtern?«, fragte er Atherton. »Ich glaube nicht, dass ich durchhalte, bis Joanna nach Hause kommt. Hast du Hunger?«

»Mächtigen. Ich hab nichts zu Mittag gegessen.«

»Ach, der Glanz der Polizeiarbeit! Ich räume nur noch meinen Schreibtisch auf, dann hab ich für heute genug. Wie wär's mit einem Curry? Um diese Zeit am Sonntag wird hier in der Gegend sonst nicht mehr viel aufhaben.«

»Okay, ich bin dabei.«

Sie erreichten die Tür des Einsatzraums, gerade als Wendell von der Streifenpolizei den Hörer auflegte. Mit sichtbarer Erregung wandte er sich an Slider, der das ungute Gefühl bekam, dass dieser Sonntag noch ein paar Überraschungen im Ärmel hatte und die Chance auf ein Curry schneller zurückwich als der Haaransatz eines Premierministers.

»Was ist?«, fragte er. »Bring's mir sanft bei, ich bin in einem ziemlich angeschlagenen Zustand.«

»Jemand hat ein paar Kleidungsstücke gefunden, Sir. Sieht aus, als könnten es die sein, nach denen wir suchen.«

Montags kam die Müllabfuhr in die Ashchurch Grove, eine Seitenstraße, die von der Askew Road abging und quer zur Goldhawk Road verlief. Die Anwohner stellten für gewöhnlich ihren Müll am Sonntagabend hinaus, weil die Müllmänner frühmorgens kamen. Hier wurde der Müll allerdings nicht in Tonnen gesammelt, sondern in schwarzen Säcken.

Mrs Emerald O'Connor, eine schon ältere Dame mit schmächtigem Kinn, reagierte auf ihre Entdeckung jedoch eher gefasst als verstört. Slider nahm an, dass alle, die den Krieg überlebt hatten, schwer zu erschüttern waren, und außerdem litten alte Leute wie sie wohl am meisten unter Einsamkeit und Langeweile. Hier war etwas Neues in ihrem Leben aufgetaucht, und dazu noch etwas, das ihr die Aufmerksamkeit all dieser netten jungen Polizisten zukommen ließ.

Sie verschwendete keinen Moment und stürzte sich sofort in eine Tirade über die Zustände bei der Müllabfuhr, wie ein übereifriger Läufer bei einem Fehlstart. »Meistens sind es die Katzen. Man kann Katzen nicht vom Müll fernhalten, wenn er nur in Säcken gesammelt wird. Sie lauern hier sonntagabends herum, Dutzende von ihnen, warten darauf, dass die Leute ihre Säcke rausstellen, und kaum ist die Tür zu, reißen sie die Säcke mit ihren Krallen auf. Und dann fliegt alles herum, Knochen und Päckchen von diesem und jenem und – na, ich möchte mich nicht dazu äußern, was noch alles! Und die Leute stellen ihr Zeug viel zu früh raus. Sonntagabend, heißt es, aber ich seh sie die Säcke Sonntagmorgen rausbringen, sogar am Samstag. Manche tun's, wann immer es ihnen passt, nur um das Zeug aus dem Haus zu kriegen, egal, ob es andere belästigt. Rücksichtslos. Und da liegen die Säcke dann, der Müll quillt heraus, wegen der Katzen, und es stinkt zum Himmel. Und das alles nur, weil die Müllmänner keine Tonnen ausleeren wollen! Hat man so was schon gehört? Zimperlich, das sind sie. Haben Angst, sich zu verletzen! Und wir alle müssen darunter leiden. Demnächst haben wir hier noch Ratten, glauben Sie mir. Da, wo ich früher wohnte, hatten wir Ratten, so groß wie Katzen, widerliche Dinger! Und bei all den Essensresten, die von den Restaurants weggeworfen werden, ist es ein Wunder, dass wir in unseren Betten noch nicht totgebissen wurden. Es ist ein Verbrechen und eine Sünde, Essen wegzuwerfen, das hab ich immer gesagt, aber die von der anderen Straßenseite werfen genug Essen weg, um jeden Morgen die Fünftausend zu speisen. Und Leute sehen die Säcke beim Vorbeigehen und schmeißen einfach Zeug obendrauf. Das ist doch nur eine Verführung zu schlechtem Benehmen.«

Ihre weitschweifige Geschichte lief darauf hinaus, dass sie ihren mageren schwarzen Müllsack (»Maximal zwei Säcke, heißt es, aber was manche da rausstellen – also, man könnte meinen, das wäre der ganze Hausrat. Ein Wunder, dass sie überhaupt noch was drinnen haben!«) in den Vorgarten getragen hatte, um ihn an der vorgesehenen Stelle am Eingangstor zu deponieren. Sie bemerkte, dass jemand eine Plastiktüte mit Müll über die Gartenhecke geworfen hatte, was wohl öfter passierte. Sie holte ihn und legte ihn zu dem schwarzen Sack, damit die Müllmänner ihn am nächsten Tag mitnahmen.

»Und ich hab die Tüte sehr vorsichtig hochgehoben, das kann ich Ihnen sagen, weil man nie weiß, was da drin ist. Zerbrochenes Glas, Nadeln, alles Mögliche – und Schlimmeres. Aber die Tüte war weich, als wär was aus Stoff drin, und eine der Katzen muss mit den Krallen dran gewesen sein, weil sie an einer Seite aufgerissen war, wie Sie ja sehen. Und natürlich hab ich geschaut, was drin war, und ich sah etwas Graues mit einem dunklen Fleck drauf. Na, da ist mir wieder diese hässliche Sache im Park eingefallen, wo das arme Mädchen ermordet wurde, und mir fiel ein, dass in der Zeitung stand, die Polizei würde nach blutbefleckter Kleidung suchen. Die Katzen müssen das Blut gerochen haben. Eklige Dinger, Katzen. Ich mag sie nicht. Hunde, ja – ich hatte immer einen Hund, bis mein alter Dandy vor ein paar Jahren gestorben ist und ich dachte, ich würd's nicht schaffen, noch mal mit einem Welpen anzufangen, nicht in meinem Alter, aber ich wünsche mir oft, ich hätte es getan, weil ein Hund Gesellschaft ist, nicht wie eine Katze, so spröde Kreaturen, wie die sind …«

Sie brabbelte weiter wie ein plätschernder Bach, während die Beamten die unmittelbare Umgebung überprüften. Es war offensichtlich ein Leichtes, hier mit einer Plastiktüte in der Hand entlangzuspazieren und sie einfach über einen Zaun oder eine Hecke zu werfen, wenn niemand hinschaute. Und Müll auf diese Weise zu entsorgen war anscheinend so üblich, dass vermutlich niemand darauf geachtet oder noch daran gedacht hätte. Mrs O'Connor hatte keine Ahnung, wann die Tüte da hingekommen war. Sie hatte sie nicht bemerkt, bis sie ihren Müll hinausbrachte. Die Tüte konnte bereits die ganze Woche dort gelegen haben oder erst seit diesem Morgen. Sie wusste es wirklich nicht.

Die Tüte enthielt ein graues Kapuzenshirt mit Blutflecken auf der Vorderseite – Schmierflecken, dachte Slider, die aussahen, als wäre das Messer daran abgewischt worden – und ein Paar dünne Latexhandschuhe, ebenfalls blutig.

»Tja«, sagte Slider befriedigt, »jetzt haben wir ihn. Muss ein Amateur sein, wenn er die Handschuhe einfach so wegwirft. Selbst wenn wir von dem Shirt keine DNA bekommen, finden wir bestimmt in den Handschuhen ein paar Hautpartikel. Dem Himmel sei Dank für die Dämlichkeit mancher Krimineller.«

»Wenn es Toby war, dann war er clever genug, Handschuhe zu tragen, und dämlich genug, sie wegzuwerfen«, meinte Atherton. »Der tickt eindeutig nicht ganz richtig. Na ja, aber was wir haben, ist besser als gar nichts.«

»Viel besser.« Slider war regelrecht fröhlich. »Wir bekommen Chatties DNA von den Blutflecken und die des Mörders von den Handschuhen oder der Kleidung, und wir haben die Sache in trockenen Tüchern.«

»Noch mehr Arbeit fürs Labor. Können wir dieses Zeug auch im Schnellverfahren durchjagen?«

»Auf jeden Fall. Falls es irgendwas Schnelleres als das Schnellverfahren gibt, bezahl ich sogar dafür.«

XIV

Den zieh ich mir noch

Auf Hymens Altar werden viele Opfer dargebracht, doch das spielt vermutlich keine Rolle, solange man sich der Diskretion seiner Gattin sicher ist. Und Slider hatte seiner Meinung nach gute Gründe, Joanna von Athertons romantischen Problemen zu erzählen. Er ließ unerwähnt, dass Marion Davies ihn abgewiesen hatte, erzählte aber, dass Atherton gesagt hatte, es mache ihn unglücklich, mit jemandem zusammenzusein, der nicht Sue war.

Sie aßen weichgekochte Eier zum Frühstück (Folsäure im Eigelb verhindert beim Embryo einen gespaltenen Rücken, dachte er automatisch. Geburten waren viel komplizierter geworden, seit sein Sohn und seine Tochter aus erster Ehe gezeugt worden waren). Joanna saß ihm am Tisch gegenüber, die Sonne auf ihrem wirren, bronzefarbenen Haar. Der Schatten ihrer Brüste unter dem Musselinkleid war für ihn sowohl aufwühlend als auch beruhigend. Sie sieht müde aus, dachte er. Drei lange Tage harter Arbeit waren zu viel für sie ... Er fühlte sich ertappt, lächelte innerlich. Frauen hatten in diesem Zustand zu allen Zeiten lang und hart gearbeitet und nie einen Gedanken daran verschwendet. Aber heutzutage wurde ein solches Theater um Schwangerschaften gemacht, dass es schwerfiel, nicht darauf hereinzufallen. Joanna hatte sich mehr als einmal darüber beschwert, dass die Ärzteschaft sie als ernsthaft krank zu betrachten schien.

Joanna trank ihren Tee, während er ihr von Atherton

erzählte, und stellte dann ihren Becher ab. »Ich merke schon, dass du von mir erwartest, etwas dazu zu sagen, aber ich weiß nicht recht, was. Er vermisst Sue. Das wundert mich nicht. Sie passen gut zusammen – besser, als er es je zugeben wird, glaube ich.«

Slider fand das unfair. »Er hat sie immerhin gebeten, ihn zu heiraten.«

Sie schenkte ihm ein schwaches Lächeln. »Das ultimative Opfer. Wie großzügig.«

»Du weißt, dass ich das nicht so sehe.« Er war gekränkt.

»Aber ich glaube doch – unterbewusst. Das ist atavistisch. Jahrhundertelang haben Männer die Ehe als eine Falle betrachtet, deren einzige Nutznießer Frauen sind, und diese Einstellung kann man nicht von heute auf morgen ändern.«

»Aber vergiss nicht, dass Sue diejenige war, die ihn abgewiesen hat, und nicht umgekehrt.«

»Ich weiß, und dafür könnte ich sie treten.«

»Ich dachte, du wolltest ihn treten?«

»O ja, das auch«, sagte sie, als wäre das kein Widerspruch. Was in Frauenköpfen vorgeht, ist und bleibt eben doch ein tiefes Mysterium, dachte er.

»Er war ein Esel, deswegen eingeschnappt zu sein und nicht am Ball zu bleiben«, fuhr Joanna fort. »Ich meine, das hat doch auch Tradition, nicht wahr, beim ersten Mal Nein zu sagen, nur um die Entschlossenheit des Verehrers zu testen? Lies Jane Austen – und ich weiß, dass Jim sie gelesen hat, also hätte er Bescheid wissen müssen. Aber sie war auch ein Idiot, nicht zu merken, wie zerbrechlich er ist.«

»Zerbrechlich?«, schnaubte er.

»Psychisch. Das sind diese Serienverführer immer. Geringes Selbstvertrauen. Nur durch zahlenmäßige Eroberungen können sie sich ihren Wert beweisen.«

»Ich glaube, er steht einfach auf Sex«, meinte Slider milde.

Sie grinste. »Wer tut das nicht? Aber du musst zugeben, dass es ein bisschen verrückt war, alles haben zu müssen, was ihm vor die Flinte kam. Doch andererseits«, fuhr sie fort und strich Butter auf ihren Toast, »ist Sue ebenfalls zerbrechlich. Sie hat eine miese Beziehung mit einem Mann hinter sich, der sie verprügelt hat, und das macht es ihr schwer, Vertrauen zu fassen. Jim müsste das wissen.«

»Ihr macht die Dinge kompliziert«, beschwerte er sich.

»*Ich* mach das?«

»Ihr Frauen. Warum können zwei Menschen sich nicht einfach mögen, und damit basta?«

»Liebling, du bist so süß«, gurrte sie.

»Also, bei uns funktioniert das doch.«

»Wir sind eben außergewöhnlich. Intelligent, gut angepasst.« Sie beäugte ihn. »Was willst du eigentlich von mir? Dass ich mit Sue rede? Mit Jim rede?«

»Ich bin mir nicht sicher, ob wir uns da einmischen sollten. Die beiden sind schließlich erwachsen.«

»Darüber kann man geteilter Meinung sein. Aber es ist immer schwierig bei Leuten«, fügte sie hinzu, »die in ihr Alter kommen, ohne verheiratet zu sein. Es erfordert Toleranz und Kompromissbereitschaft, wenn zwei Leute zusammenleben wollen, und je älter man wird, desto festgefahrener ist man in seiner Lebensweise, und Veränderungen fallen umso schwerer.«

»Hm«, machte Slider.

»Falls ich die Chance dazu bekomme, rede ich mit Sue. Und Jim knöpf ich mir auch noch vor, wenn sich die Möglichkeit ergibt.«

»In Ordnung, aber sag nicht, dass ich es dir erzählt habe. Ich hab es schon schwer genug mit diesem Fall.«

»Ja, schrecklich, was dem armen Jasper passiert ist. Furchtbar, wenn es jemanden trifft, den man kennt. Wird er wieder gesund, weißt du das?«

»Vermutlich schon. Zumindest körperlich.«

Joanna wusste, dass er an Atherton dachte, dem vor zwei Jahren bei Ermittlungen eine schwere Stichverletzung zugefügt worden war. Es hatte lange gedauert, bis er darüber hinweggekommen war – falls er sich inzwischen überhaupt wieder vollkommen erholt hatte.

»Ein paar Leute gestern Abend«, berichtete sie, »waren nicht sonderlich erstaunt, dass Toby übergeschnappt ist, weil er seit Ewigkeiten ein schwankendes Rohr war, nur das Maß der Gewalttätigkeit hat überrascht. Ich hab ihn nie kennengelernt, aber Stef Baton, der Klarinettist, sagte, er kenne Toby seit Jahren und halte ihn für bescheuert. Er muss vor einigen Jahren von einem Mädchen total besessen gewesen sein und hätte ihr zum Schluss regelrecht nachgestellt. Ihr Vater hat dem schließlich einen Riegel vorgeschoben.«

»Schade, dass wir das nicht früher wussten. Die Leute haben also bereits über den Vorfall geredet?«

»Klatsch und Tratsch verbreitet sich in der Musikerwelt wie ein Lauffeuer. Ich habe zum ersten Mal um die Mittagszeit davon gehört. Auch für ›Baroque Solid‹ ist es wirklich schade, denn ich kann mir nicht vorstellen, wie die Band den Verlust von zweien ihrer Mitglieder überleben soll – ganz zu schweigen von dem Schock über das Geschehen. Sie sind so talentiert. Ein großer Verlust.«

Slider nickte abwesend. »Ist auch darüber geklatscht worden, dass Toby gestanden hat, Chattie Cornfeld ermordet zu haben?«

»Nein. Hat er das wirklich? Es gab ein bisschen Gerede darüber, dass er es vielleicht getan hat – du weißt, wie gern die Leute spekulieren –, aber nicht, dass er gestanden hat.

Aber das ist doch gut, nicht wahr, von deinem Standpunkt aus?«

»Ja«, bestätigte Slider, »wenn er es wirklich getan hat. Er ist so verstört, dass es möglicherweise ein falsches Geständnis war.«

»Oh. Aber warum glaubst du, dass er es nicht getan hat? Ich meine, leidenschaftliche Eifersucht, eine Frau, die ihn abgewiesen hat, ein Rivale – das ergibt Sinn, vor allem angesichts dieser Stalker-Sache aus der Vergangenheit.«

»Na ja, davon wusste ich natürlich nichts. Er hat keine Vorstrafen.«

»Nein, der Vater von dem Mädchen hat das anders gelöst. Es verleiht dem Geständnis einiges an Würze, oder?«

»Ja, schon.«

»Und wird es nicht noch durch den Mordversuch an Jasper erhärtet?«

»Ich versuche, für alles aufgeschlossen zu bleiben«, erwiderte Slider, »aber ich werde das Gefühl einfach nicht los, dass er sich, wenn er es hätte tun wollen, beide mehr oder weniger zur selben Zeit vorgenommen hätte, statt drei Tage zu warten, bevor er Jasper angriff.«

»Vielleicht hatte er vorher keine Gelegenheit dazu.«

»Aber sie haben sich jeden Tag gesehen.«

»Zusammen mit den anderen, vermutlich. Vielleicht konnte er ihn vorher nicht allein erwischen.«

»Hm.«

»Du bist nicht überzeugt.«

»Ich wünschte, ich wär's. Es fühlt sich für mich einfach nicht richtig an. Aber ich ließe mich gern überzeugen, wenn wir, abgesehen von dem Motiv, noch andere Beweise hätten.«

»Und ein echtes Geständnis«, erinnerte sie ihn. »Doch wenn Toby es nicht war, wer war es dann?«

»Ah, das ist das Problem. Wir haben alle Verdächtigen ausgeschlossen.«

»Vielleicht findest du ja noch andere.«

»Vielen Dank.«

Es blieb nicht viel anderes übrig, als auf die Laborergebnisse zu warten. Hart war es gelungen, Dennis Proctor zu überreden, nach Hause zu gehen, und ein Anruf bei der Druckerei bestätigte, dass er sich an diesem Morgen zur Arbeit eingefunden hatte, was gut war. Toby Harkness war in die Psychiatrie verlegt worden, wo er bewacht wurde, und Swilley war bei ihm gewesen, hatte aber nichts Sinnvolles aus ihm herausbekommen.

»Er ist total neben der Kappe, Chef«, berichtete sie. »Er antwortet nicht auf Fragen, sitzt nur da, schaukelt hin und her und starrt ins Leere. Der Seelenklempner meint, es könne Wochen dauern, bis Toby zum Planeten Erde zurückkehrt. Falls er tatsächlich völlig gaga ist«, fügte sie verdrießlich hinzu, »würden wir ihn, selbst wenn wir genug Beweise hätten, nie für die Sache drankriegen. Es würde auf verminderte Zurechnungsfähigkeit und ein bequemes Bett in einer psychiatrischen Anstalt hinauslaufen.«

»Was gibt es Neues von Jasper?«

»Das Krankenhaus behauptet, er sei ›beschwerdefrei‹.« Sie verzog das Gesicht. »Ich liebe die Ausdrücke, die sie benutzen. Ich nehme mal an, das ist das Letzte, was er ist. Aber es sieht so aus, als ginge es ihm immer besser. Sie sagten, er könnte heute Nachmittag vernommen werden.«

»Gut, das kann Hart machen.«

Swilley ging, drehte sich noch mal um und sagte: »Tobys Eltern flatterten heute morgen hier herum und gaben bedrohliche Laute von sich. Ich hab nicht ganz kapiert, inwiefern wir uns ihrer Meinung nach schuldig gemacht haben. Ich nehme an, solche Leute versuchen einfach aus

Gewohnheit, uns was anzuhängen. Ich meine, es gibt keinen Zweifel daran, dass er den armen Jasper praktisch filetiert hat. Im wahrsten Sinne auf frischer Tat ertappt. Aber sie suchen nach etwas, worüber sie sich beschweren können, daher dachte ich, ich warne Sie lieber vor.«

Slider nutzte den Vormittag, um sich alle Beweise erneut vorzunehmen, suchte nach Abweichungen, sah die Zeugenaussagen auf nicht beachtete Randbemerkungen hin durch, studierte die am Tatort aufgenommenen Fotos, in der Hoffnung, ein Gesicht wiederzuerkennen.

Am späten Vormittag rief das Labor an. Labore waren inzwischen in privater Hand, und die Polizei musste die in Auftrag gegebenen Arbeiten bezahlen; Tufnell – »Tufty« – Arcenaux war zum Leiter der sogenannten Biologieabteilung aufgestiegen. Sie war eigentlich mit dem gesamten menschlichen Körper befasst, aber der größte Teil der Arbeit bestand in DNA-Tests, da DNA inzwischen in erstaunlich kleinen Proben entnommen werden konnte. Blutgruppentests waren so tot wie die Phrenologie, und es würde nicht mehr lange dauern, bis auch Fingerabdrücke überholt waren.

Tufty war ein großer Mann mit einer lauten Stimme, obwohl ihn seine neue Verantwortung etwas gedämpft hatte. Es nervte ihn, die Polizei als »Kunden« zu betrachten. Aber er und Slider waren alte Freunde, und früher, als sie noch zusammengearbeitet hatten, hatten sie immer viel Spaß gehabt, was bei Tufty stets mit großen Mengen Essen und Alkohol verbunden war.

»Bill! Wie geht's dir, du alte Fledermaus?«, rief Tufty.

»Man schlägt sich durch. Und wie geht's dir?«

»Prima, prima! Bin noch gut im Saft.«

»Was macht die Familie?« Tufty hatte zwei Söhne, auf die er ungeheuer stolz war.

»Der junge Rupe hat eine neue Freundin. Eine Vegetarierin«, stöhnte Tufty.

»Oh, Pech gehabt«, bedauerte ihn Slider. »Sind ihre Eltern Cousin und Cousine?«

»Würde mich nicht wundern. Aber bei Triss läuft alles sehr gut. Er soll eine Rolle in einem großen Spielfilm bekommen, einem ›Major Motion Picture‹, wie sie das nennen. Schräge Bezeichnung. Lässt mich immer an eine endoskopische Untersuchung des Dickdarms denken.«

Slider lachte. »Und warum hört man nie von einem kleinen Spielfilm? Oder einem kleinen Bestseller?«

»Frag mich nicht. Jedenfalls, Triss glaubt, eine gute Chance zu haben, und es könnte der Durchbruch für ihn sein. Einer dieser grässlichen englischen Filme, spielt in den Dreißigern, irgendwas über Oberklassespione. Er ist sehr aufgeregt, weil jemand namens Ewan McGregor darin mitspielt. Ich dachte, der wäre Fußballer«, nörgelte Tufty.

»Die Welt geht an dir vorbei«, meinte Slider mitfühlend.

»Ach, ich geh eh nicht mehr ins Kino. Bring mich nach einem Arbeitstag an einen dunklen, warmen Ort, und ich will entweder schlafen oder jemanden vögeln. Oder beides.«

»Aber nicht unbedingt in der Reihenfolge.«

»Bin ich mir inzwischen nicht mehr so sicher. Jedenfalls, wo wir gerade von Arbeitstag reden ...«

»Du hast das Ergebnis von dem Messer für mich?«, fragte Slider hoffnungsvoll.

»Hab mich mächtig beeilt. Ich hoffe, du begrüßt die fabelhafte Geschwindigkeit unserer Bemühungen, denn sehr viel mehr wirst du nicht begrüßen. Auf dem Messer befindet sich nur eine DNA, und die stimmt mit der Probe überein, die du uns geschickt hast – lass mal sehen, Probe Nummer dam-de-dam-de-dam, hier ist sie – Jasper Stalybrass. Was für ein netter, altmodischer Name. Ich hoffe, er überlebt, um ihn weiterzugeben.«

»Wahrscheinlich schon«, sagte Slider.

»Du klingst enttäuscht.«

»Du hast mir gerade erzählt, dass ich keinen Beweis habe. Manchmal wünschte ich, ich wäre immer noch auf Streife.«

»Ach, das Leben ist eben nicht mehr dasselbe ohne so einen Schlagstock am Gürtel«, tröstete ihn Tufty fröhlich. »Mach dir nichts draus, du erwischst ihn schon irgendwie anders, wer immer er ist.«

»Ich hab sowieso nicht ganz daran geglaubt, dass er es war.«

»Also worüber beschwerst du dich dann?«

»Nur über das Leben im Allgemeinen. Was ist mit der Kleidung, die ich dir geschickt habe, der Jacke und den Handschuhen?«

»Haufenweise Zeug dran für mich zum Spielen«, erwiderte Tufty. »Blut, natürlich, vermutlich vom Opfer? Wie heißt sie noch – Charlotte Cornfeld? Mit der sollen wir es vergleichen?«

»Ja, und Freddie hat dir dafür einen Abstrich und eine Blutprobe geschickt.«

»Ja, alles da. Dann sind da noch der Träger besagter Jacke und Handschuhe, und wir haben Hautpartikel, Schweiß, Schuppen und lose Haare, mit denen wir arbeiten können. Überhaupt kein Problem. Daraus basteln wir dir ein hübsches Profil.«

»Wie lange?«

»Schnelldurchlauf?«

»Oberste Priorität.«

»36 Stunden ist das absolut Schnellste, was wir schaffen können«, sagte Tufty. Slider ließ ihm Zeit, schließlich kannte er ihn lange genug, und nach einer Pause setzte Tufty hinzu: »Für dich vielleicht eine Stunde oder so früher.«

»Danke, Tufty. Je schneller, desto besser.«

»Letztlich beweist das nicht, dass Toby es nicht war«, tröstete ihn Hart. »Es beweist nur nicht, dass er es war.«

»Das weiß ich«, seufzte Slider. »Wir können bloß hoffen, dass sich bei den Laboruntersuchungen etwas ergibt. Inzwischen müssen wir versuchen, andere Beweise zu finden.«

»Wie wär's damit, wenn wir allen Personen, die zur angegebenen Zeit im Park waren, ein Foto von Toby zeigen?«, schlug Swilley vor.

»Auf der Website ist ein gutes«, meinte Hart. »Das könnten wir benutzen.«

»Macht das. Und jemand sollte der Geschichte von diesem anderen Mädchen auf den Grund gehen, dem Harkness nachgestellt hat. Redet mit seinen Kollegen und Freunden, falls er welche hat.«

»Jim hat doch so engen Kontakt zu denen«, sagte Swilley.

Slider fing Athertons entsetzten Blick auf. »Ich glaube, nach dem Toby-Jasper-Vorfall wäre da ein neues Gesicht angebracht. Sie können das übernehmen, Norma. Wir wissen, dass Toby dafür nicht vorbestraft ist, aber es könnte mehr als ein Vorkommnis dieser Art gegeben haben. An die Eltern sollten wir uns wohl lieber nicht wenden ...«

»Auf keinen Fall«, stimmte Swilley nachdrücklich zu.

»Außerdem würden sie es vermutlich abstreiten. Aber kriegt alles raus, was ihr könnt, und vor allem, ob er irgendwann gewalttätig wurde, selbst wenn es nur eine Keilerei war.«

»Wird erledigt, Chef.«

»Und«, wandte sich Slider an die gesamte Gruppe, »wir müssen die Möglichkeit in Betracht ziehen, dass es nicht Toby war, wie schwer euch das auch fallen mag. Wir müssen in andere Richtungen ermitteln.«

»Tja, wie Jim immer sagt«, warf Hart ein, »letztlich läuft es stets auf zwei Motive hinaus – Sex oder Geld.«

Atherton bedankte sich von der anderen Seite des Raumes mit einer ironischen Verbeugung. »Wenn Toby das Motiv Sex hat, wer hat dann das Motiv Geld?«

»Darren sagte, Jassy wisse von dem Testament«, erwiderte Hart. »Also kann sie es nicht sein.«

»Ihr könnte doch nach Chatties Tod noch anderes Geld zufallen«, meinte Mackay. »Was ist mit den anderen Verwandten? Hatte die Großmutter was zu vererben? Und ihr alter Herr?«

Swilley dämpfte seinen Eifer. »Aber Darren und Jassy haben beide Alibis.«

»Ein Alibi ist dafür da, dass man es widerlegt«, murmelte McLaren leicht abwesend, während er die letzte geschmolzene Schokolade von einem Twix-Papier ableckte.

»Ach, und was soll das heißen?«

McLaren hatte sich über die Bedeutung seiner Worte offenbar noch keine Gedanken gemacht. Einen Moment lang verzog er angestrengt das Gesicht, dann sagte er: »Heißt ja nicht, dass sie nicht jemand für die Tat angeheuert hat.«

»Dafür hat sie kein Geld. Wie sollte sie das bezahlen? Solche Leute wollen meist im Voraus Kohle sehen, weißt du?«, erklärte ihm Swilley freundlich.

»Darren hatte doch das ganze Koks. Er muss Geld haben. Er könnte es ihr gegeben haben.«

»Wenn wir nach einem Auftragskiller suchen müssen«, sagte Hart, »stecken wir echt in der Scheiße.«

»Für einen Auftragskiller ist der Mord zu dämlich«, wandte Slider ein. »Verlieren wir die Tatsache nicht aus den Augen, dass der Täter dumm genug war, sich an den Parkmörder zu heften und zu glauben, wir würden das nicht durchschauen. Es war ein Amateurmord, ein geplanter Mord, ein feiger Mord.«

»Was mehr nach Geld als nach Sex klingt«, wandte Swilley ein. Slider nickte zustimmend, schwieg aber.

»Tja, vielleicht hat es doch etwas mit der Firma ihres Dads zu tun«, sagte Hart. »Nur was? Wenn es jemand auf ihn abgesehen hatte, würde man doch meinen, er wüsste davon.«

»Keine Erpressung«, überlegte Atherton laut. »Aber wie wär's mit Rache? Er liebte sie, und ein erfolgreicher Geschäftsmann muss auf dem Weg nach oben zwangsläufig jemandem auf die Zehen getreten sein.«

»Davon gibt es in seiner Familie schon genügend«, warf Hollis ein.

»Dem sollte man sicherlich nachgehen«, sagte Slider. »Wendet euch an eure Kontaktleute bei den Zeitungen, holt alles zusammen, was es an Artikeln über Henry Cornfeld gibt.«

»Und hofft weiter, dass es doch Toby war«, warnte Hollis, »denn morgen verlieren wir unsere Aushilfskräfte.«

Slider kam es seltsam vor, wieder genug Zeit zum Mittagessen zu haben. Sein Körper war so wenig daran gewöhnt, zur rechten Zeit gefüttert zu werden, dass er in der Kantine nur ein paar Gabeln voll Leber mit Speck, Kartoffelbrei und Erbsen runterbrachte. Als er merkte, dass er von einigen Uniformierten angestarrt wurde, die noch Mittagspause hatten, gab er seine Bemühungen auf und nahm einen Becher Tee mit zurück in sein Büro. Dort brütete er über den Fotos von Chattie, gequält von ihrem Lächeln. Er hätte sie so gerne dazu gebracht, ihm zu erzählen, was passiert war. Kleine Prinzessin Makellos hatte Hart sie boshaft genannt, aber sie hatte sich letztlich doch als recht nett herausgestellt. Bei ihrem beträchtlichen Einkommen hätte sie ihre Zeit genauso vertrödeln können wie Jassy, aber sie hatte es vorgezogen, ihre eigene Firma zu gründen und hart zu arbeiten, um zu beweisen, dass sie es aus eigener Kraft schaffen konnte, wie ihr Vater es getan hatte. Sie war der Liebling ihres Vaters. Ihre Großmutter hatte sie angebetet. Sie hatte viele Liebhaber gehabt. Toby war besessen von ihr gewesen, Jasper über lange Zeit ein Bewunderer. Jede Menge Leute hatten sich gemeldet, um zu berichten, wie sehr sie Chattie mochten, wie freundlich und fröhlich und lustig sie gewesen sei. Und doch hatte jemand sie ermordet. Jemand – wahrscheinlich jemand, den sie kannte – hatte sie gebeten, zu einem Gespräch unter vier Augen mit ins Gebüsch zu kommen, und sie war mitgegangen, ohne sich zu wehren, hatte Gift getrunken und war gestorben. Es war bizarr. Aber es musste einen Grund geben. Leidenschaft, Eifersucht, Geld?

Hatte es doch etwas mit dem Unternehmen ihres Vaters zu tun? Ihm fiel ein, dass Joanna gesagt hatte, sie habe vor kurzem etwas über »Cornfeld Chemicals« in der Zeitung gesehen, könne sich aber nicht erinnern, um was es ging, da sie kein Interesse an dem Artikel gehabt habe.

Er rief Tufty Arcenaux an.

»Was ist es diesmal? Auch wenn du mich noch mal fragst, werden die Ergebnisse nicht schneller kommen.«

»Darum geht es nicht«, wehrte Slider ab. »Du spekulierst doch ein bisschen an der Börse, stimmt's, Tufty?«

»Muss ich ja, nachdem ich Aktien von dieser Firma besitze.«

»Ernsthaft – du hast das doch schon immer gemacht, nicht wahr? Hast du jemanden, der dich berät? Jemanden, der sich an der Börse auskennt, der weiß, was vorgeht?«

»Du meinst, nicht nur ein Makler, sondern jemand, der Bescheid weiß. Finger am Puls, Kopf im Futtertrog, so was in der Art?«

»So was in der Art.«

»Da solltest du dich an Colin Jenkins wenden. Alter Saufkumpan von mir. War früher Wirtschaftsredakteur bei einer der Tageszeitungen, kennt immer noch alle und jeden. Was Colin nicht weiß, das passiert auch nicht. Soll ich ihn für dich anrufen?«

»Würdest du das tun? Wenn er dazu bereit ist, bitte ihn, mich anzurufen. Ich brauche ein paar Informationen.«

»Mach ich.«

»Oh, und, Tufty?«

»Bin noch da.«

»Sag ihm, dass es diskret laufen muss.«

»Oh, keine Bange. Der alte Colin ist so diskret, dass er, wenn er eine Affäre hätte, selbst nichts davon wüsste.«

Der Anruf erfolgte fünfzehn Minuten später. Colin Jenkins hatte eine volltönende Stimme und einen altmodischen Akzent, der sich in dem neuen Film von Tuftys Sohn bestimmt gut gemacht hätte. Wie Dennis Price als höherer Beamter, sinnierte Slider.

»Tufty sagt, Sie bräuchten Informationen, und es sei für einen guten Zweck«, sagte er.

»Ja. Ich möchte mich lieber nicht zu ausführlich äußern, aber...«

»Tuftys Wort reicht mir. Was kann ich für Sie tun?«

»›Cornfeld Chemicals‹«, erwiderte Slider. »Was können Sie mir darüber erzählen?«

»Aha«, kam es von Jenkins. »Also das ist ein nettes kleines Unternehmen, wenn auch ein wenig unterbewertet. War früher ein Familienunternehmen, bevor es an die Börse ging, und die Familie besitzt noch einen Großteil der Aktien. Der Gründer, Henry Cornfeld, ist der Vorstandsvorsitzende und geschäftsführende Direktor, aber er kennt sich in seinem Geschäftszweig aus. Ich würde sagen, es ist eine solide Investition. Wenn Sie an Aktien rankommen, würde ich sie kaufen.«

»Ja, verstehe. Aber war da nicht vor ein paar Wochen was in den Nachrichten? Jemand hat erwähnt, einen Artikel in der Zeitung gesehen zu haben, kann sich jedoch nicht erinnern, um was es ging.«

»Stimmt – es gab Gerüchte wegen einer Übernahme, aber ich glaube, daraus ist am Ende nichts geworden. Es gab einen Artikel im Wirtschaftsteil des ›Telegraph‹ – vielleicht haben Sie es da gesehen.«

»Übernahme durch wen?«, fragte Slider.

»Soweit ich mich erinnere, hat GCC um sie rumgeschnüffelt – ›Global Chemicals‹ –, aber ich glaube nicht, dass es je zu einem Angebot gekommen ist. Nur reine Spekulation.«

»Warum würde GCC die haben wollen?«

»Nun, ›Global‹ ist etwa die Nummer drei in der Hackordnung, nach ›Astra‹ und ›Glaxco‹, daher könnte die Überlegung gewesen sein, dass eine Übernahme oder zwei sie in dieselbe Gewichtsklasse bringen würden«, antwortete Jenkins. »Das ist die Hauptbeschäftigung dieser sehr großen Unternehmen. Ähnlich wie die fixe Idee mit dem Machtgleichgewicht des achtzehnten Jahrhunderts. Wenn Frankreich Österreich hat, dann muss Britannien Russland haben, Sie wissen, wie das läuft.«

»Verstehe. Es gab also nichts …« Slider hielt inne, suchte nach den richtigen Worten, »… Umstrittenes dabei? Nichts Merkwürdiges oder Verstohlenes?«

»Nicht, dass ich wüsste. Hören Sie, soll ich ein bisschen herumschnüffeln und mich dann wieder bei Ihnen melden? Momentan fehlen mir zu viele Fakten.«

»Würden Sie das tun? Ich wäre Ihnen äußerst dankbar.«

»Kein Problem. Haben Sie jemand Bestimmten im Auge?«

»Nein.« Slider runzelte die Stirn. »Ich glaube nicht. Eigentlich hasche ich nur nach Schatten.«

»Es hat mit der Ermordung von Cornfelds Tochter zu tun, nicht wahr?«, fragte Jenkins. Er hatte die Stimme gesenkt und hörte sich an, als spräche er, ohne die Lippen zu bewegen.

»Ja«, erwiderte Slider, »aber ich wäre Ihnen sehr verbunden, wenn Sie …«

»Oh, natürlich, natürlich. Ich behalte es selbstverständlich für mich. Geheimnisse zu bewahren gehört in meinem Berufszweig zur zweiten Natur.«

»Das hat Tufty mir erzählt.« Slider lächelte. »Nur sagte er, es sei ein Geheimnis.«

Hart war nach dem Verhör von Jasper etwas weniger tatendurstig als bei ihrem Weggang. »Ich glaube allmählich, dass Sie recht haben könnten, Chef«, sagte sie, lehnte sich an seinen Türrahmen und verschränkte aufreizend die Arme unter ihrem Busen.

»Wunder geschehen immer wieder.« Slider richtete den Blick woandershin. »Wegen etwas ganz Bestimmtem oder nur allgemein?«

»Etwas Bestimmtem. Na ja, Sie wissen ja, dass ich Sie für ein vollkommenes Planetenhirn halte.« Sie grinste. »Das ist kein Geheimnis.«

»Ist das ein Kompliment oder nicht?«

»Doch. Ein Hirn von der Größe eines Planeten.«

»Verstehe. Und was ist jetzt das Bestimmte?«

»Ich hab mit Jasper geredet. Er liegt flach auf dem Rücken und ist schlapp wie ein Wischmopp, aber er weiß ganz genau, was passiert ist. Ich dachte, es würde ihm was ausmachen, darüber zu reden, doch er wollte es anscheinend, also hab ich ihn einfach reden lassen. Jedenfalls hat er eindeutig bestätigt, dass der olle Toby gesagt hat, er hat Chattie getötet, aber – und das ist das Miese dran – er sagte, er hat sie erstochen. Er hat nichts davon gesagt, sie vorher betäubt zu haben. Hat nur davon gebrabbelt, wie er das Messer ins sie reinstach und ihr Blut sah. Darum glaube ich, dass Sie vielleicht recht haben.«

Slider, zu dessen oft unwillkommenen Eigenheiten es gehörte, stets beide Seiten zu betrachten, spielte nun den

Advocatus Diaboli. »Zu dem Zeitpunkt war Toby sehr verstört. Ein Mann im Delirium gibt keine detaillierte Erklärung von sich. Und die Sache mit dem Zustechen und dem Blut könnte der Teil gewesen sein, der ihm wirklich wichtig war, und daher der einzige, über den es sich zu reden lohnte.«

»Ja«, meinte sie etwas getröstet. »Das verstehe ich. Er will als Dschungelkönig dastehen, als brüllender Tiger, nicht als Schlappschwanz, der ein Mädchen nur erstechen kann, wenn es bewusstlos ist.«

»Trotzdem«, sagte Slider, »hilft es uns nicht, den Verdacht gegen ihn zu erhärten. Es ist nur einfach genau das, was ein Mann sagen *würde*, wenn er ein falsches Geständnis auf Grundlage dessen ablegt, was er in der Zeitung gelesen hat.«

Hart öffnete den Mund und schloss ihn wieder, schenkte Slider dann ein strahlendes Lächeln und machte sich davon. Jetzt hält sie mich für verrückt, dachte Slider.

Jenkins war offensichtlich fasziniert genug, Sliders Erkundigungen oberste Priorität einzuräumen, denn er rief bereits später am Nachmittag zurück.

»Wie nett von Ihnen, sich so bald wieder zu melden«, bedankte sich Slider.

»Nein, ganz und gar nicht. Ich ging davon aus, dass die Sache eine gewisse Dringlichkeit hat. Nun, der Artikel im ›Telegraph‹ war reine Spekulation, basierend auf dem Gerücht, dass sich Cornfeld zur Ruhe setzen wolle. Er ist fast 70, und obwohl er durchaus rege ist, gab es Gerede, oder Gerüchte, über Herzprobleme und Wünsche seinerseits, den Sonnenuntergang zu genießen oder sich der Aquarellmalerei zu widmen oder was auch immer, bevor es zu spät ist. Sollte er sich zur Ruhe setzen, gäbe es natürlich große Veränderungen innerhalb des Unternehmens, da er fast alles selber leitet – und der alte Knabe ist sehr autokratisch. Eiserne Faust in einem Eisenhandschuh, sozusagen.«

»Würde sein Rückzug bedeuten, dass es mit dem Unternehmen bergab geht?«, fragte Slider, dem eine Idee kam.

»Nein, nein. Die Firma selbst steht auf soliden Füßen. Aber es würde Umwälzungen geben und ein paar unvermeidliche Umgestaltungen. Und angesichts dessen, dass Gerüchte im Umlauf waren, GCC schaue sich nach Übernahmen um, spekulierte der Verfasser des Artikels darüber, dass ›Cornfeld Chemicals‹ ein passendes Objekt sein könnte.« Jenkins zögerte, fügte dann hinzu: »Mein Kumpel beim ›Telegraph‹ sagte, er hätte Gerüchte gehört, dass GCC ›Cornfeld‹ tatsächlich im Auge hätte, doch das lief natürlich alles heimlich ab, und er konnte mir seine Quelle nicht nennen, aber er sagt, ich solle Ihnen ausrichten, Sie könnten es als gegeben hinnehmen, dass da etwas dran war. Seitdem hat er jedoch nichts mehr gehört, daher nimmt er an, die Sache sei fallen gelassen oder erst mal ad acta gelegt worden.«

»Warum sollten sie das fallen lassen?«

»Oh, aus den verschiedensten Gründen. Ich glaube nicht, dass bei ›Cornfeld‹ selbst irgendwas im Argen liegt. Könnte sein, dass die ›Global Chemical Company‹ meint, angesichts von Henry Cornfelds Alter einfach abwarten zu können, bis er stirbt, und sich das Unternehmen dann billiger einzuverleiben. Oder sie haben ein anderes Unternehmen für einen Erwerb im Auge. Oder jemand bei ›Global‹ hatte hochfliegende Pläne, und es war nie mehr als ein müßiger Gedanke.«

»Aber es war nichts – Ominöses daran? Ich meine, wenn es durchgegangen wäre, hätte es dann für jemanden Verluste bedeutet?«

»Nein, eigentlich nicht. Die Aktionäre wären vermutlich nicht schlecht damit gefahren. ›Global‹ hätte ihnen einen guten Preis geboten, also hätten sie verkaufen und mit all dem hübschen Kies anfangen können, was sie wollten. Abgesehen von der Dividende haben Aktien keinen aktuellen Wert, bis man sie verkauft, verstehen Sie. Und da ›Cornfeld Chemicals‹ ziemlich straff geführt wird, hätte es vermutlich kaum Entlassungen gegeben, was wiederum die Angestellten glücklich gemacht hätte. Sie würden wahrscheinlich mit höheren Zusatzleistungen von der größeren Muttergesellschaft rechnen können. Der einzige Unterschied wäre, dass der Name Cornfeld entfallen würde – ›Global‹ hat es nicht so sehr mit der Aneinanderreihung all der Namen –, aber ich kann mir nicht vorstellen, dass jemand einen Mord begeht, nur um den Namen eines Unternehmens zu bewahren«, fasste er scharfsinnig zusammen, »was ja wohl das ist, worauf Sie hinauswollen.«

»Das hatte ich mich in der Tat gefragt«, gab Slider zu.

»Nein, mir fällt kein Grund ein, weshalb jemand dagegen sein sollte«, sagte Jenkins. »Und vor allem, warum jemand die Cornfeld-Tochter deshalb ermorden sollte. Ich nehme an, sie war Aktionärin?«

»War sie. Sie besaß zehn Prozent.«

»Wirklich? Das ist eine ganze Menge. Aber nicht genug, um den Deal zu blockieren, also kann es das nicht sein.«

»Wer könnte den Deal denn blockieren?«

»Na ja, Henry selbst, nehme ich an. Wie gesagt, er ist ein Autokrat. Wenn er dagegen war, würde sich der Vorstand ihm anschließen und den Aktionären gegenüber keine Empfehlung aussprechen. Aber ich verstehe nicht, warum jemand die Sache blockieren wollte. So was nennt man heutzutage eine Win-win-Situation.«

»Vielen Dank«, sagte Slider. »Sie haben mir sehr geholfen. Nur noch eine Sache.« Ihm war ein weiterer Gedanke gekommen. »Ich bin ein vollkommener Laie, was Aktien und die Börse und so weiter betrifft, also verzeihen Sie mir, wenn Ihnen die Frage dumm vorkommt …«

»Nein, nein«, murmelte Jenkins, durch Sliders angeborene Höflichkeit genötigt.

»Warum musste es so klandestin laufen, dass GCC ›Cornfeld Chemicals‹ kaufen wollte?«

»Na ja, weil ein bevorstehendes Übernahmeangebot eines großen Unternehmens wie ›Global‹ den Aktienpreis beeinflussen könnte und die Börsenaufsicht sich sofort auf alles stürzen würde, was nach Preisabsprache oder Insidergeschäften riecht. Mein Kumpel vom Wirtschaftsteil musste sich bei den Anwälten der Zeitung bis ins kleines Detail absichern, um diesen Artikel überhaupt schreiben zu können, der ja nur eine sehr unschuldige Bewertung des Unternehmens enthielt und ›Global‹ nicht mal beim Namen nannte. Wenn ›Global‹ wirklich ein Angebot machen würde, dann würden die Vorverhandlungen sehr geheim laufen, und die Bevollmächtigten müssten sehr genau aufpassen, was sie sagten und zu wem.«

»Vielen Dank«, wiederholte Slider. »Ich bin Ihnen sehr verbunden.«

»Gern geschehen. Sollte ich noch etwas hören, werde ich es Sie auf jeden Fall wissen lassen.«

Slider legte abwesend den Hörer auf und suchte unter den Papieren nach dem Protokoll seines Gesprächs mit Mrs Cornfeld senior. Ja, da war es. Cornfelds älteste Tochter Ruth hatte einen David Cockerell geheiratet, der seinem Schwiegervater Schande gemacht hatte, indem er das Familienunternehmen verließ und zu GCC ging. Ob er, überlegte Slider, dort wohl immer noch war? Es würde sich jedenfalls lohnen, dem nachzugehen. Auch wenn es vermutlich zu nichts führte. Wie Jenkins gesagt hatte, welchen Grund sollte jemand haben, Chattie wegen der möglichen Übernahme umzubringen, aus der ja sowieso nichts geworden war?

Allerdings hätte er schon zuvor bemerken können, dass David Cockerells Initialen DC waren. Und war es nicht möglich, dass »DC 10« bedeutete, David Cockerell um zehn Uhr? Wenn Chattie sich am letzten Tag ihres Lebens mit ihrem Schwager getroffen hatte, dann war es möglich, dass er etwas Interessantes über ihre Verfassung, ihren Seelenzustand wusste – wenn nicht über ihren Tod.

XV

Cock 'n' Roll

Die Büros der »Global Chemical Company« befanden sich in der Northumberland Avenue. Slider kannte diese riesigen anonymen Gebäude, Teile eines langen Blockes entlang einer großen Straße. Northumberland Avenue, nahe dem Trafalgar Square. Er schrieb die Wort nieder und starrte darauf. DC 10 TFQ. Aber Trafalgar Square würde man doch mit TS abkürzen. Allerdings würde jemand, der sich etwas beim Telefonieren notierte, nicht unbedingt logisch vorgehen. Exzentrisch, ja, doch nicht unglaubwürdig. Eher eigenwillig, das war das Wort dafür. Und das Ausschlaggebende an einer Gedächtnisstütze war, dass sie etwas im eigenen Hirn auslöste, nicht in dem eines anderen.

Er trat an die Tür seines Büros, winkte Atherton zu sich und probierte es an ihm aus.

»Trafalgar Square? Könnte möglich sein. Wenn ich so was in meinem Terminkalender mache, zeichne ich ein kleines Quadrat für Square und einen Kreis mit einem Punkt drin für Circus. Wir haben alle unsere eigenen Methoden. Warum hätte sie sich mit ihrem Schwager am Trafalgar Square treffen sollen?«

»Weil er sein Büro in der Northumberland Avenue hat.«

»Ja, aber ich meine, wieso sollte sie sich überhaupt mit ihm treffen?«

»Weil seine Firma, GCC, sich überlegte, ›Cornfeld

Chemicals‹ zu übernehmen, und sie eine Großaktionärin war.«

»Glaubst du?«

»Ich würde es jedenfalls gerne herausfinden. Gehen wir hin und sprechen mit ihm?«

Atherton blickte zweifelnd. »Sollten wir nicht erst die Laborergebnisse von den Kleidungsstücken abwarten? Wir stehen wie die Idioten da, wenn Toby es letztlich doch getan hat – was nach wie vor das wahrscheinlichste Szenario ist.«

»Ich würde lieber am Ball bleiben, als einen weiteren Tag zu vergeuden, falls Toby unschuldig ist. Und außerdem bin ich neugierig. Ich dachte, es gäbe überhaupt keinen Kontakt zwischen den beiden Teilen der Familie.«

»Neugier ist immer gut«, sagte Atherton. »Warum nicht? Gehen wir.«

Das GCC-Gebäude war innen sehr altmodisch. Die hohe Empfangshalle war mit schimmerndem Stein verkleidet – Granit, dachte Slider –, und am hinteren Ende stand ein breiter, dunkler Holztresen, hinter dem zwei ältliche Pförtner in schweren, marineblauen Uniformen und Kappen saßen. Seitlich befand sich eine Reihe von Aufzügen mit einer blank polierten Steintreppe daneben. In der ganzen Halle waren weder Topfpflanzen noch Ledersessel, Couchtische aus Glas oder Zeitschriften zu sehen. Das hier war eine strenge, sachliche Empfangshalle der alten Schule, wo man sein Anliegen vorbrachte und eingelassen oder mit kaltem Blick abgewiesen wurde.

Einer der Pförtner überprüfte sowohl Sliders wie auch Athertons Dienstausweis mit beinahe beleidigender Gründlichkeit, während der andere »oben« anrief und ein unhörbares Gespräch führte, ohne jemals den Blick von den Besuchern zu wenden. Schließlich legte er den Hörer auf, nahm einen schleppenden Eintrag im Besucherbuch vor, überreichte ihnen zwei Besucherausweise zum Anklammern und sagte: »Siebter Stock. Sie werden am Fahrstuhl abgeholt. Vergessen Sie nicht, die Ausweise zurückzugeben, wenn Sie gehen. Sie sind nummeriert«, schloss er drohend. Beide Pförtner sahen Slider und Atherton mit finsterer Miene nach, als wären sie bereit, sich sofort auf sie zu stürzen, sollten sie es wagen, die Treppe zu benutzen. Keiner von ihnen hatte während des gesamten Vorgangs auch nur ein einziges Mal gelächelt.

Im Aufzug sagte Atherton: »Puh! Ich dachte, die würden noch einen Bluttest und eine Netzhautabtastung machen, bevor sie uns reinlassen.«

Der Aufzug war an zwei Seiten getäfelt, an der dritten aber, hinter dekorativem Gitterwerk, verspiegelt. Slider warf einen Blick darauf und warnte, ohne die Lippen zu bewegen: »Pass auf, was du sagst. Wir werden vielleicht beobachtet.«

Atherton grinste schief, doch sie schwiegen während der restlichen Fahrt.

Vor der Aufzugtür befand sich ein in heller Eiche getäfelter Flur mit grauem Teppichboden, erfüllt von kostspieliger Stille. Von allem, was hinter den geschlossenen Türen vorgehen mochte, drang kein Geräusch nach draußen. Eine Frau wartete auf sie, eine hochkarätige Sekretärin mittleren Alters in rehbraunem Kostüm, Seidenbluse, mit geknotetem Seidenschal um den Hals, Perlenohrringen und einer auftoupierten, wohlgeordneten Kurzhaarfrisur, die von einem Samtreif aus dem Gesicht gehalten wurde. Als würde man die Zeit zurückdrehen, dachte Slider.

Auch sie lächelte nicht. »Ich bin Mr Cockerells persönliche Assistentin«, sagte sie mit geschliffener Stimme. »Bitte folgen Sie mir.«

Sie führte sie den Flur entlang zu einer Eichentür in der Eichenwand, hinter der offensichtlich ihr Büro lag, denn es gab einen Schreibtisch mit Papieren darauf, einer Schreibmaschine (tatsächlich!) und einem Computer, Aktenschränken und Regalen. Der Raum war fensterlos, was Slider entsetzlich klaustrophobisch vorkam. Sie ging direkt zur Tür auf der anderen Seite, klopfte an, öffnete sie und verkündete: »Detective Inspector Slider und Detective Sergeant Atherton, Sir«, trat beiseite, um sie durchzulassen, und schloss die Tür lautlos hinter ihnen.

Dieser Raum war etwas ganz anderes. Er war viel größer, zum einen, und hatte an der gegenüberliegenden Wand mehrere Fenster, vor denen allerdings Jalousien angebracht waren, die wenig natürliches Licht einfallen ließen. Die Wände waren holzgetäfelt, es gab indirekte Lichtquellen an den Deckenrändern, und der Teppich war dick und plüschig und brombeerfarben. Büroeinrichtung war nicht zu sehen, nur ein riesiger Eichenschreibtisch, ein Sofa mit Couchtisch und mehrere Sessel. Links stand eine Schrankwand mit Unterschränken, weitere Schränke zu beiden Seiten und Regale in der Mitte, auf denen einige ledergebundene Bücher und Fotos in schweren Silberrahmen aufgestellt waren. Auf dem Schreibtisch gab es nur vier Telefone und eine Schreibtischunterlage. Hier handelte es sich um einen Mann, drückte das Büro aus, der so mächtig war, dass er nicht einmal den Anschein von Arbeit erwecken musste. Zwei Stühle waren an die Seite des Schreibtisches herangezogen, und Slider und Atherton trotteten auf sie zu, was angesichts der Dicke des Teppichs Schwerstarbeit war. Der Mann, der auf dem großen gepolsterten Chefsessel hinter dem Schreibtisch saß, erhob sich zu ihrer Begrüßung.

Für Slider war er ebenfalls eine Überraschung. Er schien an die 50 zu sein, großgewachsen und gut gebaut, makellos gekleidet und äußerst gut aussehend. Sein dichtes Haar war aus dem leicht gebräunten Gesicht mit gleichmäßigen Zügen, gerader Nase, dunklen Augen und einem festen, leicht gespaltenen Kinn zurückgekämmt. Die Überraschung bestand in diesem Fall darin, dass er lächelte. Seine Zähne waren weiß und ebenmäßig – vielleicht ein wenig zu weiß. Sliders rascher Einschätzung zufolge handelte es sich hier um einen Mann, der sich sein Leben lang auf sein Aussehen und seinen Charme verlassen hatte, mit der Folge, dass er wenig andere Fähigkeiten besaß. Slider war sich bewusst, dass dies vermutlich ungerecht war und außerdem vermutlich eine Reaktion auf all die strenge Ungastlichkeit, der sie bisher begegnet waren. Er brachte ebenfalls ein Lächeln zustande, schob seine Beurteilung beiseite und stellte sich darauf ein, dem Mann unvoreingenommen zu begegnen.

»David Cockerell«, sagte der Mann und streckte die Hand aus. Sein Handschlag war verbindlich, weder zu fest noch zu schlaff, und knapp, ohne unhöflich zu sein. Geschäftsmäßig, dachte Slider. »Was kann ich für Sie tun? Bitte nehmen Sie doch Platz.«

Slider setzte sich. »Ich würde gerne mit Ihnen über Ihre Schwägerin sprechen, Charlotte Cornfeld.«

Das Lächeln wurde ein wenig breiter. »Damit hatte ich schon fast gerechnet«, sagte Cockerell. »Sie müssen gründlich sein, das weiß ich. Aber ich fürchte, ich kann Ihnen da nicht helfen. Ich hatte wirklich nicht viel mit Chattie zu tun. Das war übrigens ihr Spitzname. Wussten Sie das?« Slider nickte. »Kann ich Ihnen etwas zu trinken anbieten?« Er trat auf die Schrankwand zu und öffnete einen der oberen Schränke, der, wie sich herausstellte, Dekanter und Gläser enthielt. »Whisky, Sherry, Gin und Tonic? Ist doch nicht zu früh, oder? Irgendwo auf der Welt ist die Sonne bereits untergegangen, sage ich immer.« Er lachte, ein rein funktionales Lachen, das nichts mit Humor zu tun hatte, sondern ein gesellschaftliches Signal war: Ich bin ein guter Kerl, ihr seid gute Kerle, lasst uns zusammen gute Kerle sein.

Slider lächelte. »Für uns leider nicht, aber lassen Sie sich nicht abhalten.«

»Nein! Wirklich? Ich dachte, das wäre Geschwätz, dass ihr im Dienst nichts trinken dürft. Nicht mal einen kleinen?«

»Ich fürchte nein, aber trotzdem vielen Dank«, erwiderte Slider.

Cockerell zögerte, entschied sich dann dagegen, allein zu trinken, schloss die Schranktür und kehrte zu seinem Schreibtisch zurück. Er setzte sich, faltete die Hände und legte sie vor sich auf die Tischplatte. »Also, was kann ich Ihnen erzählen?«

»Wie war Ihre Beziehung zu Ms Cornfeld, Mr Cockerell?«, fragte Slider.

»Nun ja, ich kann nicht behaupten, dass ich wirklich eine hatte. Die Familie stand sich nicht so nahe, wissen Sie. Der gelegentliche Pflichtbesuch zu Weihnachten, mehr war da nicht.« Er sah Slider direkt in die Augen, wie ein Mann, der etwas Schmerzliches zu enthüllen hat. »Meine Frau und ihr Vater kommen nicht gut miteinander aus, muss ich traurigerweise zugeben, daher sind wir nicht oft im Haus des alten Herrn. Ich glaube, Chattie und er mochten sich jedoch sehr gerne.«

»Hat Chattie Sie und Ihre Frau zu Hause besucht?«

»Nein, ich glaube nicht, dass Chattie jemals in unserem Haus war. Wir sahen uns nur in Frithsden – im Haus meines Schwiegervaters –, und das auch nicht sehr oft, wie gesagt. Ruth, meine Frau, heißt es nicht gut, wie ihr Vater lebt. Sein Privatleben. Ich weiß nicht, ob Sie wissen …?« Eine zarte Pause und ein Heben der Augenbrauen.

»Sie meinen Kylie?«

»Ah, Sie sind ihr begegnet.« Cockerell lehnte sich mit einem schwachen Lächeln zurück, eine Geste von Mann zu Mann. »Sie ist eine in einer ganzen Reihe ähnlicher Herzchen. Meiner bescheidenen Meinung nach steht es dem alten Herrn zu, sich in seinem Alter seine Vergnügungen zu suchen, wo er will, doch Ruth ist da anderer Meinung. Daher kommen wir nur selten zu Besuch.«

»Wann haben Sie Chattie dann zum letzten Mal gesehen?«, fragte Slider, als ginge es immer noch um eine Routinebefragung.

Cockerell blieb ganz entspannt. »Ach, lassen Sie mich nachdenken. Ich nehme an, das muss letzte Weihnachten gewesen sein. Waren wir Weihnachten dort? Doch, ja, ich erinnere mich, dass es irgendeine Katastrophe in der Küche gab und das Essen schrecklich spät serviert wurde.« Er lächelte. »Man braucht diese Gedächtnisstützen, um ein Weihnachtsfest vom anderen unterscheiden zu können.«

»Sie haben sie also seit sechs Monaten nicht mehr gesehen?«, hakte Atherton in der winzigen Pause nach, die Slider ihm ließ. Sie arbeiteten schon so lange zusammen, dass einer den Rhythmus des anderen kannte, ohne darüber nachdenken zu müssen.

»Nein, ich glaube nicht«, erwiderte Cockerell.

»Dann muss es sich bei dem Treffen letzte Woche wohl um etwas Außergewöhnliches gehandelt haben«, sagte Atherton.

Cockerells Lächeln stand ihm noch im Gesicht, obwohl es ihm eigentlich schon vergangen war. »Wie bitte?«, fragte er.

»Ihr Treffen letzten Dienstag mit Chattie«, übernahm Slider. »Es war offensichtlich wichtig, da es so unüblich war.«

Cockerell blinzelte mehrmals und legte den Kopf leicht schräg. »Ich fürchte, ich kann Ihnen nicht folgen. Ich habe mich weder in der vergangenen Woche mit Chattie getroffen noch sonst irgendwann.«

Es war gut gemacht und wirkte sehr natürlich. Aber da er nun von Slider *und* Atherton vernommen wurde, wusste Cockerell nicht mehr, wen er ansehen sollte, und als er zu Atherton blickte, schaute Slider auf die Hände des Mannes. Die Wahrheit will, wie Blut, ans Licht. Cockerell hatte sein Gesicht und seine Stimme unter Kontrolle, doch Slider hatte das leichte Verkrampfen der Hände entdeckt. Er entspannte sich und spürte, dass Atherton neben ihm davon Kenntnis nahm.

»Bitte, Mr Cockerell, vergeuden Sie nicht unsere Zeit. Wir wissen, dass Sie sich am Dienstag um zehn Uhr mit Chattie getroffen haben. Nun mag das – und davon gehe ich mal aus – ein völlig unschuldiges Treffen gewesen sein, aber da es am letzten Tag ihres Lebens stattfand, müssen wir danach fragen. Das verstehen Sie doch?«

»Tut mir leid, aber Sie irren sich«, sagte Cockerell. »Ich habe mich nicht mit Chattie getroffen. Warum sollte ich? Und jetzt muss ich Sie leider bitten, zu gehen.« Er erhob sich halb, gestand, obwohl er sich dessen nicht bewusst war, die Niederlage ein.

Slider bewegte sich nicht. »Es ist zwecklos, zu leugnen. Wir wissen, wo Sie sich getroffen haben – am Trafalgar Square.« Er wartete kurz, sagte dann sanft: »Wir haben den Beweis.«

Cockerell, immer noch in gebeugter Haltung, schien zu überlegen. Dann setzte er sich langsam, lehnte sich in seinem Sessel zurück, drehte sich ein wenig, legte die Hand über den Mund, wie in Gedanken, und sagte schließlich: »Schauen Sie.«

Worte der Kapitulation.

»Schauen Sie«, setzte Cockerell erneut an, »ich habe mich mit ihr getroffen, aber das muss geheim bleiben. Es – es war nicht direkt unvorschriftsmäßig, doch wenn dieses Treffen bekannt würde, könnte angenommen werden, dass da etwas vorging, dass wir gemeinsame Sache machten. Sie müssen mir versprechen, dass es nicht an die Öffentlichkeit gelangt. Das könnte Konsequenzen haben. Ernsthafte Konsequenzen. Es könnte den gesamten Deal ruinieren, und von dem hängen eine Menge Arbeitsplätze ab.«

»Der Deal – Sie meinen die Übernahme?«, fragte Slider. »Die Übernahme von ›Cornfeld Chemicals‹ durch GCC?«

Seine Brauen schossen in die Höhe. »Sie wissen davon?«

»Es stand in der Zeitung«, erinnerte ihn Slider.

»Nur Spekulationen, vor mehreren Wochen. Aber dem haben wir einen Riegel vorgeschoben. Wie sind Sie darauf gekommen, dass wir immer noch interessiert waren?«

»Wir haben unsere Quellen«, erwiderte Slider, »genau wie Sie. Sie sind nach wie vor interessiert, nicht wahr?«

»Nun, ja. Aber das ist nicht für die Öffentlichkeit bestimmt. Sie verstehen, warum Chattie und ich unser Treffen geheim halten mussten. Hätten die Reporter Wind davon bekommen, wäre das verheerend gewesen.«

»Und was war der Zweck des Treffens?«, fragte Slider.

Cockerell zögerte. »Ich wollte herausfinden, wie Henry darüber denkt. Chattie ist diejenige, die ihm auf der Welt am nächsten steht. Ich wusste, sie würde es wissen.«

»Warum konnten Sie ihn nicht selbst fragen?«

»Ich stehe in Verhandlungen mit ihm. Er wird mir wohl kaum die Wahrheit sagen, nicht wahr? So laufen solche Dinge nicht. Er nimmt eine Position ein, und ich nehme eine Position ein. Wir bemühen uns, dem anderen nichts preiszugeben. Und Henry ist ein Meister in diesem Spiel.«

»Sie dachten also, Sie könnten ein wenig schummeln und Chattie fragen, wie seine wahre Position aussieht?«, fragte Atherton.

»Genau. Doch es war kein wirkliches Schummeln. Nur – der Versuch, einen Ansatz zu bekommen.«

»Aber es war ein wenig anrüchig, daher machten Sie ein tiefes, dunkles Geheimnis daraus«, lenkte ihn Atherton weiter. »Wusste Ihre Frau von dem Treffen?«

»Ja, sie wusste es, und Lucinda wusste es – meine Sekretärin.« In der Anspannung hatte er vergessen, sie seine persönliche Assistentin zu nennen. Zum Glück hörte sie nicht zu. »Die beiden sind jedoch verschwiegen wie das Grab. Sie würden es nie jemandem erzählen. Ich weiß nicht, wie zum Teufel Sie es herausgefunden haben«, beschwerte er sich. »Ich hätte nie gedacht, dass Chattie indiskret sein könnte.«

»Sie erwähnten, Sie hätten befürchtet, zusammen gesehen zu werden«, sagte Slider verbindlich.

»Ach, das war es also? Tja, was für ein verdammtes Pech. Wir waren so vorsichtig.«

»Und was war das Ergebnis Ihres Treffens?«, fragte Slider. »Hat Chattie Ihnen erzählt, wie ihr Vater zu dem Deal stand?«

»Nein, hat sie nicht.« Cockerell runzelte bei der Erinnerung ärgerlich die Stirn. »Sie weigerte sich. Ich bekam überhaupt nichts Sinnvolles aus ihr heraus, daher war es wirklich reine Zeitverschwendung.« Er fing Sliders Blick auf und bemühte sich um Leichtigkeit. »Sie sehen also, es gibt keinen Grund, jemandem darüber zu berichten. Nichts Unbotmäßiges ist geschehen, doch wenn es bekannt würde, dass wir uns getroffen haben, würden die Leute Vermutungen anstellen und Gerüchte verbreiten.«

»Wurde sonst noch etwas zwischen Ihnen besprochen?«, fragte Slider. »Verstehen Sie, Sie waren einer der Letzten, die sie lebend gesehen haben. Hat sie irgendwas gesagt, das uns helfen könnte? Hat sie über irgendwelche Sorgen gesprochen, die sie hatte? Hat sie Ihnen erzählt, wen sie an diesem Tag noch treffen wollte?«

»Nein«, erwiderte er. »Wir haben über nichts weiter gesprochen. Das Treffen war sehr kurz. Ich wünschte, ich könnte Ihnen helfen«, sagte er mit einem Ausdruck der Aufrichtigkeit, »aber ich weiß nichts über ihr Leben, und sie hat auch nicht darüber gesprochen. Ich habe keine Ahnung, wer sie umgebracht hat oder warum.«

Slider erhob sich. »Ja, dann vielen Dank, Sir. Sie haben ein kleines Mysterium für uns aufgeklärt. Wir sind Ihnen sehr verbunden.«

Cockerell strahlte jetzt. »Oh, gern geschehen, gern geschehen. Bin froh, dass ich Ihnen helfen konnte. Wenn ich sonst noch etwas für Sie tun kann, zögern Sie nicht, mich zu fragen.«

Er kam hinter seinem Schreibtisch hervor, um sie hinauszuführen. Auf dem Weg hinaus schwenkte Sliders Blick noch hinüber zu den Fotos. »Ihre Familie?«, fragte er.

»Ja, das ist meine Frau und unser Sohn und die beiden Töchter.«

Großmutter Cornfeld hatte recht, dachte Slider – sie sahen langweilig aus. Aber Ruth, die Ehefrau, kam Slider vage bekannt vor, wenn er sie auch nicht einordnen konnte. Hatte es in Frithsden vielleicht ein Foto von ihr gegeben?

Sie wurden zurück zum Fahrstuhl begleitet, fuhren schweigend hinunter, reichten den beiden Zerberussen ihre Ausweise zurück und traten durch die schweren Schwingtüren hinaus in die abendliche Sonne.

»Er lügt«, sagte Slider.

»Jep«, stimmte Atherton zu. »Aber warum?«

Am Ende der Straße gab es ein Pub, dessen Türen offen standen und aus dem, oh Wunder, kein Musikgedudel dröhnte. »Pint?«, fragte Slider.

»Hm. Okay. Könnte die kleinen grauen Zellen auf Trab bringen.«

Drinnen war es kühl und dunkel, es handelte sich um eine dieser auf traditionell gemachten Kneipen mit nackten Dielenbrettern, dunklem Holz an den Wänden, hohen Fässern als Tischen und einer vom Rauch nachgedunkelten cremefarben gestrichenen Decke. Sie bestellten zwei Pints, und Slider zog zwei Barhocker an einen der Fasstische gleich neben der Tür.

»Also gut.« Atherton hatte ein Drittel seines Pints in großen Schlucken getrunken. »Cockerells Geschichte.«

»Für sich genommen ergibt sie Sinn. Ich glaube nur nicht, dass das alles war. Sowohl Jasper als auch Marion sagten, Chattie hätte an dem Abend abwesend gewirkt.«

»Na ja, ist ja irgendwie klar, dass es sie beunruhigt, wenn Cockerell versucht, sie nach dem Standpunkt des alten Herrn wegen der Übernahme auszuhorchen.«

Slider schüttelte den Kopf. »Ich bin mir nicht sicher. Warum sollte sie beunruhigt sein, wenn es nur darum ging, dass Cockerell fragte, ist er dafür oder dagegen, und sie gesagt hätte, kümmere dich um deinen eigenen Kram?«

»Tja«, meine Atherton gedehnt, »da könntest du recht haben. Aber sie könnte ja auch mit was anderem beschäftigt gewesen sein – ihrer Firma, ihrem Liebesleben, dem Zustand der Wirtschaft.«

»Natürlich. Aber was hat sie an diesem Tag sonst noch gemacht? Sie hat ihre Termine abgesagt, aber sie muss außer Haus gewesen sein, da Marion Davies sagte, Chattie hätte gerade ihre Post sortiert, immer noch in ihrem Geschäftskostüm, als Marion gegen Viertel nach sechs bei ihr vorbeikam. Wo war sie also, mit wem hatte sie zu tun?«

»Wie lautet deine Theorie?«

»Ich hab keine«, gab Slider zu und nahm einen großen Schluck. »Ich bin noch dabei, das Muster auszuarbeiten. Cockerell sagte etwas zu ihr, sie war beunruhigt darüber, sie hat sich deswegen – vielleicht – mit jemand anderem getroffen, und am nächsten Tag wurde sie ermordet.«

»Glaubst du, dass es Cockerell war?«, fragte Atherton. »Das ist aber eine sehr weit hergeholte Vermutung. Allerdings«, gestand er, »mochte ich ihn nicht, und er wirkte dumm genug, den Mord auf diese Weise zu begehen. Und, was die Sache vielleicht mehr auf den Punkt bringt, er ist ein leitender Angestellter in einem pharmazeutischen Unternehmen, das ultraschnell wirkende Barbiturate herstellt.«

»Ach, wirklich?«

»Ich habe meine Hausaufgaben gemacht«, sagte Atherton. »Wenn sich jemand Zugang dazu verschaffen könnte, dann er. Aber wahrscheinlich hat er ein Alibi.«

»Deswegen sitzen wir ja hier – um seine Sekretärin auf dem Weg zur U-Bahn abzufangen.«

»Woher weißt du, dass sie mit der U-Bahn nach Hause fährt?«

»Vorne aus ihrer Handtasche ragte eine U-Bahn-Karte heraus.«

»Meine Güte, es geht doch nichts über die Augen eines Schnüfflers! Und wenn sie auf dem Weg zur Station nun nicht hier vorbeikommt?«

»Dann haben wir Pech gehabt«, erwiderte Slider geduldig, »aber es ist wenigstens ein Pint dabei rausgesprungen.«

»Der Mann ist ein Genie.«

»Halt die Augen offen.«

Atherton drehte seinen Hocker so, dass sie beide zur Straßen sahen, und tatsächlich trippelten eine halbe Stunde später das Kostüm samt Haarschopf vorbei, dazu eine schicke Ledertasche und ein Schirm. Atherton und Slider glitten von ihren Hockern und gingen hinter ihr her. Ein wenig befangen, weil sie ihren Nachnamen nicht kannten, schoben sie sich rechts und links neben sie. Augenblicklich setzte die natürliche Abwehrreaktion der Frau ein, und die beiden wären fast mit dem Schirm verprügelt worden.

»Tut mir leid, dass wir Sie erschreckt haben«, entschuldigte sich Slider. »Wir wollten nur kurz mit Ihnen reden.«

»Ich dachte, Sie wären Handtaschendiebe«, fauchte sie verärgert. »Was machen Sie hier?«

»Wir haben auf Sie gewartet.«

Sie funkelte sie an. »Das ist doch lächerlich. Wenn Sie mit mir sprechen wollten, warum haben Sie das nicht im Büro getan?«

»Ich wollte lieber privat mit Ihnen sprechen«, erwiderte Slider.

»Ohne dass Mr Cockerell davon erfährt? Verstehe. Und warum bilden Sie sich auch nur für eine Minute ein, dass ich meinen Arbeitgeber hintergehen würde?«

»Hintergehen?«, meinte Atherton. »Das ist aber mal ein interessantes Wort.«

»Sein Vertrauen missbrauche«, sagte sie mit vernichtendem Blick, »indem ich hinter seinem Rücken über ihn rede.«

»Ach, kommen Sie schon«, schmeichelte er. »In Wirklichkeit arbeiten Sie doch gar nicht gerne für ihn. Er ist ein hochnäsiger kleiner Emporkömmling. Sie haben zehn Mal so viel Hirn und Charakter wie er. Und er hat Sie seine Sekretärin genannt.«

Ihre Lippen bebten, doch sie bewahrte Fassung. »Nichts könnte mich dazu bewegen, etwas hinter seinem Rücken zu sagen, was ich ihm nicht auch ins Gesicht sagen würde.«

»Gut, dann sagen Sie es ihm morgen ins Gesicht. Aber jetzt kommen Sie doch erst mal mit und trinken Sie etwas – einen Gin Tonic, um sich für die U-Bahn-Fahrt zu stärken.«

Slider konnte nur bewundernd zuschauen, wie Atherton seinen Zauber wirken ließ, und folgte ihnen dann wie der mitgeschleppte jüngere Bruder zurück in das Pub. Diesmal wählten sie Plätze weiter hinten im Lokal in einer Ecke. Lucinda Gaines-Harris, so ihr Name, nahm das Angebot eines Gin Tonics an, und während Atherton mit ihr plauderte, beobachtete Slider voller Interesse ihr Bemühen, weiterhin ein abweisendes Gesicht zu zeigen, statt sichtbar werden zu lassen, dass sie das Abenteuer genoss, etwas zu erleben, was nicht täglich oder jedem passierte.

»Ich wette, er hat versucht, sich an Sie ranzumachen«, sagte Atherton mit fast freundinnenhaftem Mitgefühl.

»Wie kommen Sie denn darauf?«

»Weil ich diesen Typ Mann kenne. Das muss doch ärgerlich für Sie sein. Auf welcher Universität waren Sie?«

»Cambridge. Chemie«, sagte sie geschmeichelt, weil er erkannt hatte, dass sie einen Uni-Abschluss besaß.

»Und wie sind Sie hier gelandet?«

»Es war das Beste, was ich finden konnte«, erwiderte sie. »Auf diese Weise verdiene ich mehr als eine einfache Forschungsassistentin oder Laborratte, und ich habe noch meine Mutter zu versorgen. Natürlich, wenn ich ein Mann wäre, könnte ich auf der Erfolgsleiter hochklettern. Aber ich eigne mich nicht für Klüngeleien, daher fällt das flach.« Sie war locker genug geworden und schüttete ihren Gin Tonic hinunter wie ein Mann, und Slider holte ihr rasch einen neuen, bevor die Stimmung umschwang. Als er damit zurückkam, sagte sie: »Ich hoffe, Sie wollen mich nicht betrunken machen, denn das wird nicht funktionieren.«

»Absolut nicht«, beruhigte sie Atherton. »Ich wette, Sie könnten mich unter den Tisch trinken. Wir wollten nur freundlich sein.«

»Also, was wollen Sie wissen?«, fragte sie, gab anscheinend das Vergnügen zugunsten des Geschäftlichen auf. Sie schaute auf die Golduhr an ihrem schmalen Handgelenk. »Ich kann nicht zu lange bleiben, wegen meiner Mutter.«

Atherton kam gleich zur Sache. »Mittwoch letzte Woche, um welche Zeit kam er da ins Büro?«

»Um acht«, antwortete sie. »Er kommt immer um acht, wenn er im Büro ist. Natürlich muss er auch manchmal zu Terminen außer Haus oder zu Konferenzen, die woanders stattfinden, oder in eines der Werke. Aber wenn er hier ist, dann kommt er um acht.«

»Haben Sie ihn an dem Morgen tatsächlich um acht *gesehen*?«

»O ja, sicherlich. Er saß sogar schon an seinem Schreibtisch, als ich um acht kam.«

»Wenn er kommt und geht, muss er dann durch Ihr Büro?«

»Nein, es gibt noch eine Tür zum Flur, durch seinen privaten Nebenraum, der von seinem Büro abgeht. Aber morgens kommt er für gewöhnlich durch mein Büro, und ich gebe ihm seine Post und was es an Mitteilungen gibt.«

»Verstehe.« Tja, da geht er hin, unser Hauptverdächtiger, sagte Athertons Blick zu Slider. Inklusive eines Kleiderwechsels hätte es nur Superman in der maximal möglichen Spanne von zehn Minuten vom Park ins Büro geschafft. Schade eigentlich. Es wäre so nett gewesen, ihn von seinem hohen Ross zu stoßen. »Und könnten Sie in Gedanken noch einen Tag weiter zurückgehen, zum Dienstag der vergangenen Woche? Er sagte, Sie wüssten, dass er eine Verabredung mit Miss Cornfeld gehabt hätte.«

»Ja. Ihm blieb nichts anderes übrig, als mir das mitzuteilen, da ich seine Abwesenheit decken musste, falls jemand anrief.«

»Hat er Ihnen gesagt, worum es bei dem Treffen ging?«

»Ich bin mir nicht sicher, ob ich darüber mit Ihnen sprechen kann.«

»Er sagte uns, es sei um die Übernahme gegangen – er wollte von ihr wissen, wie ihr Vater dazu stand«, warf Slider ein.

Sie wirkte erleichtert. »Nun ja, das hat er mir auch erzählt. Aber das Treffen musste geheim bleiben. Ziemlich gefährlich, falls jemand davon Wind bekam und eine Absprache dahinter vermutete.«

»Das Treffen fand um zehn Uhr statt?«

»Ja. Er ging um fünf vor. Er wollte sich am Trafalgar Square mit ihr treffen.«

»Ist das nicht recht öffentlich für eine so klandestine Verabredung?«

»Das hab ich auch gesagt, aber er meinte, im Freien sei es sicherer, weil man sehen kann, wenn sich jemand nähert – keiner könnte sich anschleichen und einen belauschen. Ich glaube, das hat er in irgendeinem Spionagefilm gesehen«, fügte sie spöttisch hinzu.

»Und um welche Zeit kam er zurück?«

»Gegen zehn vor elf.«

Das überraschte Slider. »Uns sagte er, es sei nur ein kurzes Treffen gewesen.«

Sie zuckte die Schultern. »Darüber weiß ich nichts. Vielleicht ist er danach noch woanders hingegangen. Ich weiß nur, dass ich ihn um die Zeit zurückkommen hörte. Er kam durch seinen Nebenraum herein und hat die Tür sehr laut zugeknallt. Ich ging direkt zu ihm, um ihm die Mitteilungen zu geben, und er stapfte wütend herum.«

»Weswegen?«

»Keine Ahnung. Ich fragte: ›Ist alles in Ordnung?‹, und er sagte: ›Nicht jetzt, Lucinda. Ich rufe Sie, wenn ich Sie brauche.‹ Also hab ich ihm die Mitteilungen auf den Schreibtisch gelegt und bin gegangen. Als er mich später rief und ich reinging, war er wieder ganz ruhig und hat nichts mehr davon erwähnt, also hab ich natürlich auch nicht gefragt. Es ging mich nichts an.«

»Sie haben also keine Ahnung, warum er so wütend war?«

»Nicht die geringste.« Sie zögerte. »Nur, als ich zu ihm reinging – beim ersten Mal –, hörte ich ihn etwas murmeln wie ›Gott sei Dank bleiben uns noch ein paar Tage‹ oder ›Es bleiben immer noch ein paar Tage‹ – die genauen Worte könnte ich nicht beschwören. Aber er hat es nie wieder erwähnt.«

»Wie hat er reagiert, als er von Miss Cornfelds Tod erfuhr?«

»Ich weiß nicht, wann er es zum ersten Mal gehört hat. Ich erfuhr am Donnerstagabend davon, in den Nachrichten, als der Name bekannt gegeben wurde. Am nächsten Morgen im Büro erwähnte ich ihm gegenüber, wie schrecklich das alles sei, und er schien es bereits zu wissen, denn er sagte: ›Ja, es ist tragisch‹ oder so was in der Art.«

»Wirkte er verstört?«

Sie überlegte. »Ja, das würde ich so sagen. Er war den ganzen Morgen sehr still und nachdenklich, ziemlich abwesend. Fast grüblerisch, könnte man sagen. Am Nachmittag fuhr er zum Werk in Bedford, daher habe ich ihn an dem Tag nicht mehr gesehen.«

»Dieses Werk – werden dort die Medikamente hergestellt?«

»Einige davon. Bedford ist das Werk für nicht frei verkäufliche Arzneimittel. Kein sehr großes Werk.«

»Ist er oft dort?«

»Ach, von Zeit zu Zeit. Zufällig war er auch letzten Montag da, aber das war außer der Reihe. Da wurde ein neues Laborgebäude eröffnet. Mit irgendeinem hohen Tier, das Band wurde durchgeschnitten, und die Presse war da, und hinterher gab es Drinks und so, weil der Gesundheitsminister auch vorbeischaute.«

»Das Datum für so eine große Angelegenheit muss sicher lange vorher bekannt gewesen sein.« In Sliders Kopf begann der Ansatz eines Gedankens zu keimen.

»Natürlich«, antwortete sie. »Um einen Kabinettsminister zu bekommen, muss man ihn Monate im Voraus einladen.«

»Waren Sie auch mit dabei?«

»Beileibe nicht. Eine schreckliche Zeitverschwendung, solche Veranstaltungen, aber nützliche Publicity, nehme ich an, weshalb er daran teilnehmen musste. Jedenfalls war seine Frau auch dabei, falls er jemanden zum Händchenhalten brauchte. Dazu bin ich nicht verpflichtet, Gott sei Dank. O je, schauen Sie mal auf die Uhr. Ist sonst noch was? Ich sollte wirklich gehen. Mutter wird unruhig, wenn ich mehr als eine halbe Stunde später komme.«

»Nur noch eine letzte Frage«, sagte Slider. »Die vorgesehene Übernahme von ›Cornfeld Chemicals‹. Ist daran irgendwas – Seltsames oder Ungewöhnliches?«

»Ich glaube nicht. Was meinen Sie?«

»Ich weiß es nicht«, antwortete Slider kläglich. »Das versuche ich ja herauszufinden.«

»Mir ist nichts zu Ohren gekommen. Es ist nach wie vor sehr geheim – muss es sein, bis das Angebot öffentlich gemacht wird, sonst spielt die Börse verrückt. Aber soviel ich weiß, ist es ein simpler Ankauf.«

»Danke.« Slider erhob sich, um ihr mit dem Stuhl behilflich zu sein, da sie Anstalten machte, aufzustehen.

Sie suchte ihre Sachen zusammen, hielt im letzten Moment inne und sagte zu Slider: »Sie glauben, Sie wurde im Zusammenhang mit der Übernahme umgebracht?«

»Ich weiß es nicht. Aber alle Mordfälle laufen letztlich auf Geld oder Leidenschaft hinaus, nicht wahr?«

»Das entzieht sich meiner Kenntnis«, erwiderte sie, »und ich hasse Tratsch, doch da es sich um einen Mord handelt, sollte ich es Ihnen wohl erzählen. Vor zwei Jahren gab es mal Gerede, dass da etwas zwischen ihm und dem Mädchen lief.«

»Er hatte ein Affäre mit Chattie?«

»Ich glaube, das wäre zu hoch gegriffen. Nur ein kurzes Techtelmechtel. Ein paar Wochen lang kamen Anrufe, und er machte lange Mittagspausen, ohne mir mitzuteilen, wohin er ging, und – na ja, alles Anzeichen einer Affäre. Er hatte schon vorher welche – und seitdem –, daher kenne ich die Symptome. Ist noch nicht mal sicher, ob *sie* es war. Ich meine, die Anrufe schon, aber vielleicht nicht die Mittagspausen und so weiter. Ich weiß es nicht. Ich weiß nur das, was die Gerüchte sagten. Aber falls sie es war, kam danach nichts mehr. Die Anrufe hörten auf, und soweit ich weiß, hat er sie bis zu dem Treffen letzte Woche nicht mehr gesehen. Sie verstehen also«, sie schaute vom einen zum anderen, »dass es vielleicht gar nicht um die Übernahme ging. Ich fand nur, dass Sie es wissen sollten.«

Sie bedankten sich erneut bei ihr und begleiteten sie zur Tür. Als sie gegangen war, sagte Atherton: »Für eine Sekretärin, die ihren Chef nicht hintergehen will, hat sie jedenfalls eine Menge ausgeplaudert.«

»Chattie und eine Affäre mit Cockerell?«, stöhnte Slider. »Das kann ich nicht glauben.«

»Eine ziemliche Geschmacksverirrung«, stimmte Atherton zu. »Aber wir wissen, dass sie gerne in die Vollen ging, und so ganz unattraktiv ist er ja auch nicht. Ich schätze, selbst Miss Gaines-Harris hat sich irgendwann in der Vergangenheit auch mal danach gesehnt, eine Scheibe von dem Muskelprotz abzukriegen – und hat sie nicht gekriegt, weshalb sie so bereit war, ihn zu verpfeifen.«

»Hör auf mit dem Psychogeschwafel. Mir wird ganz schwindlig.«

»Ernsthaft, als ich sagte, ich wette, dass er auch sie angebaggert hat, hat sie darauf weder so noch so reagiert. Daher hat er's vermutlich nicht getan. Nie hat die Hölle solchen Zorn gekannt und so weiter. Jedenfalls«, fuhr er fort, »falls Chattie ein Techtelmechtel mit ihm hatte, war es wenigstens nur ein kurzes. Vermutlich fiel sie in einem schwachen Moment auf ihn rein und zog sich dann so schnell wie möglich wieder zurück.«

»Das tröstet mich nicht«, meinte Slider.

XVI

Aktenzeichen Y ungelöst

»Ich bin's«, rief Slider, als er in den schmalen Flur trat.

»Hi! Ich bin in der Küche«, rief Joanna zurück.

Der Traum jedes Mannes, nahm er an, von der Arbeit heimzukommen und sein geliebtes Weib wohlbehalten in der Küche vorzufinden. Er blähte seine empfindsamen Nasenflügel und nahm Zwiebeln, Knoblauch, Tomaten, irgendwelche Kräuter wahr. Nach einem Tag sinnlicher Entbehrungen war ihm nach etwas Kräftigem und Geschmackvollem. Er griff nach seiner Post, die sie für ihn auf den Rand des Flurtischchens gelegt hatte, und machte sich auf die Suche nach Joanna.

Sie stand am Herd und rührte in einem Topf. Halleluja! Es gab Sauce Bolognese.

»Lecker«, sagte er und küsste sie auf den Nacken.

»Ich oder das Essen?«

»Beides. Immer.« Er öffnete die Umschläge. Rechnung, Bettelbrief, Sie wurden für unsere Platin-Kreditkarten ausgewählt (was wollten sie nach Platin anbieten – Titan? Grünes Kryptonite?), Rechnung, Rechnung ...

»Ich mache ein richtiges Ragout, mit Hühnerleber«, sagte sie, »weil ich Zeit habe. Möchtest du es mit kurzen Nudeln, Spaghetti oder im Ofen überbacken?«

»Es würde Garibaldi das Herz brechen, wenn wir es mit etwas anderem als Spaghetti essen.«

»Wieso Garibaldi?«

»War der nicht der Vater des modernen Italiens?«

»Keine Ahnung«, erwiderte sie. »Ich kenn bloß diese Garibaldi-Kekse mit den Korinthen.«

Er hörte nicht zu, las einen Brief, den er gerade geöffnet hatte, und runzelte die Stirn. »Was ist das hier wegen dieses Ultraschalls?«

Sie drehte sich um, verrenkte sich den Hals, um mitzulesen, und riss ihm den Brief aus der Hand. »Lies ja nicht meine Briefe!«

»Er lag in meinem Stapel«, protestierte er.

»Seit wann bist du ›Liebe Ms Marshall‹?«

»Darauf hab ich nicht geachtet. Ich habe ihn ohne hinzusehen geöffnet, weil ich dachte, du hättest deine Post von meiner getrennt.«

»Du hast kein Recht, meine Briefe zu lesen.« Ihr Gesicht war ein wenig gerötet, was allerdings auch von der Hitze des Herdes herrühren konnte.

Er musterte sie sorgfältig. »Jo, was soll das? Hier steht, du verweigerst eine Ultraschalluntersuchung.«

»Das geht dich nichts an.« Mit einer ärgerlichen, nachlässigen Geste stopfte sie den Brief in ihre Tasche.

»Doch, schon«, sagte er sanft, um sie nicht noch weiter zu verärgern. »Es ist auch mein Baby.«

»Du bist nicht derjenige, der es austragen und gebären und stillen muss. Letztlich ist es meine Verantwortung.«

»Ich kann doch nichts dafür, dass ich ein Mann bin. Ich weiß, dein Teil ist der schwerste, aber wir bekommen dieses Baby zusammen, und es ist auch meine Verantwortung. Ihr beide seid meine Verantwortung. Warum verweigerst du den Ultraschall?«

Sie wandte den Kopf ab, gab vor, sich auf das Essen zu konzentrieren. »Sie mögen das nicht, weißt du. Babys. Sie versuchen, davon wegzukommen. Man kann es auf dem Monitor sehen. Ich hab das zweimal bei einer Freundin erlebt, und man kann sehen, dass die Babys es hassen.«

»Aber es schadet ihnen doch nicht, oder?«

»Woher sollen wir das wissen? Es richtet keinen sofortigen, sichtbaren Schaden an, doch wer weiß, was es ihnen wirklich antut?«

Er griff nach ihren Armen und drehte Joanna zu sich um, gegen ihren Widerstand. »Liebling«, fragte er, »was ist los? Was ist das eigentliche Problem? Diese Ultraschalluntersuchungen sind doch bestimmt nur schlichte Routine? Warum bist du so dagegen?«

»Früher sind die Leute auch ohne all diese Untersuchungen zurechtgekommen. Meine Mutter hat zehn Kinder zur Welt gebracht, ohne Ultraschall und diese anderen entsetzlichen Maschinen, an die man heutzutage angeschlossen wird.«

»Früher hat man den Leuten Beine ohne Betäubung amputiert«, sagte er. »Was ist der wirkliche Grund?«

»Du hast das nicht richtig durchdacht. Sie machen die Untersuchung, um festzustellen, ob das Baby einen Defekt hat.«

»Ja. Ist das denn keine gute Sache?«

Sie begegnete seinem Blick mit Entschlossenheit. »Und wenn es einen Defekt hat? Du weißt, was als Nächstes kommt. Sie bieten dir eine Abtreibung an. Bist du bereit, diese Entscheidung zu treffen? Ich bin es nicht. Ich hasse Abtreibung. Ich würde *niemals* abtreiben. Aber was ist, wenn sie sagen, das Kind sei auf irgendeine Weise so deformiert, dass es zwar nicht sterben würde, aber mit einer furchtbaren Behinderung leben müsste?«

Er antwortete nicht gleich. Nein, daran hatte er vorher noch nicht gedacht, und als er es jetzt tat, erkannte er das Bedrohliche daran. Leben oder Tod zu wählen, Tod oder qualvolles Leben, für das eigene Kind? Und wie viel schlimmer war das für die Mutter, in der das Kind tatsächlich wuchs, als für den Vater?

»Es gibt andere Gründe«, sagte er schließlich. »Sie könnten etwas feststellen, was sich im Mutterleib korrigieren lässt. Es könnte das Kind davor retten, mit einer Behinderung geboren zu werden.«

»Glaubst du, das macht es einfacher?«

Er merkte, dass sie wirklich Angst hatte und den Tränen nahe war. Er zog sie an sich und hielt sie fest, bettete ihren Kopf an seine Schulter, und sie schmiegte sich an ihn, brauchte seine Stärke.

»Mach dir keine Sorgen, Liebling«, beruhigte er sie. »Unserem Baby fehlt nichts. Alles wird gut gehen. Es wird ein gesundes und normales Baby sein.«

»Das weißt du nicht«, murmelte sie gedämpft.

»Ich glaube daran«, sagte er fest.

Sie hob den Kopf und lachte zittrig. »Oh, der heilige Glaube!«

»Tja, an was soll man sich in solchen Situationen sonst halten?«

»Ist dir nicht klar, du Idiot«, fragte sie liebevoll, »dass ich kein junger Hüpfer mehr bin? Ich bin das, was sie eine späte Erstgebärende nennen. Biologisch gesehen bin ich eine alte Dame, die das macht, was nur junge Mädchen tun sollten. Die Sache ist extrem riskant.«

»Blödsinn. Frauen in deinem Alter und älter bekommen täglich Kinder – erste Kinder«, kam er ihrem Einwand zuvor. »Du bist kerngesund, und ich auch. Warum sollte irgendwas schiefgehen?«

»So was passiert.«

»Längst nicht so oft, wie du zu denken scheinst. Du fällst genau dem Umstand zum Opfer, der dir so zuwider ist: Hast du nicht gesagt, wie falsch es ist, dass Ärzte Schwangerschaften als Krankheit betrachten?«

»Tun sie auch. Darum geht es ja.«

»Sie versuchen es, aber du musst nicht darauf hören. Du brauchst das nicht an dich heranzulassen. Du bist nicht krank, du tust etwas Natürliches, was fast jede Frau auf dem Planeten irgendwann tut.«

»Du hast leicht reden.«

Er schob sie ein Stück von sich, um sie mit ernstem Blick anzuschauen. »Glaubst du das wirklich?«

»Nein«, erwiderte sie nach kurzem Zögern. »Nein, eigentlich nicht. Ich weiß, dass du mich liebst.«

»Es geht noch ein bisschen darüber hinaus«, sagte er. »Ich glaube, deine Sauce brennt an.«

»Mist.« Sie wand sich aus seinen Armen und rührte um. Er sah, dass sie sich ein wenig entspannte, ihm etwas von ihrer Last abgegeben hatte, und war froh darüber. »Was soll ich jetzt wegen dieser Untersuchung machen?«, fragte sie mit kleiner Stimme, den Rücken ihm zugewandt.

»Ich finde, du solltest sie vornehmen lassen«, erwiderte er nach einiger Überlegung. »Nicht, weil ich glaube, dass dem Baby irgendwas fehlt, sondern weil sie dich, wenn du es ablehnst, weiterhin unter Druck setzen und damit verrückt machen werden. Aber wenn du wirklich nicht willst, dann unterstütze ich dich. Ich werde ihnen schreiben, dass wir es nicht wollen und dass ich, falls sie dir weitere Briefe deswegen schicken, bei ihnen vorbeikommen und ihren Computer mit einer sehr großen Axt neu programmieren werde.«

Sie lachte, drehte den Kopf, um ihn bewundernd anzuschauen. »Mein Held! Was würde ich ohne dich tun? Willst du dich noch umziehen? Ich setze jetzt Wasser auf, dann können wir in einer Viertelstunde essen.«

Sie sprach nicht mehr darüber, und er dachte, sie hätte die Sache erst einmal zur Seite gelegt. Später im Bett jedoch, nachdem sie sich geliebt hatten und sie in seinen Armen lag und er angenehm in den Schlaf hinüberzugleiten begann, fragte sie aus dem Dunkel plötzlich: »Wenn ich den Ultraschall machen lasse und etwas festgestellt wird, was dann?«

»Wenn das geschieht, dann entscheiden wir gemeinsam. Aber das wird nicht passieren. Also denk einfach nicht mehr daran. Sorgen und Kummer rauben den Schlummer.«

Sie drehte sich auf die Seite und schmiegte sich rücklings an ihn. Er legte die Arme über sie, die eine Hand auf ihrer Brust, die andere auf ihrem Bauch, und merkte, dass sie fast augenblicklich in Schlaf sank wie jemand, der von einer Klippe fällt. Er hielt sie, dachte an die beiden Leben, die in seinen Armen lagen; und von dort wanderten seine Gedanken, knüpften ein unsichtbares Netz, das sich in der Dunkelheit ausbreitete, weiter und weiter, dünner und feiner wurde, während sich die Welt durch die kurze Sommernacht zur Morgendämmerung drehte. Als der erste Vogel verhalten im Dunkeln zu zwitschern begann, schlief Slider ein.

»Cornfeld Chemicals« hatte seinen Hauptsitz in Hemel Hempstead. Ein ordentlicher, neu wirkender Flachbau in einer landschaftlich hübsch gestalteten Umgebung am Rande des Ortes. Slider wurde um neun Uhr von Henry Cornfeld in einem Büro empfangen, das sich von dem seines Schwiegersohns in jeder Weise unterschied. Es war klein, hell dank unverhüllter Fenster, vollgestopft mit allem, was ein Firmenchef brauchte, und frei von allem, was Glanz und Macht verkörperte.

Cornfeld selbst schien gealtert zu sein, seit Slider ihn zuletzt gesehen hatte. Seine Bewegungen waren weniger schwungvoll, sein Gesicht schien in sich zusammengefallen zu sein; selbst sein Haar hob sich nicht mehr so vital über der Stirn. Aber sein Geist war nach wie vor wach und rege. Er bot Slider einen Stuhl und Kaffee an, setzte sich und fragte: »Haben Sie inzwischen herausgefunden, wer mein Kind umgebracht hat?«

»Noch nicht, Sir, aber es gibt vielversprechende Hinweise, die wir verfolgen.«

»Das klingt nach einer stereotypen Antwort. Haben Sie mir nichts Besseres zu bieten? Ich bin ihr Vater. Ich liebe sie.«

»Tut mir leid. Es klingt abgedroschen, aber es ist die Wahrheit. Wir haben noch keine genauen Erkenntnisse, doch ich glaube, wir sind nahe dran. Mehr kann ich im Moment nicht sagen.«

»Aber Sie versprechen, dass Sie mir Bescheid geben, sobald Sie etwas wissen.« Sein Blick wurde durchdringend. »In dem Moment, da Sie etwas wissen.«

»Wenn Sie mir versprechen, nicht Vergeltung zu üben«, erwiderte Slider.

Cornfeld lehnte sich zurück und streckte die Hände aus. »Ich bin ein alter Mann. Was kann ich schon tun?«

Keiner hatte dem anderen etwas versprochen, und sie wussten es beide.

»Sie haben weitere Fragen an mich?«, wollte Cornfeld wissen.

»Ja, Sir. Ich weiß nicht, ob sie von Bedeutung sind, aber ich taste mich im Moment noch vor. Ich wollte Sie nach der beabsichtigten Übernahme Ihres Unternehmens durch GCC fragen.«

»Ach, Sie wissen davon?«

»Sollte es ein Geheimnis sein?«

»Es sollte noch nicht allgemein publik werden. Doch diese Dinge verbreiten sich immer, niemand weiß, wie. Alle schwören, sie hätten es keiner Sterbensseele erzählt, und doch wissen die Leute irgendwie Bescheid.«

»Es läuft demnach immer noch?«

»O ja. Ich bin jetzt seit vielen Wochen in Verhandlung. Solche Dinge brauchen Zeit.«

»Und was empfinden Sie dabei? Sind Sie dafür?«

Er sah ihn erstaunt an. »Gewiss, sonst würde ich ja keine Verhandlungen führen.«

»Dann – waren Sie also stets dafür? Verzeihen Sie mir,

aber hat sich Ihre Haltung durch Chatties Tod verändert?«

»Nein. Von Anfang an, als sich ›Global‹ zum ersten Mal mit mir in Verbindung setzte, fand ich, dass es das Richtige ist. Ich bin alt, und es ist Zeit, den Stab weiterzureichen. Es wäre eine gute Gelegenheit für mich, meine Verantwortung abzugeben, während ich gleichzeitig das Beste für meine Angestellten und die Aktionäre tue. Die einzige Veränderung, die Chatties Tod bewirkt hat, ist, dass ich gezwungen bin, zu erkennen, wie alt und müde ich wirklich bin. Ich will es hinter mir haben.« Der stählerne Blick kehrte in seine Augen zurück, als er hinzufügte: »Aber ich werde hart verhandeln, darauf können Sie sich verlassen. Dafür bin ich weder zu alt noch zu müde.« Er musterte Slider. »Sie scheinen verwirrt zu sein.«

»Das passt alles nicht zu dem, was ich mir gedacht hatte.«

»Sie dachten, ich sei nicht bereit zu verkaufen. Der Mord an Chattie sollte mir das Herz brechen und mich zur Zustimmung zwingen?«

»Sie sind sehr scharfsinnig«, meinte Slider. »Das war einer der Ansätze, die ich verfolgte. Aber offensichtlich trifft er nicht zu.«

»Nein«, bestätigte Cornfeld betrübt. »Es stimmt, dass ich jetzt nicht mehr weitermachen will, doch dieser Deal bleibt von den Vorfällen unbeeinflusst. Ich führe ein gesundes, gewinnbringendes Unternehmen mit einer stolzen Geschichte. Wir haben zu unserer Zeit wertvolle Arbeit geleistet und wichtige Dinge zum Wohl der Gesellschaft produziert. Ich kann mit Stolz auf mein Leben zurückblicken – obgleich diese Tragödie die Freude zerstört.«

»Das bringt mich zu einer weiteren Frage«, sagte Slider. »Ihre Mutter erwähnte, als ich letzte Woche in Ihrem Haus mit ihr sprach, dass Sie kurz davor stehen, ein neues

Medikament auf den Mark zu bringen. Können Sie mir dazu etwas erzählen?«

Die Lebhaftigkeit kehrte zurück. »Ja, in der Tat! Wir haben sehr lange daran gearbeitet und haben gerade die zwei Jahre der gesetzlich vorgeschriebenen Erprobung hinter uns. Nun brauchen wir nur noch die Zustimmung der verschiedenen Regulierungsbehörden, dann können wir es auf den Weltmarkt bringen!«

»Und was ist es? Was bewirkt es?«

»Es ist etwas ganz Großartiges.« Seine Augen leuchteten. Er beugte sich über den Schreibtisch, um die Besonderheit zu unterstreichen. »Ein Aknemittel.«

»Akne?«, wiederholte Slider.

Cornfeld lächelte und schüttelte den Kopf. »Ich sehe, Ihnen fehlt das Verständnis. Warum sollten Sie auch begreifen? Ihnen ist anzusehen, dass Sie nie darunter gelitten haben. Sie meinen, ich rede von ein paar Teenagerpickeln. Sie haben ja keine Ahnung, wie verheerend Akne sein kann. Sie wissen nicht, wie viele Millionen Leben durch diese Krankheit zerstört werden. Sie können sich nicht vorstellen, wie viele Milliarden Pfund Jahr um Jahr für Heilmittel ausgegeben werden, die nicht wirken, oder nicht gut genug wirken, oder schreckliche Nebenwirkungen haben. Unser Produkt, Codermatol, wirkt. Es wirkt *tatsächlich!* Es wird mehr Menschen zugute kommen, als Sie sich vorstellen können, es wird ihnen erlauben, aus dem Schatten zu treten und ein vollwertiges Leben zu führen. Es ist einer der aufregendsten und wichtigsten Durchbrüche der letzten zwanzig Jahre, der wichtigste, glaube ich, an dem ich jemals persönlich beteiligt war.«

»Verstehe«, sagte Slider.

»Wirklich?«

»Ich verlasse mich auf Ihr Wort, Sir. Sie haben mich überzeugt. Und dieses neue Medikament – das ist Teil des

Verkaufs, nehme ich an? Zusammen mit dem Unternehmen.«

»Ja«, stimmte Cornfeld zu. »Natürlich. Es ist einer der Gründe, warum ich einen so hohen Preis verlange. GCC weiß, dass, sobald das Medikament auf dem Markt ist, der Aktienpreis in die Höhe schnellen wird, das muss sich daher im Angebot widerspiegeln.«

»Und haben Sie eine Ahnung, wann der Deal abgeschlossen wird?«

»Bald«, erwiderte er. »Sehr bald. Ich schätze, dass die Ankündigung am Ende dieser Woche erfolgt. Ich warte nur noch auf die Genehmigung der Regulierungsbehörde, um das Aknemittel auf den Markt zu bringen. Diese Genehmigung will ich noch selber entgegennehmen, als krönenden Abschluss meines Geschäftslebens. Dann werde ich verschwinden. Ich werde das Geld nehmen, und Kylie, und ins Ausland gehen. Ich habe seit Jahren keinen Urlaub gemacht. Ich gedenke«, sagte er mit einem Blick, der Slider herausforderte, sich über ihn lustig zu machen, »mich in all den schicken Hotels und Kasinos der Welt zu einem sehr spendierfreudigen Narren zu machen. Ich gedenke in Glanz und Gloria abzutreten.«

Slider machte sich nicht über ihn lustig. Er hoffte sehr, dass der alte Mann seinen Ruhestand genießen würde; aber er spürte, dass es ein schales Vergnügen war, und fürchtete, Cornfeld würde enttäuscht werden – und sogar schon damit rechnen, obwohl er bislang noch Pläne schmiedete.

Slider stand an der Tür des Einsatzraumes, schaute auf die gebeugten Köpfe.

Hart bemerkte ihn. »Sie sind zurück«, stellte sie fest.

»Zehn Punkte für Beobachtungsgabe. Wer hatte die Liste von Chatties Telefonaten?«

»Andy«, erwiderte sie. »Soll ich sie für Sie holen?« Sie sprang auf und ging hinüber zu Mackays Schreibtisch.

Slider begab sich in sein Büro. Atherton folgte ihm. »Ich kenne diesen Blick«, sagte er. »Hatte Daddy Cornfeld was Interessantes zu erzählen?«

»Er ist *für* die Übernahme«, berichtete Slider. »Er war immer dafür. Der Mord an Chattie hat keine Veränderung seines Entschlusses bewirkt. Er steht seit Wochen in Verhandlung.«

»Und so beißt eine weitere verdammt tolle Theorie ins Gras.« Atherton kratzte sich am Hinterkopf. »Was bleibt uns jetzt noch?«

»Irgendwas krabbelt da in meinem Hinterstübchen herum«, murmelte Slider.

»Ja, ich weiß, das Gefühl hatte ich gerade auch«, nickte Atherton, aber Slider hörte ihn nicht.

Mackay kam mit der Liste herein. »Die wollten Sie haben, Chef. Ich war gerade beim Kaffeeholen.«

»Ja, geben Sie her.« Slider setzte sich an seinen Schreibtisch und fuhr mit dem Finger die Liste entlang. Mackay hatte neben den Nummern notiert, wer der jeweilige Teilnehmer war. »Hier ist es«, sagte Slider, klopfte auf das Papier. »Sie hat Cockerell am Montag vor ihrem Tod auf seinem Handy angerufen. Warum haben Sie das nicht erwähnt?«

»Na ja, Chef, nachdem ich rausfand, dass er ein Familienmitglied ist – Sie sagten, alles Ungewöhnliche. Ich dachte nicht, dass das zählte.«

»Hm, vermutlich.«

Atherton sah Slider an. »Du hattest erwartet, den Anruf zu finden?«

»War nur so eine Ahnung. Verstehst du nicht? *Sie* hat die Verabredung mit *ihm* getroffen.«

»Und das kannst du aus der bloßen Tatsache einer Telefonnummer schließen?«, staunte Atherton.

»Hör auf mit dem Quatsch. Warum sollte sie ihn sonst anrufen?«

»Vielleicht hat sie ihn wegen was anderem angerufen, und er nutzte die Gelegenheit, sich mit ihr zu verabreden. Warum sollte er sonst vorgeben, dass das Treffen von ihm ausging?«, hielt Atherton dagegen.

»Weil er nicht wollte, dass wir erfuhren, weswegen sie sich mit ihm traf. Wir wussten, dass er lügt. Das ist der Grund für seine Lüge.«

»Ah ja. Trotzdem, wohin führt uns das?«

»Das weiß ich noch nicht. Ich muss nachdenken.« Mit einer Handbewegung schickte er die beiden aus seinem Büro.

Mackay fragte freundlich: »Soll ich Ihnen eine Tasse Tee holen, Chef?«

»Ja, das würde helfen. Danke.« Er wandte sich an Atherton. »Kannst du mir deine Liste mit den Medikamenten bringen, die GCC herstellt?«

»Klar. Irgendwas, das ich wissen sollte?«

»Du wirst's erfahren, wenn ich es weiß«, erwiderte Slider.

Mackay brauchte lange, den Tee zu holen. Endlich kam er damit herein. »Tut mir leid, Chef. Ich wurde aufgehalten, und dann stand da eine Schlange.«

»Danke«, murmelte Slider abwesend, mit einem Blick, der Mackay verriet, dass Slider sich wahrscheinlich nicht an den Tee erinnern würde, bis er kalt war. »Könnten Sie etwas für mich tun? Spüren Sie Mrs Hammick auf und bitten Sie sie, herzukommen. Ich möchte sie etwas fragen. Erschrecken Sie sie nicht.«

»Mach ich«, sagte Mackay. Sliders Kopf senkte sich wieder. »Vergessen Sie Ihren Tee nicht, Chef. Ich hab ihn da für Sie hingestellt.«

»Mm«, sagte Slider.

»Nun, ich war zufällig in der Diele, als sie ihr Treffen beendeten, und als Chattie und er zur Tür ihres Arbeitszimmers kamen, klingelte das Telefon, daher sagte ich: ›Gehen Sie nur ran, Liebes, ich bringe den jungen Mann zur Tür.‹ Was ich tat.«

»Und Sie haben mit ihm gesprochen?« Slider hatte nicht viel Hoffnung, dass sie das getan hatte, da sie ja nur die Diele durchqueren mussten. »Was haben Sie erfahren?«

»Erfahren?«, fuhr sie hoch.

»Ich weiß, dass Sie nur höflich sein wollten«, besänftigte sie Slider, »aber haben Sie seinen Namen erfahren oder woher er kam?«

»Was seinen Namen angeht, den hatte Chattie genannt, als sie ihn hereinließ, aber wie der lautete, daran kann ich mich nicht erinnern.« Sie runzelte die Stirn. »War es Bill soundso? Oder John? Ein sehr gebräuchlicher Name war es, glaube ich. Nein, ich kann mich nicht erinnern.«

»Wenn er Ihnen wieder einfallen sollte ...«

»Ja, natürlich, dann gebe ich Ihnen Bescheid. Aber woher er kam, also, er hatte wohl was mit Arzneimitteln zu tun, so viel habe ich herausgefunden.«

»Arzneimitteln?«

»Es kann natürlich auch was anderes gewesen sein. Verstehen Sie, als ich ihn hinausführte, fragte ich ihn, ob Chattie für ihn eine Arbeit übernommen habe, denn darin sei sie sehr gut und sehr tüchtig, und er würde es nicht bereuen, zu ihr gekommen zu sein. Nur um ihrer Firma weiterzuhelfen, verstehen Sie. So was sagte ich immer, wenn ich die Möglichkeit dazu bekam.«

»Das haben Sie gut gemacht.«

»Na ja, sie war gut zu mir. Jedenfalls, der junge Mann sagte Nein, deswegen sei er nicht gekommen, und ich fragte ihn, in welcher Branche er denn tätig sei, und er sagte, er sei Chemiker. Und ich dachte, wie schade, dass er irgendwo arbeiten muss, wo er von all den Arzneien umgeben ist und so und nichts für sein Gesicht tun kann, der arme Mann. Aber das sagte ich natürlich nicht laut.«

»Natürlich nicht.«

»Und ich hätte auch gar keine Gelegenheit dazu gehabt, weil er offensichtlich in Eile war, denn das war alles, was er sagte – ›Ich bin Chemiker‹, sagte er, und in der nächsten Minute öffnete er selbst die Tür, ohne dass ich die Chance dazu hatte, und er sagte ›Guten Morgen‹, ganz schnell, und lief davon. Er rannte nicht, aber er lief, so schnell er konnte.« Sie hielt inne, stellte den Kopf ein wenig schräg und sah Slider an, wartete auf seine Reaktion.

»Vielen Dank«, sagte er. »Sie haben mir sehr geholfen.«

»Ist das alles, was Sie wissen wollten?«

»Ja, das war alles. Sollten Sie sich an den Namen des jungen Mannes erinnern, oder falls Ihnen etwas einfällt, was Sie zufällig von dem Gespräch der beiden mitbekommen haben, selbst ein einzelnes Wort, lassen Sie es mich wissen?«

»Selbstverständlich. Aber versprechen kann ich nichts. Ich habe nicht richtig zugehört, wissen Sie. Doch wenn mir sein Name einfällt…« Ihr kam ein Gedanke. »Er stand nicht in ihrem Terminkalender?«

»Nein.«

»Oh. Dann war es vielleicht eine ganz kurzfristige Verabredung. Sie schrieb ihre Termine immer in den Kalender, doch wenn er nur auf gut Glück angerufen und gefragt hatte: ›Kann ich vorbeikommen?‹, hat sie es vielleicht nicht notiert.«

»Bestimmt war es so«, sagte Slider.

Gegen Mittag rief Tufnell Arcenaux an.

»Das wird dir nicht gefallen«, verkündete er mit aus Mitgefühl gedämpfter Stimme.

»Ich habe schlechte Nachrichten erwartet«, meinte Slider. »Erzähl mir das Schlimmste. Das Blut am Kapuzenshirt stammt nicht von Chattie. Es ist kein menschliches Blut. Es ist die falsche Kleidung, das ist der falsche Fall, und ich habe den falschen Beruf.«

»Lieber Himmel, bist du aber deprimiert«, stellte Tufty fest. »Wird Zeit, dass ich dich mal wieder auf eine Sauftour mitnehme und dir zeige, wo das Leben langgeht.«

»Jedes Mal, wenn ich mit dir unterwegs bin, habe ich hinterher den Kater meines Lebens.«

»Das liegt nur an mangelnder Übung. Keine Fähigkeit lässt sich ohne hingebungsvolle, wiederholte Übung erwerben.«

»Sag mir, was du mir zu sagen hast, und lass mich von dannen kriechen und in Frieden sterben.«

»Also, so schlimm ist es auch wieder nicht. Das Blut auf dem grauen Shirt *ist* menschliches Blut, und das DNA-Profil entspricht dem deines Opfers, also hast du die richtige Kleidung. Auch auf der Außenseite der Handschuhe war ihr Blut. Auf der Innenseite der Handschuhe haben wir Schweiß mit menschlichen Zellen gefunden, aus denen wir ein Profil erstellen konnten. In der Kapuze befand sich außerdem ein dunkles Haar, allerdings ohne Wurzel, sodass wir nur mitochondriale DNA aus dem Haarschaft entnehmen konnten, aber in der Kapuze waren ebenfalls Hautpartikel von der Kopfhaut, die wir analysieren konnten, um festzustellen, dass der Träger des grauen Oberteils und der Träger der Handschuhe dieselbe Person waren.«

»Und?«

»Es war nicht dein Verdächtiger.«

»Toby Harkness?«

»Das ist der Bursche. Nein, der war es nicht. Ich brauchte nicht mal einen Vergleich durchzuführen. Es war überhaupt kein Bursche.«

»Was soll das heißen?«

»DNA, mein alter Nussknacker, ist etwas Wunderbares, aber wie du weißt, sind alle Profile der Welt keinen Pfifferling wert, wenn man nichts hat, womit man sie vergleichen kann. Ungefähr das einzig Nützliche, was man nicht vergleichbarer DNA entnehmen kann, ist das Geschlecht der betreffenden Person.«

»Willst du damit sagen, dass der Mörder eine Frau ist?«

»Langsam, langsam, leg mir keine Worte in den Mund. Ich sage nur, dass der Träger des grauen Oberteils und der Handschuhe eine Frau war.«

»Bist du dir sicher?«

»Ich tu mal so, als hätte ich das nicht gehört«, sagte Tufty freundlich. »Ich weiß, dass du unter großem Druck stehst. X ist das Merkmal, mein Lieber. Oder genauer gesagt, XX. Wenn es ein Mann gewesen wäre, hätte da ein Y sein müssen.«

Slider gab ein japsendes Lachen von sich. »Tufty, ich liebe dich, und ich will Kinder mit dir haben.«

»Du weißt nicht, wie oft ich das heute schon gehört habe«, sagte Tufty würdevoll.

»Sieh an, sieh an«, meinte Porson. »Also hatten Sie mit Ihrer Vermutung recht. Sie haben nie geglaubt, dass es Harkness war, nicht wahr?«

»Das lag an der Art des Tötens. Die sah mir nicht nach Blutrausch aus.«

»Nein.« Porson schritt nachdenklich zwischen seinem Schreibtisch und dem Fenster auf und ab. »Jetzt, da Sie es erwähnen – die Vorgehensweise war dämlich genug, dass nur eine Frau die Täterin sein kann.«

Slider verbarg ein Lächeln. Zum Glück würde die Bemerkung nie aus diesem Raum hinausdringen.

»Wen haben wir denn nun in der Abteilung der verdächtigen Frauen? Henry Cornfeld hat in seinem Privatleben genug Chaos angerichtet.«

»Ja, es gibt zwei nach wie vor lebende Exfrauen und zwei weitere Töchter.«

»Ganz zu schweigen vermutlich von einem Haufen Geliebter und abgelegter Miezen. Aber die würden wohl eher ihn umbringen und nicht seine Tochter.«

»Und es gibt vielleicht Kandidatinnen aus Chatties Leben – eifersüchtige Rivalinnen.«

»Ich nehme an«, Porson trommelte mit den Fingern auf den Schreibtisch, »ich nehme an, die Brixton-Tochter kommt an ehesten infrage. Die erscheint mir am wenigsten zurechenbar.«

»Jassy und ihre Mutter sind ihr gegenseitiges Alibi«, entgegnete Slider, »und nichts deutet darauf hin, dass die Mutter unehrlich war.«

»Wenn es darum geht, die eigene Tochter zu beschützen«, meinte Porson weise. »Lieber kein Risiko eingehen. Bitte überprüfen Sie das Alibi noch mal.«

»Wir könnten uns einen Abstrich von ihr besorgen und sie mit der DNA auf den Handschuhen vergleichen.«

Porsons runzelte die Stirn. »Überlegen Sie sich besser was anderes. All diese Tests sind teuer. Sonst noch irgendwelche Ansätze?«

»Ja, da ist etwas, über das ich nachgrüble, aber es fehlt mir noch ein Glied in der Kette.«

Porson nickte, die Augenbrauen erwartungsvoll erhoben, doch Slider wollte ungern damit herausrücken. Er war sich noch nicht sicher. Als er schwieg, fuhr Porson fort: »Übrigens, wie macht sich Hart?«

»Sie ist gut, und sie passt sich gut an«, antwortete Slider.

»Aber?«

»Oh, kein Aber.«

»Sie klingen ein bisschen zurückhaltend. Werfen nicht gerade mit Lob um sich.«

»Dafür sehe ich keinen Grund, da sie doch nur vorübergehend hier ist.«

»Tja, aber darum geht es. Ich habe mit Mr Wetherspoon gesprochen, und es sieht so aus, als behielten sie Anderson für weitere sechs Monate.«

»O nein!«

»O ja, fürchte ich. Was Ihre Mannschaft um zwei Mann verringert, da Ihnen ja bereits einer fehlte, bevor Anderson abgezogen wurde. Ich habe Mr Wetherspoon gesagt, das sei nicht zumutbar, und er stimmte mir zu. In gewisser Weise.«

»In gewisser Weise?«

»Sagte ja, hatte aber keine Alternative anzubieten. Ich vermute, dass ihm alle in den Lauschern liegen wegen mehr Personal, und er hat nur eine begrenzte Menge, die er rumschieben kann. Mir ist zu Ohren gekommen, dass Hart vielleicht bleiben möchte.«

Er mochte ein kahlköpfiger Schleimer sein, dachte Slider, aber es gibt nicht viel, was ihm entgeht, so oder so. »Ich glaube, sie würde sofort zugreifen, Sir«, sagte er.

»In dem Fall …«

Porsons Telefon klingelte, und er nahm den Hörer ab. »Ja? Ja, er ist hier. Ja. In Ordnung, stellen Sie sie durch.« Er hielt Slider den Hörer hin. »Ihre Mrs Hammick will mit Ihnen sprechen. Sagt, es sei dringend.«

Slider nahm den Hörer. »Hier Slider.«

»Oh, Mr Slider? Hier ist Maureen Hammick. Ich dachte, Sie wollen es sicher sofort wissen, da Sie doch sagten, es sei wichtig. Mir ist der Name von dem jungen Mann eingefallen, der am Freitag bei Chattie war. Simpson. Bill Simpson. Ich wusste, dass es was ganz Gewöhnliches war. Und ich hab mir den Kopf zerbrochen, während ich staubgesaugt habe, und plötzlich fiel es mir wieder ein, weil es doch diesen Schauspieler namens Bill Simpson gab, nicht wahr? Oder hieß der Bill Sikes?«, ertappte sie sich zweifelnd. »Nein, warten Sie, das war Oliver Reed, nicht wahr?«

»Oliver Twist«, konnte sich Slider nicht verkneifen.

»Ja, stimmt. Ein unangenehmer Bursche war das, ein Säufer und ein Rüpel.«

Slider hielt die Frage zurück, ob sie Oliver Reed oder Bill Sikes meinte, und fragte stattdessen: »Der junge Mann, der Chattie besuchte, hieß Bill Simpson? Sind Sie sich ganz sicher?«

»Ja, absolut. Ich erinnere mich jetzt. Als ich die Tür öffnete, kam sie hinter mir in die Diele und sagte: ›Sie müssen Bill Simpson sein?‹, und er sagte: ›Richtig‹, und sie nahm ihn direkt mit in ihr Arbeitszimmer. Wirkte sehr nervös, der junge Mann, aber vielleicht lag es nur an den Pickeln, der arme Kerl, weil er wusste, wie er aussah. Aber sie war sehr nett ihm gegenüber, nahm ihm seine Befangenheit, und so wie sie ihn anlächelte und ihm ihre Aufmerksamkeit schenkte, hätte man meinen können, er sei Pierce Brosnan.«

»Vielen herzlichen Dank«, sagte Slider, bemüht, die Flut zurückzudrängen. »Sie waren mir wirklich eine große Hilfe, Mrs Hammick. Danke und auf Wiederhören.«

Er reichte Porson den Hörer zurück, der ihn auflegte und fragte: »Oliver Twist?«

Slider machte eine wegwerfende Geste. »Mrs Hammick hat mir, glaube ich, gerade das fehlende Glied in der Kette geliefert.«

»Tja, dann nichts wie ran«, sagte Porson. »Los, Junge. Lassen Sie es mich wissen, wenn Sie am Ziel sind.«

Slider ging und war dankbar für Porsons vertrauensvolle Zurückhaltung, die ihm keine sofortige Erklärung abforderte.

XVII

Lautes vom stillen Örtchen

Hart kam an Sliders Tür. »Sie wollten was von mir, Sir?«

»Ja, ich habe eine kleine Aufgabe für Sie. Bitte finden Sie heraus, ob GCC einen Angestellten namens Bill Simpson hat. Die haben bestimmt eine zentrale Personalabteilung.«

»Human Resources, Chef«, verbesserte sie. »Man darf das heutzutage nicht mehr ›Personalabteilung‹ nennen.«

»Er ist Chemiker, daher arbeitet er wahrscheinlich in einem der Labore.«

»In Großbritannien?«

»Natürlich in Großbritannien. Ich verlange nicht von Ihnen, die ganze Welt abzugrasen. Vermutlich irgendwo in Südost-England, sollten also die Personallisten nach Regionen aufgeteilt sein, versuchen Sie es dort als Erstes. Wenn Sie ihn finden, brauche ich seinen Namen, die Adresse und die Telefonnummer.«

»Alles klar. Sonst noch was?«

»Ja, schicken Sie Atherton herein.«

Zu Atherton sagte er: »Du kennst dich doch mit Finanzdingen aus. Ich möchte, dass du rausfindest, wer Jassys Anteile gekauft hat. Ist das möglich?«

»Wenn sie als Paket gekauft wurden, ist es leicht«, erwiderte er. »Jeder, der mehr als drei Prozent der Aktien eines Unternehmens erwirbt, muss das bei der Börsenaufsicht melden. Wenn sie von verschiedenen Leuten gekauft wurden, wird es schwieriger. Dann muss man alle Transaktionen aus der Zeit vergleichen und nachverfolgen.«

»Gut, sieh zu, was du machen kannst.«

Atherton zögerte. »Darf ich endlich erfahren, um was es geht?«

»Bald«, vertröstete ihn Slider.

Atherton war als Erster zurück und betrachtete Slider mit so etwas wie Bewunderung. »Bingo. Jassys Anteile wurden als Paket gekauft – oder, genauer gesagt, das Besitzrecht wurde übertragen. Man kann davon ausgehen, dass sie Geld dafür bekam. Sie wurden an eine Offshore-Holdinggesellschaft in Guernsey transferiert, ›Mobius Holding‹. Und die Besitzer und Direktoren von ›Mobius‹ sind David und Ruth Cockerell.«

»Sieh an«, sagte Slider.

»Woher wusstest du das?«

»Ich wusste es nicht, ich wollte es herausfinden. Wahrscheinlich ist sie in Geldschwierigkeiten geraten und hat ihn angesprochen.«

»Sie scheint sich von allen Seiten Geld zusammengebettelt zu haben.«

»Ja. Könnte der Zeitpunkt gewesen sein, da ihre sonstigen Quellen die Nase voll hatten und nichts mehr rausrücken wollten. Und er ergriff die Gelegenheit, weitere Anteile in die Finger zu kriegen.«

»Was er ihr wohl dafür bezahlt hat?«, sinnierte Atherton. »Wäre interessant, zu erfahren, ob es der Marktwert war. Ich wette, das war er nicht. Sie mag sich für gerissen halten, aber Jassy hat ein Spatzenhirn. Und dadurch sind die Cockerells gemeinsam die größten Aktionäre nach dem alten Henry, mit insgesamt zwanzig Prozent. Was denkst du?«

»Timing ist alles«, erwiderte Slider. »Aber wir müssen

immer noch herausfinden, worum es bei dem Treffen mit Chattie wirklich ging. Ah, das könnte ein weiteres fehlendes Glied sein.«

Hart war an der Tür erschienen.

»Haben Sie es?«, fragte Slider.

»Ja, Boss. Bill Simpson. In der Forschung beschäftigter Chemiker. Arbeitet im Werk Bedford. Aber ich habe noch etwas entdeckt. Er ist seit einer Woche nicht mehr zur Arbeit erschienen.«

»Ach ja? Das ist ja hochinteressant.«

»Ja. Er hat sich am Freitag voriger Woche krank gemeldet und war seitdem nicht mehr da. Sagte, er hätte die Grippe. Die Frau, mit der ich gesprochen habe, sagte, er hätte schon vorher ein oder zwei Tage grün um die Nase ausgesehen, daher waren sie nicht überrascht, dass er krank geworden ist.«

»Ich frage mich, ob seither jemand was von ihm gehört hat«, meinte Slider nachdenklich.

»Soll ich mich erkundigen?«

»Nein, ich möchte keine schlafenden Hunde wecken. Ich fahre hin und spreche selbst mit ihm. Wo wohnt er?«

»Luton«, antwortete Hart.

»O je, aber irgendjemand muss da ja wohl wohnen«, sagte Atherton. »Ich hoffe, du willst nicht, dass ich dich begleite.«

»Kann ich mitkommen, Chef?«, fragte Hart. »Ich bin nicht wählerisch.«

»Nein«, wies Slider sie ab. »Ich nehme Swilley mit. Wenn ich recht habe, wird man bei dieser Sache behutsam vorgehen müssen.« Er stand auf und marschierte in den Einsatzraum hinüber.

Hart und Atherton sahen sich an. »Tja, damit hat er gleich zwei von uns auf einmal beleidigt.«

Bill Simpsons Wohnung lag in einem der bedrückenden neuen Wohnblöcke im weniger ansprechenden Teil von Luton. Swilley war eine gute Gefährtin und schwieg während der ganzen Fahrt, wohingegen ein gewöhnlicher Sterblicher Slider sicherlich mit Fragen bombardiert hätte. Erst als sie ausstiegen, fragte sie: »Wie wollen Sie vorgehen, Chef?«

»Wenn ich recht habe, hat er sich verkrochen und ist total verängstigt, daher wird er mir vermutlich die Tür nicht öffnen. Ich möchte, dass Sie anklopfen und uns reinlotsen. Ihn beruhigen.«

»Bin ich von der Polizei?«

»Ja, durchaus. Ich glaube nicht, dass er sich vor der Staatsgewalt fürchtet.«

»In Ordnung.«

Der Wohnblock war lang und schmal und fünf Stockwerke hoch. Simpsons Wohnung lag im obersten Stock, und der Fahrstuhl funktionierte nicht. Sie stiegen die Treppe hinauf, es roch schwach nach Urin, aber wenigstens lagen keine gebrauchten Nadeln herum. Bedrückend, doch zum Glück nicht völlig verwahrlost, dachte Slider. Oben angekommen, blieb Slider außer Sichtweite, und Swilley stellte sich vor den Türspion und klopfte und klingelte. Nach einer Weile legte sie das Ohr an die Tür und flüsterte Slider zu: »Da drinnen ist jemand. Ich kann etwas hören.«

»Versuchen Sie's noch mal und rufen Sie«, flüsterte Slider zurück.

Sie klopfte erneut und rief: »Mr Simpson? Könnten Sie bitte die Tür öffnen, Sir? Hier ist die Polizei, und wir möchten mit Ihnen sprechen.«

Wie Slider vermutet hatte, gab die weibliche Stimme dem Bewohner Hoffnung. Swilley sah den Schatten hinter dem Türspion, hielt ihren Dienstausweis hoch und lächelte.

»Was wollen Sie?«, fragte eine gedämpfte Stimme von innen.

»Nur mit Ihnen reden«, erwiderte Swilley. »Sie haben von uns nichts zu befürchten, das verspreche ich Ihnen.«

»Lassen Sie mich Ihren Ausweis sehen«, sagte die Stimme. »Stecken Sie ihn durch den Briefkastenschlitz.«

Slider nickte, und Swilley gehorchte.

Schließlich sagte die Stimme: »In Ordnung, der sieht echt aus. Was wollen Sie?«

»Ich kann hier draußen nicht reden. Bitte öffnen Sie die Tür. Niemand will Ihnen etwas tun. Wir möchten Ihnen nur ein paar Fragen stellen.«

»Wir?« Die Stimme klang alarmiert. »Wer ist wir?«

»Ich habe meinen Chef, Inspector Slider, dabei. Er ist wirklich nett, ehrlich.«

Sie trat zur Seite, und Slider nahm ihren Platz ein und hielt ebenfalls seinen Dienstausweis hoch. Auch der musste durch den Briefkastenschlitz gesteckt werden, bevor sich Simpson bereit erklärte, die Tür einen Spaltbreit zu öffnen, mit vorgelegter Kette. Slider lächelte den Teil des Gesichtes, der auftauchte, freundlich an und sagte: »Ich weiß, dass Sie Angst haben, Mr Simpson. Wir sind hier, um Ihnen zu helfen, aber Sie müssen uns erzählen, worum es geht. Bitte lassen Sie mich hinein. Ich verspreche Ihnen, Sie sind nicht in Schwierigkeiten, und niemand wird Ihnen etwas antun.«

»Das wissen Sie nicht.« Die Stimme zitterte, und die rot geränderten Augen füllten sich mit Tränen. »Sie haben sie umgebracht, und als Nächstes werden sie das mit mir machen.«

»Wir beschützen Sie. Bitte öffnen Sie die Tür.«

Endlich schien er überzeugt oder gab den Widerstand vielleicht nur auf, weil er sich verzweifelt danach sehnte, mit jemandem zu reden. Die Tür schloss sich, die Kette wurde rasselnd ausgehängt, dann öffnete sich die Tür wieder mit größter Vorsicht. Slider glaubte, dass Simpson immer noch mit einem Sturmangriff rechnete, daher blieb der Inspector ruhig stehen, bis Simpson ihn in voller Größe gemustert hatte. Simpson selbst war unrasiert, wirkte abgehärmt und erschöpft. Sein Haar war verfilzt und zerzaust, seine blutunterlaufenen Augen hatten einen gehetzten Blick, und sein Gesicht war gezeichnet von der grausamsten aller Krankheiten, Erwachsenenakne. Slider musste wieder an Barrington denken, seinen gequälten ehemaligen Chef, der mit einem Pistolenlauf im Mund und dem halben Kopf über die Küchenwand verspritzt geendet hatte. Barringtons Gesicht war wie eine Mondlandschaft von Akne vernarbt gewesen. Großes Mitleid überkam ihn.

»Haben Sie keine Angst«, wiederholte er.

Simpsons Lippen zitterten. Er war kurz vor dem Zusammenbruch. »Sie müssen gewusst haben, dass ich es mitbekommen habe«, sagte er, beinahe flüsternd. »Sie haben sie umgebracht. Es war meine Schuld, weil ich zu ihr gegangen bin und sie da mit reingezogen habe. Ich hätte zu ihrem Vater gehen sollen, aber der war im Ausland, und ich hatte Angst davor, noch länger zu warten. Es war meine Schuld, dass sie ermordet wurde.«

»Nein, nein, war es nicht.« Slider schob sich, gefolgt von Swilley, sanft an ihm vorbei.

»Sie haben sie umgebracht, und ich bin als Nächster dran. Sie müssen mir helfen.«

»Natürlich werde ich Ihnen helfen«, besänftigte ihn Slider. »Erzählen Sie mir einfach, was Sie mitbekommen haben.«

Atherton legte den Hörer auf. »David Cockerell ist nicht zur Arbeit erschienen. Drückt sich angeblich mit einer Magenverstimmung zu Hause herum.«

»Könnte sogar stimmen«, meinte Slider. »Furcht schlägt manchen Leuten auf den Magen.«

»Du glaubst, er weiß, was wir – was du argwöhnst?«

»Seine Sekretärin könnte ihm erzählt haben, dass wir sie ausgehorcht haben«, sagte Slider. »Ich hatte gleich das Gefühl, dass sie in einem Loyalitätskonflikt steckte. Oder er macht sich Sorgen darüber, dass wir überhaupt aufgetaucht sind. Er kam mir nicht wie ein Mann von großer Entschlossenheit oder großer Klugheit vor.«

»Mir kam er wie ein Schwachkopf vor.«

»Das hab ich doch gesagt. Na, gut, dass er zu Hause ist. So können wir zwei Fliegen mit einer Klappe schlagen.«

»Wir?«

»Diesmal kannst du mitkommen. Ich könnte dich eventuell brauchen. Ich weiß nicht so genau, wie das Gespräch verlaufen wird.«

»Er braucht mich«, teilte Atherton mit zittriger Stimme den nicht anwesenden Zuhörern mit.

»Hör auf, herumzualbern, und lass uns fahren«, befahl Slider.

Cockerells Haus stand in einem Dorf namens Buckland Common, an den herrlich grünen Ausläufern der Chiltern Hills. Es war modern, groß, umgeben von mindestens viertausend Quadratmetern gepflegtem Rasen und erbaut in dem momentan modischen Neo-Tudor-Stil, wozu frei liegende Balken, rhombenförmige Fensterscheiben, Giebel, lange, schräg abfallende Dächer und schicke Klinkeroptik, aber keine Schornsteine gehörten. Es gab auch einen Tennisplatz und eine äußerst authentische Tudor-Doppelgarage. Angesichts der Größe, Lage und Grundfläche schätzte Slider, dass das Anwesen vermutlich einen Marktwert von anderthalb Millionen Pfund hatte, und man konnte die Cockerells wohl kaum zu den Armen und Bedürftigen zählen. Ruths Verbitterung über den Reichtum ihres Vaters war offensichtlich steigerungsfähig.

Sie war diejenige, die ihnen die Tür öffnete. Slider erkannte sie von dem Foto aus Cockerells Büro. Sie war mittelgroß, schlank, hatte dunkles, onduliertes Haar, trug eine Hose und einen kurzärmeligen Pullover aus teurer, aber langweiliger Wolle; ihr Gesicht war sachkundig geschminkt, was viel dazu beitrug, ihre Reizlosigkeit zu überdecken, doch ihr Ausdruck war mürrisch. Sie sah Slider und Atherton wachsam und besorgt an.

»Wir möchten zu Ihrem Mann, Mrs Cockerell«, sagte Slider.

»Das geht nicht«, erwiderte sie unwirsch. »Er ist krank.«

»Ich muss leider darauf bestehen. Es ist sehr wichtig. Würden Sie ihm bitte sagen, dass wir hier sind?«

Sie überlegte fieberhaft, doch schließlich trat sie zurück und ließ die beiden herein. »Ich sage ihm Bescheid, aber ich weiß nicht, ob er herunterkommen wird«, fauchte sie ungnädig und ließ sie in der Eingangshalle stehen.

Slider blickte sich rasch um. Das Innere des Hauses unterschied sich sowohl von Henrys als auch von Chatties. Alles war modern und teuer, aber konventionell und ohne Flair oder Geschmack zusammengestellt und wirkte wie aus dem Möbelkatalog. Der nächste Raum zur Linken war das Wohnzimmer, rechts lag das Esszimmer. Das Haus roch nach Möbelpolitur und neuen Teppichen, und es war still, nicht mal eine tickende Uhr irgendwo, nur das Geräusch von Vogelgezwitscher aus dem Garten, das Mühe hatte, die Doppelverglasung zu durchdringen.

Im Wohnzimmer, auf dem Boden neben einem der Sofas, stand eine teure Handtasche aus Krokodilleder. Slider warf Atherton einen scharfen Blick zu und machte eine Kopfbewegung. Atherton ging hinein und durchsuchte sie rasch. Er hielt ein Handy hoch, eines dieser winzigen neuen Motorolas, die in die Hemdtasche eines Mannes passten. Die gleiche Marke wie Chatties. »Nur eines. Es ist angeschaltet«, berichtete er.

Slider nickte, und Atherton kam zu ihm zurück. »Muss oben sein«, sagte Slider leise. »Vielleicht in einer der Schubladen.« Und ihm fiel ein, dass Nutty Nicholls mal gesagt hatte, Frauen würden wertvolle Dinge oder Dinge, die sie verstecken wollten, immer in ihrer Unterwäscheschublade aufbewahren.

Slider nahm sein eigenes Handy heraus, tippte Athertons Nummer ein und steckte es wieder in die Tasche. Dann warteten sie schweigend, bis Schritte die mit Teppich ausgelegte Treppe herunterkamen und David Cockerell auftauchte; er wirkte viel weniger *soigné* als beim letzten Mal, trug eine weite graue Flanellhose, ein blau kariertes Hemd mit offenem Kragen und Filzpantoffel. Slider empfand tiefstes Grausen vor Filzpantoffeln und verdächtigte instinktiv jeden, der sie trug. Cockerell sah wirklich krank aus, schien aber interessanterweise wegen Sliders und Athertons Besuch nicht besorgt, sondern nur verärgert zu sein.

»Ich weiß nicht, was so dringend sein kann, dass es nicht Zeit gehabt hätte, bis ich wieder im Büro bin«, eröffnete er das Gespräch. »Mir geht es nicht gut, wie meine Frau Ihnen mitgeteilt hat.«

»Ja, tut mir leid, das zu hören«, sagte Slider. »Aber es ist wirklich wichtig. Es gibt einiges, worüber ich mit Ihnen sprechen möchte. Sollen wir uns setzen, um es bequemer zu haben?«

»Sie gehen ja sehr frei mit meiner Gastfreundschaft um«, bemerkte Cockerell mit schwachem Unwillen.

»Es könnte eine Weile dauern«, erklärte Slider. »Da es Ihnen nicht gut geht, dachte ich, Sie sollten sich lieber setzen, aber wir können uns auch im Stehen unterhalten.«

Cockerell blieb nichts anderes übrig, als nachzugeben,

und er führte sie ins Wohnzimmer. Slider hielt beinahe die Luft an, während er darauf wartete, ob sich Mrs Cockerell dazugesellen würde, aber sie schien nicht willens, sich ausschließen zu lassen – oder wollte vielleicht erfahren, was sie wussten –, und folgte ihnen ins Zimmer. Während alle Platz nahmen, drückte Slider unbemerkt auf den Knopf seines Handys, der die Verbindung herstellte. Athertons Mobiltelefon klingelte.

Slider und Atherton griffen beide nach ihren Handys. Selbst Cockerell schaute sich nach seinem um, und Ruth erhob sich halb in Richtung ihrer Handtasche.

»Es ist meines«, sagte Atherton dann und nahm den Anruf entgegen. Heimlich unterbrach Slider die Verbindung und steckte sein Telefon wieder in die Tasche. Atherton sagte ein oder zwei Sätze und erhob sich dann. »Entschuldigen Sie mich. Ich telefoniere draußen weiter«, erklärte er der Runde und verließ den Raum.

Mrs Cockerell holte ihre Handtasche, zog ein Päckchen Zigaretten heraus und zündete sich eine an, ohne das Päckchen sonst jemandem anzubieten.

»Also«, sagte Cockerell ungeduldig zu Slider, »was wollten Sie mit mir besprechen? Ich kann nur hoffen, dass es wirklich wichtig ist.«

»Ich glaube schon. Verstehen Sie, jemand hat mir gestern eine Geschichte erzählt, die ich vorher noch nicht gehört hatte. Sie war sehr interessant. Anscheinend hat vor vielen Jahren ein australischer Arzt entdeckt, dass Magengeschwüre nicht durch übermäßige Säurebildung ausgelöst werden, wie man zuvor immer angenommen hatte, sondern durch ein Bakterium.«

»Helicobacter pylori«, bestätigte Cockerell ungeduldig. »Das weiß doch jeder.«

»Ja, ich nehme an, dass die meisten Menschen es inzwischen wissen. Aber die Sache ist, dass sie es damals nicht wussten. Dieser Arzt hatte alle möglichen Tests und

Experimente durchgeführt, und er konnte schlüssig beweisen, dass das Bakterium Ursache war und dass man es eliminieren und die Magengeschwüre mit einer einfachen Dosis Antibiotikum heilen konnte. Nun würde man doch meinen, dass alle begeistert waren, und ich nehme an, dass das auf seine Patienten auch zutraf. Aber als der Arzt versuchte, mit seinen Erkenntnissen an die Öffentlichkeit zu gehen, wurde die Sache ziemlich hässlich. Die australische Ärzteschaft und die Pharmazieunternehmen schlossen sich zusammen, um seine These in Misskredit zu bringen und ihn davon abzuhalten, seine Erkenntnisse zu veröffentlichen. Sie verteufelten ihn als Quacksalber und Irren. Denn sie hatten jahrelang ein Vermögen damit verdient, Magensäure bindende Mittel an Patienten mit einem Magengeschwür zu verkaufen, und die Erkenntnisse dieses Arztes würden ihre goldene Gans schlachten.«

»Was zum Teufel hat dieses Geschwafel mit mir zu tun?«, wollte Cockerell gereizt wissen, doch sein Blick verriet, dass er wusste, worauf Slider hinauswollte. Ruth Cockerell beobachtete Slider wie eine Katze vor dem Mauseloch, Gesicht und Körper waren angespannt und wachsam. Nur ihre Hand bewegte sich, hob die Zigarette an die Lippen und setzte sie wieder ab.

»Dazu komme ich noch«, antwortete Slider. »Lassen Sie mich die Geschichte bitte auf meine Weise beenden, sonst verliere ich den Faden. Jedenfalls wurde diesem Arzt das Leben so schwer gemacht, dass er seine Praxis aufgeben musste und aus dem Land gejagt wurde. Er ging nach Amerika, wo es ihm schließlich gelang, die Leute zu überzeugen, dass er nicht verrückt war, und seine Erkenntnisse wurden veröffentlicht, und allmählich bekamen die Patienten die richtige Behandlung. Obwohl ich glaube, dass es immer noch Ärzte gibt, die nicht daran glauben wollen und weiterhin Magensäuremittel und spezielle Diäten verschreiben. Und die Sache ist, mehr als zwanzig Jahre sind vergangen, seit dieser Arzt seine Erkenntnisse an die Öffentlichkeit brachte. Zwanzig Jahre! Ist das nicht erstaunlich?« Sein Publikum reagierte nicht. »Sehen Sie, es war mir bis dahin nicht in den Sinn gekommen«, fuhr Slider freundlich fort, »aber natürlich lässt sich mehr Geld mit Heilmitteln verdienen, die unwirksam sind, als mit wirksamen Mitteln, denn die Leidtragenden müssen immer wiederkommen, um sich Nachschub zu holen. Und für die erhoffte Verbesserung bezahlen sie ein Vermögen. Und das gilt vor allem für weit verbreitete, nicht lebensbedrohende Krankheiten, die trotzdem sehr quälend sein können, wie Magengeschwüre. Und wie Akne.«

Ruth Cockerells Gesichtsausdruck veränderte sich nicht, und ihre Körpersprache verriet nichts, doch Cockerell fiel ein wenig in sich zusammen, und er atmete mit einem kleinen Seufzer aus, wie jemand, der schließlich doch erwischt worden ist. Trotzdem schien er bereit, das Spiel bis zu Ende mitzuspielen.

»Ich verstehe immer noch nicht, was das mit mir zu tun hat.«

»Oh, ich glaube doch, aber ich bin gerne bereit, Ihnen eine detaillierte Erklärung zu liefern. Am Montag vor vierzehn Tagen waren Sie in dem Werk in Bedford zur Eröffnung eines neuen Labors. Sie waren sogar beide dort.« Slider bezog Ruth in seinen Blick mit ein. »Aber Sie waren nicht die ganze Zeit zusammen. Es gab ein ziemlich gutes und recht feuchtfröhliches Mittagessen, und direkt danach trennten Sie sich aus absolut menschlichen Gründen. Sie, Mr Cockerell, gingen zusammen mit einem Ihrer Geschäftsführer auf die Herrentoilette.«

»Ist das wirklich nötig?«, fragte Cockerell mit äußerster Verachtung.

»Ja, das ist es. Denn während Sie dort waren, vielleicht

aufgeputscht durch den Champagner, sprachen Sie mit wohl allzu großer Offenheit über Cornfelds neues Medikament Codermatol. Aber Sie waren dort nicht allein. Jemand war in einer der Kabinen und bekam, ohne es zu wollen, alles mit, was Sie sagten.«

Cockerell wirkte verblüfft. Er starrte Slider angespannt an. Interessant, dachte Slider, Simpsons Ängste waren völlig unbegründet. Cockerell hatte nicht gewusst, dass er belauscht worden war, und daher auch nicht, wer ihn belauscht hatte.

Slider fuhr fort: »GCC verdient einen Haufen Geld damit, Aknemittel zu verkaufen, von denen keines mehr als auch nur lindernde Wirkung hat. Aber Codermatol wirkt tatsächlich. Wenn es auf den Markt käme, würde es offensichtlich die goldene Gans schlachten, genau wie die Erkenntnisse des australischen Arztes über *Helicobacter* es getan hätten. Das war der Grund, warum GCC so wild darauf war, ›Cornfeld Chemicals‹ zu kaufen – damit ›Global‹ das neue Mittel unterdrücken und dafür sorgen konnte, dass es nie auf den Mark kam.«

»Das ist absurd!«, rief Cockerell. »Das ist totaler Blödsinn.«

»Es ist genau das, was Sie in dem Waschraum verkündet haben. Sie waren, was die Verhandlungen mit Henry Cornfeld betraf, kurz vor dem Ziel gewesen. Sie mussten ihn in dem Glauben lassen, dass Sie an dem neuen Mittel interessiert wären, und Sie mussten das Angebot für sein Unternehmen hoch genug ansetzen, um ihn von diesem Interesse zu überzeugen. Denn Sie wussten, dass er sein Unternehmen nicht an Sie verkauft hätte, wenn er erfahren hätte, dass Sie vorhatten, das Mittel gar nicht auf den Markt zu bringen.

Natürlich hatten Sie keine Ahnung, dass Ihre Intrige bekannt geworden war, bis Chattie Sie am Montag der vergangenen Woche anrief. Die Person, die Sie belauscht hat, war mit der Geschichte zu ihr gekommen, da sich ihr Vater im Ausland befand, und Chattie galt gemeinhin als liberale Denkerin und Unterstützerin von Wohltätigkeitsorganisationen.«

Ruth schnaubte auf, offensichtlich genervt von der Lobpreisung der Verstorbenen. Slider sah sie neugierig an. Sie kaschierte das Schnauben mit einem Husten, drückte ihre Zigarette aus und zündete sich eine neue an.

»Sie verabredeten sich für Dienstag mit ihr, in der Hoffnung, sie überreden zu können, bei Ihrer Intrige mitzumachen. Haben Sie ihr Geld angeboten? Ich frage mich, welchen Anreiz Sie ihr boten. Nun«, er ging mit einer Handbewegung über die Frage hinweg, da sie ohnehin nicht beantwortet werden würde, »das spielt auch keine Rolle mehr. Sie weigerte sich vehement, mitzumachen, und ließ Sie außerdem wissen, dass sie ihrem Vater genau erzählen werde, was da vorging, sobald er aus den Staaten zurückkam. Und sie wusste, genau wie Sie, dass Henry Cornfeld im Geschäftlichen ein Mann mit Prinzipien ist, wenn auch nicht im Privatleben, und dass er ungeheuer stolz auf Codermatol war. Er würde nicht zulassen, dass Sie das Projekt zunichte machen. Die Übernahme würde nicht stattfinden – und Sie hatten so viel zu verlieren, nicht wahr, Mr Cockerell?«

In dem Moment kam Atherton zurück und teilte Slider durch ein bloßes Blinzeln mit, dass er erfolgreich gewesen war. Slider verspürte eine große Woge der Erleichterung. Sie waren auf der richtigen Spur. Schande und Schmach würden ihnen erspart bleiben.

»Entschuldigung.« Atherton setzte sich. »Habe ich viel verpasst?«

»Wir wollten gerade ausrechnen, was Mr Cockerell verlieren würde, wenn die Cornfeld-Übernahme platzte«, klärte ihn Slider auf. »Zum einen sind da die Anteile an ›Cornfeld Chemicals‹. Zehn Prozent von Mrs Cockerell, die sie von ihrem Vater bekommen hatte, und zehn Prozent, die Sie Jassy billig abgekauft haben, was zusammen einen netten Profit ergeben würde und Ihnen eine hübsche Kapitalabfindung einbrächte. Und dann war da Ihr Posten bei GCC, die Beförderung, Aktienoptionen und die goldenen Eier, die Sie von einem Unternehmen erwarten konnten, von dessen fortgesetzter Prosperität Sie ausgegangen waren. Also musste Chattie Einhalt geboten werden. Als Sie von dem Treffen mit ihr zurückkamen, hat man Sie sagen hören, dass Ihnen ja Gott sei Dank noch ein paar Tage blieben – was natürlich bedeutete, vor Henry Cornfelds Rückkehr. Sobald sie die Möglichkeit gehabt hätte, ihm die ganze Geschichte zu erzählen, wäre alles verloren gewesen. Sie sagte, sie würde warten und es ihm von Angesicht zu Angesicht mitteilen. Aber wenn sie nun ihre Meinung änderte und in den Staaten anrief? Es war zu gefährlich, dieses Risiko einzugehen. Und am nächsten Morgen wurde Chattie ermordet.«

Cockerell gab ein ersticktes Geräusch von sich und riss die Augen auf. »Großer Gott! Sie glauben doch nicht …? Sie können doch nicht annehmen, dass *ich* sie ermordet habe? Ich bin kein Mörder! So etwas könnte ich niemals tun.« Er starrte die beiden Polizeibeamten mit wildem Blick an. Ruth hielt sich ganz still, ihr Körper in Spannung, wartete und beobachtete die Szene nach wie vor, schien aber bereit, jeden Augenblick zu handeln. »Hören Sie auf!«, flehte Cockerell, stöhnte fast. »Ich hätte ihr niemals wehgetan, ganz zu schweigen davon, sie zu töten. Ich gebe zu, dass ich einen Moment lang Erleichterung verspürte, als ich hörte, dass sie tot ist, weil – na ja, Sie hatten mit Ihren Vermutungen recht, und sie hätte uns alles kaputt gemacht, das dumme Mädchen. Ich sagte zu ihr, du hast genauso viel zu gewinnen wie wir. Alle gewinnen, du, ich, dein Vater, alle. Aber sie wollte nicht hören. Kam mir mit Moral und Ethik, redete vom Leid der Millionen. Ich sagte zu ihr, es geht doch nur um die dämliche Akne, nicht um Leberkrebs, aber sie wollte nicht nachgeben. Ich hätte sie erwürgen können – o Gott, das habe ich nicht so gemeint! Das war nur eine Redewendung! Schauen Sie, ich weiß, dass die Unterdrückung des Mittels unethisch wäre, und ich gestehe das ein, aber Mord ist etwas ganz anderes. Ich könnte nie jemanden töten, niemals. Und schon gar nicht für so etwas. Das ist unglaublich!«

Fasziniert dachte Slider: Er denkt nicht mal an sein Alibi. Er will mich davon überzeugen, dass er es nicht tun *würde*, statt mir zu beweisen, dass er es nicht hätte tun *können*. Er möchte immer noch ein netter Kerl sein, ungeachtet seiner habgierigen, miesen Intrigen.

Trotzdem ließ er ihn noch ein bisschen länger zappeln, bevor er sagte: »Ich weiß, dass Sie es nicht getan haben.«

»Sie – Sie wissen es?«, sagte Cockerell schwitzend und fuhr sich mit der Zunge über die Lippen, betrachtete Slider leicht benommen, während er den Worten nachhing.

»Um welche Zeit sind Sie an dem Morgen ins Büro aufgebrochen, Sir?«

»An dem – an dem Morgen? Ich erinnere mich nicht. Aber – warten Sie – ich war an dem Tag im Büro an der Northumberland Avenue, nicht wahr? Dann muss ich um halb sieben gefahren sein. Ich fahre immer um halb sieben, damit ich um acht im Büro bin.«

»Sie waren um acht im Büro?«

»Ja. Ich meine, ich erinnere mich nicht genau, aber so muss es gewesen sein. Ich würde mich erinnern, wenn ich später gekommen wäre. Meine Sekretärin …«, wollte er hinzufügen, als ihm ein Licht aufging.

»Ja, sie sagte, Sie seien um acht Uhr dort gewesen. Und Chattie wurde um diese Zeit herum getötet. Daher wissen wir, dass Sie es nicht getan haben können. Tatsächlich«, fügte Slider im Plauderton hinzu, »glaube ich Ihnen, wenn

Sie sagen, Sie würden niemanden nur für das Geld umbringen. Aber da ist jemand, der das meiner Meinung nach tun würde.« Er schaute Ruth nicht an, hielt den Blick auf Cockerell gerichtet. »Als Sie an dem Abend heimkamen, an dem Tag, als Sie sich mit Chattie in der Stadt getroffen hatten, waren Sie wütend. Sie haben Ihrer Frau davon erzählt, dass das verdammte Mädchen alles zerstören würde.«

»Ja, das habe ich.« Cockerell zog ein Taschentuch heraus, um sich das Gesicht abzuwischen, ohne zu ahnen, in welche Richtung das Gespräch nun wieder führte.

Slider wandte sich an Ruth. »Sie sehen sehr fit aus, Mrs Cockerell. Halten Sie sich in Form – gehen Sie joggen, ins Fitnessstudio, so etwas in der Art?«

Ihr Gesicht blieb unbeweglich. »Nein«, erwiderte sie, »das tue ich nicht.«

Cockerell, der Idiot, widersprach. »Doch, das tust du doch, Liebling. Du treibst ständig Sport – ich bin sehr stolz auf die Figur meiner Frau«, fuhr der arme Schwachkopf fort, offensichtlich angetan von diesem weniger bedrohlichen Thema. »Sie geht fast jeden Morgen zum Laufen.«

»Ach ja?« Slider zeigte Interesse. »Demnach besitzen Sie Joggingkleidung. Laufschuhe, Trainingsanzüge, solche Sachen.«

Mrs Cockerell funkelte ihn wütend an, ihr Gesicht so angespannt, dass Slider die Muskeln unter der Haut zucken sah, doch sie antwortete ihm nicht.

»Ich nehme nicht an«, sagte er freundlich, »dass Sie für den besagten Morgen ein Alibi haben, Mrs Cockerell?«

Cockerell starrte ihn erstaunt an und warf dann seiner Frau einen flüchtigen Blick zu. Er öffnete den Mund, um zu protestieren, aber es kam nichts heraus. Er sah aus, als würde ihm schlecht, und als würde ihm langsam die Wahrheit dämmern.

»Mrs Cockerell?«, drängte Slider.

»Ich war laufen«, antwortete sie mit gepresster Stimme.

»Ich habe mich die ganze Zeit gefragt, seit wann Sie das geplant hatten«, sagte Slider, als würde er nach wie vor darüber nachgrübeln. »Seit Langem, könnte ich mir vorstellen. Sie war Ihnen seit Jahren ein Dorn im Auge – eigentlich ihr ganzes Leben lang. Henry hat Ihre Mutter wegen Chatties Mutter verlassen und, im Vergleich zu Stella Smart, schlecht behandelt. Und dann stellte sich das Gör der Thronräuberin auch noch als hübsch und gescheit heraus, und alle liebten sie, während Sie – was bekamen Sie? Nichts! Ihr Vater betete Chattie an, aber für Sie hatte er nichts übrig.« Mrs Cockerells Gesicht schien sich zu verwandeln, während er sprach, zog sich in einem Ausdruck von brodelnder Wut zusammen, sodass Slider meinte, ihre Zähne würden zersplittern. »Und dann, um dem Ganzen die Krone aufzusetzen, machte das Gerücht die Runde, dass sie eine Affäre mit Ihrem Mann hatte.«

»Nein!«, schrie Cockerell. »Das ist nicht wahr. Großer Gott, was behaupten Sie da?« Er sah Slider an, aufrichtig entsetzt. »Wie können Sie so etwas sagen? Da war nichts zwischen uns. Wir waren Freunde, mehr nicht.« Er blickte zu seiner Frau. »Ich schwöre, das war ganz unschuldig! Ich habe niemals – wir haben niemals …!«

»Halt den Mund!«, zischte Mrs Cockerell. »Merkst du denn nicht, was er macht? Halt um Himmels willen den Mund!«

Slider nahm den Faden wieder auf, blickte anscheinend voller Mitgefühl vom einen zum anderen. »Nun ja, praktisch spielt es keine Rolle, ob etwas passierte oder nicht. Tatsache ist, dass es Gerüchte gab. Haben Sie darüber gebrütet, Mrs Cockerell? Haben Sie daran gedacht, sie zu ermorden, die Vorstellung liebkost und gehätschelt, bis sie zu einer Möglichkeit wurde und dann zur Unvermeidlichkeit? Bis es nur noch eine Frage des Wie und Wann war. Denn schließlich wollten Sie, dass sie tot ist, aber Sie wollten nicht erwischt werden. Und dann tauchte der Parkmörder auf, praktisch vor Chatties Tür.«

»Nein«, stöhnte Cockerell. »O nein!«

»Halt die Klappe, David!«

»Der Parkmörder bringt Jogger um«, fuhr Slider fort, an Ruth gewandt, ohne Cockerell anzuschauen, »und Sie wissen, dass Chattie jeden Tag im Park läuft. Aber Chattie ist jünger als Sie, und sie ist kräftig. Sie glauben, Sie können es nicht schaffen, sie einfach zu erstechen, wie der Parkmörder das tut. Sie brauchen etwas, um sie hilflos zu machen.«

Jetzt zeigten sich die ersten Risse in Ruths Fassade. Sie hatte nicht geahnt, dass er davon wusste, dass er sie durchschaut hatte. Ihre Augen weiteten sich, und ihre Nasenflügel blähten sich auf, doch sie presste die Lippen fest zusammen, als wollte sie vermeiden, dass ihnen etwas entschlüpfte.

»Sie haben in der Medikamentenausgabe eines Krankenhauses gearbeitet, daher wussten Sie, was Sie brauchten. Und Sie wussten, Sie könnten es sich während der Eröffnung des neuen Gebäudes in Bedford besorgen, an der Sie zusammen mit Ihrem Mann teilnehmen würden. Dort werden die entsprechenden Medikamente hergestellt, und Sie kannten sich dort aus. Niemandem würde Ihre Anwesenheit auch nur auffallen. Sie holten sich, was Sie brauchten, und dann ging es bloß noch darum, die richtige Gelegenheit abzupassen. Aber als David heimkam und Ihnen von dem Treffen mit Chattie erzählte und was sie gesagt hatte, wussten Sie, dass Sie nicht länger warten konnten und sofort handeln mussten. Sie konnten nicht zulassen, dass Chattie Ihnen erneut raubte, was Ihnen zustand. Töte sie, war Ihr Gedanke, und brich als Dreingabe noch das Herz deines Vaters, wie er Ihr Herz und das Ihrer Mutter gebrochen hatte. Sie verdiente den Tod, sie musste sterben.«

»Hören Sie auf!«, schrie Cockerell. »Ich befehle Ihnen, aufzuhören! Verschwinden Sie aus meinem Haus! Ich lasse nicht zu, dass Sie solche Dinge zu meiner Frau sagen!« Er sprang auf, doch Atherton hatte sich ebenfalls erhoben und stellte sich zwischen ihn und Slider.

»Setzen Sie sich, Sir«, forderte Atherton ihn auf. Er kann sehr bedrohlich wirken, wenn er will, dachte Slider abwesend. »Nehmen Sie einfach Platz. Es muss sein. Setzen Sie sich.«

Plötzlich äußerte sich Ruth ganz ruhig. »Ja, setz dich, David. Mach kein Theater. Das ist sowieso alles Blödsinn. Ich war es nicht, und sie können mir nichts beweisen.«

»Ich fürchte, das können wir doch«, widersprach Slider mit unendlicher, tödlicher Freundlichkeit. Sein Blick huschte zu Atherton, das verabredete Signal. Irgendwo oben, nur schwach hörbar, begann ein Telefon zu klingeln. Wieder wollte Cockerell, der Geschäftsmann, automatisch nach seinem Handy greifen, aber weder Slider noch Atherton bewegten sich. Ihr Blick war auf Ruth gerichtet. Sie machte eine verwirrte Miene, dann sackte ihr Unterkiefer ein wenig nach unten, als ihr die Bedeutung aufging.

»Sie wissen, was das ist, nicht wahr?«, fragte Slider. »Das ist Chatties Handy, das da klingelt. Sie hatte das gleiche wie Sie, dieses neue, sehr schmale Motorola. Sie hat es fallen lassen, als Sie sie ermordeten, und Sie haben es automatisch aufgehoben, weil Sie annahmen, es sei Ihres. Absolut verständlich, so etwas tut man, ohne nachzudenken – wie man eine Zigarette ausdrückt. Wie lange hat es gedauert, bis Sie merkten, dass Sie zwei Handys in der Tasche hatten, Ihres und Chatties?«

Ruth Cockerell stieß einen gellenden Schrei der Wut aus, sprang von ihrem Sessel hoch und stürzte sich auf Slider. »Ich bring Sie um!«, schrie sie und versuchte sein Gesicht zu zerkratzen.

Atherton warf sich dazwischen, und gemeinsam gelang es ihnen, wenn auch unter Schwierigkeiten, Ruth zu überwältigen, bis sie auf den Sessel zurückfiel, zusammengekrümmt und keuchend. Cockerell blieb die ganze Zeit reglos sitzen, die Hände im Schoß verschränkt, den Kopf abgewandt und den Blick starr ins Leere gerichtet.

»Ich bin froh, dass ich sie umgebracht habe«, kreischte Mrs Cockerell und boxte immer wieder gegen die Polsterarmlehne des Sessels. »Sie hat es verdient, diese habgierige, gemeine, männerverschlingende kleine Schlampe. Sie hat ihren Tod verdient. Sie hatte alles, alles, was sie jemals wollte, sie hat mir meinen Vater gestohlen und mein Zuhause, und trotzdem war sie auch noch hinter meinem Mann her und meinem Geld. Ich habe sie ermordet, und ich würde es wieder tun, wenn ich könnte. Macht, was ihr wollt. Ihr könnt mir deswegen nichts anhaben. Ich hasse euch alle!«

Cockerell stöhnte leise und schloss die Augen, als könnte dadurch alles verschwinden. Slider stand vor ihr, für den Fall, dass sie zu fliehen versuchte, und sagte: »Ruth Cockerell, ich verhafte Sie wegen des Mordes an Charlotte Cornfeld. Sie haben das Recht, zu schweigen …«

Mit dem Drink zur Feier des abgeschlossenen Falles mussten sie bis Mittwochabend warten. Sie gingen ins »Boscombe Arms«, da das »Crown« renoviert worden war, und Joanna kam mit dazu. Alle hatten Hunger, und nachdem sie es sich in dem kleinen Nebenraum gemütlich gemacht hatten, wurde Swilley losgeschickt, um mit ihrem Charme Andy Barrett, dem Wirt, ein paar Snacks abzuluchsen, die schließlich in Form von Chips und Erdnüssen und einigen hastig zusammengeschusterten Käse- und Schinkensandwiches eintrafen.

»Ein Festmahl, das eines Königs würdig ist.« Joanna

beobachtete mit schwacher Verwunderung, wie McLaren über die Sandwiches herfiel, die keine Chance hatten.

Swilley drehte den Teller in ihre Richtung. »Nehmen Sie eines«, riet sie, »bevor Maurice alles verschlingt.«

Joanna war zum ersten Mal bei einer dieser Feiern dabei. Sie saß auf der gepolsterten Bank neben Slider und spürte die ganze Zufriedenheit, seine Frau zu sein, akzeptiert, nicht direkt Teil der Truppe, aber ein willkommenes Ehrenmitglied. Pints wurden geleert, Gespräche blühten auf, der Lärmpegel stieg. Sie beantwortete freundliche Fragen von Swilley nach ihrer Schwangerschaft und von Hollis nach ihren Plänen, eine neue Wohnung zu suchen. Irgendwann legte Slider lässig den Arm um sie, wollte sich abstützen, als er sich vorbeugte, um an die Chips zu kommen, und ließ ihn dort liegen, warm und schwer und angenehm.

»Und es gibt noch etwas zu feiern«, verkündete Hart irgendwann mit lauter Stimme, um Aufmerksamkeit zu erlangen. Es wurde ruhiger, alle sahen sie an. »Zumindest finde *ich*, dass es eine gute Nachricht ist«, fuhr Hart fort, sah sich um, ließ ihren Blick dann auf Slider ruhen.

»Mach schon, Tony«, forderte McLaren sie auf, nahm mit dem angefeuchteten Zeigefinger die Krümel von dem inzwischen leeren Sandwichteller auf. »Erzähl's uns.«

»Mr Porson hat mit Mr Wetherspoon gesprochen, und ich muss nicht zurück zur Wichser-Abteilung. Ich bleibe auf Dauer bei euch. Wie findet ihr das?«

Sie strahlte, und alle freuten sich, und man klopfte ihr gratulierend auf den Rücken. Von Hollis gab es einen dicken Schmatzer auf die Wange. Atherton nahm sich ein Beispiel daran, beglückwünschte sie und küsste sie auch, allerdings auf den Mund. Sie ließ es unter dem Raunen der anderen geschehen und machte sogar eine Show daraus, aber sobald sie voneinander abließen, sah sie einladend zu Slider hinüber, wartete auf dessen Reaktion. Joanna blickte verstohlen zu ihm auf, sah, dass er nachsichtig lächelte, und schmunzelte ebenfalls. Dieses Lächeln drückte nichts anderes aus als Väterlichkeit.

Trotzdem, dachte sie, diesem Mädchen wird zu viel Beachtung geschenkt. Um die Aufmerksamkeit von ihr abzulenken, sagte Joanna: »Ich kenne immer noch nicht das Ende der Geschichte. Wer kann es mir erzählen?«

»Machen Sie das, Chef«, drängte Hart, ganz auf ihn konzentriert. »Ich glaube, es gibt da verschiedene Teile, die wir auch noch nicht so ganz mitbekommen haben.«

Also erzählte Slider die Geschichte.

»Wie doch Theatralisches auf einen schwachen Geist wirkt«, meinte er, als er zu dem Punkt mit Chatties Handy kam. »Ich hatte das Gefühl, dass eine Vorführung wissenschaftlicher Beweise sie nicht erweichen würde – vor allem, da wir zu dem Zeitpunkt ihre DNA noch nicht mit der an der Kleidung gefundenen verglichen hatten –, aber etwas so völlig Oberflächliches wie das Klingeln des Handys ließ sie zusammenbrechen.«

»Woher wusstest du, dass sie es hat?«, fragte Joanna.

»Ich wusste es nicht«, erwiderte Slider. »Doch wir konnten es nirgends finden, daher war anzunehmen, dass der Mörder es mitgenommen hatte, und als wir nachschauten und herausfanden, dass Ruth das gleiche Modell besaß, wurde es noch wahrscheinlicher.«

»Sie hätte es wegwerfen können.«

»Stimmt, aber wenn sie das getan hätte, dann hätte es wahrscheinlich ein anderer gefunden und entweder abgeliefert oder benutzt. Sobald es angeschaltet worden wäre, hätten wir das Signal verfolgen können. Da das nicht passierte, ging es darum, Atherton die Chance zu geben, nach oben zu huschen, während ich mit ihnen redete, und es zu suchen.«

»Es lag in einer Schublade ihres Nachttisches«, warf Atherton ein, »zusammen mit ihren Perlen und ihren Pillen. Sehr traditionell.«

»Was nun den eigentlichen Mord betrifft«, fuhr Slider fort, »hatte Ruth die perfekte Ausrede, Chattie im Park anzusprechen und sie zu überreden, mit ihr ins Gebüsch zu kommen. Chattie würde glauben, es ginge wieder um Codermatol und die Geheimhaltung, und dass Ruth die Kapuze aufhatte, würde ihr daher sinnvoll erscheinen und sie nicht misstrauisch machen.«

»Sie waren von Anfang an der Meinung, dass es um etwas ging, von dem sie wusste, nicht wahr, Chef«, sagte Swilley, »weil der Discman ausgeschaltet war und sie die Ohrstöpsel herausgenommen hatte. Sie hingen um ihren Hals. Damit hätte sie sich nicht aufgehalten, wenn ein Fremder sie um Feuer gebeten hätte oder sonst was.«

»Das Messer war ein gewöhnliches Küchenmesser«, setzte Slider seine Erzählung fort, »von denen Ruth ein ganzes Set in der Küche hat. Wir werden sie natürlich alle auf Blutspuren hin untersuchen. Erstaunlich, wie oft man noch genug auf einem Messer findet, selbst wenn es mehrfach abgespült wurde. Sie hätte besser daran getan – aus Sicht des Mörders –, das Messer zusammen mit der Kleidung wegzuwerfen und durch ein neues zu ersetzen, aber ich nehme an, dass ihr das wie Verschwendung vorkam. Sie ist in bescheidenen Verhältnissen aufgewachsen. Sie hat es an dem grauen Oberteil abgewischt, bevor sie es wieder einsteckte. Ihr größter Fehler war jedoch, das Kapuzenshirt und die Handschuhe so nahe am Tatort wegzuwerfen. Sonst hätten wir sie vielleicht nie gefunden.«

»Ja, warum hat sie das getan?«, fragte Joanna.

Atherton antwortete. »Weil sie einen Blick auf den Ort ihres Verbrechens werfen und sehen wollte, wie sehr sie uns in die Irre geführt hatte.«

»Das war auch mein Gedanke, als ich mir den Stadtplan vor Augen führte. Sie verließ den Park und ging die Askew Road hinauf, vermutlich zurück zu ihrem Auto, aber dann kam sie an der Ashchurch Grove vorbei, und ich nehme an, dass sie dort von Neugier ergriffen wurde. Sie hatte im Park keinerlei Aufsehen erregt, daher fühlte sie sich sicher und dachte, sie würde aus einer anderen Richtung kommend zurückschlendern und sich darüber amüsieren, wie sie uns zum Narren gehalten hatte. Aber sie wollte die blutbefleckte Kleidung loswerden, also warf sie sie in einer Plastiktüte über eine Gartenhecke. Es lagen überall Müllbeutel herum, warum sollte einer mehr auffallen?«

»Und außerdem hatte sie Handschuhe getragen, daher würde man nicht auf sie kommen – dachte sie«, sagte Atherton.

»Woher weißt du, dass sie zurückgekehrt ist? Hat sie es dir erzählt?«, fragte Joanna.

»Nein, ich habe es ihr erzählt«, entgegnete Slider. »Ganz am Anfang, als ich noch dachte, es sei der Parkmörder gewesen, habe ich die Gesichter in der Menge um den Tatort fotografieren lassen, weil der Täter erstaunlicherweise oft an den Ort des Geschehens zurückkehrt. Neugier, nehme ich an. Ein sehr grundlegender menschlicher Instinkt.«

»Und sie war dort?«

»War sie«, bestätigte Slider. »Als ich ihr Foto im Büro ihres Mannes sah, kam sie mir bekannt vor. Ich hatte so lange auf diese verdammten Fotos von der Menge gestarrt, dass sich mir ihr Aussehen ins Gedächtnis eingeprägt hatte.«

»Eines verstehe ich immer noch nicht«, sagte Joanna. »Wie hat sie Chattie dazu gebracht, das Gift zu nehmen?«

»Mir war«, erklärte Slider, »bei der Vernehmung des Radfahrers, Phil Yerbury, etwas aufgefallen. Ruth war ebenfalls Läuferin, daher kannte sie sich aus. Was ist das Erste, was ein Läufer oder ein Jogger tut, wenn er aus irgendeinem Grund stehen bleibt?«

Joanna hatte mitgedacht. »Er trinkt einen Schluck Wasser?«

»Genau. Und sie nippen nicht nur, sie schütten es in großen Schlucken runter. Als Chattie nach ihrer Wasserflasche griff, musste Ruth nur sagen: ›Hier, nimm von meinem.‹ Ein wenig Energy-Drink hinein, um das Bittere zu überdecken, und – schwups.«

»Raffiniert«, meinte Joanna.

»Wenn sie abgelehnt hätte, dann hätte Ruth sie kaltblütig erstechen müssen, aber es war einen Versuch wert. Und offensichtlich hatte sie Erfolg. Chattie war so gutherzig, dass sie vermutlich nichts abgelehnt hätte, was wie eine freundliche Geste wirkte, vor allem, da ich mir vorstellen kann, dass Ruth in der Vergangenheit nicht besonders freundlich zu ihr gewesen war. Jedenfalls schluckte sie genug, um binnen weniger Minuten ins Koma zu fallen.«

»Und du weißt immer noch nicht, was es war?«

»Letztlich spielt es keine Rolle. Das toxikologische Labor wird uns dann irgendwann die Ergebnisse schicken, aber wir haben genug Beweise für eine Anklage.« Doch schon begann ein leichter Zweifel an ihm zu nagen. Sie konnten Ruth mit den Messerstichen in Verbindung bringen, doch nach Freddie Camerons Meinung war Chattie nicht daran gestorben. Falls es ihnen nicht gelang, zu beweisen, dass zwischen Ruth und dem Betäubungsmittel ebenfalls eine Verbindung bestand, konnte ein schlauer Anwalt sie immer noch rauspauken. Sliders Gehirn begann, sich Sorgen zu machen, aber er pfiff sich zurück. Nicht hier, nicht jetzt.

»Will noch jemand ein Pint?«, fragte Hollis.

Die Bestellung wurde abgegeben, und im allgemeinen Stimmengewirr sagte Slider leise zu Joanna: »Na, wir haben sie jedenfalls, und ein besseres Beispiel dafür, wohin Habgier und Selbstmitleid führen können, lässt sich wohl kaum finden. Ihr Gatte ist ein gebrochener Mann. Der arme Bill Simpson ist zu Tode erschrocken und fühlt sich immer noch schuldig an Chatties Tod ...«

»Aber wenigstens wird das Aknemittel auf den Markt kommen. Darüber wird er froh sein.«

»Ich hoffe es.« Er seufzte. »So viele Leben zerstört. Und es ist so viel passiert, was sich nicht mehr rückgängig machen lässt.«

»Nun fang nicht wieder damit an«, riet sie ihm. »Am Ende eines Falles bist du immer deprimiert. Denk positiv: Du hast den Mord an Chattie aufgeklärt.«

»Aber das bringt sie nicht zurück«, entgegnete Slider. »Und ich habe sie erst gesehen, als sie tot war. Ich wünschte, ich hätte sie gekannt. Ich glaube, sie war ein wirklich guter und freundlicher Mensch.«

»Wenn sie nicht tatsächlich eine Affäre mit diesem Cockerell gehabt hat«, neckte sie ihn sanft.

»Natürlich hatte sie das nicht. Das wäre eine bedauernswerte Geschmacksverirrung gewesen. Cockerell hat zugegeben, dass er scharf auf sie war und versucht hat, sie anzubaggern, aber sie ist vernünftig geblieben, und sie haben nur ein paar Mal zusammen Mittag gegessen, haben sich gegenseitig ihr Herz ausgeschüttet und sind Freunde geworden.«

»Tja, das behauptet er selbstverständlich.« Atherton beugte sich herüber und stellte jedem von ihnen ein volles Pint hin.

»Das ist die Wahrheit«, konterte Slider ungehalten. »Warum sollte sie mit diesem schlüpfrigen Käsekopf ins Bett hüpfen?«

»Weil er ein einflussreicher Käsekopf war«, erwiderte Atherton.

»Nein. Tut mir leid. Das kauf ich dir nicht ab. Pass auf, wo du hintrittst, du trampelst auf meinen Träumen herum. Chattie war eine Prinzessin.«

Sein Arm war um Joanna geschlungen, und er drückte sie, während er das sagte. Sie lächelte und gähnte. »Das letzte Pint, dann muss ich nach Hause ins Bett. Ich schaffe diese langen Abende nicht mehr.«

»Ihr Musiker habt kein Durchhaltevermögen«, meinte Atherton. »Wir haben vor, heute Nacht noch ordentlich einen draufzumachen – nicht wahr?«, fügte er hinzu und sah Hart an, die sich zu ihnen gesetzt hatte.

»Ja, wenn er das sagt«, stimmte sie zu und lehnte sich an ihn. »Also Ende gut, alles gut, was, Chef?«

»Ja, Gott sei Dank.« Slider hob sein Glas und nahm im Geiste Abschied von Chattie, die er nie gekannt und trotzdem beinahe liebgewonnen hatte.

Swilley rief über alle Köpfe: »Chef, da ist ein Anruf für Sie. Dringend.«

»Verdammte Inzucht«, schimpfte Slider, »hat man denn nirgends seine Ruhe?« Er schob sich hinter dem voll besetzten Tisch hervor und ging hinüber an die Bar.

Der Wirt stellte ihm das Telefon hin. »Ich hab's hierher durchgestellt«, erklärte er. »Die sagten, es sei dringend.«

»Danke, Andy.« Verdrossen griff Slider nach dem Hörer und erwartete Ärger. Das war keine Vorahnung, aber dringende Anrufe bedeuteten meistens Ärger, so oder so.

Porson war dran. »Ah, gut, dass ich Sie erwischt habe, Slider. Hatte gerade Chief Superintendent Ormerod am Rohr. Er dachte, Sie sollten es erfahren. Damit Sie sich zumindest in Acht nehmen können.«

»Um was geht es, Sir?«

»Um Bates, Trevor Bates, Ihren letzten Fall. Ein heilloses Durcheinander, überall große Hektik. Anscheinend sollte er in das Hochsicherheitsgefängnis von Woodhill überstellt werden, als der Bus angehalten wurde. Er muss es geschafft haben, sich mit jemandem von seinen Leuten draußen in Verbindung zu setzen. Das kommt davon, wenn diese Kerle so sanft behandelt werden, all diese Telefonate und unüberwachten Gespräche mit windigen Anwälten.«

»Ich verstehe nicht«, sagte Slider. »Sie meinen, er ist geflohen?«

»Ja«, erwiderte Porson mit tiefem Bedauern. »Er ist geflohen. Hat sich abgesetzt. Die haben keine Ahnung, wo er jetzt ist, und da er nicht sonderlich gut auf Sie zu sprechen war, meinte Ormerod, Sie sollten gewarnt werden, falls er hinter Ihnen her ist. Unwahrscheinlich, aber trotzdem ...«

»Verdammte Inzucht«, brummte Slider.